定家早率、重早率、十題百首注釈

小田 剛

和泉書院

目次

凡例 …… iv

早率百首

春（20首、401～420）…… 一

夏（15首、421～435）…… 二三

秋（20首、436～455）…… 三九

冬（15首、456～470）…… 六二

戀（10首、471～480）…… 七六

雜（20首、481～500）…… 八六

重早率百首

春（20首、501～520）…… 一〇七

夏（15首、521～535）……一二八
秋（20首、536～555）……一四三
冬（15首、556～570）……一六四
戀（10首、571～580）……一八〇
雜（20首、581～600）……一九一

十題百首

天部（10首、701～710）……二〇九
地部（10首、711～720）……二二〇
居處（10首、721～730）……二三九
草（10首、731～740）……二四一
木（10首、741～750）……二五二
鳥（10首、751～760）……二六二
獸（10首、761～770）……二七八
虫（10首、771～780）……二八九
神祇（10首、781～790）……二九九
釋教（10首、791～800）……三〇九

凡例

一、本書は、定家の、通称早率百首（文治五年春・1189年、定家28歳）、重早率百首（同三月）そして十題百首（建久二年冬・1191年、定家30歳、12月27日良経に詠進）とよばれる三つの百首の注釈である。二見浦百首の文治二年（1186）25歳から、韻歌百二十八首の建久七年（1196）35歳あたりまでの、約十年を、定家の新風（歌風）期、新風樹立期と言われている。その意味では、この三つの百首は、まさにその期を代表する百首群といえよう。また初めの早率、重早率百首は堀河百首の題に拠っている。この三つの百首は、拾遺愚草・上、百首歌の、四、五、七番目に位置するもので、三番目が閑居、六番目が花月、八番目が歌合（六百番）百首である。これらは新編国歌大観第三巻、③133拾遺愚草400〜500、501〜600、701〜800として本文が一覧できる。

二、本文は、冷泉家時雨亭叢書『拾遺愚草上中』（朝日新聞社）に拠った。翻刻を許可された冷泉家時雨亭文庫に深く感謝したい。翻刻の方針としては、原本に忠実であることを旨としたが、濁点を付し、新字など現行通行の表記にほぼ従った。

三、注釈は、【（口語）訳】、【語注】、【本歌】、「補説・参考事項（＝▽）」、【参考（歌）】、【類歌】の順とした。【訳】は原文理解のため、意訳ではなく、逐語訳とした。さらに【参考】は、勅撰集において①7千載集、私撰集において②10続詞花集、私家集において③129長秋詠藻（俊成）、定数歌集において④30久安百首、歌合、歌学書、物語、日記等において⑤174若宮歌合建久二年三月あたりまでとした。【類歌】は、それ以後——①8新古今集、②11今撰集、③130秋篠月清集（良経）、④31正治初度百首、⑤175六百番歌合より——である。

勅撰集などの本文については、おおむね『新編国歌大観』に拠った。古今集などは、後述の「新大系」に基づいた歌もある。また「和歌文学大系」（明治書院）のシリーズは、上記の名称を省き、例えば、「明治・万代○」などとした。

略称は以下の如くである。


『新古今歌人の研究』久保田淳、東京大学出版会、昭和48（1973）年3月…久保田『研究』

『藤原定家研究〈増補版〉』安田章生、至文堂、昭和50（1975）年2月…『安田』

『定家の歌一首』赤羽淑、桜楓社、昭和51（1976）年5月…『赤羽・一首』

『藤原定家（日本詩人選11）』安東次男、筑摩書房、昭和52（1977）年11月…『安東』

『拾遺愚草古注㊤㊥㊦』三弥井書店、昭和58（1983）年3月、61（1986）年12月、平成元（1989）年6月、その中の「拾遺愚草不審」（「㊤」）、「拾遺愚草抄出聞書（D類注）」、「拾遺愚草摘抄」（以上「㊥」）、「拾遺愚草俟後抄」（「㊦」）、なお未刊国文古註釈大系7に、「拾遺愚草抄出聞書」が収められている。順に〈不審〉〈抄出聞書〉〈摘抄〉〈俟〉〈聞書〉と略
『訳注藤原定家全歌集　上』久保田淳、河出書房新社、昭和60（1985）年3月…『全歌集』

『藤原定家の歌風』赤羽淑、桜楓社、昭和60（1985）年4月…『赤羽』

『藤原定家研究』佐藤恒雄、風間書房、平成13（2001）年5月…佐藤『研究』

岩波書店「新　日本古典文学大系」のシリーズ…新大系

奉和無動寺法印早率露膽《（胆）》百首文治五年春

詠百首和歌

春　此題同堀川院《侍従》百首今略而不書之

401　年くれ《（暮）》しあはれ《（哀）》をそら《（空）》のいろ《（色）》ながら／いかに見すらんはる《（春）》のあけぼの

【訳】年の暮れた情趣を空の色に含んだままで、どのように見せるのであろう、春の曙の景は。

【語注】**○無動寺法印**　慈円。「無動寺」は、⑤89無動寺和尚賢聖院歌合があり、比叡山延暦寺の塔頭のこと。栄花物語「頓にも入らせ給はで、法印のものし給小野のいと」（巻第三十七「けぶりの後」、旧大系、下―475頁）。**○早率**　そそっかしいこと。③100江帥集116詞書「よりつなの朝臣、つのくにに羽束山、為贈詠不能送、早卒故也」。**○露胆**　まごころをあらわす。李遠、蟬蛻賦「擘レ肌分レ理、有レ謝二於昔時一、露レ膽披レ肝、請従二於今日一。」。**○はるのあけぼの**　八代集七例、が、初出は千載28。

▽春20首の1首目――以下、春20の1などと記す。「立春」（堀河百首題）。四句切、下句倒置法。第三、四句いいの頭韻。「押韻」（『赤羽』178頁）・あいいあ。年末のあはれを空の色にとどめたままで春曙はその色あいをどう見せるのかと歌って百首歌・春を始発する。③131拾玉集、楚忽第一百首／読人不知／春／702「朝まだき春の霞はけふたちぬくれにしとしやおのが故郷」。

俟「歳暮の天のあはれとながめしなごりのおもはるゝそらの色ながら、何として曙の春のけしきをみするといへるこゝろにや。」・そら「一　句跨ぎしての語続きが狙い。なお、「そらのいろ」「いろながら」は共に愚草に例が多い。」

【類歌】④33建保名所百首35「高砂の松はまたみし色ながら空の緑に春はきにけり」（春「高砂播磨国」）
④41御室五十首806「年暮れし雪げの空の雲消えてかすみにうつる春の明ぼの」（春、寂蓮）…401に近い

402　なにゆへ《（ゑ）》にはつね《子》のけふのこ松ばら／はる《（春）》のまとゐをちぎり《（契）》そめけん

【訳】何故に初子の日の今日の小松原（で）、春の円居を約束し初めたのであろうか。
【語注】**○なにゆへ**《（ゑ）（ママ）》　八代集四例、初出は詞花275、あとすべて新古今。**○はつね**《子》　八代集二例、初出は千載12、あと「初子日」八代集一例・拾遺22。**○まとゐ**　八代集二例、他「まとゐす」八代集四例。**○ちぎりそめ**　八代集一例・千載797。
▽春20の2。「子日」（堀）。どうして初子の今日、小松原で春の団欒をするようになったのかと歌う。②16夫木143、春一、子日「文治二《（ママ）》年百首」前中納言定家卿〔以下、同一名称なので略〕。拾玉703「ねのびしにいざもろ人よかすがのへまちこしものを春のけふをば」。侯「無殊事。歟。[二]「初音」「契り初けん」作例多歟、可考之。」・はる[一]「一　参考」＝③127聞書集245「家主顕広／あづさゆみはるのまとゐに花ぞ見る／とりわきつくべきよしありければ／やさしきことになほひかれつつ」、「二「初子」の誤り。」

403　たちかくすよそめはゝる《（春）》のかすみ《（霞）》にて／ゆき《（雪）》にぞこもるおく《（奥）》の山ざと

【訳】立ち隠している外からの目では春の霞に覆われているが、（その実は）雪に籠っている奥の山里であるよ。

【語注】　**○よそめ**　八代集五例。▽春20の3。「霞」（堀）。四句切、下句倒置法。よそ目には霞で立ち隠しているが、実際は、奥の山里は雪にまだ閉じ籠っていると詠じて、季節の交錯（春霞と雪（冬））を歌う。拾玉704「八重がすみ春をばよそに見すれどもあはれをこむるみよしのの山」。C91「よそめは春のけしきのやうなれど《ども》、こゝは雪にこもりさびしきをと也。山里の初春の体也《なり》。」（抄出聞書、上141頁。D19、中41頁。抄書96頁）

俟「よそより《めに》はるかにみれば、春めきてかすめども、おくの《ふかき》山里なれば、なを雪ふかくして、ことゞく《冬ごもりしたる》みな雪中ぞと也。」・よそめ「一　参考」＝①7千載143「卯のはなのよそめなりけり山ざとのかきねばかりにふれるしら雪」（夏「遠村卯花と…」賀茂政平）。「愚草四三八・一四八四など。」

『赤羽』「空間を静止のまま対置している例である。「にて」、「て」の三句切であることが共通している。…ここではよそめと内側、地上と天上というようななかけ離れた空間が描かれており、この構図は大和絵の俯瞰や吹抜屋台の画面構成を思わせる。三句の「にて」で主題が転換し、視点はイメージの焦点とともに移動しながら、しかも両極を対置したまま全体を包み込むような位置にある。」（165頁）

【参考】　②4古今六帖612「花の色をやすくも見せずたちかくす霞ぞつらき春の山べは」（第一「かすみ」）

【類歌】　①12続拾遺126「たちかくす霞ぞつらき山ざくら風だにのこす春のかたみを」（春下「…霞隔残花と…」肥後）

404　うぐひす《鶯》のやど《宿》しめそむるくれ《呉》竹に／まだふしなれぬわかね《若音》なくなり

【訳】　鶯が我が宿を占め初める呉竹の所で、まだ臥すことに慣れていない若々しい声で鳴いているようだ。

【語注】 **○鶯の** ①22新葉1008 1005「春をへてあひやどりせしうぐひすの竹のそのふに我しのぶらん」（雑上、宗良親王）。 **○しめそむる** 八代集にない。③134拾遺愚草員外462「しるや月やどしめそむるおいらくの…」。⑦30四条宮主殿53「しめそむるもとあらのこはぎたはやすく…」。 **○ふしなれ** 八代集一例・千載811。「伏し…」であるが、「竹」の縁語「節」を掛ける。「鶯は竹と取合わされることが多い。」（全歌集）。 **○わかね** 「若根」はあるが、「若音」は八代集にない。日本国語大辞典は、「若音」の用例として、⑤197千五百番歌合78「ゆきのうちになみだとけ行くうぐひすのわが《(ママ)》ねになきてはるやしるらん」（春一、通具）を挙げる。 **○なり** いわゆる伝聞推定。

▽春20の4。「鶯」（堀）。谷から出て、住みかとして居初めた呉竹で、鶯はまだ臥し慣れないのか、調子（節）もぎこちない音色で鳴くと、「若竹」（源氏物語、胡蝶）の縁《ゆかり》か、「初音」ではなく、八代集にもない「若音」を用いる。また同じ定家に③133拾遺愚草872「葉をわかみまだふしなれぬ呉竹のこはしを《ほ(六)》るべき袖《つゆ(〃)》のうへかは」（歌合百首、恋「幼恋」。⑤175六百番歌合861）、③133同2740「…それならぬ　うきふししげき　くれ竹に　なくねをたつる　うぐひすの　ふるすは雲に　あらしつつ…」（雑、述懐「返し」）。⑤358増鏡17）がある。②16夫木312、春二、鶯「同〔＝文治〕五年百首」。拾玉705「鶯のいでぬるこゑをききとめてふるすにぞ見る春のおも影」。「まだふしなれぬ」は、臥不馴也。又、声のふしなれずと、のほらざることかかねていへるなるべし。」・わかね「一…参考」=和漢朗詠65「霧に咽ぶ山鶯は啼くことなほ少し…」(春「鶯」元稹)に近い。

【参考】 ④30久安百首301「うちなびき春たちきぬと鶯のまだ里なれぬ初音鳴くなり」（春、顕輔。①13新後撰11）…404に近い

③132壬二603「春風にさそはれわたる鶯の宿しめそむるのべの梅がえ」（光明峰寺入道摂政家百首、春「野鶯」）

405　いざけふはあすのはるさめ《(春雨)》またずとも／野ざ《さ(③)》はのわかな見てもかへらん

【訳】　さあ今日は、明日の春雨を待たないでも、野沢の若菜（がどれくらい伸びたか）を、見て帰ろう。

【語注】　**○いざけふは**　有名な①1古今95「いざけふは春の山辺にまじりなむくれなばなげの花のかげかは」（春下、そせい。『全歌集』は、後述の①1古今20と共に「参考」、『赤羽』は「ことばを学んだもの」（131頁））。　**○野ざは**　八代集二例・金葉74、新古今273。「「野沢」は金葉集・堀河百首辺から見え始める歌語。」（俟）。

▽春20の5。「若菜」（堀）。①1古今20「梓弓おしてはるさめけふふりぬあすさへふらばわかなつみてむ」（春上、よみ人しらず）をふまえ、あたり一面に、植物を育む春雨が今日降った、明日春雨が降ったとしたら、やがて若菜を摘もうと思うが、それを待たずとも、野沢の若菜を摘まずに、行って見て帰ることにしようと歌う。第一、二句「今日」「明日」と続く。拾玉706「さもあらばあれ春の野沢のわかなゆゑ心を人につまれぬるかな」。俟「梓弓…〔私注―①1古今20〕／あすの春雨にてもえ出ぬべけれども、それをもまたず、先けふみ《ヒ》て《ヒ》《は》つまずとも○《みてばかり》かへらんと也。」

406　ふみしだくを《（お）》どろがしたにしみい《（入）》りて／うづもれかはる《（春）》のゆき《（雪）》かな

【訳】　踏みつぶす茨の下に沁み込んで、埋もれるのが一変する春の雪であるよ。

【語注】　**○ふみしだく**　八代集三例。　**○をどろ**　八代集三例、「おどろの髪」（後拾遺1213）、「おどろの道」（新古今1898）、もう一例は有名な新古今1635「奥山のを《（お）》どろが下もふみわけて…」（雑中、太上天皇）。　**○しみいり**　八代集にない。正徹物語「恋哥は女房の歌にしみ入りて面白きはおほき也。」（旧大系180頁）。　**○うづもれ**　八代集初出は後拾遺23。　**○うづもれかはる**　八代集にない。④34洞院摂政家百首1289「…めの前にうづもれかはる世のならひとは」。○

はるのゆき　八代集二例。

▽春20の6。「残雪」（堀）。足で踏み砕くと、雪は茨の下に沁み入って、今までは雪が埋めていたのに、反対に春雪は埋もれ変わると歌う。「立場が逆転した面白さ。」（全歌集）。②16夫木581、末句「こぞの雪かな」、春二、残雪「文治二年百首、残雪」。拾玉707「きえのこるかきねの雪のひまごとに春をも見する日影草かな」摘6「万物に不変あり、盛衰あり生死あり。たとへば冬に至て草木枯立たる時分、遠山より初て野べの梢里のまがきなどへ、次第〳〵にふりくる雪、[一]花、紅葉よりも猶見どころ多きやう也。冬の夜の月の光あひたる色なきもの〔ゝ〕身にしみて、春に成て四方のけしきもかはりゆく時分、山のかげ、谷がくれ、かすかなるおどろがしたにしみのこりたるをみて、世上はかくあるものよと、心なき物に心を付ていへる風情に至て有心に幽か[二]縁なる歌なるべし。冬に成ては雪がうづみてありしが、春に成て雪はすこし残て春が雪をうづむなり。〔また、[三]朝戸をあけておどろかれけり一年の夢のちぐさをうず《（ママ）》むしら雪、又、霜埋落葉題にて、[四]朝霜の庭のもみぢ葉おもひしれおのが下なる苔のこゝろをと読給へり。是に同じ心なるべし。〕」（摘抄、中223、224頁）・初句「冬がれの」、一～四の頭注参照侯「おどろを雪のうづみたるを、雪のとけて《ふみしだかれて》おどろのしたになりたるよし也《残雪の体也》。」『赤羽』・し。…し。…し。・「雪が次第に溶けて滲み入る状態で、同音反復が状態の進行をあらわすのに効果的である。」（180頁）

407　こぞもこれはる《（春）》のにほひ《（匂）》にな《（成）》りにけり／むめ《（う）（梅）》さくやど《（宿）》のあけぐれ《（明暮）》のそら

【訳】　去年もこれだった、春の匂いとなってしまったことよ、梅の咲く我家の明け方の暗い時分の空よ。

【語注】　**○あけぐれのそら**　「夜が明けきらない頃の暗い空。」（全歌集）。当然ながら恋の歌の詞。八代集二例、さらに「明暮《くれ》」一例、「明暗《ぐれ》」一例。

▽春20の7。「梅」(堀)。三句切、倒置法、体言止。新古今363「見わたせば花も紅葉もなかりけり浦のとまやの秋の夕暮」(秋上、定家)の型。梅の咲く我家の未明の空は、去年と同じく梅香に覆われてしまったと歌う。後述のC92の言う如く、伊勢物語「又の年の正月に、梅の花ざかりに、去年を恋ひて行きて、…5月やあらぬ春や昔の春ならぬ…とよみて、夜のほの〴〵と明くるに、泣〳〵帰りにけり。」(新大系(四段)、82頁)の面影がある。拾玉708「さきぬればおほみや人もうちむれぬむめこそ春のにほひなりけれ」五1「「去年もこれ」とは、毎年如此と也《云心也。(B69・抄出聞書・古注)》。「春の匂ひになりにけり」とは、春の感情ふかき時節と也。明はつれば人の心万事にうつる物なれば、梅の感情ふかきはあけぐれの時分なりと也。」(常縁口伝和歌、上94頁)。B69「…時節也明闇は梅か香に心のとまる比也明はつれは万事に心のうつりて感するけあさくなる也」(抄出聞書10頁)。C92「「あけぐれ」、《は(96頁・古)》あけぼの也。あくる時分くらくなる《な 類(古) 成(D)》をいへり《云(D)》。いせ物がたりに、梅[一]の花ざかりに去年を恋て、《此(D、古)》のおもかげ也。《もあり(D、古)》こぞよりも猶々《なをし(古)》おもしろき由也。此「にほひ」は、か[二]ざりの心もあり。」(抄出聞書、上142頁)、一、二の頭注参照。D20「「明暮《闇か》[1]」、曙也。…」、頭注1参照。倏「三《〔去?〕〔こ?〕》年も如是なり。当年も又如斯のこゝろなるべし。「あけぐれ」、朝暮《(ママ)》也。寒気にとぢられし宿の《も》《ヒ》梅さきしより、十分の春色になりたるといへるなるべし。」

『赤羽』「これらは季節感を感覚的に捉え、また擬人化して表象しながら、同時に現象するものの奥に目に見えないものの存在を観ようとするのである。」(172頁)、他456

【類歌】 ①22新葉475 474「春もみしおなじ梢と成りにけりにほはぬ花の雪の明ぼの」(冬「雪似花と…」後村上院)③131拾玉721「くれなゐに霞の袖もなりにけり春の別のくれがたの空」(楚忽第一百首、春「三月尽」。⑤177慈鎮和尚自歌合163)

③131同2602「春のきて梅さくやどのなさけかな月影かをる有明の空」（春）

408　を《お》そくときみどりのいとにしるき哉《かな》／はる《春》くるかたの岸のあをやぎ《青柳》

【訳】 遅いのか速いのか、緑の糸にはっきりしていることよ、春がやってくる方（東）の岸の青柳は。

【語注】 **○とき** 「とく」は多いが、「とし」は八代集三例。 **○みどりのいと** 八代集一例・拾遺278。 **○くる** 「来る」に「糸」の縁語「繰る」を掛ける。 **○岸** 池（全歌集）か川か。

▽春20の8。「柳」（堀）。三句切、倒置法。和漢朗詠11「東岸西岸の柳 遅速同じからず（／南枝北枝の梅 開落已に異なり）」（春「早春」、「春の生ることは地形に逐《したが》ふ／保胤」。「参考」（全歌集）。白氏文集・長慶集巻第三十三、「早春即事」・「北簷梅晩白、東岸柳先青」（中、845頁。漢詩大観2320頁）と共に、佐藤「漢詩文受容」445頁）により、青柳の枝の芽の緑の遅速の具合によって、来春の方向・東の岸が、西岸とは異なって明白に分かると歌う。同じ定家に③133拾遺愚草2013「おそくときいづれの色に契るらん花まつ比の岸の青柳」（仁和寺宮五十首、春「岸柳」）や、よく似た③134拾遺愚草員外384「あさ日さすきしの青柳うちなびき春くる方はまづしるきかな」（十五首歌「東」。②16夫木769、第二句「緑の色に」、末句「庭の青柳」、春三、柳「文治一《ママ》年百首、柳」。拾玉709「かすみしく春のかは風うちはへてのどかになびく青柳のいと」。

侯「東岸…不同の心にや《也》。「糸」といふより「春くる」といへる也。」、をそく「一 「みどりの糸」と「青柳」、同事病。／二 ＝本朝文粋、巻第八、217「早春同賦三春生逐二地形一 慶保胤「…至二于彼東岸西岸…開落已異一、…」（新大系261頁）

『赤羽』131頁「ことばを学んだもの」・①2後撰381「おそくとく色づく山のもみぢばは…」

【参考】①3拾遺278「あをやぎの緑の糸をくり返しいくらばかりのはるをへぬらん」（賀、もとすけ。③31元輔156）③23忠見83「わがやどのやなぎのいともはるくればみどりのいとになりにけるかな」（「三月、…」）④26堀河百首128「あを柳のみどりの糸はかはらねどくる春ごとにめづらしきかな」（春「柳」河内）④30久安百首1308「春くればみどりの糸の筋ごとにつらぬきかくる玉柳かな」（春、小大進）

【類歌】①16続後拾遺44「青柳の緑のいとのうちはへてとしのをながく《き（嘉）》春や経ぬらん《の色かな（〃）》」（春上、覚助。④37嘉元百首2208）
④38文保百首2105「おそくとき色をぞみする河岸のこなたかなたにたてる青やぎ」（春、隆教）
④39延文百首1209「さほひめのみどりの糸にをりかけて波のあやたつきしの青柳」（春「柳」経教）

409　いは《（岩）》そゝくし水もはる《（春）》のこゑたてゝ／うちやいで《（出）》つる《ぬ（③）》たに《（谷）》のさわらび

【訳】　岩に注いでいる清水も春の声をたてていて、うち出たのであろうか、谷の早蕨は。

【語注】　○いはそゝく　八代集二例・千載1134、新古今32。　○さわらび　八代集三例。

▽春20の9。「早蕨」（堀）。②4古今六帖7「岩そそく《石走る（万）》たるひ《み（新、俊、袖）》《み（万）》のうへのさわらびのもえ出づる春になり《あひ（俊）》にけるかな《も（俊）》《も（万）》」（第一「む月」志貴王子。①8新古今32。万葉1422 1418・異訓、「参考歌」（『安田』140頁）、「本歌」（全歌集）。②6和漢朗詠15。⑤291俊頼髄脳171。⑤292綺語抄201。⑤299袖中抄133）、和漢朗詠12「紫塵の嫩《わか》き蕨は人手を拳る（碧玉の寒き蘆は錐嚢を脱す）」（春「早春」野。「参考」（全歌集）。佐藤「漢詩文受容」441頁）をふまえ、岩に注いでいる清水も春の音を立て、垂氷（水）の近くで、それにつられるかのように、細毛の若い谷の早蕨は、人手を拳った如き芽を出したと、山家に隠遁隠棲したかのような世界を歌う。②16夫木902、第四句「うちや出でぬる」、春三、早蕨「文治二《（ママ）》年百首」。拾玉710

「さわらびのをりにしなればしづのめがふごてにかくるのべのゆふ暮」。
侯「岩そゝく…／「岩そゝく清水」といへるは、のどけたる心なるべき歟。されば「春のこゑたてゝ」といへる也。「たるひ」は垂氷歟。うちとけたる心也。「わら火」といへるより「うち出る」といへるなるべし。」・岩一…・①8新古今1992 1801「みづぐきの跡に残れる玉のこゑいとどもさむき秋の風かな」（能宣）・侯、「参考」＝①1古今12「谷風にとくるこほりのひまごとにうちいづる浪や春のはつ花」（春上、源まさずみ。「参考」（全歌集）。「三代集を典拠としたもの」（『赤羽』127頁））、うち二「二」「うちいづ」が意図であったろうが、早蕨との結合は如何か。」

【参考】③116林葉342「岩そそく谷のしみづにうちそひて秋も袂にもりぞきにける」（夏「泉辺秋近」）

【類歌】④1式子2「うぐひすはまだ声せねど岩そそくたるみの音に春ぞ聞ゆる」（前小斎《（ママ）》院御百首、春）
④2守覚解85「いはそそくこゑよりやがておどろけばゆめあらひやむたにのしたみづ」（雑「山家」）。②16夫木17041。④31正治初度百首393）
④15明日香井804「いはそそくたるみのみづのうちいでてなほしたもえのはるのさわらび」（院百首、恋）…409に近い
⑤247前摂政家歌合3「谷川のなみもけさよりこゑたてて春といはまの氷解くなり」（初春、教房）

410　いかゞせむくもゐ《（雲井）》のさくら《（桜）》なれ〳〵て／うき身をさぞ《よそ（③）》と思《（ひ）》はつとも

【訳】どうしようか、雲井（空、宮中）の桜にも馴れ馴れてしまって、我が憂き身をそうだと思い果つ、断念したとしても。

【語注】○くもゐ　掛詞（空、宮中）。○なれ〳〵　八代集一例・新古今1456。○さぞ　八代集五例、初出は後拾遺596。「さ」は侯の言う如く、拙ない我が宿世としたが、雲井の桜に慣れ慣れることか。○思《（ひ）》はつ　八代集四例。

▽春20の10。「桜」（堀）。初句切、倒置法。空でも宮仕えでも桜に慣れに慣れ果ててしまったので、我が憂き身を宿世だと思い切り、あきらめたとしても、如何ともしがたい（、また出家もままならない）とつぶやく。【参考】の西行歌に影響を受けたか。「述懐の心を籠める。」（全歌集）。拾玉711「ちりまがふ花に心のむすぼれて思ひみだるるしがの山ごえ」。

B70「浮身とは思ひはつれともこの桜になれたる春をはわすれかたくおもふ述懐にや」（抄出聞書10頁）

侯「数年宮中に出仕して春に逢事もなき事をなげく心なるべし。十三才侍従にて当年廿七才也。十五年の間なればその歎尤にや。如是の昇進なれば、うき身の行末もさぞとおもふ也。されども、さぞと思はつとてもすべきやうはなき也。此心にて奉公の勤労をつみ、終に三木より黄門にいたりて本望を遂られしなるべし。」

【参考】③126西行法師家集107「風もよし花をもちらせいかが《さそへ（宮）》せんおもひはつればあらまうきよぞ」（春。⑤173宮河歌合20）

411 春の夜《よ》をまど《窓》うつあめ《雨》にふしわびて／我のみとり《鳥》のこゑをまつ《待》哉

【訳】はかなく短い春の夜を、窓を打つ雨に寝かねて、私だけが鶏の声を待っていることよ。

【語注】○まど 八代集五例、初出は後拾遺1015、あとすべて新古今。「窓」の漢語的側面については、拙論「式子内親王歌の漢語的側面――「窓」「静（～）」――」（『古今和歌集連環』（和泉書院））参照。○ふしわび 八代集二例・新古今514、961。○とりのこゑ 八代集三例。

▽春20の11。「春雨」（堀）。和漢朗詠233「秋の夜長し 夜長くして眠ることなければ天も明けず 耿々たる残んの燈の壁に背けたる影 蕭々たる暗き雨の窓を打つ声」（秋「秋夜」上陽人。白）白氏長慶集、巻第三、上78頁「上陽白髪人」。佐藤

「漢詩文受容」449頁、「秋夜…廻圓」も）に言う上陽人になり代って、秋ではなく、上陽宮で、短いとされる春夜、窓を打つ、淋しく暗い雨のせいで眠ることもままならず、春夜であるのに、なかなか夜も明けず、私一人が侘しく夜明けの鶏の声を待っていると漏らす。拾玉712「はるかさは雨うちそそく山里に物思ふ人のゐたるゆふ暮」。俟「此「春の夜」といへる詞、たゞいへるとはきこえず、「我のみ鳥の」といへるよりみれば、短夜の心をのづからこもれり。詞の強弱は尤詞のうへのみにあらず、つゞけがら也。常に「春のよ」といへるやうにはなく、此詞はつよくきこゆる也。「我のみ」といへる、〔は〕人はみじかきをくるしむ時節、ふしわびてあくるをいそぐ心なり。さて「春のよ」といへる、五句にわたりて用にたつ五文字也。」・「参考」＝①4後拾遺1015 1016「こひしくはゆめにも人をみるべきをまどうつあめにめをさましつつ」（雑三「文集の蕭蕭暗雨打窓声と…」高遠。「参考」（全歌集））、③73和泉式部228「よもすがら何事をかはおもひつる窓うつ雨のおとをききつつ」

412　をちかたや花にいばえてゆく《（行）》こま《（駒）》の／こゑもはる《（春）》なるながきひ《（日）》ぐらし

【訳】遠くの方よ、花・桜にいななないて行く馬の声もまさに春である永い一日中（であるよ）。

【語注】○をちかた　八代集三例。あと「遠方人」八代集五例。○いばえ　八代集一例・後拾遺45「…つのぐめばふゆたちなづむこまぞいばゆる」（春上、静円）。和漢朗詠500「胡馬忽ちに嘶《いば》ゆ」（下「山水」愁賦）、同510「辺城の牧馬しきりに嘶ゆ」（下「水付漁父」暁賦）。

▽春20の12。「春駒」（堀）。遠い彼方で、桜に対して嘶きつつ通り過ぎて行く馬の声も（鳥の音も）、いかにも春を感じさせてくれる春の長い一日と、春風駘蕩たる詠。②16夫木1043、第二句「花にいばへて」、春三、春駒「文治二年百首」。拾玉713「みごもりにつのぐむあしをはむ駒のかげさかさまになれるこの世か」。

C93「馬のこゑまでも春に乗じたる《乗じたる　てきこゆイ(D)》と也。「こゑも」といふ《云(〃)》所にて、春の諸鳥の色ね《音(〃)》の事を《ナシ(〃)》ふくめり。／華山有馬蹄猶露。」（抄出聞書、上142頁。D21、中42頁）・「華山」＝和漢朗詠439「華山に馬あり蹄なほ露はる　傅野に人なくして路漸くに滋し」（下「草」保胤）

俟「これは、のりたる駒なるべき歟。」・「一…騎乗の駒は「春駒」題の本意にそぐわない。」

『安田』「感覚の冴えを強く見せている作品」（78頁）

佐藤「漢詩文受容」441頁、②8新撰朗詠112「粧繁鳥囀家園露　香乱馬嘶隴塞風」（花「遠近春花満」成宗）、⑤153相撲立詩歌合20「胡塞嘶花遥去馬」（為時）

413　春ふかみこしぢにかり《雁》のかへ《帰》る山／名こそかすみ《霞》にかくれざりけれ

【訳】　春が深くなってきたので、来た道を越路へ雁が帰って行く帰山、山は隠れてもその名は霞に隠れないことよ。

【語注】　○こし　「来し」掛詞（「越路」）。「帰る」の対。　○かへる山　掛詞「帰山」「帰る」。越前国の歌枕。八雲御抄「かへる《越前》（古今。兼輔。躬恒。雪。）」（名所部、山、歌学大系別巻三―400頁）。①1古今370「かへる山ありとはきけど春霞立別れなばこひしかるべし」（離別「こしへ…」きのとしさだ。「参考」（俟））。

▽春20の13。「帰雁」（堀）。春も深まって、秋にやってきた雁は、越路の帰山に帰るが、たとえ山を霞は隠しても名は隠れもしないと歌う。⑥20拾遺風体和歌集21、初句「春ふかし」、春「名所百首歌に」定家卿。拾玉714「かりがねよなごりをいかでしのばまし花なき春の別なりせば」。

俟「かへる山の名は霞にもかくれざる也。そのうち、雁のかへるより春にかくれなき心もこもれるにや。」

『全歌集』「参考」①5金葉（二）2829「いまはとてこしぢにかへるかりがねははねもたゆくやゆきかへるらん」（春

「帰雁を…」経通)、①1古今370（前述）

『赤羽』127頁「三代集を典拠としたもの」・①1古今382「かへる山なにぞはありてあるかひはきてもとまらぬ名にこそありけれ」（離別、みつね）、142頁「「三八二」（躬恒）の歌によって「かへる山」と「名」との組合せ、「意味内容よりもことばのつづけ方に多くの示唆を得たようである。…「こしち《（ママ）》にかりのかへる山」というような掛詞の用い方や音韻反復などを工夫しており、民謡調の耳なれた親しい調子がこれらの歌枕から生れている。」」、181頁「…か…か…か…か…2は雁が点点と帰ってゆくイメージ、…視覚的イメージを喚起する」、285頁「…か…かへる山…か…か…というように掛詞と押韻を重ね用いることによって、いっそう韻律の効果を強化している。」

【類歌】　④37嘉元百首1307「かりがねもかすみにきえてかへる山なほもこしぢの末やはるけき」（春「帰雁」俊定）
④39延文百首2911「まよはずや秋こし雁のかへる山春は霞の中のかよひぢ」（春「帰雁」行輔）

414　おもひたつみち《（道）》のしるべかよぶこどり《（鳥）》／ふかき山辺《（べ）》に人さそふなり

【訳】　隠棲を思い立った道の案内であろうか、呼んでいる呼子鳥よ、深い山辺に人を誘うようだ。

【語注】　**○おもひたつ**　八代集六例。「仏道へ導くのか。」（三弥井・風雅1435）。　**○みちのしるべ**　八代集三例、初出は後拾遺5。が、「みちしるべす」は八代集二例・千載642、678。　**○よぶこどり**　掛詞「呼ぶ」「呼子鳥」。④26堀河百首209～224、春。「古今伝授の三鳥の一。古来謎とされてきたが、カッコウのことかという。」（全歌集）。「郭公」（三弥井・風雅1435）。　**○なり**　断定か伝聞推定か。「呼子鳥」により後者とする。

▽春20の14。「喚子鳥」（堀）。④26堀河百首223「まだしらぬ道ふみまよふ山辺にはよぶこ鳥こそしるべなりけれ」（春「喚子鳥」紀伊）をもとに、決断した遁世の道案内をしてくれるかのように、鳴いている呼子鳥は、「まだ知らぬ道踏

み迷ふ」山（辺）深く人を誘うと歌う。①17風雅1445 1435、雑上「百首歌の中に」前中納言定家。拾玉715「ながめする心をしるかにぶこ鳥おのがすみかの山はいづくぞ」。

侯「遁世のみちしるべか、深山にさそふはと也。」

『全歌集』、『風雅和歌集全注釈中巻』1445、「参考」①1古今29「をちこちのたつきもしらぬ山なかにおぼつかなくもよぶこどりかな」（春上、よみ人しらず）

『赤羽』188、189頁「この五七調は万葉時代のそれとは趣が異なり、新しい発想や内容に即応したものであることがしられる。…6〔私注―414〕は自問自答、…五七調も壮重な律動感ではなく、微妙な心理的効果を招来することになる。」

『三弥井・風雅435』、『風雅和歌集全注釈中巻』1445、「【参考】」③130月清1605「よぶこどりうきよの人をさそひでよ入於深山思惟仏道」（釈教「喚子鳥」）

【参考】④26堀河百首213「さ夜中にみみなし山のよぶこ鳥こたふる人もあらじとぞおもふ」（春「喚子鳥」顕季）

【類歌】⑤197千五百番歌合461「これにだにとふ人なしにすむやどをなほやまふかくよぶこ鳥かな」（春四、季能）

415　きなれたるこま（駒）にまかせむ（ん）なはしろ（苗代）の／水に山ぢはひき（引）かへてけり（る③）

【訳】（通い）来馴れている馬にまかせることにしよう、苗代の水によって山道はすっかり変えてしまったことよ。

【語注】**〇なはしろの水**　八代集二例・金葉319、653。が、「苗代水」八代集六例。「まかす」の縁語。**〇ひきかへ**　八代集三例、初出は金葉131。「水」の縁語「引く」。

▽春20の15。「苗代」（堀）。二句切。老馬知道の故事（『式子全歌注釈』170参照）により、苗代に水を引いたために、

山路はすっかり変化してしまったので、来馴れ、道を知っている老馬に従って行こうと歌ったもの。同じ定家に、③134拾遺愚草員外685「かたがたにまかするを田のなはしろの水にせかるる春の山みち」（春）がある。【参考】の堀河百首歌群参照。拾玉716（【類歌】）。

B71「老馬知道と云語より出たり苗代の時分は山路もおもかはりせる心にや」（抄出聞書10頁）侯「苗代水に山路の体もかはりたる心にや。苗代水より「引かへて」といへる也。「駒にまかせん」は、老馬道をしるの心にや。」・韓非子、説林上、第二十二「…管仲曰、老馬之智可レ用也。／乃放二老馬一而随レ之、／遂得レ道。…」（304頁）、老馬之智ともいう。

『全歌集』「参考『韓非子』などに見える老馬知道の故事→一七。」

【参考】④26堀河百首226「なはしろの山田のを田にしめはへてまかする水や雪げなるらん」（春「苗代」匡房）
④26同228「を山田のゐぐのわか菜を打返し苗代水を引きぞまかする」（同「同」師頼）
④26同229「小山田に種蒔きすてて苗代の水の心にまかせつるかな」（同「同」顕季）
④26同234「注連はふる山田の小田のなはしろに雪げの水をひきぞ任する」（同「同」顕仲）
④26同240「あれはてて注連だにはへぬ小山田は苗代水をひく人もなし」（同「同」河内）
⑤97定綱朝臣家歌合19「みな人のおのがひきひきせき入つつまかする物はなはしろの水」（「苗代」頼方）

【類歌】①22新葉154「玉ぼこの道ある時は苗代の水も心にまかせてぞひく」（春下「路苗代と…」公夏）
③131拾玉716「あはれなり山田のしづはなはしろの水にのみこそ心ひくらめ」（楚忽第一百首、春「苗代」）
④15明日香井310「なはしろのみづかはあやなとほやまだかぜにまかするはなのしらなみ」（詠百首和歌、春二十）

416 はるさめ《春雨》のふるのゝみち《路》のつぼすみれ／つみてを《も③》ゆかむ《ん》そで《袖》ではぬるとも

【訳】　春雨が降る布留野の道の壺菫を摘んで行こう、袖はたとえ濡れたとしても。

【語注】　○ふるの　「ふる」掛詞（「布留・降る」）。「布留野」は八代集三例。大和国の歌枕。　○つぼすみれ　八代集三例・拾遺574、千載109、110。

▽春20の16。「菫菜」（堀）。四句切、下句倒置法。第三、四句つの頭韻。たとえ袖は濡れても、春雨の布留野の路の壺菫を摘んでいこうと歌ったもの。「菫」（明治・続後拾140、明治・万代429）歌。【参考】歌が多い。同じ定家に③134拾遺愚草員外686「ふるさととあれゆく庭のつぼすみれただこれのみや春をしるらん」（春廿首）がある。拾玉717・菫「すみれだににほはざりせば故郷の庭の浅茅のかれはばかりを」。①16続後拾遺140、春下「（題しらず）」前中納言定家。②15万代429、春下「百首歌中に」前中納言定家。②16夫木1948、春六、菫菜「文治二《(ママ)》年楚忽百首」。⑩181歌枕名寄2586、末句「袖はぬれつつ」、第九、幾《(ママ)》内、大和国、布留「壺菫菜」定家。

俟「無殊事。」、「参考」③125山家20（【参考】）

『全歌集』「参考」①7千載108「こよひねてつみてかへらむすみれ草をののしばふは露しげくとも」（春下「…、すみれをよめる」国信。『明治・続後拾遺140』、『明治・万代429』も）、①7同110（【参考】）

『赤羽』180頁「…つ…つ…すみれを摘む動作の継続」、307、308頁「第三句と第四句に頭韻がある場合／上句と下句を第三句と第四句で強く連結させる。一首の中心部に盛上り、またはアクセントがくる。」、421頁「とくに定家は菫に特別の愛着を示すような歌がみられる…定家の「すみれ」の歌は、伝統的な風流の精神に立脚しながら、さらに唯美のロマンティシズムを求めたあらわれとしてみられる。」、422頁「古ると降るの掛詞をまったく音韻効果としてだけ使って、意味的に古るを出してこないのであるが、これも伝統的な語法の定家的な応用と思われる。「つぼ菫つみてを」の押韻にもそれはみられる。」

【参考】①1古今731「かげろふのそれかあらぬか春雨のふる日《人》となれ《み(六)》ばそでぞぬれぬる」（恋四、よみ人しらず。②4古今六帖821）

①7千載110「道とほみいる野の原のつぼすみれ春のかたみにつみてかへらん」（春下「…、すみれをよめる」源顕国。「参考」（『明治・続後拾遺140』））

②4古今六帖3918「山ぶきのさきたる野べ《辺(万)》のつぼ《ほ(〃)》すみれ此はるさめ《春の雨(〃)》にさかりなりけり」（第六「すみれ」。万葉1448 1444「参考歌」（『明治・万代429』）。②16夫木2011）

③116林葉95「春ののにさきすさみたるつぼすみれ摘みみつまずみけふも暮しつ」（春「すみれをよめる」）

③125山家20』「春雨のふるののわかなおひぬらしぬれぬれつまんかたみたぬきれ《ぬきいれ(西)》」（春「雨中若菜」。「参考」（『明治・続後拾遺140』）。③126西行法師19）

③129長秋詠藻8「紫のねはふよこののつぼすみれま袖につまん色もむつま《はつか(後)》し《じ(新)》」（春。①21新続古今187。②9後葉28。④30久安百首808）

⑤92禖子内親王家歌合〈庚申〉18「日にそへて紫ふかきつぼすみれふる春雨ははひにぞ有りける」（「菫菜」美作）

【類歌】①13新後撰84「春雨のふるの山辺の花みてもむかしをしのぶ袖はぬれけり」（春下、公雄）

①18新千載1671「春雨のふる野の雪は消えぬらんぬるともけふや若菜つままし」（雑上、実性）

③131拾玉1019「ふるさとの春を忘れぬつぼすみれむかしの袖のなごりとを見ん」（宇治山百首、春「菫菜」）

③132壬二1013「あやなくも袖こそぬるれ春雨のふるのの原にもゆるさわらび」（二百首和歌、春「早蕨」）

④38文保百首808「つゆしげき小野のしばふのつぼすみれつみてをゆかん袖はぬるとも」（春、師信）…三句以下同一

417　せきぢ《（関路）》こえみやこ《（都）》ゝひしきやつはしに／いとゞへだつるかきつばた哉

【訳】（逢坂の）関路を越えて、都が恋しい八橋に、たいそう隔てている垣の如き杜若であるよ。

【語注】○せきぢ　八代集五例。「関」と「隔つる」は縁語。○やつはし　八代集三例。○かきつばた　八代集二例。「かき」掛詞（「かきつばた・垣」）。

▽春20の17。「杜若」（堀）。いうまでもなく伊勢物語の東下りの有名な段「三河の国、八橋といふ所にいたりぬ。…その沢にかきつばたいとおもしろく咲きたり。…10唐衣きつゝなれにしつましあればはる〴〵きぬる旅をしぞ思」（新大系（九段）、87、88頁、「かきつばた」は古来、美しい恋人の喩とされた（万葉集・一九八六、二五二一）。」（同87頁）。『全歌集』「参考」）をふまえて、逢坂（など）の関を越え、都から遠く離れてしまった三河の国の八橋までやって来たので、都が恋しくてならないのに、さらに都を隔てる垣であるかのように、美しい恋人を思わせる杜若が咲いていると歌う。②16夫木2007、春六、杜若「文治二《（ママ）》年百首」。拾玉718「紫の色にぞにほふかきつばたゆかりの池もなつかしきまで」。

俟「「関路」は逢坂、鈴鹿などをいへる歟。「へだつる」といはむためなるべし。」・「勢語九段八橋の話。「から衣…思ふ」。「いとどへだつる」は、「はる〴〵きぬる」情を基本にして、「関路」「八つの橋」を媒に「垣」を響かすか。」

『赤羽・一首』20頁「伊勢物語の八つ橋の段において、杜若のイメージは都を遠く隔つものという観念をともなっていた。…伊勢物語でも都の妻を偲ぶよすがとなるものであった。」

【類歌】③131拾玉1020「たび人をたえずみかはのやつはしのくもでへだつるかきつばたかな」（宇治山百首、春「杜若」）

418　おもふから猶うとまれぬふぢ《（藤）》の花／さくよりはる《（春）》のくるゝならひに

【訳】　思い慕うものの、やはりうとましくも思われる、藤の花は咲くと春が暮れてゆく習いゆえに。

【語注】　○うとま　八代集四例。　○ふぢの花　③132壬二920「さき初めていくかもへぬを藤の花はるのものとはけふのみやみん」（百首、春）。　○ならひ　「ならひ」のみ八代集五例、初出は新古今401、他「こころならひ」八代集六例、初出は金葉381。

▽春20の18。「藤」（堀）。二句切、倒置法。『全歌集』で共に「参考」とする①1古今147「ほととぎすながなくさとのあまたあれば猶うとまれぬ思ふものから」（夏、よみ人しらず。③6業平19。⑤415伊勢物語80）、①1同1032「おもへども猶うとまれぬ春霞かからぬ山もあらじとおもへば」（雑体「題しらず」よみ人しらず）をふまえて、咲くと春が終る定めなので、その藤を思慕するのだけれど、時鳥の鳴く里が多くある如く、春霞がすべての山にかかる（あの人がすべての人に関わる）如く、やはりうとんぜられると歌う。拾玉719「紫の雲にぞまがふ藤の花つひのむかへを松にかかりて」。同じ定家に詞の通う③133拾遺愚草2194「しひて猶袖ぬらせとや藤の花春はいくかの雨にさくらん」（下、春「雨中藤花」。①12続拾遺143。⑤185通親亭影供歌合82）がある。

俟「藤のはなより春のくるゝやうなれば、猶うとまるゝと也。それは藤を思ゆへと也。本歌の心にや。」・「思か」・

「一　「くれ…」＝③19貫之381（【参考】）

『赤羽』「三代集を典拠としたもの」（127頁）・①1古今147、1032（前述）、この二つの歌「などの類型をさまざまに変化させてゆくのであるが、古歌の類型的ないいまわしが基調となっているので耳なれた親しみを与える。」（140頁）

【参考】　③19貫之381「くれぬとは思ふものから藤花さける宿には春ぞ久しき」（第四「藤の花」。①8新古今165）…418に近い

③24中務3「ふぢのはなさくを見すててゆくはるはうしろめたくやおもはざるらむ」（「ふぢの花を…」）

【類歌】　③132壬二315「いかなればさきそむるより藤花くれゆく春の色をみすらん」（後京極摂政家百首、春「残春」。⑤

175六百番歌合178）

④19俊成女88「さけばちる花の《ぞ（洞）》うき世とおもふにも猶うとまれぬ山桜かな」（詠百首和歌「花」。①10続後撰122。②15万代371。④34洞院摂政家百首189）

④34洞院摂政家百首249「藤の花おもへばつらき色なれや咲くと見しまに春ぞくれぬる」（春「暮春」成実。①17風雅287 277）

⑤410中務内侍日記105「をりしりてかくさきあへるふぢの花なほなべてには思ふべきかな」（（作者））…詞が通う

419　ちらすなよゐでのしがらみせきかへし／いはぬいろ《（色）》なる山ぶき《（吹）》の花

【訳】　散らすなよ、井手の柵は玉川の川水を堰き返して、梔子色の山吹の花をば。

【語注】　○せきかへし　八代集一例・新古今1122。　○いはぬいろ　八代集一例・新古今1481。「物を言わぬ色。即ち、口無し（梔子）の黄色。」（全歌集）。

▽春20の19。「款冬」（堀）。初句切、倒置法。①1古今125「かはづなくゐでの山吹ちりにけり花のさかりにあはましものを」（春下、よみ人しらず。「参考」（全歌集））をもとに、花の盛りに会いたいから、蛙が鳴く井手の玉川の柵は、川水を堰き返して、その水のしぶきで、口なし色で物の言えない山吹の花を散らしてくれるなと訴えたもの。多くの

【類歌】がある。拾玉720「春ふかみゐでの河風のどかにてちらでぞなびく山吹の花」。

俟「忍恋の心にいひたてたる也。心にせきかへしていはぬ色なれば、よそにみだりにちらすなと、はなのちるを人のくちにいひちらすにそへていへる也。「せきかへし」は、しがらみの縁也。「ちらすなよ」は、しがらみにいひかけたるなり。」

【類歌】①10続後撰156 147「春くるる井でのしがらみせきかねてゆくせにうつるやまぶきのはな」（春下、信実）…419に近い
①15続千載193 194「行く春はさてもとまらじ山吹の花にかけたるゐでのしがらみ」（春下、為氏）
①15同1691 1692「山吹の花も心のあればこそいはぬ色にはさきはじめけめ」（雑上「款冬を」業尹）
①18新千載174「色みえてながれもやらず山吹のうつろふかげや井でのしがらみ」（春下、津守国道）
①21新続古今194「をしとだにいはぬ色とて山吹の花ちる郷の春ぞくれ行く」（春下、等持院贈左大臣）
④14金槐115「玉もかるゐでのしがらみ春かけて咲くや河せのやまぶきのはな」（春「款冬を…」。①9新勅撰128）
④22草庵229「行く春をせくかとぞみる山吹の花のかげなる井手のしがらみ」（春下「…、款冬」）…416に近い
④23続草庵解1「影みればながれもやらず山吹の花にやかへるゐでのしがらみ」（「…、款冬」）
④36弘長百首130「ちればかつ浪のかけたるしがらみやゐでこすかぜの款冬の花」（春「款冬」融覚。①12続拾遺139）
④38文保百首3015「くれて行くはるをつらしといはねども色にはいでの山吹のはな」（春、定為）
⑤185通親亭影供歌合74「むかし見しやどの行衛を尋ぬればいはぬ色なる山吹のはな」（「故郷款冬」通光）…下句同一
⑤197千五百番歌合543「しのべともいはぬいろなるやまぶきの花にこひしきゐでのふるさと」（春四、通光。②16夫木14257）…419に近い

420　春しらぬうき身ひとつにとまりけり《る③》／くれ(暮)ぬるくれ(暮)を丶しむなげき(歎)は

【訳】春というものを知らない我が憂き身一つにとまったことよ、春の暮れてしまった暮を惜しむ嘆きは。

【語注】〇丶(を)しむなげき　③131拾玉1315「まづおもひをしむなげきのひまにただ…」。

▽春20の20。「三月尽」（堀）。三句切、倒置法。暮れはてる春の夕暮を惜む嘆きは、春を知らない、時に会わない不遇な我が憂身ただ一つにとどまっていると、「述懐の心を籠め」（全歌集）ている。拾玉721「くれなゐに霞の袖もなりにけり春の別のくれがたの空」。
C94「はじめは春のくれ、したは年のよはひの事なり。世上の人は春の暮ばかりなげかんと也。われはよはひのをとろへ行をもかなしぶ《む(D)》よし也。」（上142頁。D22・中42頁）
俟「[二]春をしらぬ身にはあづかるまじき事なるに、うき身にしもおしむなげきはとまりたると也。」、「二　座右抄は深山幽谷の隠遁者をいう。当注は我身述懐ともとれる。」
『赤羽』186頁「「をしむ」と「なけき」を強調するために「くれぬるくれ」…と繰返して、口説きの調子を出している。」

夏

421　如何《いかに》せむひとへにかはる袖のうへ《上》に／かさねてお《を》しき花のわかれ《別》を

【訳】どのようにしようか、ひたすら一重に変ってしまった袖の上に、何度も惜しい花の別れをば。
【語注】**○ひとへに**　八代集四例。掛詞（「一重に・偏に」）。「夏衣を暗示する一重」（全歌集）。**○かさねてお《を》しき**「○かさねて―「ひとへ」「袖」の縁語。動詞「重ね」に副詞的な意をも含ませる。」（全歌集）。③132壬二1029「あけぬとておき別れつるうつり香のかさねて惜しき衣がへかな」（二百首和歌、夏「更衣」）。
▽夏15の1。「更衣」（堀）。第三句字余（「う」）。初句切、倒置法。衣更えで、一重となった袖の上に桜（や春と）の

別れをも重ねていとおしむ思いを一体どうしたらいいのかと歌う。拾玉722「あかなくに春は過ぎぬる衣手にいとひし風のたつぞわりなき」。

俟「夏衣の一重と偏とにかけていへる「かはる袖」に、猶かさねておしき別《花》《ヒ》のなごり也。（「ひとへ」といふより「かさねて」は出たる也。」、かさね…「一　三三二番歌も類想。」

『全歌集』「参考」④26堀河百首335「身にしみて花色衣をしければひとへにけふはぬきぞかへたる」（夏「更衣」紀伊）

422　秋冬のあはれ《哀》しらするう《卯》の花よ／月にもにたりゆき《雪》かとも見ゆ

【訳】　秋や冬の情趣を知らせる卯の花よ、秋の月光にも似ているよ、また冬の雪かとも見える。

【語注】　**○秋冬**　八代集一例・拾遺574。

▽夏15の2。「卯花」（堀）。第三、四句切。第一、二句あの頭韻。卯の花の白さを月光や雪に見立てる詠。今は夏なのだが、卯花は月や雪をも思わせて、秋や冬の情趣までも知らせてくれるという。拾玉723「みわの山身をうの花のかきしめて世をすさみたるしるしともせず」。

俟「無殊事。」、月に「一　下句見立て新奇。」

『全歌集』「参考」④26堀河百首347「やみなれど月の光ぞさしてける卯の花さけるをののほそ道」（夏「卯花」基俊）、④26同352「うの花のかきねは雪の心ちして冬のけしきにみゆる山里」（夏「卯花」河内）

『赤羽』177頁「畳句法が多いことも、形式的整斉に意を用いたことの証左であろう。…月にも…見ゆ…視点を変えて羅列している例がもっとも多く目立ち、重句による視覚的イメージの布置のおもしろさを指摘することができる。」

【参考】　③125山家342「身にしみ《め（御）》てあはれしらする風よりも月にぞ秋のいろはあり《見え（玄、西、御）》ける」（秋「月歌…」）。②13玄玉216。

③126西行法師175。⑤172御裳濯河歌合10）…第二句同一

423 年をへて神も見《（み）》あれのあふひぐさ《（草）》／かけてかゝ《（へ）帰③》らむ《（ん）》身とはいのらず

【訳】 年を経て神も見る、御生《あ》れの神事の葵草よ、それを掛けて、決してこのような身であるとは祈ったことはない。

【語注】 ○見あれ 八代集一例・金葉92。掛詞（「見」・「みあれ」）。○あふひぐさ 八代集三例、初出は千載146。○かけて 「葵（草）」の縁語「掛く」を掛ける（「決して・掛けて」）。○かゝら 副詞「かく」と「葵（草）」の縁語「掛く」。

▽夏15の3。「葵」（堀）。長年賀茂の神もご照覧なされたみあれ（賀茂祭）の葵草を我身にかけて、このような沈淪の身となることを祈ったわけではないと歌う。「年を経て」は、上、下句へかかる。拾玉724（【類歌】）。

俟「「神もみる」とうけたる歟。「かけてかゝらん」、かくあるべき身とはいのらずとは、昇進などもせず、いたづらに年をへたる事にや。」

『赤羽』179頁「…かみもみ…かけてか…み…押韻の音楽的効果よりは、むしろ対比による形式的統一とかイメージの効果といった方面に特色がみられるようである。せっかく韻をそろえながら視覚イメージに転化してしまうという皮肉な結果がここにもあらわれている。」

【参考】 ③76大斎院前150「しらねども神のみあれにあふひぐさ…いのるしるしのなかりけりやは」

③82故侍中左金吾21「けふみればかけてかへらぬ人ぞなきあふひぞ神のしるしなりける」（夏「葵」）

③105六条修理大夫203「むかしよりけふのみあれにあふひ草かけてぞたのむ神の契《しるし（堀）》を」（百首和歌、夏「葵」。④26堀河百首357）

④26堀河百首355「あふひてふはかなき草の名ばかりや神のしるしにかけてかへらん」（夏「葵」国信）
④26同358「あふひ草いのりてかくる人ごとになびかぬ神はあらじとぞ思ふ」（夏「葵」顕季）
④27永久百首133「年をへてけふかざしくるあふひ草神にたのみをかくるしるしか」（夏「賀茂祭」大進）

【類歌】③131拾玉724「としをへてかものみあれにあふひ草かけてぞ思ふみよの契を」（楚忽第一百首、夏「葵」）…423に近い
③131同1026「としをへて神もしらなむもろは草ひとかたならずかくる心を」（宇治山百首、夏「葵」）
③131同2651「としをへてかものみあれにあふひ草かけてぞたのむ神のめぐみを」（春日百首草、諸社「賀茂」）…423に近い
③131同2652「としをへてあふひはかものみあれ草かけてぞ神のしるしをもみる」（同、同「同」）…423に近い
④3小侍従31「いかなればその神山のあふひ草としはふれども二葉なるらむ」（夏「葵」。①8新古今183）
④38文保百首3118「年をへて神のみあれにあふひ草いつも二葉の色ぞかはらぬ」（宣子）…423に近い
⑤175六百番歌合214「としごとのけふのみあれにあふひぐさかかるかざしはあらじとぞおもふ」（夏「賀茂祭」経家）

424　あづまや《（屋）》のひさしうらめしほとゝぎす《（時鳥）》／まつ《（待）》よひすぐるむらさめ《（村雨）》のこゑ《おと③》

【訳】　東屋の廂が恨めしい、郭公よ、待つ宵が過ぎている村雨（の時鳥）の声であるよ。

【語注】　**〇あづまや**　八代集四例、初出は後拾遺728。催馬楽6「東屋の　真屋のあまりの　その　雨そそぎ《（ママ）》　我《われ》立ち濡れぬ　殿戸開かせ　…」（「東屋」旧大系384頁）。源氏物語「さしとむるむぐらやしげき東屋のあまりほどふる雨そゝきかな」（「東屋」新大系五―177頁）。　**〇ひさし**　八代集二例、金葉436、449。他、「苫庇」八代集一例・新古今1115、

「板庇」八代集四例、初出は金葉504。
▽夏15の4。「郭公」（堀）。二句切、倒置法。郭公を待っている宵に庇を通り過ぎて行く村雨の音は大きいので、時鳥が鳴いても分からず、東屋の庇がうらめしいと歌う。時鳥ゆえ多くの【類歌】がある。拾玉725「ほととぎすききつとや思ふ五月雨の雲のほかなる夜半の一こゑ」。
五2「「あづまや」とは、四方へ雨だれのおつる家也。雨によせあること葉也。待よひの過るによりて、村雨ひさしにこゑするもうらめしと也。俊恵法師の、ねやのひまさへ、とよめるも心ひとしくこそ。」（常縁口伝、上94頁）、「一　」＝①7千載766765「よもすがら物思ふころはあけやらぬねやのひまさへつれなかりけり」（恋二、俊恵）
B72「あつまやとは柱四本にて作たる家也夜をかさねてまつにつれなきまゝに村雨の音するひさしさへうらみたるさまにや俊恵法師のねやのひまさへとよめる心にや」（抄出聞書10頁）
俟「「東屋の庇」とうけたる〔て久しき心〕なるべし。「ひさし」と〔。〕〔いへる〕は、待よひすぐるほどのつれなさうらめしきなり。村雨もはれやらで、郭公〔ヒ ヒ〕をもよほすけしきなるに〔。〕〔いよ〳〵〕待わびたる心なるべし。「村雨のこゑ」東屋にたよりある歟。鳴たるこゑにはあらず。」、「二　「待よひの…うらめし（五十八首注二番）」で可。当注「久しき」説は行き過ぎ。」
【参考】③96経信69「ほととぎすすぎゆくこゑにくれぬればよはにやなかむみやまべのさとかくもあり」（「暮天郭公」）
⑤29内裏歌合〈応和二年〉13「さみだれになきわたらむ（ママ）ほととぎすまつよひすぎばいつかをしまむ」（佐時）
⑤69祐子内親王家歌合38「ほととぎすすぎにしこゑをしのぶればまちしよりもめこそさめぬれ」（「郭公」右大臣）
⑤112出雲守経仲歌合2「ほととぎすまつよひよりもいとどしくこゑをききてはいこそねられね」（「聞郭公」経仲）
⑤123中宮権大夫家歌合2「ほととぎすよひよりまちてしののめのあけゆくそらに一声ぞきく」（「郭公」経仲）
【類歌】①14玉葉311「月だにも心つくさぬ山のはにまつよひ過ぐるほととぎすかな」（夏「…郭公」為氏）
①14玉葉315「いまだにもなかではあらじ郭公村雨すぐる雲のゆふ暮」（夏「夕郭公」小兵衛督）

①21新続古今232「時鳥まつよひ過ぎてつれなくはあくる雲井に一こゑもがな」（夏、源頼元）
②12月詣314「いかで我思ひしらせん郭公《せぶ(新)》まつよながらにつもるうらみを」（四月「…、郭公を」登蓮）
④1式子225「こゑはして雲路にむかふほととぎす涙やそそくよひのむら雨」（夏。①8新古今215）
④23続草庵590「あめのふるにもなほぞまたるる／よなよなの月にはきかぬほととぎす」
④32正治後度百首717「名残をばいづち分けまし子規おぼめくよはの村雨のこゑ」（「郭公」季保）
④39延文百首2323「郭公まつよひすぎて山のはにいざよふ月のかげになくなり」（夏「郭公」空静。①19新拾遺221）
⑤186新宮撰歌合19「ほととぎす待つよひながら村雨のはるればあくる雲になくなり」（「雨後時雨」有家）

425　はる《(春)》たちし年もさ《(五)》月のけふきぬと／くもらぬそら《(空)》にあやめふくなり

【訳】　立春の年も、五月（五日）の今日がやってきたのだと、（五月雨に）曇っていない空に菖蒲を葺くのである。
▽夏15の5。「菖蒲」（堀）。ついこの間立春だと思ったのも束の間、歳月はあまりに早く過ぎ、もう五月五日の今日が来て、五月雨の雲に曇ってもいない空――まさに快晴、五月晴れの今日の空か――に対して菖蒲を軒に葺くと歌う。拾玉726「あやめ草軒のしづくはひまなきをいかなるぬまにねをのこすらむ」。B73「心は光陰のうつり也くもらぬ空とはまかはぬ空そと也五月の今日をいへりいつの間に五月のきぬるそとおもへはあやめをふくに心のうたかひを晴たる心にや」（抄出聞書10頁）
俟「底本一行分空白。後に加注のつもりか。」

426　とるなへのはやく月日はすぎ《(過)》にけり／そよぎし風のを《(お)》と《(音)》もほどなく

【訳】　取る苗は、速く月日は過ぎてしまったことよ、（稲葉が）そよいだ風の音もさして時は経っていなくて。
【本歌】　古今172「昨日こそ早苗とりしかいつのまに稲葉そよぎて秋風のふく」（秋上、よみ人しらず。『全歌集』）
【語注】　○なへ　八代集二例、他「早苗」八代集六例。
▽夏15の6。「早苗」（堀）。三句切、倒置法。古今172（夏→秋）を本歌として、426（昨秋→今夏）は、その逆で、つい昨日の如く、稲葉にそよいで吹いている秋風の音をきいたと思ったのに、いつのまに、昨日早苗を取るというように、あっという間に月日は過ぎ去ったと、前歌同様〝月日の速かなる〟を歌う。拾玉727「せきもあへず谷の小川もながるめり山田のさなへとるにまかせて」。
俟「此歌〔私注―古今172〕をうちかへしていひたる也。いな葉そよぎし風の、ほどもなく又、早苗とる時節になりたるとおどろきたる也《なるべし》《ヒ》。」

『全歌集』「本歌の季節を夏に変え、昨年の秋を振り返った心。」

『赤羽』170頁「時の流れを視覚的イメージに転化して捉えようとするが、実際の季節の推移に追いつかず面影や執着が残る。心理的時間と物理的時間の跛行を意識したものであろう。あくまで眺め尽そうというかれの徹底癖がここにも窺われる。」、366頁「定家は季節の変り目に口ぐせのように「はやくすぎゆく」という表現を使う。…この「はやくすぎゆく」という時間意識は歳暮よりもむしろ年の半ばに発せられる感慨である。ふと気がつくと一年の半ばを過ぎてしまったと、時の経つのが早いことにおどろいているのである。」

427　夏衣たつた《（立田）》の山にともしすと／いく夜かさねてそで《（袖）》ぬらすらん

【訳】 立田の山に（鹿を求めて）照射をすると、幾夜を重ねて、（夜露に）袖を濡らすのであろうか。

【語注】 **○夏衣** 「たつ（た）」の枕詞。 **○たつたの山** 「「夏衣裁つ」から立田山へと言い続ける。」（全歌集）。 **○かさねて** 「「裁つ」とともに「衣」「袖」の縁語。」（全歌集）。

▽夏15の7。「照射」（堀）。立田山で照射をするというので、猟師は幾夜も幾夜も夜露で袖を濡らすと歌う。②16夫木3096、夏二、照射「文治二《（ママ）》年百首」。拾玉728「ともしするしづが行へのあはれさも思ひしらるる五月やみかな」。侯「無殊事。」

【参考】 ⑤125東塔東谷歌10「すがるゆゑ夏のよすがらともしすとひとりものべにたちあかすかな」（「昭《（ママ）》射」）

【類歌】 ①19新拾遺277「ともしすと露わけ衣立ちぬれて今夜もあかす宮城野の原」（夏「照射歌…」基氏）
②16夫木2795「夏衣たつたのやまのほととぎす袖かたしきてまたぬよはなく」（夏二、郭公、小弁）
⑤197千五百番歌790「ともしすと山のこさめにたちわびてあはれにもうきそでもぬれけり」（夏二、季能）

428 玉梓の道ゆき人のことづても《新古今》／たえてほど《（程）》ふる五月雨のそら《（空）》

【訳】 道を行く人の伝言も、すっかりなくなって時が経ち、降る五月雨の空であることよ。

【語注】 **○玉梓の** 「道」の枕詞。 **○道ゆき人** 八代集三例。 **○たえて** 「人間の営みも自然の運行もストップ状態にある。一つの季節が過ぎたけれども新しい季節はまだやってこない中間状態、あるいは、季節が推移せずに立ち止まっているような状態を捉える。」（『赤羽』250頁）。 **○ふる** 掛詞「（程）経・降る」。

【本歌】 ①3拾遺937「こひしなば《（ママ）こひしとか（人）》こひもしねとや《か（人）》玉梓の道ゆき《く（万）》人《の（〃）》に事づても《言も告らなく（万）し（人）》なき《せぬ（六）》」（恋五、人まろ。②4古今六帖1997。万葉2374 2370。③1人丸204）

▽夏15の8。「五月雨」（堀）。①3拾937を「本歌」（全歌集、古典集成・新古今232、新大系・新古今232、角川ソフィア文庫・新古今232、新大系・百番35、『安田』149頁は「参考歌」）として、恋死するなら恋死してしまえとばかり、道行く人の伝言もとだえなくなって長らく経ち、五月雨が空に長く降り続くと、恋歌仕立てで歌う。①8新古今232、夏「さみだれの心を」藤原定家朝臣。⑤216定家卿百番自歌合35、十八番、左持、私百首文治五年。⑩177定家八代抄231、夏、参議定家。拾玉729「五月雨はいかにせよとて山里の軒ばぞ雲のたえまなりける」。俟「甚雨の中なれば、往来の絶たる心也。「道行人のことづて」は、「春くれば…〔私注―①1古今30「春くればかりかへるなり白雲のみちゆきぶりにことやつてまし」（春上、みつね）〕」此歌よりいでたる歟。」

「本歌の恋の心を余情として籠める。」（全歌集

『赤羽』「無人の境の閑静や寂寥を求めている。…時間的空間的現実の次元から隔離したところに美の世界を設定しようとするが、いまだ完全に現実の人間世界を断ち切っていない。しかし意識して離れようとする動勢は認められる。」（176頁）、「待つ心の逆説的な表現で、つねに人を待ちながら孤独に耐えている境涯である。」（249頁）、「初句と第四句（上句と下句）に頭韻がある場合／一、序詞的な用法によって、上句と下句の音調をひとつにととのえる。」（300頁）、「その自然な流れやリズムを断ち切る。ある頂点で停止させる。…この歌の場合も言伝の絶えたところにはじまる。そこには流れない時間、移らない時間がある。来ない人を待つ状態のままで時間を停止させたと同じように、音信の絶えた状態のままでストップしている。その空しい空間を充たすものは五月雨のみである。」（359頁）

「五月雨（梅雨）…さみだれに降りこめられている人間のうっとうしさ。本歌「恋ひ…に歌われた恋人に逢えないことに伴う焦燥感をも籠める。」（古典集成・新古今232）。「「五月雨」…本歌の恋を夏に替え、言伝のない理由を五月雨に転じたもので、五月雨の頃のつれづれが滲み出ている。」（新大系・新古今232）

【参考】万葉4238 4214「…玉桙の　道来る人の　伝《つ》て言《こと》に　我れ語らく　はしきよし　…」（巻第十九）

【類歌】③132壬二1512「玉鉾のみち行人にゆふけとふことのはをさへ恨みてぞゆく」（洞院摂政家百首「怨恋」）

429　ふるさと《（古郷）》の花橘にながめして／見ぬゆくすゑ《（行末）》ぞはてはかなしき

【訳】故郷の花橘をしみじみと思いながめ見て、見たこともない将来だ、果ては悲しいことよ。

【語注】○ふるさと「親しい人に見捨てられた里。」（全歌集）。○見ぬゆくすゑ「まだ見ぬこれから先のこと。具体的には、自分の死後。」（同）。

▽夏15の9。「蘆橘」（堀）。故里の花橘を〝ながめ〟、まだ味わったこともない、見知られない将来の果て・死後は悲しいと歌う。『全歌集』は、「橘は懐旧の心を誘う花とされるが、自分が死後も親しかった人に懐しまれないであろうことを悲しんでいる。女の立場で詠み、恋の心を籠める。」とする。同じ定家に、第一、二句がほぼ同一の③134拾遺愚草員外580「ふるさとの花橘の白妙にむかしの袖はいまにほひつつ」（詠百首和歌「花」）がある。橘の歌ゆえ【類歌】が多い。⑤183三百六十番歌合201、夏、廿九番、左、定家朝臣。拾玉730・盧橘「たち花のはなちる里のすまひかなわれもさこそは昔がたりよ」。

俟「橘は昔をしのぶ物なれば、古郷のそのかみ盛なりし世をしのびて、今、荒廃をあはれぶ心から、はては又、みぬ行末の世をおもひやりてなげきたるこゝろ、たぐひなくや。」

『赤羽』「現在から未来を想像している。しかしこの現在は、九鬼周造のいわゆる「永遠の今」のような無限の深みを有するものではなく、「時間の持続」の空間化ともいうべきものである。」（170頁）、「「見ぬゆくすゑぞ」という表現には未来を見通そうとして見通しえぬ嘆き、…否定の非限定性がかえって無限を表現するのに効果的となっている。」（174頁）、「はな…はな…は…見ぬ行末を眺める状態、…これらはすべて方向性を含んでいる。」（181頁）、「この「見ぬゆくすゑ」は、見通すことのできぬ未来である。見通したいと願う心と、それが不可能である現実との間にあって、過去と現在の合間にゆきつもどりつしてたゆたう心である。こんなふうにして、不可知な未来に期待をかけることを次第に断念してゆくようになり、想像力は現在を空間的な次元へ拡充させることに向かってゆく。」（252頁）

【参考】 万葉1975 1971「雨間明けて国見もせむを故郷の花橘は散りにけむかも」（巻第十）
③2赤人解13「秋すぎて陰にもせむをふるさとのはなたち花もちりにけるかも」
⑤107顕季家歌合7「たづねくる人こそたえねふるさとのはなたち花のにほふさかりは」（「花橘」）
⑤163三井寺新羅社歌合27「ふるさとの花たちばなにほととぎす昔を忍ぶ声聞ゆなり」（「古郷郭公」道禅）
⑤421源氏物語576「ほととぎす君につてなんふるさとの花橘は今ぞさかりと」（「幻」大将（夕霧））

【類歌】 ①20新後拾遺692「古郷の花橘にむかしたれ袖の香ながらうつしうゑけん」（雑春、浄阿上人）
②14新撰和歌六帖2389「故郷の花たちばなの枝をりにかたみおぼ《ほか(夫)》ゆるひとむかしかな」（第六帖「たち花」。②16夫木2688）
③131拾玉3792「たが袖の涙なるらむ故郷の花たちばなに露のこ《ぞ(続)》ぼるる」（詠百首和歌、夏「故郷橘」。①11続古今251）
③132壬二1266「郭公こそやど《かり(新)》りせし故郷のはなたち花に五月わするな」（為家卿家百首、夏。①9新勅撰154）
④36弘長百首168「古郷の花たちばなに時鳥われも五月をまつとなく《告イ》なり」（夏「郭公」同（＝寂西））
④37嘉元百首623「故郷の花たちばなのかぜのうちにいくよの人の袖のこるらん」（夏「盧橘」内実）
④37同923「ふる里の花たちばなも色よりは香こそあはれに《と》昔わすれね」（夏「盧橘」為世）
⑤247前摂政家歌合126「ほととぎすちぎりありてや古郷の花橘にかれず鳴くらん」（中夏、左近衛中将）

430 打《(ち)》なびく河ぞひ柳ふく《(吹)》かぜに／まづみだるゝはほたる《(蛍)》なりけり

【訳】 靡いている河沿いの柳に吹く風に、まず初めに乱れるものは螢なのであるよ。

【語注】 **○河ぞひ柳** ⑤348日本書紀83「いなむしろ　かはそひやなぎ　みづゆけば　なびきおきたち　そのねはうせず」（巻第十五、天皇（顕宗天皇）。『全歌集』）。

▽夏15の10。「蛍」（堀）。靡いている川添い柳に風が吹くとまず初めに、柳の枝ではなく、螢が乱れると歌う。⑤183三百六十番歌合236、夏、四十六番、右、定家朝臣。拾玉731「よそにかく見るもはかなし夏むしの思ふばかりの身にあまるかは」。侯「無殊事。「まづ」といへるは、柳の葉にさきだちてみだる、なるべし。」久保田『研究』「風を可視的に捉えている」（840頁）

【参考】 ③24中務66「吹く風にみだれぬきしのあをやぎはいとどなみさへよればなりけり」…詞が通う

③105六条修理大夫215「みなづきのかはぞひやなぎうちなびきなごしのはらへせ《ひ（堀）》ぬ人ぞなき」（百首和歌、夏「荒和祓」。④26堀河百首549）

③115清輔267「水ゆけば川そひ《（ママ）》柳打ちなびきもとの心はゆるぎげもなし」（「乍随不会恋」）

④26堀河百首479「ふく風に沢べの草はみだるれど光きえぬはほたるなりけり」（夏「蛍」紀伊）…430に近い

【類歌】 ②12月詣84「風ふけば池のかがみにかげうつる柳のまゆぞまづみだれける」（二月「水辺柳と…」覚延）

④31正治初度百首1014「うちなびく河そひ《（ママ）》柳枝ひちてそこの玉もにわきぞかねぬる」（春、経家）

④38文保百首2407「はる風に河ぞひ柳うちなびき浪のみどりの色ぞみえける」（春、行房）

⑤230百首歌合〈建長八年〉365「さほ河のいはきしとほく吹く風にみだれてかかる青柳のいと」（二位中将）

431　ひと《（人）》はすむと許見《（ばかり）》ゆるかやり《（蚊遣）》火の／けぶり《（煙）》をたのむをちのしば《（柴）》がき

【訳】 人は住んでいるとだけは見える蚊遣火の煙を頼みとする遠くの柴垣だ。

【語注】 **○と許**《（ママ）》 八代集二例、後拾遺967、新古今1638。471参照。 **○かやり火** 八代集五例。 **○しばがき** 八代集にない。蜻蛉日記、上「あくれば川わたりて行くに、柴垣しわたしてある家どん《（も）》を見るに、」（新大系89頁）。源氏物語「ゐなかいゑ《（へ）》だつ柴垣して、前栽など心とめて植へ《（ゑ）》たり。」（「帚木」、新大系一―62頁）。⑤347古事記109「おほきみのみこのしばかき《（ママ）》　やふじまり　しまりもとほし　きれむしばかき　やけむしばかき」。⑤291俊頼髄脳396「しばがきのきとこれをいふかも」（清家）。①14玉葉360「庭のおもも雲にへだたるしばがきの…」（定家）。

▽夏15の11。「蚊遣火」（堀）。（あの）人が住んでいるのだと見える蚊遣火の煙をあてにして、遠方の柴垣の中の家を私は訪《と》い尋ねて行くと歌う。「旅の心にや」（抄出聞書）とするが、源氏物語の、夕顔の住む五条あたりの雰囲気か。源氏物語「むつかしげなる大路のさまを見は《（わ）》たし給へるに、このいゑ《（へ）》のかたはらに、檜垣といふもの新しうして、」（「夕顔」、新大系一―100頁。なお「蚊火」「蚊遣火」とも源氏の索引になかった）。拾玉732「涼しきかすずしからぬかかやりびのけぶり吹きまく野べのゆふ風」。

B74「人はあるかなきかの宿なるへし煙をしるへにことゝはんと也旅の心にや」（抄出聞書10頁）

俟「遠の柴がき」、何事にか。もし、人倫絶たる山家などにて、おなじ山陰の幽居をながめやりたる儀なるべき歟。」、

「一　「人は…にや（B注七四番）」の釈が可。それにしても誇張に過ぎる。」

432　この世にもこのよの物と見えぬ哉／はちすのつゆ《（露）》にやどる月かげ《（影）》

【訳】 この世にあっても、この世の物だとは見えないことよ、蓮の露に宿っている月の光は。

▽夏15の12。「蓮」（堀）。三句切、倒置法。第一、二句「このよ」の頭韻。蓮の露に宿る月の光は、この世（現世。「夜」を掛けるか）のものであっても、この世のものとは決して思われないと歌う、極楽浄土の世界。月光は済度の光でもある。432に近い定家の詠に、③134拾遺愚草員外633「この世にはあまるばかりの光かな蓮の露に月やどるいけ」（夏）がある。拾玉733「池水にめでたくさけるはちすかな事もおろかに心かくらむ」。

C96「はちすの露の見事なるは、この世ともなく、誠に極楽のやうなると也。／蓮葉《本》の…〔私注—①1古今165「はちすばのにごりにしまぬ心もてなにかはつゆを玉とあざむく」（夏、へんぜう）〕／不染世間法如蓮華在水。」（抄出聞書、上143頁）、「善学菩薩道　不染世間法　如蓮華在水　従地而涌出」（岩波文庫『法華経中』318頁、巻第五、従地涌出品第十五）

D134「蓮葉のにごりに…不染…在水。はちすの露のみごとなるは、此世ともなく《のものとも見えずた、こ、もイ》、寔に極楽の様なると也。」（抄出聞書、中73頁）

侫「清浄潔白《なる物》。なればかくいへり。」

『全歌集』「蓮花から西方浄土を連想する。参考「水清み…〔私注—④26堀河百首511「水清み池のはちすの花ざかり此世のものとみえずもあるかな」（夏「蓮」紀伊）〕」

『赤羽』「このよにもこのよ…つ…つ…上句で同語を反復しながら意味内容をずらせ、季節を進行させる。そして下句においてつゆとつき、…というふうにイメージおよび心理を重層させる。」（186、187頁）

【参考】③64道綱母33「はちすばのうきはをせばみこのよにもやどさぬつゆとみをぞしりぬる」

④29為忠家後度百首368「みるひともこころすめとやいけみづのはちすのつゆにやどる月かげ」（秋月「露上月」）…下句同一

【類歌】①19新拾遺287「野べにおくおなじ露ともみえぬかなはすのうき葉にやどる白玉」（夏、俊成。②13玄玉640）

④31正治初度百首1150「秋の夜の月を見るこそこのよにもこんよの空もひかりなりけれ」（秋、釈阿）

433　ひむろ《氷室》山まかせし水のさえぬればなつ《夏》のせかるゝかげ《影》にぞあり《有》ける

【訳】氷室山にまかせ（入れられ）た水が冷えた時には、夏が堰き止められた光であることだ。

【語注】○ひむろ山　八代集一例・千載209、「氷室の山」も八代集一例・千載104。○かげ　「蔭」か。

▽夏15の13。「氷室」（堀）。末句字余（「あ」）。「任す」と「堰か」は対。氷室山に引き入れた水が冷え冷えとすると、そこだけは夏が堰き止められて氷の光を放っていると歌う。拾玉734「すべらぎののどけき御代の氷室山あたりまでこそすずしかりけれ」。

俟「「まかせし水」といへるより「せかるゝ」といへり。夏をせく陰ぞと也。」

【参考】①7千載209 208「あたりさへすずしかりけりひむろ山まかせし《する(久)》水のこほるのみかは」（夏「…、氷室のうたと…」大炊御門右大臣。②12月詣513。④30久安百首130）

④26堀河百首513「夏まち《かけ(和)》ていだす氷室はいにし年任せし水のこほる《り(和)》なりけり」（夏「氷室」公実。⑤333和歌無底抄5）

434　山かげのいは《岩》ねのし水たちよれば／心の内《うち》を人やくむらん

【訳】山蔭の岩の根元の清水の所に立ち寄ると、わが（涼を求めた）心の中を人は汲みとるのであろうか。

【語注】○山かげ　「山蔭」八代集七例、初出は詞花110、が、「山の蔭」は古今204よりある。

▽夏15の14。「泉」（堀）。山蔭の岩の根本の清水に立ち寄った時には、涼を請い求める私の心の中を、人はさぞ汲み

取ろうとの詠。「「汲む」の語を二重に働かせた点が狙い。」（全歌集）。拾玉735「よしの山もとのすまひもすずしきにかさねてぞせく山川の水」。

B75「我納涼の心を推量すへきとや」（抄出聞書10頁）

俟「無殊事。」、「山陰…」「一　」＝①1古今887「いにしへの野中のし水ぬるけれど本の心をしる人ぞくむ」（雑上、よみ人しらず）

【参考】②4古今六帖2267「山かげのきくのしたみづいかなればくむ人ごとにおいわたるらん」（第四「いはひ」おきかぜ）

435　みそぎしてとし（年）をなかばとかぞふれば／秋よりさきにもの（物）ぞかなしき

【訳】　六月祓の禊をして、今年も中ばだと数えると、秋より前にものがなしいことよ。

【語注】　**○かぞふれば**　③73和泉式部79「かぞふればとしののこりもなかりけりおいぬるばかりかなしきはなし」（冬）。

▽夏15の15。「荒和祓」（堀）。禊をして今年も半ばだと指折り数えて実感すると、秋より先にものがなしいと歌って、夏を閉じる。①1古今184「…影見れば心づくしの秋はきにけり」（秋上、よみ人しらず）、和漢朗詠223「…就中腸の断ゆることはこれ秋の天なり」（秋「秋興」白）、同308「秋の悲しみは貴人の心に到らず」（秋「落葉」白）の秋である。

拾玉736「みそぎするたつた河原のかは風にまだき秋たつゆふ暮の空」。

俟「秋は物がなしき時節なるに、秋にさきだちて光陰の過をかなしむ也。」

『全歌集』「参考」①7千載230 229「秋はきぬとしもなかばにすぎぬとや荻ふくかぜのおどろかすらん」（秋上「初秋の

…」寂然）

秋

436　みむろ《室》山けふより秋のたつたひめ／いづれの木〻のしたばそむらん

【訳】三室山よ、今日から秋の立つ、立田姫はどの木々の下葉を染めるのであろうか。

【語注】○みむろ山　八代集三例、初出は金葉263、が「三室の山」は八代集に多い。○たつたひめ　掛詞（「立つ、竜田姫」）。

▽秋20の1。「立秋」（堀）。立秋の今日、秋の女神である竜田姫は、御室山のどの木々の下葉から染めるのかと歌って、秋を始発する。拾玉737「けふよりはいかがはすべき世の中に秋のあはれのなからましかば」。俊「「立田姫」は秋をつかさどりて染いだす神なれば、はやいづれの木々の下葉より心にかけてそめはじむらんと也。」、「三室…」、「一　立秋題の把握としては事理。」

【参考】①1古今298「竜田ひめたむくる神のあればこそ秋のこのはのぬさとちるらめ」（秋下「秋のうた」かねみの王）

④34洞院摂政家百首740「秋の色のいづこはあれど立田姫そむるやしほの岡の紅葉葉」（秋「紅葉」知家。②16夫木6210）

437　たなばた《七夕》のあかぬわかれ《別》のなみだ《涙》にや／秋しらつゆ《露》のを《お》き《置》はじめけん

【訳】　七夕星（女）の飽きることのない別れの涙なのであろうか、秋を知らせる白露が置き始めたのであろうか。

【語注】　○第一、二句　①3拾遺1084「あさとあけてながめやすらん織女のあかぬ別のそらをこひつつ」（雑秋「七夕後朝、…」つらぬき）。　○しら　掛詞（「知ら（す）」と「白露」）。「「秋知ら」から「白露」へと続けた。」（全歌集）。

○を《（お）》きはじめ　八代集一例・千載397。『全歌集』は「「置き」に「起き」を掛け」、「牽牛織女二星が起きて飽きもしないのに後朝…」とするが、「起き」を掛けるとはしない。

▽秋20の2。「七夕」（堀）。織女の満たされることのない別れの涙であるのか、秋を告げる白露が置き初めたのかと歌う。女のみの涙で、二人の涙とはしない。佐藤「漢詩文受容」441頁、和漢朗詠214「露は別れの涙なるべし珠空しく落つ　雲はこれ残んの粧ひ鬢いまだ成らず」（秋「七夕」菅）、②8新撰朗詠198「雲霞帳巻風消息　烏鵲橋連浪往来」（秋「七夕」乞巧屏風、藤相公）。拾玉738「七夕のまちこしほどのあはれをばこよひ一夜につくしはつらむ」。俟「無殊事。「にや」といへるに心を付べし。秋の露は別の涙にをきはじめたるにやと云也。」

【参考】　①2後撰242「天河流れてこふるたなばたの涙なるらし秋のしらつゆ」（秋上「（七夕をよめる）」よみ人しらず。③11友則14）

①5金葉二165 175「たなばたのあかぬわかれのなみだにやはなのかつ《づ（夫、堀）》らもつゆけかるらん」（秋「七夕の後朝の心を…」師時。①5′金葉三158。②16夫木4049。④26堀河百首585。⑤376宝物集352）…上句同一

③116林葉354「たなばたのわかるるけさの袂にや秋のしら露置きはじむらん」（秋「…七夕歌…」）。⑤156清輔朝臣家歌合27。⑤272中古六歌仙167）…437に近い

【類歌】　①8新古今326「いとどしくおもひけぬべし七夕のわかれの袖における白つゆ」（秋上「七夕の心を」能宣）

③131拾玉3098「七夕の涙に露をおきそめて枕のしたに秋風ぞふく」（秀歌百首草、秋。同3609）

④16右京大夫292「たなばたのあかぬわかれのなみだにや雲のころものつゆかさぬらん」…437に近い

④31正治初度百首142「別れぬる名残をしむ七夕のなみだよりおく今朝の白露」（秋、三宮）…437に近い
⑤197千五百番歌合1155「七夕のあかぬわかれのなみだゆゑもみぢのはしや色まさるらん」（秋一、三宮）…437と上句ほぼ同じ
⑤197同1173「たなばたのあかぬなみだにおきそめてこれより秋は暁のつゆ」（秋一、通具）…437に近い

438　さきにけり野べわけ《（分）》そむるよそめ《（目）》より／むし《（虫）》のね見する秋はぎ《（萩）》の花

【訳】　咲いたことよ、野べを分け初めた、外の目から見て、虫の音を見せる秋萩の花は。

【語注】　**○さきにけり**　①1古今218「あきはぎの花さきにけり高砂のをのへのしかは今やなくらむ」（秋上、藤原としゆき）。**○わけそむる**　八代集にない。③132壬二849「虫のねをたづねん人ぞ分けそめむ…」。④15明日香井1296「かすがののおどろがみちはわけそめつ…」。④32正治後度百首591「家路より宮この霞わけそめて…」（家長）。⑤197千五百番歌合2260「わけそめていかにたどらんゆくへなき…」（季能）。**○秋はぎの花**　八代集五例。

▽秋20の3。「萩」（堀）。第四句「音《ね》見する」という感覚の錯綜。初句切、以下との倒置法、及び二句切、第二、三句の倒置法。「よそ目より／野辺分け初むる。／虫の音見する秋萩の花／咲きにけり」の順となる。外から見て野辺を分け初めて行く、そうするとそこでは虫の音をも見せてくれる秋萩の花が咲いていたと歌う。「虫の「音」を「見する」と言った点が珍しい。」（全歌集）。拾玉739「しづのをが麻の衣の花ずりははぎの名をりの物にぞ有りける」。俟「萩の咲たる気色にて、よそめよりきかぬ虫の音のおもひやられて、みるがごとくなると也。」、「整然とした初句切。ただ、二句以下が情意・情景の形象化に乏しい。／二「よそめ」は四〇三番頭注参照。」
『赤羽』「虫の声の乱れるごとく散りこぼれる秋萩が連想される。」（171頁）

【参考】　万葉1976 1972「野辺《へ》見ればなでしこの花咲きにけり我が待つ秋は近づくらしも」（巻第十）…詞が通う
③31元輔174「ほかみれば秋はぎの花咲きにけりなど我がやどのしたばのみこき」
⑤138雲居寺結縁経後宴歌合6「はぎがはなもとのふるえに咲きにけり見しにかはらずあきのゆふぐれ」（「萩」忠隆）
【類歌】　④22草庵348「故郷の野となる庭に咲きにけり秋やうづらのとこなつのはな」（夏「…、瞿麦」）
⑤197千五百番歌合2235「さきにけり君が見るべきゆくすゑはとほざとをのの秋萩の花」（祝、俊成卿女）

439　をみなへし《（女郎花）》なびくけしき《（気色）》や秋風の／わきて身にしむいろ《（色）》となるらん

【訳】　女郎花よ、靡いている景色よ、飽きられて、秋風がとりわけ身にしみる色となるのであろう。
【語注】　**○けしき**　八代集初出は後拾遺10。　**○秋**　掛詞（「秋・飽き」）。　**○わきて**　掛詞（「分く、わきて（例、「野分き」）」）か。
▽秋20の4。「女郎花」（堀）。女郎花の靡く様子に、飽きられた女郎花にとって秋風が特に身にしむ色模様となるのかと歌う。例の如く、「女郎花を女、秋風を男と見立て、両者の間に恋愛関係を想定する。」（全歌集）。「身にしむ、秋・風、色」を含んだ有名な古歌に、②4古今六帖423「吹きくれば身にもしみける秋風を色なき物と思ひけるかな」（第一「あきの風」）、①6詞花109 107「あきふくはいかなるいろのかぜなれば身にしむばかりあはれなるらん」（秋、和泉式部）、③129長秋詠藻237「草も木も色づく秋のはつ風は吹きそむるより身にぞしみける」（秋「初秋歌とて…」）、④30久安百首131「いつしかと今朝吹く風の身にしみて秋の色にも成りにけるかな」（秋、公能）がある。⑤183三百六十番歌合374、秋、四十三番、右、定家朝臣。拾玉740「をみなへし花のにほひに秋たちてなさけおほかる野べのゆふ暮」。
C97「あき《秋(D)》風はいづれの草木にも身にしむべけれど、とり《取(ッ)》分《(ッ)》てをみなへしの色にそまんと也《ナシ(ッ)》。みなしたる也。」（抄

出聞書、上143頁。D213・中96頁）

侯「女郎花のなびくは、女にしてい《ヒ》へり《風を夫にして》。「わ《一》きて身にしむ」は、風故《ヒ》《殿》の身にしむ心なるべきか。女郎花のなびくけしき、風の身にしむ色になりてより、又風の音まで人の身にしむといへる心なるべき歟《し》。むつかしき趣向也。」、「一　C注九九番は「あき…と也」とするが、女郎花は秋風が「身にしむ」で、「色」は、女郎花の色と風趣と両義の解であろう。当注「風殿」の謂は風自身の「身にしむ」の解か、不審。一首は女郎花の黄色がやがての黄落を予想させるの意。」

【参考】①1古今230「をみなへし秋のの風にうちなびき心ひとつをたれによすらむ」（秋上、左のおほいまうちぎみ。②2新撰万葉532。②4古今六帖3660。⑤6亭子院女郎花合4）

①7千載252 251「をみなへしなびく《と（続、雅）》をみれば秋かぜの吹きくるすゑもなつかしきかな」（秋上、雅兼。②10続詞花223。③109雅兼27）

③113成通32「女郎花なびくをみれば人しれず秋吹く風ぞうらやまれぬる」（「をみなへし」）

⑤6亭子院女郎花合10「あきかぜのふきそめしよりをみなへしいろふかくのみみゆるのべかな」

⑤150南宮歌合22「女郎花なびかす風にみをなして人を心にまかせてしかな」（「女郎花恋」大夫典侍）

【類歌】①12続拾遺242「いづかたに心をよせて女郎花秋かぜふけばまづなびくらん」（秋上、よみ人しらず）

④18後鳥羽院237「いかにしていくかもあらぬ秋風の身にしむ色をふかくそむらん」（内宮御百首、秋）

④32正治後度百首427「をみなへし色をうつせば夕露のちるさへをしき野辺のあき風」（秋「草花」隆実）

④34洞院摂政家百首解229「秋かぜの身にしむばかりふきしよりよもの木ずゑぞ色かはり行く」（前宮内卿落素百首「紅葉」）

④38文保百首2833「いかにしてときはの山の秋風の身にしむ色に吹きかはるらん」（秋、雲雅）

⑤197千五百番歌合1151「をみなへしなびきもはてぬ秋かぜにこころよわきはつゆのしたをれ《おび（夫）》」（秋一、寂蓮。②16夫木4293）

440　しのぶ《（忍）》山すそのゝすゝき《（薄）》いかばかり／秋のさかりを思ひわぶらん

【訳】　信夫山の裾野の薄はどれほどか、飽きられて、秋の盛りを思い侘びているのだろうか。

【語注】　**○しのぶ山**　八代集二例・千載157、新古今1093、他「しのぶの山」八代集五例、初出は千載690。陸奥国の歌枕。今の福島市。　**○すその**　八代集三例、初出は後拾遺371、他「裾野の原」は八代集三例、初出は千載32。　**○秋のさかり**　「秋」掛詞（「飽き」・全歌集）。①3拾遺770「しのぶればくるしかりけりしの《はな（抄、袖）》すすき秋のさかりになりやしなまし」（恋二、勝観。①3′拾遺抄252。⑤53後十五番歌合23。⑤299袖中抄96）。

▽秋20の5。「薄」（堀）。前歌（「女郎花」「秋・飽き」――女が靡く様子であるのに男が飽き、女にとって秋風が殊に身にしむ色――）に続いて恋歌仕立て（「偲ぶ」「秋・飽き」「思ひ侘ぶ」）である。440は、「薄」を女に見立て、「信夫」に「偲ぶ」をほのめかせ、「秋」に常套の「飽き」を掛け、まだ女が恋い慕っているが、男に飽きられて、女が「思ひ侘」び、うちしおれた様をあらわす。「うなだれた薄を、男に飽きられ見捨てられている女に見立てて詠む。」（全歌集）。②16夫木4372、秋二、薄「文治二《（ママ）》年百首」。拾玉741「わきてしもなになびくらむ花すすき風のあはれはおのれのみかは」。

俟「「しのぶ山」といふより秋のさかりはほにあらはるゝ事なるべし《也。》。しのぶ山なればほに出る事を思ひわぶらんと也。」、「一首事理。」

六家抄「忍ぶ心有。薄はほに出るよりて思ひわぶらんと也。秋のさかりは秋の半の心也。」

441　たづぬれば庭のかるかやあと《跡》もなく／ひと《人》やふりにしあれ《荒》はてにけり

【訳】尋ねると、庭の刈萱には、人の足跡もなく、住んだ人も年老いてしまったのだろうか、すっかり荒れ果ててしまったことよ。

【語注】〇あれはて　八代集四例、初出は後拾遺270。

【本歌】①1古今248「さとはあれて人はふりにしやどなれや庭もまがきも秋ののらなる」（秋上、遍昭）

▽秋20の6。「刈萱」（堀）。四句切。『全歌集』の言う如く、①1古今248を本歌とし、訪れると、庭には刈萱が生い茂り、庭も籬も秋の野状態で、跡もなく、人は年老い（死か）、故里の我が邸宅は荒廃しきっている様を歌う。②16夫木4446、秋二、刈萱。拾玉742「主はあれど野と成りにけるまがきかなをかや《(ママ)》が下にうずら鳴くなり」。「こうして漢詩文を背景とした古宅や故関、また古寺という場への歌人たちの関心が、新古今時代の一つの歌風を成立せしめ、また新たな美意識へと目を開かしめたと言える。」（『新古今集と漢文学』「廃園の風景」川村晃生、22頁）

侯「かるかやのしげりてあれはてたるは、跡たえて人のふりにし故にやと也。「かるかや」といへる、刈心もこもれる歟。かる跡もなくのこゝろにてあるべき歟。／「人やふりにし」と云は、死して其跡の年ふりたるをいへる詞なる歟。韻歌にも、春もいぬ…のこれる〔私注—①133拾遺愚草1620〕、といへり。」、「一　「しげりてあれはてたる」は誤解。第四句挿入句法が眼。」

『赤羽』「無人の境の閑静や寂寥を求めている。」（176頁）・428参照

【参考】③85能因138「いその神ふりにし人を尋ぬればあれたる宿にすみれつみけり」（①8新古今1684 1682）

442　ふぢ《藤》ばかまあらぬくさば《草葉》もかほ《を》るまで／ゆふつゆ《夕露》しめるのべの秋風

【訳】　藤袴は勿論、そうでない草葉も匂うほどに、夕露が湿っている野辺の秋風であるよ。

【語注】　○ふぢばかま　②2新撰万葉137「ナニビトカ　キテヌギカケシ　フヂバカマ　アキクルゴトニ　ノベヲニホハス」（上、秋）。○あらぬくさば　「否定が微妙な発見につながる例である。…「あらぬくさは」には、特定のものを指示するよりもかえって厳密な描き方がみられる。」（赤羽174、175頁）。「それは、感覚の印象の方を尊重する態度だからである。」（同255頁）。○かほ《(を)》る　八代集初出は金葉59。○ゆふつゆ　八代集初出は後拾遺682。○しめる　「湿る」は八代集にない。が、「あさじめり」は八代集一例・新古今340。「うちしめる」八代集二例・千載183、新古今220。

▽秋20の7。「蘭」（堀）。藤袴は言うまでもなく、そうでない草葉も薫るまでに、夕露が湿っている野辺に秋風が吹いていると歌う。「かおりは湿度が高くなると強まる。」（全歌集）のである。②16夫木5505、秋四、露「文治二《(ママ)》年百首」。拾玉743「秋ののにたがためとてかそめおきし主ほしげなる藤ばかまかな」。

C98「主《本》しら…（私注—①1古今241「ぬししらぬかこそにほへれ秋ののにたがぬぎかけしふぢばかまぞも」（秋上、そせい））」／風吹《二》二ケバ芝蘭《薫(D)》一ヲ香《カヲハシ。(〃)》、別の草葉まで藤《、(〃)》ばかまの匂ひ《ナシ(〃)》のうつりたる也《と(〃)》。夕露しめるとい《」(〃)》ふ所肝心也。たき《焼(〃)》物のしめ〳〵とにほふ事也《様(〃)》。げ《三》んじたき物合も雨の日の事なり《□こと(〃)也(〃)》。雨の日《は、》、薫は《かほりも(〃)》一段にほ《匂(〃)》ふもの也。」（抄出聞書、上143頁。D214・中96頁）、「二　出典未詳。／三　「二月の十日、雨すこし降りて御前近き紅梅さかりに、色も香も似るものなきほどに（源氏・梅枝）」。」

侯「蘭はことに匂ひふかき物なれば也《〔ヒ〕》。万草までかほるほど露にしめりてかほると也。」「本歌・注解ともにC注九八番が可。第二・四に意図があろう。」

『赤羽』「三代集を典拠としたもの」（126、127頁）・①1古今241（前述）、「主しらぬ…本歌を前提とし、その藤袴の香りが他の草葉にまで及ぶというのであるが、「ゆふつゆしめる」が定家創案の新しい感覚である。「抄書」に、「夕露…

物也。」と推賞している。」（144頁）

【参考】④26堀河百首660「ぬしもなき物と思へど藤ばかま秋のの風になるるなりけり」（秋「蘭」師頼）

④26同661「秋ののに香さへにほへる藤ばかまきてみぬ人はあらじとぞ思ふ」（同「同」顕季）

④26同666「秋風にすそのかをらす藤ばかまたがともなしに我主にせよ」（同「同」顕仲）

④30久安百首1238「しら露のとぢめもせぬか藤ばかま秋ののごとにほころびにけり」（秋、安芸）

【類歌】①8新古今339「ふぢばかまぬしはたれともしら露のこぼれてにほふ野べの秋風」（秋上「蘭を…」公猷）

①11続古今351 353「つゆのぬきあだにお《を（撰）》るてふふぢばかま秋かぜまたでたれにかさまし」（秋上、土御門院。⑤385撰集抄34）

②16夫木4514「かすがののわかむらさきのふぢばかま草のゆかりも露ぞくだくる」（秋二、蘭、為家）

⑤189撰歌合78「月やどる床は草葉のかり枕おきあへぬ露にのべの秋風」（「野月露涼」保秀）

⑤197千五百番歌合1160「ふぢばかまひともとゆゑの色よりもかぞむつまじき野辺の秋風」（秋一、有家）…一、末句同一

443　こぼれぬるつゆ《（露）》をばそで《（袖）》にやどしをき《（お）（置）》て／おぎ《（を）（荻）》のはむすぶ秋のゆふかぜ《（夕風）》

【訳】こぼれてしまった露をば袖に（涙として）宿しおいて、荻の葉に露が吹き結ぶ秋の夕風であるよ。

【語注】**○秋のゆふかぜ**　八代集二例・千載772＝①7千載772 771「よとともにつれなき人を恋ぐさの露こぼれます秋のゆふかぜ」（恋二「晩風催恋と…」顕家）、新古今274。⑤138雲居寺結縁経後宴歌合1「をぎのはのそよともすればまつひとにおどろかれぬる秋のゆふかぜ」（「風」摂津君）。**○ゆふかぜ**　八代集初出は後拾遺511。

▽秋20の8。「荻」（堀）。第三句字余（「お」）。こぼれた露を袖に涙として置いて、荻の葉に秋の夕風が露を玉のように吹き結ぶと歌う。それは、男に飽きられて夕暮に待っても来ない女の袖にこぼれ宿し置く涙（露）、恋の世界を暗示する。②16夫木4471、秋二、荻「文治二《（ママ）》年百首歌」。拾玉744「思ひねにむすぶ夢路の荻の音はさめてもおなじあはれなりけり」。

俟「風にこぼれぬる露は袖にやどしをきて也。これは荻の音にぬるゝ涙を○《露にして》やどしをくといへり。「荻の葉結ぶ」、吹むすぼゝらする風也。こぼれぬる露のうへよりむすぶといへるなる《り》べし《ヒヒヒ》。」、「袖と荻の葉の二つの類似情景を交錯相関させ、こぼれ続ける涙と露を表象しようとしたもの。第三句末「て」の継続性と断止性が眼。」

【類歌】①8新古今516「いろかはる露をば袖におきまよひうらがれて行くのべの秋風」（秋下、俊成女）
③131拾玉570「夕まぐれ露をば袖の物にして我がこひ草にあき風ぞふく」（御裳濯百首、恋）
④35宝治百首1391「物おもへと露をば袖におきそへて心をしをる秋の夕ぐれ」（秋「秋夕」高倉）
⑤197千五百番歌合1247「わりなしなをがやがしたのみだればはつゆふきむすぶ秋の夕風」（秋二、通光）
⑤319和歌口伝95「吹きむすぶ荻の葉分にちる露を袖までさそふ秋の夕かぜ」（慶融。①15続千載364 366）…443に近い

444　草がれ《（枯）》のあした《（朝）》のはらに風すぎ《（過）》て／さえゆく《（行）》そら《（空）》にはつかり《（初雁）》のなく

【訳】　草枯の朝、朝の原に風が吹き過ぎて、冷えゆく空に初雁が鳴くよ。

【語注】　**○草がれ**　八代集一例・詞花129。**○あしたのはら**　掛詞（「朝」、「朝の原」（大和））。①1古今252「霧立ちて雁ぞなくなる片岡の朝の原は紅葉しぬらむ」（秋下、よみ人しらず）。**○さえゆく**　八代集二例、初出は金葉193。**○はつかりのなく**　①17風雅529 519「このねぬる朝かぜさむみはつかりのなく空みればこさめふりつつ」（秋中「雁を」

道玄）。

▽秋20の9。「雁」（堀）。草の枯れた朝。朝の原に風が過ぎ去り、冷えの増す空に初雁が鳴くと、秋の深まり行く地上と天を描く、春の帰雁に対する秋の来雁の叙景歌。拾玉745「花をこそふりすてしかどかりがねの月をばめづる心有りけり」。

俟「無殊事歟。秋すさまじき景気[三]、みるごとくなる歟。」、「「朝原」を六家抄注は非名所とするが、拾遺（七）歌以来、名所に早朝の意を、さらに「春の訪れ」の意をも踏まえて用いるのが通例。ここは秋の早朝とした。／…「て」を媒介として上・下句が対応する構成。／三　中世歌学で「景気」は言語によって喚起される視覚的映像（聴覚的要素も加わる）で特定の美的情調を予想させるものをいうが、当歌などその例。尤も当注では、より実体的な「風景（七五五参照）」に対してより観想的に用いられる傾向がある。六〇一・六四二・六七五・八四〇・九三六・一〇〇二・一一二三・一二一五例など参照。」

六家抄「秋のさむき心。朝時分。名所にてはなし。」

『赤羽』「三代集を典拠としたもの」（128頁）・①1古今252（前述）、「あしたの原の雁が鳴くというのを新しいことば、新しい情景で構成している。「草かれの」は『源氏物語』・『狭衣物語』のことば、「風すぎて」は俊成の右大臣家百首が初出、「さえゆくそらに」は定家のこの歌が初出、「はつかりのなく」はこれのみという、全く新しいことばで連ねて、初雁の瞬間の印象を捉えたのである。」（145頁）・「草かれの」は②4古今六帖2696「くさがれのいりえにあさるあしたづの…」、「風すぎて」は⑤175六百番歌合560「とやまなるしばのあみどはかぜすぎて…」（寂蓮）、「さえゆくそら」は③118重家408「ふゆのよのさえゆくそらをみぬ人や…」、「はつかりのなく」は、有名な①1古今804「はつかりのなきこそわたれ世中の…」がある。

445　しか《（鹿）》のねはつたふるをちのあはれ《（哀）》にて／やど《（宿）》のけしき《（気色）》はわれ《（我）》のみや見む《（ん）》

【訳】　鹿の音は伝えてくる遠方のあはれであって、我宿の様子は私だけが見るのであろうか。

【語注】　**○しかのね**　八代集初出は後拾遺282。　**○つたふる**　下二段活用、八代集三例。

▽秋20の10。「鹿」（堀）。こちらに伝わってくる、牝鹿を求める牡鹿の声は彼方のあはれであって、我が家の気色の様子は私だけが見るのかと、一見遠近を描いた歌のようである。が、「鹿の声は鹿の恋を意味するからあわれをさそうが、さびしい家にひとり住んでいる「われ」も恋心を内に秘めながら人の訪れを待っていることを暗示する。」（全歌集）で分かるように、男を待つ女の立場で歌う恋歌仕立ての詠であろう。拾玉746「しかのねをおくる嵐にしられけり山のおくなる秋のあはれは」。C99「秋のかんせいの歌也。しかのね《音(D)》は世界の人も聞《き、(〃)》てあはれ《哀(〃)》をもよほさんと也。こゝのいほりのけしきはわれ《我(〃)》のみ見《に(〃)》てかなしからん《きと也。(〃)》と也。山家のさま也。」（抄出聞書、上144頁。D215・中97頁）、「一　「感情」は一般的には感動の意であるが、歌書の類の歌評に用いられた時は多分に歌評語としての限定性を持つと思われる。…」。摘39は、①7千載310 309「さをしかのなくねは野べにきこゆれどなみだはとこの物にぞ有りける」（秋下、俊頼）「といふ歌を思へるにや。鹿の音ほどうき物はなしとおほくよみ侍り。しかるに、この鹿の音をつたへ聞て、鹿ひとりとなおもひそ、われは秋のうさはおとらぬぞといへば、鹿のためにはよき方人なり。我宿の秋のけしきをみて哀と同心する物はなし、又、つてやらんかたもなし、わびても我ひとりぞとなげく歌也。不及体絶妙なり。」（摘抄、中250頁）。俟「鹿はとをくきこゆれば、よそのあはれなり。我のみならぬ哀なる《り》べし。宿の物がなしきけしきは、我のみの哀《也。そのうへ》。によその哀までき丶そへたる心《心也》なるべし。」、摘抄の①7千載310 309の「指摘。可。ただ、一首は事理。」『赤羽』165頁、403参照

446　かへるさはしぼるたもと《（袂）》のつゆ《（露）》そひて／わけ《（分）》つる野べに夜はふけ《（深）》にけり

【訳】帰り途は（露に、）絞る袂の露（涙）が加わって、分けてやってきた野辺にすっかり夜は更けたことだよ。

▽秋20の11。「露」（堀）。前歌同様、恋歌仕立てで、女の許からの帰りは、分けゆく野の本物の露に、絞るばかりの別れの袂の涙も加わって、次第に夜は更けてゆくと歌う。「恋の心を漂わせた。」（全歌集）。拾玉747「わび人の秋のゆふべのながめより野原の露はおくにぞ有りける」。

俟「露をしぼるうへに猶そへたるなるべし。「分くる」も露の事なるべき歟。分行時もしぼるべきに、かへるさは夜も更、露もふかく成たる心にや。」、「夜深く中君の許から帰った薫歌・いたづらに…〔私注—⑤421源氏物語710「いたづらに分けつる道の露しげみむかしおぼゆる秋の空かな」（「宿木」（薫））〕の情景とすれば恋の要素が強い。「野辺《（ママ）》の…ます心（六家抄注）」は落着かぬが理由はある。」　六家抄「野遊のかへさに夜の深たる心。涙の心はなし。更ては露が置ます心也。」

【類歌】①14玉葉1986 1978「月かげにわけいる野べのかへるさは露なき草ぞしをりなりける」（雑一、宗行）

③131拾玉945「かへるさはしをれぞまさるみち芝の露にたもとのつゆをそへつつ」（一日百首、恋）

447　秋ふかくきり《（霧）》たつまゝのあけ《（明）》ぼのは／おもふ《（思）》そなたのそら《（空）》をだに見ず

【訳】秋も深まって、深く霧が立つ状態の曙は、思い慕うその方の空（を）さえよく見えない。

【語注】○深く　掛詞。○まゝの　八代集一例・新古今374。○あけぼの　八代集初出は後拾遺1102。○そなた　八代集初出は後拾遺725。

▽秋20の12。「霧」（堀）。秋も深くなり、深い霧の曙は、恋い慕う恋人のいる方の空さえ見えない、濃霧と思慕の涙によって…と、前歌同様恋歌仕立て。『全歌集』は、「参考」として、源氏物語の光源氏の詠「あさぼらけ霧立つ空のまよひにも行過ぎがたき妹が門かな」（「若紫」、新大系一―187頁）を指摘するが、それよりも、落葉宮を訪れた夕霧が朝に帰ってゆく所、「夕霧」の巻、新大系でいえば、四―99、100頁あたり「八月中の十日ばかり」の、「小野」の「山里」のあたりではないか。同じ定家に、③133拾遺愚草134「秋のきて風のみたちし空をだにとふ人はなき宿の夕霧」（二見浦百首、秋）がある。拾玉748「おもへただとをちの里のあはれよりひとつにこむるきりの夕を」。

俟「「たつまゝ」は、そのまゝはれざる心にや。」、そなた「一　参考」＝①6詞花381 379「おもひかねそなたのそらをながむればただやまのはにかかるしら雲」（雑下、関白前太政大臣）、①8新古今1107「おもひあまりそなたのそらをながむればかすみをわけて春さめぞふる」（恋二、俊成）

『赤羽』「「おもふそなたのそらをたにみす」には心と行為とのパラドックス、…。否定の非限定性がかえって無限を表現するのに効果的となっている。」（174頁）、「思う方の空を眺めようとして霧に遮られている状態、」（181頁）、「「みず」といいながら見ようとしている、心と行為のパラドックスである。」（252頁）

448　さればこそとはじと思《（ひ）》しふるさと《（古郷）》を／さけるあさがほつゆ《（露）》もさながら

【訳】　だからこそ決して訪れまいと思った故里であるよ、咲いている朝顔も（そこに置く）露もそのままであるからだ。

【語注】　**○されば**　八代集にない。が、「さればよ」は八代集一例・拾遺743。　**○さながら**　八代集三例、初出は千載346。**〇第二、三句**　倒置法か。「旧郷を／とはじと思ひし」。「「槿」は、今のアサガオともムクゲとも言うが、決めがたい。女性の朝の顔のイメージをダブらせるのが普通。」（全歌集）。

▽秋20の13。「槿」（堀）。第二句字余（「お」）。これも恋歌仕立てで、だから行くまいと心に決めた故里では、朝顔が咲いており、そこに置く露も昔のままの状態であると歌ったもの。つまり伊勢物語「5月やあらぬ…」（（四段）、新大系82、83頁）の段の如く、昔の思い出（恋）の場に、花は咲き、懐旧の涙（露）にみたされると詠ず。拾玉749「あさがほの日影まつまのはかなさもうき世のはなとおなじにほひを」。

C100「駒《本》なべて…〔私注—①1古今111「こまなめていざ見にゆかむふるさとは雪とのみこそ花はちるらめ」（春下、よみ人しらず）／ふるさとをたちいで《立(D)》ゝ又《、(〃)》立かへり見《ナシ(〃)》たるさま《様(〃)》也。あんのごとく、人《ナシ(〃)》のとはず霧の《、(〃)ナシ(〃)》しげき体也《1(〃)》。」（抄出聞書、上144頁）・「二一　六家抄注・E注は故郷に我が居ての所作と注する。」、D216「1大本「されば古郷を問ましとは思ひつれと問て物悲しければ後《(ママ)》悔也」と続く。」

　摘40「此五文字は、前ゝ物を案じたる五文字也。古郷をばなにのよしに人もとひも侍らん。されども、あさがほなどやうの草花をうへてこの所のなぐさめにもし侍れば、秋にもなりて花のさかりにはわれをこそ尋ずとも花をば問こそせめとたのみしに、槿もやう〳〵盛すぐれども人の音信もなきほどに、さればこそとはんとおもひしことよとくどきたる歌也。「さながら」とは、さらながらと云詞也。そのまゝといふ事也。この見事なるあさがほをいたづらにそのまゝしほれて、みる人もなしとおしみたる心をいひ残したる歌也。基俊朝《(ママ)》臣歌に、〽玉梓の…〔私注—【参考（歌）】〕。又、後鳥羽院御歌に、さながらや…〔私注—①14玉葉2707 2694「さながらや仏の花にたをらましきみの枝にふれる白雪」（釈教、後鳥羽院）。此両首の「さながら」、何も其まゝと云詞也。」、「一　行く末をあらかじめ予測しての意。」（摘抄、中251頁）　不21「如何《とはじ》。※アルジモナキ故郷ノ景気歟。槿花半照夕陽収、ノ時分ニヤ。」、「一　出典未詳。」（不審、上303頁）

侯「「とはじと思し」は、人《三》もとはじと思し故郷をきてみれば、さける朝がほの露もをきたるまゝにて、たれ分し跡もなく、かねて思ひしごとくなるを、「さればこそ」といへるなるべし。三句「を」文字、置にくきてにをは也。よく沈吟すべし。」、「C注「駒なべていざみにゆかむ」を本歌とするはいかがか。／二　摘抄が語釈例とする「たまぼこの…〔私注―【参考（歌）】〕」がむしろ本歌に可。／三　六家抄注は「古里に…まじきとおもふ」体、摘抄四〇番も同。C注一〇〇番は「ふる…さま」。底本は第三の解。「己は訪はじ」、「他人は訪はじ」の両解可能。女としての後者可か。」　六家抄「古里に我ゐてかゝる芒屋が《（は・松）》人も《と》思《ゝ》ふまじきとおもふに、槿の露もそのまゝある心也。とふ人あらば露もきへんにと思心也。」

『全歌集』「参考」⑤421源氏物語311「見しをりのつゆわすられぬ朝顔の花のさかりは過ぎやしぬらん」（「朝顔」（光源氏））。

『赤羽』「さ…さ…さ…さ…さ…朝顔が露もさながら咲いている様子、…視覚的イメージを喚起する」（181頁）

【参考】④26堀河百首763「玉び《（ママ）》この露もさながら折りてみんけさうれしげにさける槿」（秋「槿」基俊）

449　たちつゞく《き（③）》きりはらのこま《（駒）》こゆれども／を《（お）》と《（音）》はかくれぬせき《（関）》のいは《（岩）》かど

【訳】　立ち続いている霧を桐原の駒が越えるけれども、姿は霧によって見えないが、その音は隠れない関の岩角であるよ。

【語注】　〇たちつゞく　八代集にない。枕草子「内外ゆるされたる若きお《（を）》とこども、家の子など、あまたたちつゞきて、」（新大系（一一五段）、155頁）。源氏物語「思出で給人ゝは、権中納言、衛門督、又おとらず立ちつゞき給にける、…なをさるべきにて、むかしよりかく立ちつゞきたる御仲らひなりけり、」（「若菜上」、新大系三―263頁）。④39延文百首943「…秋風に鳥羽田のほなみ立ちつづくなり」（「秋田」賢俊）。○つゞく　八代集三例。○きりはらのこま　「桐原」（信濃国）も八代集一例・同じく拾遺169（後述）。「きり」掛詞（「桐原、霧」）。○いはかど　八代集二例・拾遺169、千載1160。

【本歌】①3拾遺169「相坂の関のいはかどふみならし山たちいづるきりはらのこま」（秋「…、こまむかへにまかりて」大弐高遠。①3′拾遺抄113。②4古今六帖180。②5金玉26。②7玄玄39。③71高遠4。⑤53後十五番歌合28。『全歌集』）

▽秋20の14。「駒迎」（堀）。有名な本歌を踏まえ、逢坂山を立ち出で、続いている霧の中を、桐原の駒が踏みならし越えて行く、そして逢坂の関の岩角を霧は閉ざすが、音は隠れようもなく聞こえてくると歌う。拾玉750「いかにして駒に契を結びけむ秋のなかばのもち月の空」。

俟「「切原」を「霧」にしていへる也。霧のたちつゞきても引こゆる駒のあし音はかくれぬとなり。」『赤羽』「「三代集を典拠としたもの」（127頁）、①3拾遺169、「「きりはらのこま」の縁から霧が山にたつ情景とし、「岩かとふみならし」の連想によって「おとはかくれぬ」と、霧中でも駒の足音が聞えてくるとする。解釈というより本歌によって連想され喚起されたイメージを感覚的に描写している。「たちつゝくきりはらのこま」の掛詞を用いたつづけ方が巧妙であるが、「たちつゝく」、「おとはかくれぬ」はこれ以外に用例はない。」（136、137頁）・④39延文百首943「…秋風に鳥羽田のほなみ立ちつづくなり」（賢俊）、③100江帥91「…ふかけれどあさゆくしかのおとはかくれず」、④26堀河百首739「石ばしる音はかくれず夕霧の…」（国信）がある。

450　秋き《(来)》ても秋をくれ《(暮)》ぬとしらせても／いくたび月の心づくしに

【訳】　秋がやって来ても、また秋を暮れてしまったと知らせるにつけても、幾度月は心づくしにさせることなのか。

【本歌】①1古今184「このまよりもりくる月の影見れば心づくしの秋はきにけり」（秋上、よみ人しらず。『全歌集』）

▽秋20の15。「月」（堀）。第一、二句「あき」の頭韻。これも人口に膾炙した①1古今184を本歌とし、木間より漏り来る月の光によって月は、来秋、暮秋を知らせてもくれるが、何度月に心尽くしをさせてくれることかと歌う。拾玉751「秋の月あまねきかげをながめてぞちしまのえぞもあはれしるらむ」。

C101「初秋より暮秋にいたるまで、月ゆへ心づくしなる《と（D）》と也《なり（〃）》。秋三月の[一]かんせいは月にある《有（〃）》と也。／木《本》の間より…」（抄出聞書、上144頁）、「一　自然情景がその本意として人に与える表象としての美感。当注九九番参照。」、D217「木のまより…初秋より…有と也。」（抄出聞書、中97頁）。摘41「此歌、「つくしに」といふてをかれたる、奇特也。是を結句たらざる歌と云也。惣じて歌に結句たらぬと云事あり。秋のきたる事をも月よりしりそむる也。又、秋は哀なる物ぞとしりそむると云事を秋きても、秋してもといへるなり。心をつくす事はいく度も月ゆへぞと也。結句のたらざるとは、「幾度月の心づくしに」とばかりは詞たらざるほどに、心尽にさすらんと詞をたして心を云たてたる歌也。奇特也、神変なるべし。本歌〳〵木のま…。〔燕子[二]…〔私注―和漢朗詠235「燕子楼の中の霜月の夜　秋来つてただ一人のために長し」（秋「秋夜」白）〕〕」、「二　文集・燕子楼三首の一。…狭衣物語以下にもとられる著名句。」（摘抄、中251、252頁）

俟「初秋より暮秋にいたるまで、いく度月《か》が《は》心づくしになりつらんといへる心歟《〔を〕》。「こゝろづくしに」といひ[二]残したる心なるべき《てにをはなるべし》歟。猶可吟味也。「月の」といひ「心づくしに」といふにて、幾度心づくしに月のなりつらんとはきこゆる也。」、「二　同趣のことを摘抄四一も「結句たらざる歌」として賞める。」

『赤羽』「三代集を典拠としたもの」（128頁）、①1古今184、「本歌はめぐって来た季節にはじめて接したときの瞬間的な感慨であるが、定家はその後の経過を含ませ、季節のおわりにまでそれを敷衍させようとしている。このような時間的な捉え方は、多分に内省的となり、抽象観念的となって新鮮な感動は薄れる。しかしその反面に季節の気分が捉えられ、その持続が表現される。」(138頁)、「上句で同語を反復しながら意味内容をずらせ、季節を進行させる。そして下句において…、つきとつくしというふうにイメージおよび心理を重層させる。」(187頁)

【参考】①5金葉二379 402「こひすてふもじのせきもりいくたびかわれかきつらん心づくしに」(恋上「女の…」顕輔)…詞が通う

【類歌】⑤197千五百番歌合1139「むぐらはふやどもいはずあきはきてこころづくしに月ぞもりくる」(秋一、俊成卿女)

451 しのばじよあはれ《(哀)》も《は③》なれがあはれかは/秋をひゞきにう《(擣)》つから衣

【訳】もう決して我慢しまいよ、あはれもおまえのあはれであろうか、イヤそうじゃない、秋を響きとして打つ唐衣なのだ。

【語注】○しのば 思い慕う、か。○なれ 八代集四例。「汝《な》」八代集二例。○ひゞき 八代集にない(名詞)、が、「響く」は八代集六例。源氏物語「何の響きとも聞き入れ給はず、」(「夕顔」、新大系一―116頁)、「まして松の響き木深く聞こえて、けしきある鳥のから声に鳴きたるも、」(同、同125頁)。④30久安百首848「衣うつひびきは月のなになれや…」(顕広)。⑤59斎宮貝合25「…むら松のきしうつなみのひびきなりけり」。

▽秋20の16。「擣衣」(堀)。初、三句切。第二、三、四句「あ(は)」の頭韻。第二、三句「あはれもなれが/あはれかは」。秋と響き合って、唐衣を打っているが、そのあはれさは擣衣のそれではなく、秋のそれなのだから、もう擣衣のあはれさを堪え忍ぶことはすまいと歌う。拾玉752「これにしれしづが衣のつちのおとに秋のあはれのこもるべしやは」。

摘42「此五文字大事也。擣衣の感をふかくいひたてたる歌なり。砧は常住の物也。きぬたの哀に物がなしきを聞てやるかたなさのまゝ、かへりて砧のとがにてもなし、忍ばしふも哀にも思はるゝ歌也。歌によりて五句の中いづれにても云さし、云捨る歌あり。俊成卿、又やみん…桜がりのうた〔私注—①8新古今114「またやみむかたののみのの桜がり花の雪ちる春のあけぼの」（春下、俊成）〕も五文字にて云さしたる歌也。かやうのたぐひおほし。是簡要の分別也。よく〳〵工夫あるべし。文選、擣衣詩に、軒高シテ…〔私注—文選「櫚高砧響発楹長杵声哀」（巻第三十「擣衣一首」謝恵連）434頁〕」、「／二　ここでは内心への自問が自己確認となっての初句切れ、一般に初句切れ。」（摘抄、中252頁）　俟「「なれ」は擣衣をさしていへる歟《也》。秋をひゞきにうつ声なれば、哀も秋の哀なれば、擣衣をばしのばじよといへる歟《にや》。「しのばじよ」は、堪忍の心ながら〔したふ心也。したはじよといふ〕哀を《に》愛する心もこもれる歟。」、「四四八番も含めて以下初句切が続く。なお、当歌釈に摘抄四二番参照。」

『赤羽』「…あはれ…あはれ…あ…あの頭韻が「秋のあはれ」を…あらわしている。」（186頁）、「…あ…あ…秋…は強調であるが、2〔私注—この歌〕ではあの頭韻の調和をきの音が破って秋の澄んだひびきを出し、」（290頁）

452　うらめしやよしなきむし《（虫）》のこゑ《（声）》にさへ《さへに③》／ひと《（人）》わびさする秋のゆふぐれ《（夕暮）》

【訳】　うらめしいよ、ちょっとした虫の声にまでも、人を侘びさせる秋の夕暮であることよ。

【語注】　**〇むしのこゑ**　八代集五例、初出は金葉（三）213、が、「松虫の声」は古今よりあり、多い。　**〇秋のゆふぐれ**　八代集初出は後拾遺271。

▽秋20の17。「虫」（堀）。初句切、倒置法で、ほんのささいな虫の声にまでも、人を侘しくさせる秋夕は恨めしいと歌う。拾玉753「なれにしもおとらぬものをわれやどせよもぎがそまの虫のあるじよ」。

俟「由なき也。させる事もなき心なるべき歟《し》《ヒヒ》。させる事《よし》《ヒ》もなき虫の声さへきけば、人の心わびしき夕《くなす》《ヒ》ぐれと也。」、「初句の主情的限定性が「よしなき」「人わびさする」などを引き出してしまい、二句以下の情景の具象化が不充に終っている。」

『赤羽』「ことばを学んだもの」（131頁）・①1古今586「秋風にかきなすことのこゑにさへ…」（恋二、ただみね）

【類歌】④37嘉元百首934「こぬ人をわれとはまたでまつ虫の声にまかする秋の夕ぐれ」（秋「虫」為世）

453　又もあらじ花よりのち《（後）》のおもかげ《（面影）》に／さくさへお《（を）》しき庭のむらぎく《（菊）》

【訳】再びはあるまい、花より後の面影にも、そう思うと咲くのさえ愛惜される庭の村菊であるよ。

【語注】**○花よりのちの**　①4後拾遺349「めもかれずみつつくらさむしらぎくの花よりのちのはなしなければ」（秋下、伊勢大輔。②8新撰朗詠259。⑤55上東門院菊合3）。③132壬二1217「むらさきに霜おきかふるしら菊の花より後の冬ぞさびしき」（大僧正四季百首「花」）。**○むらぎく**　八代集にない。③96経信123「…いろをみてむべむらぎくと人はいひけり」。栄花物語「ひと本菊・村菊などの、あるは盛に、（又）あるはうつろひたるかなと、」（巻第二十、旧大系下―123頁）。

【本文・説】和漢朗詠267「これ花の中に偏《ひとへ》に菊を愛するのみにあらず、この花開けて後更に花の無ければなり」（秋「菊」元。『全歌集』。佐藤「漢詩文受容」441頁。全唐詩・元稹・菊花）

▽秋20の18。「菊」（堀）。初句切。初句字余（「あ」）。和漢朗詠267を本文・本説とし、なぜこんなにも菊を愛するかといえば、この菊花の咲いた後の花はもうないから、この花以外の面影もない、だから庭の群菊は咲くのすら惜しく思われると歌う。②16夫木5914、秋五、菊「文治二《（ママ）》年百首」。拾玉754「うき世かなよはひのべてもなにかせむくまずはく

まず菊の下水」。
俟「此花開後更無花の心也。此花の後は又咲花もあらじ也。又もあらじとおもふ心から、咲からはやおしきと也。「花より後の面影」は、《これより後花なければ、面影にのこる物は此菊の面影也、》冬がれの色なき面影を思ひやりておしむ心《その》なるべき歟《し》。「おも影にさくさへ」といへるつゞきは、面影のために咲といふ心なるべき歟。」、「形としては明確に初句切。ただ、二句以下の叙述の菊との対応は恣意的。」

454　そよや又山のは《（端）》ごとにしぐれ《（時雨）》して／よものこずゑ《（梢）》は色かはるなり

【訳】そうだよ、また山の端ごとに時雨が降って、まわりの木々の梢は色が変わるのだ。
【語注】**○山のはごと**　八代集二例、初出は後拾遺406。**○しぐれし**　八代集四例、が、「時雨」は数多。
▽秋20の19。「紅葉」（堀）。その通りに、山の端ごとに次第に時雨していって、周りのすべての梢は紅葉すると歌う。同じ定家に、①7千載355 354「しぐれ行くよものこずゑの色よりも秋は夕のかはるなりけり」（秋下「秋のうたと…」定家）、③133拾遺愚草2879「かはりにしたもとの色もいかならん時雨れはてぬるよもの梢に」（雑）がある。拾玉755「ははそ原色づきそむる梢よりかねてぞ思ふ秋のなごりを」。
俟「「そよや」、考可吟味也。」、そよ「一　典拠未詳。なお、五四三頭注参照。」
『赤羽』「そよや…や…よ…とあるが「そよ」ということば自体が驚嘆のひびきをもつのでその音の表情を活用したのであろう。」（185頁）、495参照
【類歌】④32正治後度百首337「時雨にはときはの杜ぞかはりけるよもの梢はおのが色色」（「紅葉」具親）

455

あぢきなし《く(③)》うき世はおなじ世中《(の)》ぞ／秋はかぎりに夜はふけぬとも

【訳】つまらないことよ、憂き世は同じ世の中だ、秋は今日が限り・終りで夜が更けたとしても。

▽秋20の20。「九月尽」（堀）。初句切、倒置法。今日、秋の終りの日、悲しい、物思いの、心尽しの秋は今日限りで夜は更け過ぎ去っていっても、憂世は結局の所同じだから、秋が逝っても味けないと歌って、秋を閉じる。これも定家に、③133拾遺愚草133「これもこれ浮世の色をあぢきなく秋の野原の花の上露」（二見浦百首、秋）がある。拾玉756「こよひただ露にをくちねわが袖よ時雨にとてもかわくべきかは」。

B76「九月尽の歌也浮世にとは万事限ある物なれはと今夜の名残をおもひなくさめたり猶あちきなしとせんかたもなきさまをいひたてたるにや又秋ならすとも浮世は同世中そと也」（抄出聞書10頁）

C102「九月尽の歌也。秋はかぎり《限(D)》に夜はふけ《更(〃)》ぬるとも、うき世のかなしさはおなじ《同(〃)》く事《こと(〃)》ならんと也。無《「二》端《」(〃)》と書て《、(〃)》あぢきなしとよむ《め》也《り(〃)》。」（抄出聞書、上144頁）、「二一「無為・旡事・無端《アチキナシ》（前田本字類抄）」。」（D218、中97頁）

俟「なげくもおしむもあぢきなしと也。秋も冬もうき世はおなじ世なれば、秋はかぎりになりぬとも、なげくはあぢきなしと也。」

六家抄「内註　○うき世のかなしきは秋にて有ほどにと思ふに、秋もかぎりになりて夜も深ぬれども、おなじ物にかなしきほどに、今はかひもなしと暮秋をおしむ心也。」

『赤羽』「ことばを学んだもの」（131頁）・①1古今309「…もていでなむ秋は限と見む人のため」（秋下、そせい）、①1同310「…色見てぞ秋は限と思ひしりぬる」（同、おきかぜ）

『赤羽・一首』「美しいものに魅かれ、世中に執着する気持を「あぢきなし」と反省してみ、はかない命としりながら契らずにおれない恋の心を「あぢきなし」と嘆くのである。」（141、142頁）、「秋の終りの感懐である。変わることを忘れて、つい自然に没入してしまった。そこからふと覚めて季節の推移に心がおくれてしまったことに気がついたというのである。」（170頁）

冬

456　かきくらすこのは《木葉》ゝ道もなきものを／いかにわけてかふゆ《冬》のきつ《ぬ》③らん

【訳】あたり一面を暗くする木葉は道もないものであるのに、どのようにかき分けて冬が来たのであろうか。

▽冬15の1。「初冬」（堀）。暗くして降る木葉によって道もないのに、どのように分けて冬がやって来たのかと歌って冬を始める。「冬を擬人化して、落葉の道を踏分けてくるものと歌う。」（全歌集）。②16夫木6354、末句「冬のきぬらん」、冬一、初冬「文治二《ママ》年百首歌」。拾玉757「さびしとよ秋は過ぎぬといひがほにみな山里は冬のゆふ暮」。俊恵「無殊事。」、「「かきくらす」は雪などについて用いるのが通例。」『赤羽』「ことばを学んだもの」（131頁）・①1古今646「かきくらす心のやみに迷ひにき…」（恋三、なりひら）、「季節感を感覚的に捉え、または擬人化して表象しながら、同時に現象するものの奥に目に見えないものの存在を観ようとするのである。」（172頁）

【類歌】⑤230百首歌合〈建長八年〉786「さびしともおもはぬ時はなきものをいかにせよとて冬のきぬらん」（師）

457　月はさえを《お》と《音》はこ《木》のはにならはせて／しのびにす《過》ぐるむらしぐれ《村時雨》哉

【訳】　月は冴えて、音は木葉にまがわせて、ひそやかに通り過ぎて行く村時雨であるよ。

【語注】　○ならはせ　八代集一例・後拾遺931、他「ならはし」「ならはしもの」あり。　○しのびに　八代集五例。

○むらしぐれ　八代集一例・千載539。

▽冬15の2。「時雨」（堀）。雨であるのに月は冴え、音は木葉時雨と言う如く、木葉と紛い、またひそと村時雨は過ぎると歌う。「時雨は、ふり方がまばらで空の月も曇らず、音も落葉の音かと錯覚させることがある。そういうむら時雨の風情を歌う。」（全歌集）。拾玉758「ながむれば袖こそかねて時雨れぬれいふばかりなき空のけしきに」。C103「しぐれの所作をほめたる也。月をもけがさず、《ナシ》しぐれ《時雨(D)》のおもしろきさま《様(〃)》也。時雨《しぐれ(〃)》のをと《音(〃)》の落葉にまがふよし也。」（抄出聞書、上145頁。D381・中144頁）

俟「月はさえながら時雨の音は木葉に日比ならはせて、時雨ふるともしられず過る《時雨の》と也。「ならはせて」、めづらしくや。」・②10続詞花627「ありしをりつらさをわれにならはせて…」（恋下、鳥子）。③121忠度50「ならはせる」。二しのびに…「二　状態語と動詞とを直結する圧縮表現。参考「松と…〈私注―①3拾遺517「松といへどちとせの秋にあひくればしのびにおつるしたばなりけり」〉（雑下「こたふ」みつね）〉」

六家抄「内註　○時雨の音は木葉におほせてすこし月に時雨てはるゝ心也。時雨が忍びて也。」

『安田』「感覚の冴えを強く見せている作品」（78頁）、「彼が「からびやせすごき由也云々、」（『明月記』）として詠じた歌というのは、いかにもその体にふさわしい、…この歌に見られるような味わいは、定家の歌の大きな特色の一つであるといい得るのである。」（113頁）

【参考】　⑤164右大臣家歌合20「閨のうへにをりをりそそくむら時雨かわける音やこのはなるらん」（「落葉」清輔）

【類歌】　①19新拾遺574「村しぐれ音を残して過ぎぬなりこのは吹きまく嶺のあらしに」（冬、公明）

②16夫木14080「あさまだきこずゑばかりに音たててすろの木すぐるむら時雨かな」（すろの木、棕櫚、為家）

③131拾玉4352「かれはつる木のはの庭におとはして梢さびしきむら時雨かな」（「時雨」）
⑤197千五百番歌合1758「この葉かとききだにわかぬむらしぐれもらですぎぬるおとぞすくなき」（冬一、隆信）
⑤200石清水若宮歌合15「冬の月はいとふ木の葉もなき空にあはれうれたきむら時雨かな」（時雨、範光）

458　葉がへせぬ竹さへ色の見《み》えぬまで／よ《夜》ごとにしも《霜》をゝ《お》《置》きわたすらん

【訳】　葉変えというものをしない竹すら色の見えぬまでに、夜・節ごとに霜を置き広めるのであろう。

【語注】　**○葉がへせ**　八代集二例。　**○よごと**　八代集二例。また「よ」掛詞（「夜・節（「竹」の縁語）」）。　**○ゝ《お》きわたす**　八代集にない。②14新撰和歌六帖1940「おきわたすしものただぢやうとからじもりのおち葉のふかき下草」（第六「した草」）。②16夫木6611）。④31正治初度百首2262「おきわたすまきものあさしふかき山…」（信広）。④35宝治百首1340「おきわたす露やもりても染めつらん下葉色こきをのの萩原」（秋「萩露」顕氏）。

▽冬15の3。「霜」（堀）。他のみならず、葉更えをしない竹までも、その色が見えないほどに、節ごと、夜ごと（時空）に霜を置き敷くと歌う。拾玉759「草枕結ぶたもとに霜さえてをのへのかねのおとぞ身にしむ」。
俟「無殊事。」
『赤羽』「イメージが強化される例である。…山ぢや竹の地の色を前提として、それが見えぬまで散り乱れる紅葉や霜の状態を表現しようとするのである。」（173頁）

459　ふりそめしそら《空》はゆきげ《雪気》にな《成》りはてぬ／人をもまたじふゆ《冬》の山ざと

【訳】雨の降り初めた空は雪模様となってしまった、人をも待つまい、（この）冬の山里は。

【語注】○ふりそめ　八代集四例。○ゆきげ　八代集六例、初出は後拾遺393。①8新古今690「ひかずふる雪げにまさる炭がまの煙もさむしおほ原の里」（冬、式子内親王）。○ふゆの山ざと　八代集三例、初出は後拾遺390。⑤176民部卿家歌合156「ふる雪にまじはるうれもをれふして道分けかぬる冬の山ざと」（「深雪」法眼）。

▽冬15の4。「雪」（堀）。三句切、四句切。降り初めた空は雪模様となり、この冬の山里を訪れる人もないだろうから、来る人をあてにはすまいと歌う。大原の里などが思われる。堀河百首、重早率百首とも、霰、雪の順。拾玉761「ふりとぢて庭に跡こそたえにけれ雪にぞみゆる人のなさけは」。

B77「ふりそめしより晴ぬ心也けふも又雪けになりてふり〳〵する也初雪の頃は人もまたれし心也」（抄出聞書10頁）

『赤羽』「イメージのポイントが末句にあって、初句と末句が感覚の上で照応し、気分的に統一される。…ふり…ふ…第一音（初句の最初の音）が一首全体を統一するのにいかに重要な働きをしているかがわかる。…最初にひびく音による期待が末句で具体化される。」（302頁）

【参考】⑤169右大臣家歌合33「ふりそむるけさだに人のまたれつるみやまの里の雪のゆふぐれ」（「雪」寂蓮）

【類歌】①14玉葉2218 2210「ひととせのみやこの人の空だのめ思ひはて《たえ(正)》ぬる冬の山ざと」（雑三「…山家」丹後。④31正治初度百首2192）

⑤182石清水若宮歌合241「しばし見し松の下道あとたえて人をもまたず雪のやま里」（「雪」家隆）

460　あられふり日さへあれゆくまきのや《(屋)》の／心もしらぬ山おろし哉《(かな)》

【訳】霰が降り、日までも荒れてゆく槙の屋の心も知らぬげに吹く山颪であるよ。

【語注】 ○あれゆく 八代集二例・後拾遺594、881。 ○まきのや 八代集三例、初出は千載1174。他、「槙の伏屋」八代集一例・金葉170。

▽冬15の5。「霰」（堀）。霰が降り、日は荒れゆくばかりの槙の屋に、侘しい思いで一人いる私（隠遁者か）の心も知らぬげに、さらに侘びしくさせようというのか、山颪が吹くと歌う。「槙の屋は檜などの板で屋根を葺いた家なので、霰が降ると高い音を立て、その音が一人住む人の心を一層わびしくさせる。」（全歌集）。拾玉760「秋風を人にしらせて荻のはの枯れてもうへにあられふるなり」。侯「あられふり、てる日さへあるゝやと也。それに又、心もなく山おろしの吹て、いよ〳〵物すさまじきなり。「日さへあれ行」は、山颪の所行たるべき事也。しからば、今は、かやうにはよまれまじき事也。」六家抄「山家の霰の寒さに其心もしらず、又山おろしが吹てかなしさをます心也。」『赤羽』「あられ…あれ…や…や…これらは同音異義語や同音反復の変形であるが、調子を整え、主題性をはっきり掲示するのに効果的である。」（185頁）

461 こもり江のあし《（蘆）》のしたば《（下葉）》のうきしづみ／ちりうせぬよ《（世）》のあぢきなの身や

【訳】 隠り江の芦の下葉は浮いたり沈んだりしながら、散り失せない世のつまらない我が身よ。

【語注】 ○こもり江 八代集にない。万葉250 249「御津の崎波を畏み隠江《こもりえ》の船なる君は野島にと宣る」（巻第三、柿本朝臣人麻呂）。⑤415伊勢物語67「こもり江に思ふ心をいかでかは舟さす棹のさして知るべき」（第三十三段、女）。②4古今六帖2686「こもりえのしたにこひあさりしらなみの…」（やかもち）。 ○うきしづみ 八代集四例。 ○ちりうせ 八代集にない。①1古今・序、末部分「まつのはのちりうせずしてまさきのかづらながくつたはり」。③131拾玉134

「…さそはれて花とともにやちりうせぬべき」。今昔物語集「庫蔵空ク成リ、眷属散リ失セ、妻子棄テ、去ヌ。親族皆絶ヌ。」（巻第二―第十二、新大系一―125頁）。○よ　「芦」の縁語「節」を掛ける。

▽冬15の6。「寒蘆」（堀）。隠り江の芦の下のほうの葉は浮いたり沈んだりしながらも、消えてなくならない世の中に生きているつまらない我身と、人に認知されず、下位にいる沈淪の我身を歌う。「述懐の心を籠めた歌い方。」（全歌集）。②16夫木10700、第四句「ちりうせぬ身の」、末句「あぢきな世や」、雑五、江、こもりえ、末国「文治二《(ママ)》年百首」。

拾玉762「心あてにながめ行くかな難波がた雪の花さくあしのかれはを」。

摘99「行基菩薩、難波にて蘆の葉のそよぐをみ給て、〽蘆そよぐ…〔私注―①8新古今1919 1920「あしそよぐしほせの浪のいつまでかうき世の中にうかびわたらむ」（釈教「なには…」行基菩薩）〕。是は世間人の煩悩のきざすことを塩のみちひにたとへて読給へり。定家此をとりて読給ふ心は、「蘆の下葉の」といへる心は、行基菩薩・俊頼卿、此蘆を我色相にしてよみ給ふ事、上代聖智の上さへ世にひかるゝ身体はのがれがたきとあそばし侍り。況やくだりての世はことわりなりと云歌也。「下葉」とは、それよりした〱はといふ心也。「こもり江」とは、世をのがれえぬと云心也。「あぢきなや」とは発心の詞也。俊頼卿歌は、〽難波人思ひ消なで蘆の葉にしみつく霜のあぢきなの世や。いづれも風の歌なるべし。」（摘抄、中287、288頁）、「一　…自己の現況についての詠嘆であろう。／二　典拠未詳。異文あるか。」

俟「無殊事歟。」

『赤羽・一首』「籠り江の葦の下葉が浮き沈みしながら散り失せもしない、そのような自分の姿をみて「あぢきなの身や」と嘆くのであり、」（170頁）

【類歌】③132壬二2856「恋をのみすまの入《さ(夫)》えにすむ魚の浮きしづみて《ぬしづみぬ(〃)》もあぢきなの身《よ(〃)》や」（恋「…、寄江恋」。②16夫木13166）

462　あはぢしま千鳥とわたるこゑごとに／いふかひもなくも《き（③）》の《（物）》ぞかなしき

【訳】　淡路島において、千鳥が明石の門を渡る声ごとに、いいようもなくもの悲しいことよ。

【語注】　**○あはぢしま**　八代集四例、他「あはぢのしま」八代集一例。**○こゑごとに**　八代集一例・①3拾遺1329「山寺の入あひのかねのこゑごとにけふもくれぬときくぞかなしき」（哀傷、よみ人しらず）。

▽冬15の7。「千鳥」（堀）。淡路島の前の明石海峡を渡る千鳥の声を聞くごとに、いいようもなくものがなしいと歌えばすぐに、百人一首78・①5金葉（二）270 288「あはぢしまかよふちどりのなくこゑにいくよねざめぬすまのせきもり」（冬「関路千鳥と…」源兼昌。「参考」（全歌集））が想起される。拾玉763「難波がたゆう浪ちどり心せよあはれは松の風にこもりぬ」。

B78「千鳥を感したる心也いかはかりの哀こもれるこゑそと物かなしく聞心よりおもひかへせとも又いふかひもなく成也海辺の旅ねなとに聞えたる心にや法をはなれたる幽玄の歌なるべ《（ママ）》し」（抄出聞書10、11頁）

【類歌】　③131拾玉3750「浪のうへの物のあはれのかよひぢは千鳥とわたるあはぢ島山」（詠百首和歌「海辺」。④32正治後度百首1077）

③131同3900「あはぢ島とわたる千鳥心せよ塩風はやしすまの明ぼの」（「千鳥」）

③131同3960「あはぢ島千どりとわたる暁にまつ風きかむすみよしのうら」（緇素歌合十題「海辺千鳥」）

463　とけぬうへ《（上）》にかさねてこほ《（氷）》るたに《（谷）》水に／さゆる夜ごろのかずぞ見えける

【訳】　解けない上にさらに重ねて氷る谷水に、冷える数夜の数が見えることよ。
【語注】　○たに水　八代集二例、初出は千載1242、が、「谷の水」八代集二例。○夜ごろ　八代集一例・新古今199。
▽冬15の8。「氷」（堀）。初句字余（「う」）。上句、氷の重層で、解けぬ上に更に重ねて氷る谷の水に、冷え冷えとした夜々の数が分かると、重層によって数が判明すると歌う。⑤183三百六十番歌合540、冬、五十四番、右、定家朝臣。拾玉764「結びおく氷も水もひとつぞと思ひとけども猶うき身かな」。
俟「氷のとけぬうへにながれて、次第にかさなる心にや。／初三句はての「に」文字は定家卿の歌にてもきゝよからさる歟。」、かさ…「一作為にすぎる。」
『安東』「「数ぞ見えける」は夜来の程も知られるということを歌らしく言回しただけで、」（109頁）
『赤羽』「時間の経過を視覚で捉えようとするものに…感覚的なもの、現象的なものの背後に時間の流れを見ているのである。」（169頁）

464　はねかはすをしのうはげ（上毛）のしも（霜）ふかく／きえぬちぎり（契）を見るぞかなしき

【訳】　羽を交わし合う鴛鴦の上毛の霜は深くて消えない、そのような深く消えない契りを見るのは悲しい（、私にそのような人はいないから）。
【語注】　○うはげ　八代集六例。
▽冬15の9。「水鳥」（堀）。羽を交している鴛鴦の上毛に霜が深く置いていっこうに消えない、そのような鴛鴦の番いの深く消えない契りを見るのは悲しい、なぜなら、私にはそんな人はいないのだから…と恋歌めかして歌う。同じ定家に③133拾遺愚草399「つてにきく契もかなしあひ思ふ梢のをしのよなよなの声」（閑居百首、雑）がある。また

『捜神記』（『全歌集』399補注）に「梓の木の樹上に一つがいの鴛鴦が巣を営んで、昼夜悲しげに鳴いたと語る。」によれば、その故事が思われて、二人（韓憑と妻）の化身の鴛鴦の「深く消えぬ契りを見るぞ悲しき」となる。「鴛鴦は、しばしばその夫妻仲のよさが歌われる。↓三九九。」（全歌集）。拾玉765「ねざめする心のそこのわりなきにこたへてもなくをしの声かな」。

【参考】④30久安百首159「いかばかりふかき契ををし鳥のさゆるうきねに羽かはすらむ」（冬、公能）

465 いかゞ《（が）》するあじろにひお《（を）》のよる〳〵は／風さへはやきうぢのかは《（川）》せを

【訳】どのようにするのか、網代に氷魚の寄る夜々は、風までも早い宇治の川瀬を。

【語注】**○第二句** ①3拾遺1133「月影のたなかみ河にきよければ網代にひをのよるも見えけり」《る（公）》（雑秋、清原元輔。①3′拾遺抄420。③20公忠14）。**○ひお**《（を）》「鮎の稚魚。宇治川の名物とされる。」（全歌集）。**○よる〳〵** 八代集三例。「よる」掛詞（「寄る、夜」）。**○うぢのかはせ** 八代集にない。「宇治の川（霧）」八代集三例、初出は詞花419、が、「宇治川」は多い。③58好忠263「あじろもるうぢのかはせはとしつもり…」（九月中）。④28為忠家初度百首515「おもふとてうぢのかはせのあじろぎにしぐれのあめとひをくらすかな」（「雨中網代」）。

▽冬15の10。「網代」（堀）。初句切、倒置法。網代に氷魚の寄る夜々は、流れのみならず、風までも速い宇治川の瀬であるので、漁師は一体どうするのか、どのように氷魚を採るのかと思いやったもの。拾玉766「あじろもるしづの心もさえぬらむうぢの河風なみにやどりて」。

俟「無殊事歟。「風さへ」は、水は勿論なるべし。／「いかゞする」は、あじろ守を思ひやりたるにや。」

『赤羽』「三代集を典拠としたもの」（127頁）・①3拾遺1133（前述）。「ことばを学んだもの」（131頁）・①2後撰561 562「住吉の岸の白浪よるよるは…」。「下句も具象的な光景を展開してみせるが、初句の「いかゝする」は本歌への深い移感によって気分にまでそれを浸透させている。」（137頁）、539参照

【参考】④26堀河百首1035「山風に木の葉ふりしくうぢ河の網代はひをのよる所かな」（冬「網代」基俊）

④26同1038「ひをのよる川せにみゆる網代木はたつしら浪のうつにや有るらん」（冬「網代」肥後）

⑤110禖子内親王家歌合7「うぢ川に立つ白波とみえつれば網代にひをのよるにぞ有りける」（「網代」中務）

【類歌】⑤197千五百番歌合2007「もののふややそうぢがはに月さえてあじろにひをのよるもねられず」（冬三、通光）

466　たちかへる山あゐのそで《（袖）》にしも《（霜）》さえて／あかつき《（暁）》ふか《（深）》きあさくらのこゑ

【訳】　立ち帰って行く山藍の袖に霜が冷えて、暁は深い朝倉の声が聞こえる。

【語注】　**○山あゐ**　「山ゐ」八代集六例、「山あゐ」八代集二例・新古今712、1889。**○山あゐのそで**　「山藍で染めた舞人の衣裳の袖。」（全歌集）。①9新勅撰552「たちかへるくもゐの月もかげそへて庭火うつろふ山あゐの袖」（神祇、成実）。**○あかつきふかき**　③130月清408「…たけのうちにあか月ふかきうぐひすのこゑ」。**○あさくら**　八代集二例・後拾遺1081、新古今1689。「神楽」題の曲名・「朝倉」、「79　朝倉や　木の丸殿に　我が居れば／我が居れば　名宣りをしつつ　行くは誰」（旧大系350頁）。「神楽の終り近くで歌われる。」（全歌集）。

▽冬15の11。「神楽」（堀）。第二句字余（「あ」）。第四、五句あの頭韻。立ち帰って行く神楽の舞人の山藍の袖に露が冷え冷えと置き、暁にはまだ間がある深い闇の中で、神楽の「朝倉」を歌う声が響き渡ると歌う。「暁」「朝」と続く。拾玉767「神がきやしで吹く風にさそはれて雲ゐになびくあさくらのこゑ」。
俟「「二山藍の袖」、賀茂臨時祭還立の神楽也。よりて「暁ふかき」といへる也。」、「二　二四六頭注参照。」

『赤羽』「第四句と第五句に頭韻がある場合、下句が強調される。または、下句がリズミカルである。」（311頁）

【類歌】②16夫木7500「さよふかきおほうち山に風さえて雲井をわたるあさくらのこゑ」（冬三、神楽「禁中神楽」寂蓮）

②16同7529「かへりたつ雲井の庭火ふかき夜に霜さえまさる山あゐの袖」（冬三、神楽「文応元年七社百首」為家）…466に近い

467　かり衣《（狩ころも）》はらふたもと《（袂）》のを《（お）》もるまで／かたのゝはら《（原）》にゆき《（雪）》はふりきぬ

【訳】　狩衣を払う袂がさらに重くなるまで、交野の原に雪は降ってきた。

【語注】　**○かり衣**　①5′金葉三295「あられふるかた野のみののかりころもぬれぬやどかす人しなければ」（冬「（雪中鷹狩を…）」藤原長能。①6詞花152 153。②7玄玄63）。③132壬二1853「たちかへり《る（最）》なぎさの宿やかり衣かたののあられ袖おも《にふ（〃）》るなり」（最勝四天王院御障子和歌「交野」。⑤261最勝四天王院和歌127）。**○を《（お）》もる**　八代集二例・新古今672、1582。**○かたの**　八雲御抄「かた《河内》」（後拾。たかゞりによむ。ためよし。）」（名所部、野、歌学大系別巻三—405頁）。有名な父詠に、①8新古今114「またやみむかたののみのの桜がり花の雪ちる春のあけぼの」（春下、俊成）がある。**○かたののはら**　八代集にない。③58好忠257「きぎすなくかたののはらをすぎゆけば…」（九月中）。③129長秋詠藻645「…みかりするかたのの原の雪の朝を」（十一月）「野辺に鷹狩したる所」）。**○ふりき**　八代集四例（三代集のみ）。

▽15の12。「鷹狩」（堀）。積った雪を払う狩衣の袂が重くなるまでに、交野の原にどんどんと雪は降って来たと歌う。拾玉768「思ひあへず袖ぞぬれぬるかり衣かたののみのの暮がたの空」。侯「無殊事。」、「参考」①3拾遺50「さくらがり雨はふりきぬおなじくはぬるとも花の影にかくれむ」（春、よみ人しらず）

六家抄「狩をする処也。雪をはらへども〳〵降ておもる心也。はらひくたびる、心。大雪に成たる朝也。」
『赤羽』「か…はら…か…はら…これらは同音異義語や同音反復の変形であるが、調子を整え、主題性をはっきり掲示するのに効果的である。」（185頁）
【参考】④26堀河百首1065「みかりするかたのの原に雪ふればあはするたかの鈴ぞ聞ゆる」（冬「鷹狩」師時）
【類歌】③132壬二506「霞たつかたののみののかり衣はらふともなき春の淡雪」（院百首、春。⑤197千五百番歌合164）
⑤261最勝四天王院和歌124「かはらじな霰ふりにし狩衣片野の原のふゆがれのいろ」（「交野」俊成卿女）

468　すみ《（炭）》がまのあたりをぬるみたち《（立）》のぼる／けぶり《（煙）》やはる《（春）》はまづ《（先）》かすむらん

【訳】　炭竈のあたりは温かいので、立ち昇る煙よ、春にはまず霞み初めるのであろうか。
【語注】　**○ぬる**　八代集五例。　**○たちのぼる**　八代集初出は後拾遺539。
▽冬15の13。「炭竈」（堀）。炭竈のあたりは空気もぬるいので、立ち上って行く煙は春にはまず最初に霞むのだろうかと推量する。拾玉769「をの山もおほ原やまもすみがまの煙はおなじあはれなりけり」。
俟「「すみがまのあたり」はをのづから暖気あれば、立のぼる此烟や、春になりてはかすみとなりてまづ立らんと也。」
『全歌集』「参考」①4後拾遺414「こりつめてまきのすみやくけをぬるみおほはら山のゆきのむらぎえ」（冬、和泉式部）
【参考】③115清輔4「をの山の春のしるしは炭がまの煙よりこそ霞みそめけれ」（春「山家早春」。②16夫木96）
④26堀河百首1085「すみがまのくちやあくらむをの山に煙のたかく立ちのぼるかな」（冬「炭竈」隆源）

④30久安百首457「すみがまのせれうの里の煙をばまだき霞のたつかとぞみる」（冬、季通）
④30同961「すみがまのけぶりにかすむ小野山はとしにしられぬ春や立つらん」（冬、清輔）…468に近い
⑤165治承三十六人歌合56「立ちのぼる煙をだにもみるべきに霞にまがふ春の明ぼの」（寂信。①8新古今767。⑤183三百六十番歌合32）

【類歌】①20新後拾遺566「すみ竈のあたりの松もうづもれて残る煙は雪よりぞたつ」（冬、善成）
②16夫木909「炭がまの煙になるる小野山は春のわらびもまづやをるらん」（春三、早蕨、俊成）
②16同7562「立ちのぼるけぶりぞ見ゆるすみがまの尾上の外にとなりありとは」（冬三、炭竈「…、遠近炭竈」寂蓮）
④38文保百首2399「立ちのぼるけぶりやいづこふじのねのかすみぞふかき春の明ぼの」（春、行房）

469　あけ《明》がたのはひのした《下》なるうづみ《埋》火の／のこりすくなくゝるゝ《暮》とし《年》哉

【訳】　明方の灰の下にある埋火が残り少なくなった如く、残り少なくなって暮れる年であるよ。

【語注】　**○はひ**　八代集二例。　**○うづみ火**　八代集二例・後拾遺402、新古今689。式子393「うづみ火のあたりのまとゐさよふけてこまかになりぬはひのてならひ」（⑥11雲葉878、冬）。　**○のこりすくなく**　八代集四例、初出は後拾遺160。

▽冬15の14。「炉火」（堀）。「冬」の末二首目で、上句は「「のこりすくなく」を起す有心の序。」（全歌集）である。明方には灰の下にある埋火が残り少なくなるように、残りの日々も少なくなって暮れてゆく年を歌う。拾玉770「人しるや夜はのうづみ火下もえてむなしくくるるとしの行へを」。
俟「無殊事。」

『赤羽』「埋火の灰となってゆくのに年の暮れてゆくのを見ている。時の流れの具象的な捉え方であり、一方から言えば現象の思念的観方でもある。定家の歌が、情的であるというより形而上的であり、哲学的でさえあるといわれる所以はこんなところにも見出される。」(170頁)、「時の流れを視覚的に捉えようとするのであるが、3〔私注—この歌〕は上句ののの繰返しと下句のくの反復が刻々と移ってゆく運動をあらわすほか、…句と句をつなぐ同音連絡音《首尾韻》がしりとりのように並んで句の移りをスムーズにしている。」(182、183頁)、「序が実景となって、残り少ない年末の時間を表現している。」(385頁)

【参考】①5金葉二301 322「かぞふるにのこりすくなき身にしあれば《をつめば(内)》せめてもをしきとしのくれかな」(冬「…、歳暮を…」藤原永実。①5′金葉三307。⑤134内大臣家歌合7。⑤301古来風体抄515)
③106散木628「いかにせんはひのしたなるうづみ火のうづもれてのみきえぬべきかな《身を(風、堀)》」(冬、十二月「…うづみ火を…」)。①17風雅1616 1606。②15万代2962。④26堀河百首1096)

【類歌】②14新撰和歌六帖475「さゆるよの明がたちかきうづみ火のはひしれはつるわがみなりけり」(第一帖「ひ」)

470　年くれぬかはらぬけふのそら《(空)》ごとに／うきをかさぬる心ちのみして

【訳】今年も暮れた、変りもしない今日の空ごとに、年のみならず憂きことを重ねて行く心ちばかりがして。

▽冬15の15。「除夜」(堀)。初句切、倒置法で、年末、変りばえもしない今日の空ごとに、これも変らず、憂きことを重ねる心ちばかりがして年が暮れ果ててしまうと詠じて、冬・年を閉じる。「述懐の心を籠める。」(全歌集)。拾玉771・歳暮「諸人の身にとまりぬるとし月の別れぬさへぞなほをしまるる」。
俟「いつかはることもなき除夜ごとに也。年にそへてはうき事をかさぬる心ちすると也。昇進などにもあづからず、

沈淪をなげくにや《ヒヒヒ》。」、《きていへるなるべし》「冬歌はほとんど地歌。」

戀

471　これも又ちぎり《（契）》なるらむ《（ん）》とばかりに／思《（ひ）》そめつる身を《（を）》おしむ哉

【訳】　これも又前世からの約束なのであろうとばかりに、あの人を思い慕い初めた身を惜しむことよ。
▽恋10の1。「初恋」（堀）。このようにあの人を恋い慕うのも、また前世からの宿縁なのだろうと、思い慕い初めた我身を惜しみいとしく思うと歌う。立場は男女とも可。拾玉772「しげりあはむすゑをもしらず恋草のやどのまがきにめぐみそめぬる」。侯「思そめしも契りかと、初一念の身をおしむなり《よし》。」、「参考」④30久安百首64「さきの世の契りありけんとばかりも身をかへてこそ人にしられめ」（恋、御製。①9新勅撰751 753）

472　おもひねのゆめ《（夢）》にもいたくなれぬれば／しのび《（忍）》もあへずもの《（物）》ぞかなしき

【訳】　あの人を思い寝る夢にもたいそう馴れ果ててしまったので、こらえきれずに物悲しいことよ。
【語注】　**〇しのび（も）あへ**　八代集三例、初出は後拾遺619。
▽恋10の2。「不被知人恋」（堀）。あの人と会えず、ただ思い寝に見る夢にもたいそう馴れはててしまったので、あふれる思いを我慢しきれずに物悲しいと歌う。拾玉773・忍恋「我がこひはしのびのをかに秋暮れてほに出でやらぬ

しののをすすき」。

B79「忍恋の心にやうつゝに人になるれは忍かたき心をもたせたる也夢路には忍ふましけれともそれにもなるれはと也」（抄出聞書11頁）

俟「夢にもなれたれば、わが心恋なれて、しのぶ心もゆるまりて、しのびあへずうちなげく《物なげかしき》心なるべき歟。」、いたく《一》…「参考」③125山家120「ながむとてはなにもいたくなれぬればちるわかれこそかなしかりけれ」（上、春「落花の歌…」。①8新古今126）、もの《二》ぞ…「参考」①7千載949 946「世にしらぬ秋の別にうちそへて人やりならず物ぞかなしき」（恋五「九月…」通親）

六家抄「内註」

473　名とり河いかにせん《（む）》ともまだしらず／おも《續拾（思）》へば人をうらみける哉

【訳】浮名を取ったが、（それに対して）どうしたらいいのだともまだ知らない、思うと（時には）あの人を恨んだことよ。

【語注】○名とり河　八代集七例。陸奥国の歌枕。「「名（噂）を取る」を掛ける。」（明治・続拾遺914）。「初二句―あの人との噂は立ったが、実際に逢うにはどうしたらよいのかその方法がまだわからない。」（明治・続拾遺914）。

【本歌】①1古今650「名とり河せぜのむもれ木あらはれば《て（千）》如何にせむとかあひ見そめけむ」（恋三、よみ人しらず。②4古今六帖2661。⑤197千五百番歌合2453判）

▽恋10の3。「不逢・遇恋」（堀、明治・続拾遺914）。①1古今650を「本歌」（全歌集、明治・続拾遺914、新大系・百番107）として、評判を取り、瀬々の埋木があらわれるように露顕したが、逢い初めるにはどのようにしたらいいのか、まだ

知らないで、振り返り思いみると、あの人をかつて恨んだことだと歌う。①12続拾遺914 915、恋三「(こひのうたの中に)」前中納言定家。⑤216定家卿百番自歌合107、末句「恨みつるかな」、五十四番、左勝、私百首文治五年。⑤335井蛙抄167、末句「うらみつるかな」。拾玉774・不遇恋「ははきぎのよそにのみやと思ひつついくよふせやに身をまかすらむ」。

五4「本歌の心は、既にあひみて後悔する儀也。此歌は、あらはればいかゞせんとまでの遠慮もなく恨けるよと、かねて名のたつべき事を思惟する心、深重也。」（常縁口伝和歌、上95頁）・本歌・前述、「なお、E類注（摘抄）一四八〔私注—一四九が正しい〕では第三句「たのまれず」で二首〔私注—117、149〕共に加注歌。」　B80「本歌の心は既にあひみて後悔する也此の歌の心はあらはれはいかにせんとまては分別もなくさても遠慮もなく人をうしつらしとうらみける事よと驚たる也あはゝ此名の立ぬへき用心也」（抄出聞書11頁）　摘117「人をうらむるといふことは、われは恋しともおもへども、人はつれなきをうらむる也。此歌、さてもあふよもなしとうらみしが、また思ひかへして、逢ざるも道理也、本歌に〽名取川…とをしへてをき侍れば、あらはるゝをかなしみてとひもこぬかと、つれなきにつゐてあしくは思はずと道理をつけていへる心ざし、やさしくや。」（摘抄、中297頁）、「二　無理に自分を納得させるための理由付け。」、同149「人のつれなく情なきをうち返してつく〴〵思ふに、もしわが思ふ事の心のまゝなりとも、又人のめをかなしみ、世上をはゞかる心をつくすべし。しかれば我にうちとけたるとも思ひはつくべからず。此分別もなく是非の弁もなくあまりに人をうらみつることよと、思ひの切なる中にかくかへりみる心、不便に哀なる歌也。

「あひみそめけん」と古人も後を悔し事ぞかし。われもあひたり共又いかやうの後悔か侍らん、あだにも人をうらみつる物かなといひさしたる歌也。面かげたちそひて無上の歌とぞ。」（摘抄、中315頁）、第三句「たのまれず」の歌の「形の典拠未詳。記憶違いが定着したものか。／一」・①1古今650（本歌）　俟「なとり川…〔私注—①1古今650〕／それは逢ての後あらはれてい《は》《ヒ》と後悔したる也。これは未逢うちなれば、いかにせむともまだしらざる也。もし逢てはさやうの後悔あるべきともしらで、逢ざる人をうらみたる事よと思ひかへしていへるなり。「おもへば」といふは、おもひかへしてみる心也。」　六家抄「内註　○瀬々の埋木にてよめり。人をうらむる名がよ所へたゝば何とせんとおもふ事ぞ。よく／＼おもふに名のたゝんもしらで人を恨ける事よと也。名がたゝば何とせんとのまた分別もなう恨てよく／＼思案すれば、かゝる事を名の立もしらでおもひつるよと也。つれなき人をうらむる心なり。忍ぶ上からわれと思ふ也。」『赤羽』「三代集を典拠としたもの」（128頁）①1古今650、①1古今650「によって「名とり河」と「いかにせん」の言いまわし、…（に）学んでいる。」（142頁）

【参考】①5金葉二396 422「あさましやあふせもしらぬなとりがはまだきにいはまもらすべしやは」（恋上「なきなたちける人の…」前斎宮内侍）

【類歌】①16続後拾遺1122 1115「名取河いかなる瀬にかあらはれて身の埋木の人にしられん」（雑中、貞忠）

474　あひ見《み》てもいへばかなしきちぎり《契》かな／うつゝもおなじはる《春》のよのゆめ《夢》

【訳】会いに会っても、言うと悲しい二人の宿縁であるよ、会った現実も同じ春の夜の夢にしかすぎない。

▽恋10の4。「初逢恋」（堀）。三句切。二人会っても、所詮は悲しい契りであり、現実もまたはかない春の夜の夢と同様だと歌う。「『伊勢物語』六九段のような恋愛を歌う。」（全歌集）。伊勢物語「126君や来し我や行きけむおもほえず夢か現か寝てかさめてか…127かきくらす心の闇にまどひにき夢うつゝとはこよひ定めよ」（新大系（六十九段）、145、146頁）。同じ定家に③134拾遺愚草員外46「二たびとあひみんよをたのむかないへばかなしき秋のよの月」（秋）がある。拾玉775「つくしこし心にかねてしられにきあひ見るまでの契ありとは」。

侯「「いへばかなしき」《は》逢とてもはかなき程の事なれば、かなしき契りと也。「うつゝもおなじ」、現在逢とても、うたゝねの夢ほどの間の対面なればと《ヒ》也《ヒ》。夢にまさりたる事もなきよし也。」、うつゝ…・①1古今647「むばたまのやみのうつゝはさだかなる夢にいくらもまさらざりけり」（恋三、よみ人しらず）、③74和泉式部続273「枕だにしらねばいはじみしまに君に《ナシ(新)》かたるな《なよ(ツ)》春の夜の夢」（①8新古今1160）
『赤羽』「ことばを学んだもの」（131頁）、①2後撰509 510「…見つるかなまさしからなん春の夜の夢」（恋一、するが）
【類歌】　③132壬二215「あはれなる花と春との契かなあひみる事も帰る別も」（大輔百首、春）
⑤197千五百番歌合2684「あはれあはれはかなかりけるちぎりかなただうたたねの春のよの夢」（恋三、讃岐。①9新勅撰979 981）

475　わかれつるほどもなく〳〵まどはれて／たのめぬくれ《（暮）》を猶いそぐ哉

【訳】　別れた後、すぐに泣きながら心が惑乱して、あの人の来訪をあてにできない暮をやはり心待ちにすることよ。
【語注】　○なく　掛詞（「無く」「泣く」）。　○まどは　「まとは」か。が、「まとふ」は八代集にない。
▽恋10の5。「後朝恋」（堀）。別れてさほど時がたっていないのに、心乱れ、涙した状態で、あの人の来訪をあてにできない暮なのに、やはり早く暮にならないのかと心待ちにされると歌う。「女の気持で詠んだ」（全歌集）男による女歌。拾玉776「かへるさをあらましごとにせしよりも猶たぐひなきよこ雲の空」。
C104「「たのめ」とは約束《やくそく(D)》也。恋に忘却して、やくそく《約束(〃)》せぬくれ《暮(〃)》を《ナシ(〃)》もまちていそぐと也。《「(〃)》わかれぬるほどもなくとな《」(〃)し》り《う句せり。(〃)》。」（抄出聞書、上145頁。D487・中175頁）
俟「「別つるほどもなく」とうけたる也。別にまどひてたのめもをかぬ夕をも、猶いそぐと也。くれには又とふべきかと《とは》たのめずながら《もしとひもやするとと》。いそぐ心、猶まどへる故にや。又、くれてはこの別の心もわするべきかといそぐ心歟。猶可吟味《ヒヒ》也。」

『赤羽』「ことばを学んだもの」（131頁）、①2後撰730 731「別れつるほどもへなくに白浪の…」（恋三、つらゆき）

476　つらかずわ《（我）》が心にもしられにき／なれてもなれぬなげ《（歎）》きせむ《（ん）》とは

【訳】 辛くもない、私の心にもとうに知られていたのだ、馴れていても、それに馴れ続けられない嘆きをするであろうとは。

【語注】 **○なげきせ**　八代集六例。初出は詞花79。

▽恋10の6。「会・遇不逢恋」（堀）。下句なのリズム。初句切。三句切、倒置法。「馴れても馴れぬ嘆きせむとは」・「我心に知られにき」、故に「辛からず」となる。あの人と馴れ親しんでも結局は馴れ親しむことはないという嘆きをすることは自分にも分かっていたことだから、辛くはないと歌う。「恋に陥ったのもわが心からとあきらめて相手を恨まない女の心。」（全歌集）。拾玉777・逢不会恋「さてもいかにあひ見ぬ先にいとひしはよそはづかしきかたはなりけり」。

C105「あだ人とはわれもみながら、《ナシ（D）》なれそめて物思《おも（〃）》ひを《ナシ（〃）》するほど《程（〃）》に、さのみ人には恨のなき《うらむまじき（〃）みのなきイ》と也。／本《あだ人と》かくこひん《おもひながらなれ》…〔私注《たるは、こなたのとが也。（〃）》—①1古今700「かくこひむ物とは我も思ひにき心のうらぞまさしかりける」（恋四、よみ人しらず）〕」（抄出聞書、上145頁、D488・中175頁）

俟「此歌、五《三》文字《きこえにくし、》。にて《五文字》切てみるべき歟。〔よく得心してきけば、上よりつゞけてもきこゆる也。〕○おもふ《あひみて》にかなふやうなれば、なれてもなるゝやうにもなく、猶なれたきなげきせんとはわが心にもしられたる也。なれてもなれぬなげきはつらからずといへる心なるべき歟。」、「C注一〇五番…（古今…七〇〇）」を本歌とするが、同想歌か。」、なれ《二》…「「あだ…なき也（C注）」が適切。なお、愚草には「なれてもうときよひのいなづま（八二八）」「いくかへりなれてもかなし（九三九）」「なれてもなれぬ花の俤（一六八八)」などの類似表現がある。／三　初句では切れない。」

『赤羽』「「なけき」を強調するために…「なれてもなれぬ」と繰返して、口説きの調子を出している。」(186頁)

477　たれゆへ《(ゑ)》とさゝぬたび《(旅)》ねのいほりだに／みやこ《(都)》の方《(かた)》はながめしものを

【訳】　誰のせいと指ささない旅寝の庵でさえも、都の方はしみじみと思い見るものであるのに。

【語注】　**○たれゆへ《(ゑ)》**　八代集六例。　**○さゝ**　「鎖・閉さ」は「庵」の縁語。

▽恋10の7。「旅恋」(堀)。誰がためというわけでもない旅の、その庵でさえ都の方は思い眺めるのに、都に愛する人のいる今の旅はましてなおさら思い見ると歌う。「業平などの気持ちで詠んだ。」(全歌集)。伊勢物語「13名にし負はばいざ事問はむ宮こ鳥わが思ふ人はありやなしやと」(新大系（九段）、89頁)。①14玉葉1571 1563、第二句「さらぬたびねの」、恋三「百首歌の中に旅恋」前中納言定家。拾玉778「時しもあれすみだ河原のみやこ鳥むかしの人の心しれとや」。

C106「たび《旅(D)》の恋也。思《おも(〃)》ふ人のなきさへふるさと《古郷(〃)》は恋しき物也。いはん《或説(〃)》や、都《宮古(〃)》に思《おも(〃)》ふ人あれば、みやこ《都(〃)》のかたを《も(〃)》ながめ恋しのぶ体《と(〃)》也。「さして」は方がく《角(〃)》をさして也。いせ《伊勢(〃)》物語に、京におもふ人なきにしもあらず。」《、と侍り。(〃)》(抄出聞書、上145、146頁。D489・中176頁)

俟「誰ゆへと思をかぬ旅ねさへ都の方は恋しくてながめし物を、まして思ふ人を都に残しをきたる旅寝はいよ〳〵と也。さゝぬ《ヒヒヒ》いほりといへるより「さゝぬ」の詞出たるなるべし。」、「「さゝぬ」を「方がくをさして也」(C注一〇六)」とするは誤、当注の「人物特定」と「閉ざす」が可。」

六家抄「内註　○庵をさしてゐて云心也。都にこふる人もなき庵さへ旅にはかなしきに、都の方に思ふ人をゝきて一段かなしくながむる心也。だにといふに恋の心こもれり。旅の恋なり。」
「【参考】」①1古今724「みちのくのしのぶもぢずりたれゆゑにみだれむと思ふ我ならなくに」（恋四、河原左大臣）・
『玉葉和歌集全注釈中巻』1571

【類歌】③132壬二931「庵りだにさらぬ夏のの旅ねにはいづくをたたく水鶏なりけん」（百首、夏）

478　さきだゝば人もあはれ《（哀）》をかけて見《（み）》よ／おもひ《（思）》にきえむ《（ん）》そら《（空）》のうきぐも《（浮雲）》

【訳】もし私が先に死んだなら、あの人もあはれの思いをもって見て下さい、あなたへの思いに死んだ火葬の空の浮雲をば。

【語注】○あはれをかけ　式子72「ほのかにも哀はかけよ思草…」（恋）。○うきぐも　八代集初出は金葉56。

▽恋10の8。「思」（堀）。三句切、倒置法で、私があなたより先に死んだなら、あなたへの恋慕の情でこがれ死にした私の火葬の煙が空の浮雲になったものだと、あなたも同情して見てやって下さいと歌ったもので、男女の歌とも可。源氏物語に「見し人の煙を雲とながむれば夕べの空もむつましきかな」（「夕顔」、新大系一―141頁。⑤421源氏物語36）があるが、それよりも柏木と女三宮の悲恋、私（柏木）が「先立たば人（女三宮）もあはれを懸けて見よ…」の源氏物語世界がまず想起される歌である。拾玉779「わがおもひ煙をたつる世なりせばむなしき空にみちこそはせめ」。俟「無殊事歟。「さきだゝば」、我さきだゝばなるべし。」、おもひ「一　題の詞。「思」は六帖題にもなく、堀河百首初出であるが、題として自己完結性に乏しい。」
『全歌集』「参考」①3拾遺1324「とりべ山たににけぶりのもえたたばはかなく見えし我としらなん」（哀傷、よみ人しらず）

479　よしさらばあは《（哀）》れなかけそしのびわび／身をこそすてめきみ《（君）》がな《（名）》はおし《（を）》

【訳】　よしそれなら、あはれをばかけて下さいますな、こらえきれず、出家しよう、（なぜなら）あなたの薄情という評判が惜しいからだ。

【語注】　〇よしさらば　八代集初出は後拾遺865。　〇しのびわび　八代集一例・後撰606。▽恋10の9。「片思」（堀）。二、四句切。それなら、あなたは同情などしてくれるな、こらえかねて「自分が身を捨てたら、相手が薄情だったという悪い評判が立てられる。それが惜しいと歌う。」（全歌集）。拾玉780「これもこれ心づからの思ひかなおもはぬ人をおもふ思ひよ」。

俟「無殊事。身をすてゝも君がなをおしむ心、猶片思の心切なるにや。」

『安田』249、250頁「こうした作の背後に、定家の悲恋の体験を嗅ぎ取ってみても、この際、あながちに否定されるべきではないようにも思われてくるのである。」、480と並列

『赤羽』188頁「他者への呼びかけのためにふさわしい表現形式となっている。」

480　身をしればうらみじと思《（ふ）》世《（の）》中を／ありふるまゝの心よは《（わ）》さよ《よ にイ（③）》

【訳】　我身の程を知っているので、決して恨むまいと思う世の中を生きているままの心弱さよ（、やはりあなたを恨んでしまうのだ）。

【語注】　〇うらみじ　「うらみし」か。　〇まゝの　447前出。　〇心よはさ　八代集一例・後拾遺706。

▽恋10の10。「恨」（堀）。第二句字余（「お」）。我身の程が分かっているので、恨むまいと思っているのだが、生きているとやはり薄情なあなたのことを心弱くも恨んでしまうと歌う。「述懐の心を籠める。」（全歌集）。拾玉781「夕まぐれ玉まく葛に風たちてうらみにかかる露の命か」。

B81「世中はふたりの間を云也有ふるまゝに何となくうらむるそと也世のありさまを人はしらねはの心もあり」（抄出聞書11頁）

侯「身のうきほどをしれば、人をばうらみじと思世中なるを、ありふれば事にふれてうらめしき事どもた《の》へかねたる心よはさにうらむるよし也。」、あり…「参考」①5金葉二、異本歌690 415「ありふるもうきよなりけりながからぬ人の心をいのちともがな」。

『安田』479参照

【参考】①4後拾遺117「よのなかをおもひすててしみなれども心よわしとはなにみえぬる」（春上、能因）…480に近い

『赤羽』「無条件・無意識的に受け入れている例である。…身を…〔私注—①8新古今1231「身をしれば人のとがとはおもはぬにうらみがほにもぬるる袖かな」（恋三、西行）〕／これらは何の抵抗もなしに西行の歌の調子をそのまま模倣しているが、それだけに定家の歌として線の弱いものとなっている。」（156頁）

③122林下336「ありふればうさのみまさるよのなかをこころづくしになげかずもがな」

【類歌】①8新古今1774 1772「つくづくと思へばやすきよの中を心となげくわが身なりけり」（雑下、荒木田長延）

②15万代2776「いつしかとはなまつよりぞおもひしるうきよをしらぬこころよわさは」（雑一、覚遍）

③131拾玉787「世の中をこころたかくもいとふかなふじのけぶりを身の思ひにて」（楚忽第一百首、雑「山」。①8新古今1614 1612）

④11隆信645「ありふればのちうきものと世のなかを思ひしりてや花も散るらん」（恋五）

④15明日香井724「よのなかにすまふとすれどなほぞふるおもひとられぬこころよわさは」（百日歌合「相撲」）…480に近い

④45藤川五百首487「世中はあまの塩木のからくのみありふるままに思ひとられて」

雑

481　うかりけり物思《る③（ふ）》こころのあかつき《（暁）》は／人をもとはむ《（ん）》この世ならでも

【訳】ああつらい、物思いにふける頃の暁は、人をも訪れよう、この世の人でなくても（、古えの人でも）。

▽雑20の1。「暁」（堀）。初句切。四句切、下句倒置法。つらく物思いにうちしおれる暁には、今生きている人でなくても訪ねることにしようと歌ったもの。百人一首85・千載766「夜もすがらもの思ふころは明けやらぬ閨のひまさへつれなかりけり」（恋二、俊恵）が想起される。拾玉782「さびしとよ八声の鳥のこゑさえて月もかたぶく有明の空」。B82「雑歌也暁とりあつめて物おもふ心にかゝるたくひなる人をは此世の外までもことゝはまほしきの心にや里をはかれすの面影なるへし」（抄出聞書11頁）

不22、※思ふ「如何。／※今ぞしるくるしき物と人またん、ノ心ナルベシ。我心ヨリ、人ヲモ思ヤリタル歟。」（不審、上303頁）、今ぞ…・①1古今969「今ぞしるくるしき物と人またむさとをばかれずとふべかりけり」（雑下、なりひら。『全歌集』「参考」）

俟「座右抄の「今生にあらん程は夜中にも心のまゝに問べけれ」の解は如何か。」（頭注）

【参考】①2後撰913 914「つねよりもおきうかりつる暁はつゆさへかかる物にぞ有りける」（恋五、よみ人しらず）
【類歌】③130月清1323「うかりけりまたやまふかきまどもあらば人をもとはむゆきのあけぼの」（冬「山家雪」）
④18後鳥羽院1050「うかりける世にすみがまのうす煙たえみたえず物おもふ比」（詠五百首和歌、雑百首。②16夫木7564）

482　松風のこずゑ《（梢）》のいろ《（色）》はつれなくて／たえずおつるはなみだ《（涙）》なりけり

【訳】　松風の吹く梢の色は平然としているが、絶えず落ちるもの、それは涙であるよ。
【語注】　〇第二・三句　同一・①14玉葉2026 2018「しぐるべき梢の色はつれなくて花をやときの物とながめん」（雑一、新院御製）。　〇つれなくて　「紅葉しないことを擬人的にいう。」（全歌集）。
▽雑20の2。「松」（堀）。松の梢の色は何ら変りはないが、松風の音をきくと、絶えず涙が落ちると歌う。「つれなくて」と「たえず落つる」が対。「述懐の歌。」（全歌集）。拾玉783「すみよしの神さびわたるまつ風もきく人からのあはれなりけり」。
俟「「梢の色」は葉の事をいへる歟。葉はおちずして涙はおつといへる歟。」
【類歌】①10続後撰1082 1079「身をあきのこの葉ののちの山かぜにたえずおつるはなみだなりけり」（雑上、「（秋のくれに…）」　基良）…下句同一
④23続草庵174「梢には一葉のみ散る秋風にたへずもろきは涙なりけり」（秋「…、初秋風」）

483　くれ《（呉）》竹のわが《（我）》ともはみなゝらべ《へ》ども（③）／ひとりよそなるは《（葉）》のはやし哉

【訳】 呉竹の如き我が友はすべて横並びであるが、我身一人が入っていない羽林（近衛府の大・中・少将）であるよ。

【語注】 〇呉竹の 「「わがとも」の序。竹を友とした白楽天の故事による。」（全歌集）。 〇わがとも 八代集一例・千載607。 〇、《(な)》らべ 八代集三例。 〇はのはやし 八代集にない。「近衛の唐名「羽林」を訓読した。「竹」の縁語「葉」に「羽」を掛ける。」（全歌集）。③122林下377「…はなのさくはのはやしをばなどかたづねぬ」。④6師光91「はのはやしはなさく春のうれしさをつつむほどなり谷の埋木」（「かへし」）。

▽雑20の3。「竹」（堀）。呉竹の如く、我友は近衛に列しているが、私一人だけがカヤの外だともらす。「述懐の歌。」（全歌集）。②16夫木9976、雑四、林、はのはやし「百首歌」。拾玉784「雪ふらでさえたる夜半の風の音はまがきの竹の物にぞ有りける」。

五3「竹によせておも《思(B)》ひをのぶる心にや《の心也(〃)》。我友の官位は歴《暦(〃)》々なれども、羽林にもをよばぬ心なるべし《と也はのはやしは羽林也中将の唐名いまた中将にもならぬ事にや(〃)》。羽林は中将[一]也。」（常縁口伝和歌、上94頁。B83、11頁）、「一 「中将、羽林将軍（拾芥抄・中・官位唐名部）」。」C107「唐太…吾友[一]。本語[二]には竹をわが《ナシ(D)》友といへど《ども(〃)》、われ《我(〃)》は友ともたのまぬよし《由(〃)》也。竹は亭主《君子》の徳《得(〃)》をそなへたるもの《あらはすと也。(〃)》なり。中将のから《唐(〃)》名、羽林なり《也(〃)》。竹の葉によそへていへ《云(〃)》り。官のひきき《、(〃)》事を述懐のうた《歌》なり《也(〃)》。」（抄出聞書、上146頁。D568、中199、200頁）、「一 「晋騎…（私注―和漢朗詠432「晋の騎兵参軍王子猷 栽ゑて此の君と称す／唐の太子賓客白楽天 愛して吾が友となす」（下「竹」篤茂。本朝文粋321（新大系312頁）にも収。「参考」（全歌集））。「唐太…吾友」（佐藤「漢詩文受容」441頁）」」。竹を「君」ということ、枕草子「五月ばかり（一三七）段にも。／二 この語当注では三九六と二例。それによれば共に漢籍の故事を基にした本朝漢詩を指す。本文と区別して用いたか、未詳。」 不審23、竹「※「葉のはやし」ハ羽林事也。此百首、文治五年春ノ歌※也。則、十一月十三日任左近少将。」（上303、304頁） 俟「唐太…吾友 これより竹に我友をいへり。我同列の朋友は羽林にならびす、めども、定家一人は羽林をよそに侍従にて年久しく沈淪せるよし也。「はのはやし」は羽林也。羽を竹のはによせていへり。」

久保田『研究』「そのような欲求不満が年下の羽林の一人の嘲弄に遭って爆発したと考えることは、さほど見当違いでもないと思う。」（554頁）

484　おく《（奥）》山のいは《（岩）》ねのこけ《（苔）》の世とゝもに／色もかはらぬなげきをぞする

【訳】奥山の岩の根元の苔が、世が移り変っても色が変らない嘆きをするよ。

【語注】**○三句以下**「代々同じ色の衣を着て下積みの嘆きをくりかえしている。」（全歌集）。**○色もかはらぬなげき**「いつまでも変らない緑色である嘆き。緑の衣は緑衫《ろうそう》といい、六位の着る物。定家はこのとき正五位下であるが、誇張してこういったか。あるいは単に色が変らぬ例としたまでか。」（全歌集）。**○なげきをぞする**「なげきす」八代集六例、初出は詞花79。

▽雑20の4。「苔」（堀）。奥山の苔がいつまでも変らない緑色であるのと同様、私もいつも緑を着て出世しない嘆きを歌う。「述懐の歌。」（全歌集）。拾玉786「いはのきるこけの衣のさびしきも春の色をば忘れざりけり」。俟「無殊事。」、「参考」④26堀河百首1342「おく山のいはねの松のかげにてや苔のみどりもときはなるらん」（雑「苔」隆源）

『赤羽』「ことばを学んだもの」（131頁）、①1古今362「秋くれど色もかはらぬときは山…」

【参考】②4古今六帖3115「おく山のいはにこけおひ《生《む》し(万)》かしこみと《けど(〃)》おもふ心をいかにかもせん」（第五「になきおもひ」。万葉1338 1334）

④30久安百首719「奥山のいはねのつつじさきぬればこけのみどりも色はえにけり」（春、実清）

⑤171歌合〈文治二年〉150「としふれどあふのまつばらよそにしていろもかはらぬなげきをぞする」（恋、棟範）…下

句同一

【類歌】①8新古今576「しぐれふるおとはすれども呉竹のなどよとともに色もかはらぬ」（冬、兼輔）

485　たらちねの心をしればわかのうらや／夜ぶかきつるのこゑぞかなしき

【訳】　親の心を知るゆえに、和歌の浦よ、夜深い鶴の声は悲しいことよ。

【語注】　**○たらちねの**　「たらちね」八代集三例、「たらちねの」八代集五例。「「たらちねの」で「親」の枕詞だが、ここでは「たらちね」で親の意。」（全歌集）。　**○わかのうら**　八代集初出は古今集序（赤人の歌）、次は後拾遺1131。紀伊の国の歌枕。

▽雑20の5。「鶴」（堀）。第三句字余（「う」）。親の心を知るから和歌の浦で、子を思う夜深い鶴の声が悲しいと歌う。鶴は深更わが子を思って鳴くとされる。この歌は、和歌のことで、父俊成（この時76歳、定家28歳）への思いがあるか。「述懐の歌。」（全歌集）。拾玉785「あしたづのしほひにあさるもろ声につながれにけるあまを舟かな」。

C108「本わかの浦に…（私注—万葉924 919「若の浦に潮満ち来れば潟をなみ…」（巻第六））／これは《是は、（D）》わかの浦を歌道の心にいへ《云（〃）》り。わが歌道に出身もせぬほどに、子を思《おも（〃）》ふつる《鶴（〃）》も我《が（〃）》たぐひとかなしき《ぶ》と也《心（〃）》。無智《知（〃）》無能にして比興《二法（〃）》なる子をも、おやはおもひすてずあはれ《哀（〃）》とおも《思（〃）》はんとなり《也（〃）》。「たらちね」は、おや《親（〃）》の惣名《三》也。《D569入ル》／夜鶴思《四憶（〃）》子鳴籠中、この《此》本《五句》文の《の（〃）》心也。」（抄出聞書、上146頁）、「二　興醒めで不都合なさま。…三　総称。／四「第三…中鳴（和漢朗詠463「第三第四の絃は冷々たり　夜の鶴子を憶うて籠の中に鳴く」（下「管絃」五絃弾）、白氏文集・長慶集三・141、巻三、上―86頁。佐藤「漢詩文受容」449頁。「夜鶴…中鳴」、「参考」（全歌集））／五　詠歌の典拠となるもとの文章。普通、漢籍についていう。」、D569入ル「わが出世せぬをば又俊成卿もふびんとおぼしめすべきと也。（夜鶴…）」（中200頁）

俟「たらちねの心のやみを思へば、子を憶夜鶴の声もかなしきと也。「わかのうら」といへるは、和歌の道につきて俊成卿の心なるべき也。」
六家抄「俊成の事をよめる。子を思ふ靏の心をもつて我定家をおもはれける心也。我を思ひ給ふ心を思へばかなしき時分に、和哥の浦に靏の子をおもふこゑを聞て猶かなしき也。」
『安田』「定家もまた、その期待〔私注―父よりの〕と愛情とを心中ふかく受けとめていたことは、…「たら…という作などにも、十分に現われているのであろう。」（198頁）
『赤羽』「歌道で苦悩する俊成の姿を夜の鶴のイメージで表わすが、それがそのまま定家自身のものとなってゆく過程をこれらの歌は示している。「夜ふかき鶴」…などのイメージは沈痛でさえある。」（74頁）、「ことばを学んだもの」（131頁）、①3拾遺205「…山かぜに人松虫のこゑぞかなしき」（秋、よみ人しらず）
『赤羽・一首』「自分のことを案ずる父俊成の姿を夜の鶴によそえて描いているが、「夜ふかき鶴」のイメージは、『桐火桶』に伝えられた俊成の詠歌の姿を髣髴させる。…和歌の浦に夜深く鳴く姿はいつのまにか俊成から定家へと重ねられ、父の苦しみがそのままおのれのものとなった。定家は伝統を宿命的な重荷として受け止めているようなところがある。」（235、236頁）
【類歌】①8新古今1556 1554「和歌のうらに月のでしほのさすままによるなくつるの声ぞかなしき」（雑上「…、海辺月と…」慈円。⑤204卿相侍臣歌合25）…485に近い
③131拾玉4407「和歌のうらに月影おつるあり明にあしべのたづの声ぞかなしき」（「暁更鶴」）
⑤249物語二百番歌合342「よもすがらおもふ心をしりがほにとぶらふむしのこゑぞかなしき」（関白。⑤250風葉1205）

486　まだしらぬ山のあなたにやど《（宿）》しめて／うき《（浮）》世へだつるくも《（雲）》かとも見む《（みん）》

【訳】 まだ行ったこともない山の彼方に我が宿を決めて、そこにかかる雲をこの憂き世を隔てる雲かとも見よう。

【語注】 ○第二句 父詠に②10続詞花891「うき身をばわが心さへふりすてて山のあなたに宿もとむなり」（雑下、顕広、③129長秋詠藻187）がある。

【本歌】 ①1古今950「みよし《足引》のの山の《の(新)》あなたにやど《いへ(〃)》もがな世のうき時のかくれがにせむ《ん(新、千)》」（雑下、よみ人しらず。②3新撰和歌345。⑤197千五百番歌合2461判。「参考」（全歌集））

▽雑20の6。「山」（堀）。第二、三句や頭韻。①1古今950を本歌とし、まだ見たこともないみ吉野の山の彼方に隠れ家を定め、そこにかかる雲を憂世を隔てるものとも見ようと歌ったもの。⑤183三百六十番歌合283、夏、七十番、左、定家朝臣。拾玉787「世の中をこころたかくもいとふかなふじのけぶりを身の思ひにて」。

俟「山のあなたに家ゐして、その山の雲をうき世へだつるとみむといへる心歟。」

『赤羽』「三代集を典拠としたもの」（128頁）、①1古今950（前述）、この歌486と①1古今950「このような類型化され常套化された観念をくり返し取上げるのであるが、そういうものにでも深く共感する心がある限り歌はつねに新しいものになるのであろう。」（141頁）

【参考】 ③125山家716「わが宿は山のあなたにあるものをなにに《と(宮)》うきよをしらぬこころぞ」（雑。⑤173宮河歌合56）…486に近い

【類歌】 ④37嘉元百首190「み山辺や又もすむべきやどしめて世のうきたびのなぐさめにせん」（雑「山家」当院）

⑤186新宮撰歌合38「よそにみし雲より奥に宿しめて梢にいづる山のはの月」（「山家秋月」雅経）

487 はやせ《(瀬)》河うかぶみなは《(わ)》のきえかへり／ほど《(程)》なきよ《(世)》をも猶なげく哉

【訳】早瀬の川に浮ぶ水泡が消えてはまたでき、また消えるはかなき世をもやはり嘆くことよ。

【語注】○はやせ河　八代集二例、初出は千載205。歌枕（所在未詳）か。○みなは《（わ）》　八代集二例。

▽雑20の7。「川」（堀）。早瀬の川の泡がすぐ消える無常の世を嘆くと歌う。方丈記「ユク河ノナガレハ、絶エズシテ、シカモモトノ水ニアラズ。澱《ヨドミ》ニ浮カブウタカタハ、カツ消エカツ結ビテ、」（新大系3頁）が想起される。同じ定家に、よく似た③134拾遺愚草員外499「淵となるしがらみもなき早瀬河うかぶみなわぞ消えてかなしき」（無常十首）がある。①18新千載2167 2166、哀傷「題しらず」前中納言定家。拾玉788・河「ながむればひろき心も有りぬべしみもすそ河の春の明ぼの」。

俟「「みなは」、水泡也。あはの程なき世《は（ママ）》《ヒ》をなげくにたらざる事なるを、なをなげくよし也。」

佐藤「漢詩文受容」454、455頁「文集五七・2717「想東遊五十韻」、「幻世春来夢、浮生水上漚」（巻第二十七、中695頁）

【参考】①3拾遺882「行く水のあわならばこそきえかへり人のふちせを流れても見め」（恋四、よみ人しらず。①3同1232）

⑤421源氏物語177「涙川うかぶみなわも消えぬべし流れてのちの瀬をもまたずて」（「須磨」尚侍（朧月夜）。⑤249物語二百番歌合259）

【類歌】②16夫木11113「かけてだにしらじなよそに思ひがはうかぶみなわのきえかへるとも」（雑六、おもひ川、筑前、光明峰寺入道摂政）

488　身のはてをこの世ばかりとしりてだに／はかなかるべきの《（野）》べのけぶり《（煙）》を

【訳】我身の終りを、この世だけと知っていてさえ、はかないはずの野辺の火葬の煙であるのに。

【語注】○身のはて　八代集二例、初出は千載518。

▽雑20の8。「野」（堀）。我身はこの世だけのものだと知っても、はかない野辺の火葬の煙であるのに、死後の転生、輪廻はましてや…と歌う。「…（まして生きかわり死にかわり六道をめぐる後世のさまを想像すれば、何とはかない人の身であろうか）」（『玉葉和歌集全注釈下巻』2589）。①14玉葉2589 2576、雑五「百首歌の中に」前中納言定家。拾玉789「ふかきかな玉ちる秋の暮よりも春のやけのの跡のあはれは」。C109「我身《わが(D)》にかぎらず、人身《の(〃)》なり《也(〃)》。人間の《ナシ(〃)》いくたび《度(〃)》生れかはり輪廻せんとなり《也(〃)》。「のべ《野(〃)》の煙《けぶり(〃)》」、哀傷の煙也《なり(〃)》。」（抄出聞書、上146、147頁。D570・中200頁）

侯「来世までの事を思はず、此世ばかりとしりてもなをのべのけぶりははかなかるべきを、まして来世をなげくにはと也。」

489　くらべばやきよみ《清見》がせき《関》による浪も／物思《ふ》そで《袖》にたちやまさると

【訳】比べたいものよ、清見が関に寄る浪も、物思いにふける我が袖の涙にまさっているかどうかと。

【語注】○きよみがせき　八代集三例、初出は金葉（三）397。○たち（や）まさる　八代集二例。「浪」の縁語「立ち」。

▽雑20の9。「関」（堀）。初句切、倒置法で、清見関に寄る浪も、もの思いの私の袖にまさるのか比べたいと歌う。「述懐の歌。」（全歌集）。拾玉790「たびねするふはの関やの板びさし時雨する夜のあはれしれとや」。侯「無殊事。」

【参考】③125山家707「秋ふかき野べの草ばにくらべばやものおもふころの袖の白露」（中、恋）

【類歌】①21新続古今1130「歎きつつかたしく袖にくらぶれば清見が関の浪はものかは」（恋二、師氏）
④1式子342「人しれず物おもふ袖にくらべばやみちくるしほの波の下草」（①10続後撰744 739）…489に近い
⑤411とはずがたり62「物思ふ涙の色をくらべばやげに誰が袖かしほれまさると」（巻三（作者））…489に近い

490　み《(身)》のうきはくめぢのはし《(橋)》もわたらねど／すゑ《(末)》もとお《(ほ)》らぬみち《(道)》まどひけり

【訳】　我身の憂きことは、久米路の橋も渡ったわけではないが、末までも通らない道に迷うことよ。

【語注】　○くめぢのはし　八代集五例。一言主神の説話に基づいた架空の橋。夜にしか働かず、結局未完成に終った。④30久安百首373「かづらきやくめぢの橋はわたらねどわりなかりつる朝ぼらけかな」（恋、顕輔）。○とお《(ほ)》ら　八代集一例・千載885。

▽雑20の10。「橋」（堀）。我身の憂きは、久米路の橋を渡るわけではないが、目的が達せられず、中途で中断し、道に迷っていると歌う。拾玉791「かつしかやむかしのままのつぎはしを忘れずわたる春霞かな」。俟「「久米路橋」は、わたしもとげぬ橋也。されば「末もとをらぬみちまどふ」と也。「末もとをらぬ」といへる、面白し。身のうきは我と思ひなげく事なれば、其境〱にて千変万化して、末のとをる道はなき事なり。」

『全歌集』「参考」①2後撰985 986「葛木やくめぢにわたすいはばしの中中にても帰りぬるかな」（恋五、よみ人しらず）、①2同986 987「中たえてくる人もなきかづらきのくめぢのはしはいまもあやふし」（同、同）、③67実方335「いかにせむくめぢのはしのなかぞらにわたしもはてぬ身とやなりなむ」（①8新古今1061）

『赤羽』「ことばを学んだもの」（131頁）、①2後撰774 775「葛木やくめぢのはしにあらばこそ…」、①2同986 987（前述）

491　おもふ人《こと》（③）あらばいそがむ（ん）ふなでして／むしあけのせとは浪あらくとも

【訳】　我が思い慕う人があったら急ごう、船出をして、虫明の瀬戸はたとえ荒浪であっても。

【語注】　〇ふなでし　「船出」八代集八例。「船出す」八代集二例、初出は後拾遺531。　〇むしあけ　八代集にない。③130月清997「なみたかきむしあけのせとにゆくふねのよるべしらせよおきつしほかぜ」（院句題五十首「寄船恋」）及び後述歌参照。　〇せと　八代集四例、初出は後拾遺532。

▽雑20の11。「海路」（堀）。二句切、倒置法。思い慕う人があったら、舟出して、虫明の瀬戸はたとえ浪が荒くても急いで行こうと歌う。⑤424狭衣物語42「流れても逢瀬ありやと身を投げて虫明の瀬戸に待ちこころみむ」（巻一（飛鳥井の女君））と詠んだ女君を慕う狭衣の立場で詠んだものか。拾玉792「もしほ草しきつのうらにふねとめてしばしはきかむ磯のまつ風」。

B84「別なる儀なし寄名所恋也さ衣の心も有歟」（抄出聞書11頁）

『全歌集』「参考」⑤424狭42（前述）

【類歌】　①18新千載763「風あらきむしあけのせとの夕やみに友よびかはす夜はの舟人」（羇旅「…、旅泊の心を…」後嵯峨院）

492　みやこ《（都）》とてしぼらぬそで《（袖）》もならはぬを／なにをたび《（旅）》ねのつゆ《（露）》とわくらん

【訳】　都にいた時も涙で絞っていない袖も慣れていないのに、つまりいつも涙で濡れていたのに、いったい何を旅寝の涙として実際の露と区別するのだろうか。

【語注】 〇しぼらぬそで ④41御室五十首121「今夜のみしぼらぬ袖を七夕の…」(隆房)。
▽雑20の12。「旅」(堀)。第三、四句なの頭韻(『赤羽』309頁参照)。都にいても袖はいつも涙に覆われていたのに、旅寝の涙を、露とどうやって区別するのかと歌う。拾玉793「雲かかるみやこの空をながめつつけふぞこえぬるさやの中山」。
C110「たびねの露けきと分別するははかなき事也。わび人は都(D)にても常住袖をしぼる物《もの》(〃)をと也。」(抄出聞書、上147頁。D571・中200頁)
俟「物思身は都とても袖をばしぼりなれてかはかぬに何をわきて旅ねの露とはしぼるぞと也。」

493 かへるさをちぎるわかれ《(別)》を丶しむにも／つゐ《(ひ)》のあはれ《(哀)》はしりぬべきよを

【訳】 帰る折に(再会を)約束する別れを惜しむにつけても、最後の死別のあはれをば知っているはずの世であるのだが…。
▽雑20の13。「別」(堀)。帰る際に再会を約束し、別れを惜しむ時にも、死別の哀切さは知っているものなのに…と歌う。⑤183三百六十番歌合593、雑、九番、左、定家朝臣、下句「つひに…べきかな」。拾玉794「ひとりさへ涙すすむるたよりかな別れしほどの袖のおも影」。
俟「かりそめの別にてかへるさ契《を》て出るみちにも、つゐの死別知べき事と也。此歌、おなじてにをはの「を」文字、句のはてに三あり。かやうの事今はゆるすまじき事也。されども少[一]も耳にはたゝざる也。結句の「を」文字はをもく、上の二はかろし。下の「を」文字は「哀は」の「は」文字さ[二]へられて、上の「を」へはあたらざる歟。」、「一 やはり耳に立つ。「惜しむ」の「を」も重なる。と共に、上句無駄が多すぎる。」

494 山ざと《（里）》を今はかぎりとたづぬとも／ひとかたならぬみち《（道）》やまどはむ《（ん）》

【訳】山里も今はこれまでと尋ね求めても、一筋でない道に惑うことであろうか。

【語注】**○ひとかたならぬ《（ず）》** 「道は一筋でないことを暗示する。」（全歌集）。八代集にない。が、「ひとかたに」は八代集四例、初出は詞花206。源氏物語「と聞き給に、ひとかたならず心あはたゝしくて、」（「夕顔」、新大系一―108頁）、同「若うなつかしくて、一方ならぬ世のつゝましさをもあはれをも思乱れて、」（「若菜上」、新大系三―253頁）。④30久安百首424「かをれどもひとかたならぬ風なれば…」（季通）。

【本歌】①2後撰1083 1084「すみわびぬ今は限と《ぞ（六）》山ざとにつまぎこる《身をかくす（伊）》べきやどもとめてむ《ん（六）》」（雑一「世の中を…」業平。②4古今六帖984。③6業平78。⑤415伊勢物語107（五九段））

▽雑20の14。「山家」（堀）。①2後撰1083 1084を本歌とし、住み侘びて、今となってはこれまでと、この世を捨てたと、「爪木樵るべき宿」を求め、山里を尋ね歩いても、やはりあれやこれやと道に迷うことだろうと歌う。同じ定家に③133拾遺愚草2588「たづぬともかさなるせきに月こえて逢ふをかぎりの道やまどはん」（恋「隔遠路恋」）がある。拾玉795「をかのべの里のあるじをたづぬれば人はこたへず山おろしのかぜ」。

C111「本すみわびぬ…／同い《二》づくにか…／二首の本歌《歌（D）》をとり合てよめり。人はほど〳〵にしたがひ《ひて（〃）》ほだしおほき物《もの（〃）》なれば、世を《よをば（〃）》いとひて山家をたづ《尋（〃）》ぬるとも《、（〃）》猶かなしき道にまどはんと也。」（抄出聞書、上147頁。D572・中201頁）、いづ《二》く…①1古今947「いづこにか世をばいとはむ心こそのにも山にもまどふべらなれ」（雑下、そせい）

侯「「今はかぎり」は、今は此世のかぎりと一かたに遁世するとも、なをとやかくやと一かたならずおもひまどはむと也。」

六家抄「いま山にいらんかぎりと思ふて山を尋とも、また世に種々の事がおもはるゝほどに、またよにまよふ道があらんと也。世の種々の道にまよはんと也。」

【類歌】①9新勅撰532「白雲のやへたつ山をたづぬともまことのみちは猶やまどはむ」（羇旅、八条院高倉）

495　如何《いかに》せむおくてのなるこひきかへし／猶おどろかぬかりそめのよ《世》を

【訳】どのようにしよう、晩稲の鳴子を引っぱって返して、それでもやはり驚かない仮初の世であるのを（私は）。

【語注】○おくて　八代集二例・古今842、千載327。○おくてのなるこ　「「ひきかへし」を起す有心の序。」（全歌集）。○なるこ　八代集にない。③129長秋詠藻250「ますらをはなるこもひかずねにけらし…」（中、秋「田家月」）。④26堀河百首743「みやたもりなるこのつなに手かくなり…」（仲実）。「鳴子」の縁語「引き」。○ひきかへし　八代集一例・千載975。○かりそめ　「「おくて」の縁語「刈り」を掛ける。」（全歌集）。

▽雑20の15。「田家」（堀）。初句切、倒置法。晩生の稲の田になる鳴子を引き返して音を立てるとうるさいのに、それでもやはり、この世が仮のものであることを驚かない我が愚かな心をどうしたらいいのかと歌う。拾玉796「しづのをはなどやかたらぬ小山田のいほもるよはにとまるあはれを」。

俟「無殊事。」

『全歌集』「本歌」①1古今842「あさ露のおくての山田かりそめにうき世中を思ひぬるかな」（哀傷、つらゆき）

『赤羽』「三代集を典拠としたもの」（128頁）、①1古今842（前述）、136頁「述懐の類型的な発想を学び、全体の気分も似通っているが人生観が少し違っている。…本歌の、死などという憂き事を身近にも思わないでうかうかしていたことに対してこれではいけないという反省がみられる。…新しいことばでつづけている点が注目される。…「なるこ」

は、『拾玉集』や『千五百番歌合』などにみられる新しい素材であり、「ひきかへし」も『頼政卿集』に一例あるのみ、「おくてのなるこ」・「かりそめのよを」などのことばつづきは本歌によるものであるが外に用例がない。「猶おとろかす《（ママ）》」も初出である。」・「おくてのなるこ」は新編国歌大観索引①～⑤になかったが、「ひきかへし」は③116林葉742「ひきかへしこまかにかける玉章も…」（「見書増恋」）、⑤136鳥羽殿北面歌合49「わがとこのよはのさむしろひきかへし…」（季通）、「猶おどろかぬ」は③125山家759「…はかなくも猶おどろかぬわがこころかな」（③126西行法師405）、⑤167別雷社歌合126「此よにもなほおどろかぬ心かな…」（登蓮）、⑤169右大臣家歌合58「うきながら猶おどろかぬわが身かな…」（資忠）、「かりそめのよ」は③127聞書集114「…おもひおかでくさのいほりのかりそめのよぞ」、同200「…おきながらかりそめのよにまどふはかなさ」にある、184頁「同音反復が心理表現に効果的な例である。…お…な…なほお《（ママ）》…おの押韻が驚き戸惑いの心理を出し、…「なほ」…など改めて意識し直す感じをよく出している。」

496　おもかげはたゞめ《（目）》のまへの心地《（ち）》して／むかし《（昔）》としのぶうき《（浮）》世なりけり

【訳】（故人の）面影はただ一重に目の前の心地がして、昔と思い偲ぶ憂き世であるよ。

【語注】　〇めのまへ　八代集四例。

▽雑20の16。「懐旧」（堀）。亡き人の面影は目前に浮ぶ気がして、それを昔のことと思い慕うこの憂世だと歌う。同じ定家に、よく似た③134拾遺愚草員外470「おもかげはただ目のまへの夢ながらかへらぬむかしあはれいくとせ」（旧里五首）がある。拾玉797「世の中を今はの心つくからに過ぎにしかたぞいとどこひしき」。俟「見来りし事のおも影は、たゞめのまへのこゝちして、それをかへらぬことゝむかしを忍ぶうき世ぞと也。」、源氏物語「心ことなる物の音を掻き鳴らし、…闇のうつゝには猶おとりけり。」（「桐壺」、新大系一―10、11頁）「などを予

測するか。」『赤羽・一首』「美しかった自然の凋落にからませて、青春時代との惜別の悲しみが綿綿とくり返されている。…そのくりごとも次第に沈潜し、昔の面影や埋火のほのかな光の中に、かえって心の安らぎを見出しているかのようである。」

【参考】⑤422夜の寝覚4「忍ぶれど面影山のおもかげはわが身をさらぬ心地のみして」（巻一（中納言））

【類歌】①9新勅撰1240 1242「かずかずにただめのまへのおもかげのあはれいくよにとしのへぬらむ」（雑三、八条院高倉）

①15続千載1947 1956「見しこともかはらぬ月の面かげやただめのまへの昔なるらん」（雑下「月催懐旧と…」忠資）

④36弘長百首669「見し事のただめのまへにおぼゆるはねざめのほどの昔なりけり」（雑「懐旧」融覚）

497　ぬるたま《（玉）》の夢はうつゝにまさりけり／この《（此）》世にさむるまくら《（枕）》かはらで

【訳】寝た魂の見る夢は現実にたちまさっていることよ、この世において覚めている枕は変らないで。

【語注】**○ぬる**　「む《ぬ》ば《う》」か。**○さむる**　悟りをひらく、か。

【本歌】①1古今647「むばたまのやみのうつつはさだかなる夢にいくらもまさらざりけり」（恋三、よみ人しらず。「全歌集」）

▽雑20の17。「夢」（堀）。三句切、倒置法。①1古今647を本歌として、来世ではなく、現世において目覚《ざ》めている枕は、眠っているものと何ら変らないのに、魂が寝て見るはっきりした夢は、（闇の如き）現実にいくらもまさらないといわれているが、実はまさっていると歌う。父詠に③129長秋詠藻428「うつつにはさらにもいはずぬる玉の夢の中

にもはなれやはする」（釈教）がある。「本歌を進めて「夢はうつゝにまさりけり」と常識を顛倒させた所が狙い。」（全歌集）。②16夫木17047、雑十八、夢「文治二《ママ》年百首、夢」。拾玉798「思ひとげ夢のうちなるうつつこそうつつの中の夢にはありけれ」。

五5「「うつゝ」はこの世の夢也。世の夢は覚て又見事なし。枕かはらで見る夢は、うつゝにまさりたり。」（常縁口伝、上95頁）　B85「此世にさむるとは旧枕也この世の夢に覚はてし人はさらて又みる事もなきを夢は枕もかはらてみゆれはうつゝにまさるといへるにや」（11頁）

侯「うつゝの夢はさむる期なきに、夢はそのまゝの枕上ながら、さむればうつゝにまさりたるといへる事歟」也。めづらしく見たてたる歌也。

『赤羽』163頁「この覚めた抒情は夢を素材にしたものにも見出される。…夢。…さむる…というように、夢を醒めた状態において詠んでいる。これは、改めて覚めた抒情、またはいや応なしに覚まされた抒情とでもいうべきであろうか。…定家は「この世の夢に覚はてし人」なのであろう。夢に耽溺するようなロマンチストではなかった。」

【類歌】　③132壬二2745「いかにせんただ思ひねにぬる玉の夢の枕にさむる面かげ」（恋）

498　かつ見つゝ猶すてはてぬ身なりけり／いつかはかぎりあすやのち《（後）》の世

【訳】　一方で（無常を）見ながら、やはり捨て切れない身であることよ、一体いつが終りなのか、明日が後の世なのか。

【語注】　〇**すてはて**　八代集五例。

▽雑20の18。「無常」（堀）。三句切。一方では無常というものを見ながらも、それでもこの世の絆《ほだし》によって捨てきれ

ない我身であり、いつが最期で、明日は死んで後世を迎えているのかと歌う。拾玉799「みな人のしりがほにしてしらぬかなかならずしぬるならひ有りとは」。

俟「無常のならひ、めのまへに見ながら、猶、身をばすてはてぬなり。無常迅速なれば、明るもはや後の世にやとな《となるべき世》り《ぞと》。」

六家抄「かく見つ《(ママ)》、といふ心也。久しくあらん身が又明日限りてあらんもしらぬ世とかく見すへてもなを世をばすてぬ心也。」

『赤羽』131頁「ことばを学んだもの」①2後撰1189 1190「をしからでかなしき物は身なりけり…」、①3拾遺287「かつ見つつちとせの春をすぐすとも…」、177頁「時間や心理の経過・対比を含むものもある。…いつかはかきりあすやのちの世…対句も世のはかなさを強めている。これらの畳句法は感情を内面から率直に流露させるというより、それを一旦反省してから表現するものである。そしてそれは対照や均整の効果をもち、一首の語調を外側から整えて気分をもりあげてゆくという形式的統一の役割を果たしている。」

499　おもふとてかひなきよ《(世)》をばいかゞせむ《(ん)》／心はのこれなき身《世③》なりとも

【訳】思ってもかいのない世をばどのようにしたらいいのだろうか、せめて心は残ってくれ、亡き身であっても。

▽雑20の19。「述懐」(堀)。三句切。下句倒置法。いくら思ったところでかいのない世はどうしようもない、だから我身は死に果ててしまっても、せめて心よ残ってくれと命じたもの。拾玉800「こはいかにかへすがへすもふしぎなりしばしもふべき此世とやみる」。

俟「此歌「なき」の字、二あり。／思ながらかひなき世はせむもなし《何ともせんやうもなき也。》。さりとてもそのおもふ心は我身のなきまでもなをのこれとふかく心を思入たる也。「思とて」といへるは例の沈淪・述懐なるべし。曾祖、祖父の昇進ノ跡ヲ継度思へども、かひなき世は何ともせんやうなきなり。されども、その心は我身なくなりたれども残りて、子孫の世にても此志とげたく思ふ心をのべられたるにや。」

『赤羽』131頁「ことばを学んだもの」①3拾遺900「思ふとていとこそ人になれざらめ…」。

【参考】④26堀河百首1258「いかにせん人のつらさを思ふとて我のみひとり身をくだくかな」（恋「片思」顕仲。解46）

【類歌】④15明日香井863「ともすればうかれいづるもいかがせん身をすてはつるこころなければ」（詠五十首和歌、述懐三首）

500　思ひやる心はきはもなかりけり／ち《（千）》とせもあかぬきみ《（君）》がよ《（世）》のため

【訳】思いやる心は果てもないことよ、千歳も飽きることのない君が代のために。

【語注】**○きは**　八代集にない、が、「みぎは」は多い。枕草子「かゝることは、いふかひなきもののきはにやと思へど、」（新大系（二五段）、34頁）。源氏物語「いとやんごとなき際《きは》にはあらぬがすぐれてときめき給ふ有けり。」（「桐壺」、新大系一―4頁）。

▽雑20の20。「祝詞」（堀）。三句切、倒置法。千年続いても飽くことのない君が代のために、君を思いやる心はきわもないと、祝意を込めて歌い納める。同じ定家に、③134拾遺愚草員外96「おもひやる君が八千代をみかさ山心のすゑのしるべたがふな」（雑）がある。拾玉801・祝「君をいはふ心のそこをたづぬればまづしき民をなづるなりけり」。

俟「行末を思やるなるべし。」

『赤羽』174頁「「きはもなかりけり」は否定を契機として無限性という積極的肯定に逆転している。否定の非限定性がかえって無限を表現するのに効果的となっている。」

【類歌】①19新拾遺694「松が枝も八百万代の色ぞそふ千とせもあかぬわが君のため」（賀「…松遐年友と…」公蔭）…下句が似る

②14新撰和歌六帖1442「うみ山のちさとのほかもなかりけりきみにへだてぬこころひとつを」（第五帖「とほ道へだてたる」）

④21兼好130「としふればとひこぬ人もなかりけりよのかくれがとおもふ《しめし》やまぢを」

重奉和早率百首 文治五年三月

百首和歌　同題／春

501　吉野山かすまぬ方のたに《谷》水も／うちいづるなみ《浪》にはる《春》はた《立》つなり

【訳】吉野山の霞まない、まだ春の来ない方の谷水も、氷がとけて流れ出る浪に春は立つのだ。

【語注】**○たに水**　463前出。

【本歌】①1古今12「谷《やま（六）》風にとくるこほりのひまごとにうちいづる浪や春のはつ花」（春上、源まさずみ。②2新撰万葉239。②4古今六帖5。②5金玉5。②6和漢朗詠16。⑤4寛平御時后宮歌合2。『全歌集』）

▽春20の1。「立春」（堀）。①1古今12を本歌とし、百首を開始する。吉野山の霞まない方の谷の水も、風にとける氷のひまごとに、打ち出る、初花の浪に春は立つと歌って百首を開始する。「霞まぬ」で春ではないが…となる。また父詠に③129長秋詠藻202「年のうちに春立ちぬとや吉野山霞かかれる嶺の白雪」（中「…、立春歌…」）。①10続後撰1。②12月詣1）がある。拾玉702「朝まだき春の霞はけふたちぬくれにしとしやおのが故郷」。

俟 無殊事。「かすまぬ谷の水も氷とけ、春のたつと也。」

『赤羽』128頁「三代集を典拠としたもの」①1古今3「春霞たてるやいづこみよしののよしの山に雪はふりつつ」（春上、よみ人しらず）と①1古今12（前述）、145頁「ここにも定家の『古今集』理解とその適用の過程がうかがわれるのであるが、単なる模倣をするのでなく、『古今集』の歌の意味を十分に了解し納得した上でかれ自身の情景を組立ててみるのである。」

【類歌】③130月清952「花もまださかぬかたにはやまがはのうちいづるなみをはるのものとて」（院句題五十道「山花未

遍」）
③132壬二402「谷川のうちいづる浪も声たてつ鶯さそへ春の山風」（院百首、春。①8新古今17。④31正治初度百首1405。⑤217家隆卿百番自歌合5）…501に似る
④18後鳥羽院1261「芳野山春たつみねの霞よりことしは花とふれる白雪」（賀茂下社三十首御会、春六首）
⑤218内裏百番歌合〈承久元年〉36「よしの山かすめる方の春風に木の下しらぬ花のかぞする」（「深山花」範綱）
⑤244南朝五百番歌合8「白雪は猶ふるさとのよしの山霞ばかりに春やたつらん」（春一、実為）

502　ね《（子）》の日するのべのこまつ《（小松）》のひき〳〵に／うら《（浦）》山しくもはる《（春）》にあふ《（逢）》かな

【訳】子の日の遊びをする野辺の小松をひいてひいて、うらやましくも春に会ったことよ。
▽春20の2。「子日」（堀）。子日の遊びの野の小松を引いて春にうらやましくも会う、知人が引き立てによって春に会ったのはうらやましいと歌う。「述懐の心を籠める。」（全歌集）。拾玉703「ねのびしにいざもろ人よかすがのへまちこしものを春のけふをば」。
C112「「ひき〳〵」は、ひ《一》いき〳〵とい《云(D)》ふ心也。述懐のうた《歌》なり《也(〃)》。われ《我(〃)》をばたかからん《二誰かかたん(〃)三》引級しゑ《営》い花《花(〃)》の春にはあはせ《ナシ(〃)》んと也。」（抄出聞書、上147頁。D23・中42頁）、「一　…引く方に任せてそれぞれに。／二　文意未詳。…誰が方へ、か。／三　後見・支援して有利な方へ導くこと。」
不24「…松の〽※ひき〳〵に――《如何》／※次第〳〵ノ心也。」（不審、上304頁）
俟「我身の恩光にあづからぬ事をいへり。／一「ひき〳〵」は贔屓〳〵ニなり。」、「一　「次第〳〵ノ心（不審二四）はここに不適。
なお、語例「しづのをの…（私注―④26堀河百首239「しづのをが苗代水もひきひきにあはれ何とかいそぐなるらん」

（春「苗代」紀伊）」」。他③125山家1534「ひきひきにわがうてつるとおもひける…」、③127聞書集5「ひきひきになはしろみづをわけやらで…」

『全歌集』「参考」①18新千載2161 2160「ひきひきに人はたかせののぼり舟つなでこさるる身をいかにせん」（雑下「…、述懐の心を」源仲綱）・「治承二年『右大臣家百首』での詠ゆえ、定家が接していた可能性がある。」

『赤羽』132頁「ことばを学んだもの」①3拾遺23（後述）の初句

【参考】①3拾遺23「子の日するのべ《び(金、和、忠岑、忠見)》にこ松のなかりせば千世のためしになにをひかまし」（春、ただみね。②4古今六帖42。5金玉8。6和漢朗詠31。③13忠岑168。③23忠見85。⑤251秘蔵抄5）

③22頼基13「子日するのべにこまつをひきつれて返るやまべ《ぢ(玉)》にうぐひすぞなく」（①14玉葉12

③96経信4「あを《白》のむま《馬(夫)》をひくにつけても子日するのべのこまつをわすれやはする」（「返し」。②16夫木297）

④30久安百首504「子日する野べの小松にひきかへてかげおとろへぬ我が身ともがな」（春、隆季）

⑤137六条宰相家歌合2「子日する野辺のこまつをもろびとの君がよはひにひきかくるかな」（「子日」修理大夫）

【類歌】①8新古今729「ねのびする野べのこまつをうつしうゑて年のをながく君ぞ引くべき」（賀、通俊）

②13玄玉372「子日する春の野毎に尋ぬればまつにひかるる心ちこそすれ」（時節歌上「…、子日の心を…」崇徳院）

③131拾玉113「ねのびする野べの小松のふた葉よりひく人もなき身をいかにせん」（百首述懐）

④32正治後度百首586「ひきひきにねのびの野べはかはれども千とせを待つぞもろ心なる」（雑「宴遊」家長）

503　たづねきて秋みし山のおもかげに／あはれたちそふ春霞哉

【訳】尋ね訪《と》い求めて来て秋に見た山の面影に情趣が立ち加わる春霞であるよ。

【語注】 ○あはれ 「情趣」としたが、「ああ」か。 ○たちそふ 八代集三例。

▽春20の3。「霞」(堀)。求めやって来て秋に見た山の面影に情緒が添う春霞だとの、秋山の面影(意識)に春・霞(現実)が重なる〝重層〟の構造の詠。「春の山を眼前にしながら、それが秋満山紅葉していた有様を思い描く。」(全歌集)。拾玉704「八重がすみ春をばよそに見すれどもあはれをこむるみよしの山」。侫「秋のけしきたちまさりたる心也。ふるき抄に、「あはれ」といふ詞、あつぱれと云心ありといへり。これらはあつぱれと云心なるべし。乍去、ふかく沈淪すればひとつ心になるなり。」、「一 「秋のけしきに」か。」『赤羽』168頁「「に」などの助詞が二季節をつないでいる。…「に」で春霞と秋山の面影を重ねようとするのである。しかし、この場合時間の重層性といっても多分に空間化されており、いわゆるなつかしさより、イメージ喚起の効果の方が目立っている。」、306頁「三句が…「に」などで、第四句につづく場合…秋…/あ…初句が、第二句以下から切離された説明の句になっていることが多い。主題が第二句からはじまるので音韻上も第二句以下に統一性がみられる。」、462頁「季節の二重性は定家が初学期から飽くことなく追求して来たものであった。」、464頁「月の奥(ママ)には紅葉の残像が焼きついているのに、眼前はすでに春霞の立つ季節となっているという心象と実景を同一空間内に描こうとするもので、春霞の方からいえば、そこに幻想味が加わり、面影の方は現在の気分として再生される。春霞に秋の面影が添うというべきところを逆に面影に春霞が立ち添うと表現している。「あはれたちそふ」ということばはまだ余情美の域を脱していないが、この逆転の技巧は新しいものであって、すでに「姿にみえぬ景気」よりはるかに映像性の濃いものとなっている。」

【参考】①3拾遺398「山たかみ花の色をも見るべきにくたちぬる春がすみかな」(物名「くくたち」すけみ)③115清輔224「かみなづきもみぢの山にたづねきて秋より外の秋を見るかな」(「…もみぢを見て」。②16夫木8962)

【類歌】③131拾玉3708「色ふかきまつま《杉(正、夫)》のもみぢたづねきて秋のしるしをみわの山本」(詠百首和歌「紅葉」。②16夫木

6113。④32正治後度百首1035）

④18後鳥羽院659「尋ねこしまきのを山のあさぼらけ家路もみえぬ春がすみかな」（詠五百首和歌、春）

504　はる《（春）》やとき谷のうぐひす《（鶯）》うちはぶき／けふしらゆき《（雪）》のふるすいづなり

【訳】春はまだ早いのか、谷の鶯は羽ばたきをし、今日白雪の降る古巣を出るようだ。

【語注】**○とき**「とく・副」は多いが、「とし（疾）」は八代集三例。**○うちはぶき**　八代集二例。**○ふる**　掛詞（「降・古る」）。**○なり**　伝聞推定としたが、断定か。

【本歌】①1古今10「はるやとき花やおそきとききわかむ《ん(六)》鶯だにもなかずもあるかな」（春上「春のはじめによめる」ふぢはらのことなほ。②3新撰和歌13。②4古今六帖10。『全歌集』）

▽春20の4。「鶯」（堀）。初句切。①1古今14を本歌とし、春が早いからか、それとも花が遅いのかと鶯の声を聞いて判断したい、その今まで鳴かなかった谷の鶯は羽ばたきをし、今日雪の降る、谷の古巣を出るらしいと歌う。「本歌より季節をやや進めた。」（全歌集）。同様な古今の有名歌に、①1古今14「うぐひすの谷よりいづるこゑなくは春くることをたれかしらまし」（春上、大江千里）がある。また同じ定家に、504によく似た③133拾遺愚草1004「山里は谷の鶯うちはぶき雪よりいづるこぞのふるごゑ」（千五百番歌合、春。①15続千載11。②16夫木344。⑤197千五百番歌合104）がある。①13新後撰10、初句「はるや時」、春上「春の歌の中に」前中納言定家。拾玉705「鶯のいでぬるこゑをききとめてふるすにぞ見る春のおも影」。

俟「谷中は春ともしらざる雪中に鶯のうちはぶき出るは、春のとき故にやとよめる也。／春やとき…と鶯を証拠ニしたる歌也。其鶯のうちはぶき、ふるすを雪に出るは、春やときとよめる也。」

『赤羽』132頁「ことばを学んだもの」①1古今10（前述）の初句、①1古今137「さ月まつ山郭公うちはぶき…」

【参考】③125山家30「はるのほどはわがすむいほのともに成りてふるすないでそ谷の鶯」（春）

④26堀河百首55「冬すみしふるすは雪にうづもれて谷の鶯春と告ぐなり」（春「鶯」仲実）

【類歌】①20新後拾遺15「うちはぶきなけどもはねの白妙にまだ雪さむき春の鶯」（春上、よみ人しらず）

③132壬二2028「はるやときまだしら雪の御吉野の山のかひより出づる鶯」（春）

④38文保百首103「春やとき猶白雪のふるなへに羽風も寒く鶯ぞなく」（春、冬平）…504に近い

④39延文百首2104「うちはぶき谷の戸出づる鶯の跡より松の雪やけぬらん」（春「鶯」忠季）

⑤244南朝五百番歌合32「春やときおのが羽かぜのさむけさにまだ出でやらぬ谷のうぐひす」（春二、光資）

505　もろともにいでこし人のかたみ哉《かな》／色もかはらぬのべのわかな《（若）》は

【訳】　共に出てきた人の形見の筐であるよ、色も変らぬ、新鮮な今摘んだばかりの野辺の若菜は。

【語注】　**○いでこし**　八代集一例・古今478。　**○かたみ**　掛詞（「形見・筐」）。

▽春20の5。「若菜」（堀）。三句切、倒置法。③19貫之3「ゆきてみぬ人もしのべと春のに《の（新）》かたみにつめるわかななりけり」（第一「ねのびあそぶいへ」。①8新古今14）をふまえ、行きて見ぬ人もしのべとばかり、色も不変で生き生きとした春の野辺の若菜は、共に出てきた人の筐に、そのままの姿・色で形見として摘まれていると歌う。拾玉706「さもあらばあれ春の野沢のわかなゆゑ心を人につまれぬるかな」。

不審25「…いで※こし…／如何。／※無別儀乎。」（上304頁）

俟「「もろともに出こし」は、年々《あひともなひて》。出こし人のかたみといへる事歟。」、かたみ…③19貫之3（前述）

506　心にもあらぬわかれのなごり《(名残)》かは／きえてもおしき《(を)》はる《(春)》の雪哉

【訳】本意でもない、あの人との別れの名残であろうか、消えても名残惜しい春の雪であるよ。

【語注】○第一、二句　②12月詣580「心にもあらぬわかれのかなしきはみはてぬ夢のここちこそすれ」（恋下「寄夢迷恋と…」平資盛）。③39深養父48「心にもあらぬ別は有りやせん誰もしるよの命ならねば」。③67実方215「心にもあらぬわかれをはこがたのいそぐをかつはうらみつるかな」。○はるの雪　八代集二例。
▽春20の6。「残雪」（堀）。不本意なあの人との別れの名残そのものか、消えても春雪は惜しく思われると、上句は恋歌仕立てである。拾玉707「きえのこるかきねの雪のひまごとに春をも見する日影草かな」。五6「世上の別は心ともなきもの《物(B)》也。さやうの名残《なこり》にて《か》あるか、《は(〃)》消にし跡までもおしまるゝは、となり《おしきはと云心にや(〃)》。残雪執心あ《浅》さ《(〃)》からぬことはり《理(〃)》也。」（常縁口伝和歌、上95頁。B86・抄出聞書11頁）侫「消か《四句は》へりおしきは、《心なるべし》きえてもおしき雪の、きえても後もおしきといへるなる《心にて》べし。それをきえかへる心に用たる歟。／此歌は、伊勢物語、いでゝ…、此段などの心をおもひてよめるにてはなき歟。なをよく吟味し考べし。」、一　伊勢物語「77出でていなば誰か別の難からんありしにまさる今日は悲しも」（四十段）、新大系118頁）、①4後拾遺860 861「こころにもあらでうきよにながらへばこひしかるべきよはの月かな」（雑一、三条院）「が可か。」『赤羽』132頁「ことばを学んだもの」①4後拾遺713「…しりながら心にもあらぬこころなりけり」（恋二、長能）

507　春の夜は月の桂もにほふらん／ひかり《(光)》に梅《(うむ)》の色はまがひぬ

【訳】　春夜は月の桂も美しく輝くのであろう、月光に梅花の白い色は見紛ったよ。

【語注】　○色はまがひぬ　①3拾遺14「ふる雪に色はまがひぬ梅《むめ(抄)》の花かにこそにたる物なかりけれ」（春、みつね。①3′拾遺抄9）。

【本歌】　①1古今194「久方の月の桂も秋は猶もみぢすればやてりまさるらむ」（秋上、ただみね。『全歌集』「新大系・百番8」）

▽春20の7。「梅」（堀）。三句切。①1古今194を本歌として、秋夜紅葉したのと同様、春夜は月の桂も美しく照り増るのか、その月光に梅花の白色は見紛ったと歌う。父詠に①7千載24「はるの夜はのきばのむめをもる月のひかりもかをる心ちこそすれ」（春上、俊成）がある。②13玄玉466、草樹歌上「百首歌中に、梅歌とてよみ侍りける」左少将定家朝臣。⑤183三百六十番歌合54、春、廿七番、右、定家朝臣。⑤216定家卿百番自歌合8、四番、右勝、私百首文治五年。拾玉708「さきぬればおほみや人もうちむれぬむめこそ春のにほひなりけれ」。

俟「梅の色は月の光にまがへば、にほひも《月のかつらも相和して》梅とひとしく、月のかつらの匂ふかと也。」、①1古今194（前述）、①1同40「月夜にはそれとも見えず梅花かをたづねてぞしるべかりける」（春上、みつね）「の二首を踏まえたか。なお、参考」、①7千載20「にほひもてわかばぞわかむ梅のはなそれともみえぬ春のよの月」（春上、匡房）

『赤羽』128頁「三代集を典拠としたもの」①1古今194（前述）、132頁「ことばを学んだもの」①3拾遺14（前述）の第二句、139頁「本歌の秋を春に変えているが、…二首ともに新古今的な美の発見がみられるが、注意してみると、…「ひかりに梅の色はまかひぬ」も、躬恒の「降る雪に色はまがひぬ梅の花」（拾遺一四）を参考としたものである。このように新しい表現も、本歌の心を直観的に把捉するところから生れる。…月光にとけいる梅の色という新しい美をつけ加えたのである。」、151頁・①3拾遺14の「学び方は一首の眼目となることばを取って新しい歌の中に生かすよう工夫しているが、そのことばの場所をあまり変えず、意味や気分もそのままに移そうと試みている。これは一種の模写であり、このような方法で定家は歌の基本練習をくり返しくり返しおこなうのである。

【参考】③96経信34「はるのよのかすまぬ《める（玉、万）》そらぞ《の（〃）》つきかげにちりつむ《しく（玉）》はなのいろはまがは《ひ（玉、万）》ぬ」（「御製、後冷泉院」。①14玉葉233。②15万代407）

【類歌】②13玄玉64「うめの花かすみにかをるはるのよはくもるも月のひかりなりけり」（天地歌上、定家）

④35宝治百首419「梅がえの花にうつろふ久方の月のかつらもにほふはるかぜ」（春「春月」成実）

⑤217家隆卿百番自歌合10「いくさとか月の光もにほふらん梅さく山のみねの春風」（春「私春十首建久五年」）。①9新勅撰40。⑤335井蛙抄511）…507に近い

508　うへを《（植ゑお）》きし昔を人に見せがほに／はるかになびくあをやぎ《（青柳）》のいと《（糸）》

【訳】植えて置いた昔を人に見せるかのように、はるかに靡いている青柳の枝であるよ。

【語注】○見せがほ　八代集にない。③125山家4「たちはかる春をしれとも見せがほに…」（上、春）。③129長秋詠藻534「数ならぬ光を空に見せがほに…」。○はるかに　「空間・時間の両方について言う。」（全歌集）。

▽春20の8。「柳」（堀）。植えておいたその昔を人に見せ顔で、はるかに青柳の枝は靡いていると歌う。『全歌集』は、「植ゑおきし昔―五柳先生と号した陶淵明などが念頭にあるか。」とするが、①1古今56「みわたせば柳桜をこきまぜて宮こぞ春の錦なりける」（春上、そせい）の昔でもよかろう。拾玉709「かすみしく春のかは風うちはへてのどかになびく青柳のいと」。

侯「「はるかになびく」といへる、年月のはるかなるにしてむかしとといへる也。」、「「見せがほ」は」、③133拾遺愚草2339「をさまれる民のくさばをみせがほに…」、『全歌集』3679「もの思ふやどのためしを見せがほに」、「の例が愚草に

ある。」

『赤羽』128頁「三代集を典拠としたもの」、①1古今851「…にほへどもうゑけむ人の影ぞこひしき」、146頁「定家の憧憬の気持が「はるかになびく」という表現に象徴的にあらわされており、本歌の作者が『古今集』ではもっとも尊重した貫之であるだけに興味ふかいものがある。」、170頁「現在から過去を、…想像している。しかしこの現在は、九鬼周造のいわゆる「永遠の今」のような無限の深みを有するものではなく、「時間の持続」の空間化ともいうべきものである。」

509　わらびお《（を）》るおなじ山ぢ《（路）》のゆきずりに／はる《（春）》のみやすむいは《（岩）》のもと哉

【訳】　蕨を折る同じ山路ではあるが、たまたま通りすがりに春だけ休む岩の元であるよ。

【語注】　〇わらび　八代集一例・古今453だけであるが、他「早蕨」八代集三例、「下《した》蕨」八代集一例。〇ゆきずり　八代集にない。②10続詞花522「ゆきずりに山井の氷とけたらば…」（恋上、女）。③36小大君140「ゆきずりにあとたづぬれば…」。⑤58源大納言家歌合2「…をみごろもゆきずりにみて《めことにも》としぞへ《めつらきかな（ママ）》にける」（新衛門）。〇やすむ　八代集三例。〇いはのもと　八代集にない（＝「いはもと」も）。万葉2165 2161「み吉野の岩もとさらず鳴くかはづ…」。⑧13常縁236「くるとあくとめかれぬ谷の岩のもと…」。

▽春20の9。「早蕨」（堀）。同じ山路の行きずりなのだが、他の季節とは異なって春だけは蕨を折って岩の本に休むと歌う。拾玉710「さわらびのをりにしなればしづのめがふごてにかくるのべのゆふ暮」。

俟「無殊事。」

『全歌集』「行きずりに草木を折るという発想は、」、⑤424狭衣物語155「折り見ばや朽木の桜ゆきずりに飽かぬ匂ひは盛りなりやと」（巻四（狭衣））、⑤424同181「行きずりの花の折かと見るからに過ぎにし春ぞいとど恋しき」（巻四（狭衣））「などに見られる。」

510　けふこずは庭にや春ののこらまし／こずゑ《（梢）》うつろふ花のした《（下）》かぜ

【訳】今日ここに来なかったら、庭には春は残ったのであろうか、イヤ残らなかったのだ、梢（の花）は散って吹いている花の下風であるよ。

【本歌】①1古今63「けふこずはあすは雪とぞふりなましきえずはありとも花と見ましや」（春上「返し」なりひら。②4古今六帖4210。③6業平3。⑤415伊勢物語29。『全歌集』「新大系・百番26」）

▽春20の10。「桜」（堀）。上句反実仮想、三句切。①1古今63を本歌として、今日来たからこそ庭に、梢の花は散り、下風が吹いている春の情趣は残った、明日なら雪と降って、（雪が庭に）消えなくても花とは見えなかったと歌う。⑤216定家卿百番自歌合26、春、十三番、右勝、私百首文治五年。拾玉711「ちりまがふ花に心のむすぼれて思ひみだるるしがの山ごえ」。

侯「「庭にや春の、こらまし」は、梢○《の花》の花はみなちりて、木のものばかりに花ありて春はのこるならんと也。○《花の》「梢うつろふ《残るは春の残る也》」、凡慮《二》及がたき詞歟。こずゑうつろふ下風といへるにて、梢にありながら《ヒヒヒヒ》明《〈日〉?》るはのこらざる心明らか也。」、二「第五句も、また上句の花の名残を春の名残としたこともそうであろう。下句の上・下、動・静の具象化は見事。」

『赤羽』128頁「三代集を典拠としたもの」①1古今63（前述）、138頁「新古今時代に好み用いられたテーマであるが、この歌は本歌の輪郭をそのままうつし、時間を一日ずらしている。すなわち本歌の明日が今日になっているのである。

この意匠はやはり新しいもので、「花のしたかせ」も新古今初出のことばである。」・③99康資王母49「山ざくら花のした風吹きにけり…」（＝①8新古今118）

511　はる《春》も又かれし人めにまち《待》わびぬ／草ば《葉》、しげるあめ《雨》につけても

【訳】　春も又（冬のみならず）離れていった人を待ち侘びるよ、草葉が茂っていく雨につけても。
【語注】　○かれし人め　「遠ざかった人の訪れ。「離れ」に「枯れ」、「人目」に「芽」（ともに「草葉」の縁語）を掛ける。」（全歌集）。　○まちわび　八代集三例。
【本歌】　①1古今315「山里は冬ぞさびしさまさりける人めも草もかれぬと思へば」（冬、源宗于。『全歌集』）
▽春20の11。「春雨」（堀）。三句切、倒置法。冬に淋しさのまさる山里は、枯れた草葉を茂らせる雨につけても、春もまた冬同様遠ざかった人を待ち侘びると、「春の長雨の頃の寂しさを」（全歌集）歌う。拾玉712「はるかさは雨うちそそく山里に物思ふ人のゐたるゆふ暮」。俟「人めも草も冬はかるゝといへるに、春もかれたる人めに待わぶると也。」、又「語義も本歌の冬に対してであるから、「まだ」と訓むは誤り。」

512　ひきかへつあし《蘆》のは《葉》めぐむなには《難波》がた／うら《浦》わのそら《空》もこま《駒》のけしき《気色》も《に③》

【訳】　うって変った、芦の葉が芽ぐむ難波潟は、海岸の空も馬の様子も。
【語注】　○ひきかへ　八代集三例、初出は金葉131。「「ひき」は「こま」の縁語。」（全歌集）。　○あしのは　八代集四

例。難波潟は芦が名物。**〇めぐむ**　八代集二例、初出は新古今734。**〇うらわ**　八代集二例、初出は千載282。

▽春20の12。「春駒」（堀）。初句切、倒置法。有名な①8新古今625「つのくにの難波の春はゆめなれやあしのかれはに風わたるなり」（冬、西行）の、冬の難波の芦の枯葉に風が渡る風景とは異なって、芦の葉が芽ぐむ難波潟は浦わの空も馬の様子も、その冬とはすっかり変ったと歌う。同じ定家に③133拾遺愚草530・「夏むしの光ぞそよぐ難波がた蘆の葉分に過ぐるうらかぜ」（重早率百首、夏）がある。②16夫木1044、春三、春駒「同〔＝文治〕五年百首」。拾玉713「みごもりにつのぐむあしをはむ駒のかげさかさまになれるこの世か」。

俟「冬には引かへたる也。」、「形式的には初句・三句切であるが表現内容は切れていない。」

『赤羽』177頁「対句的表現の谷鼎があげている畳句法が多いことも、形式的整斉に意を用いたことの証左であろう。…うらわのそらもこまのけしきも…このように視点を変えて羅列している例がもっとも多く目立ち、重句による視覚的イメージの布置のおもしろさを指摘することができる。」

【参考】③116林葉653「なにはがたあしのうらなみよせくらしふしばがしたにをしさわぐなり」（冬「…、水鳥」）

【類歌】②12月詣77「もえ出づる荻のやけはら春めけば駒のけしきもひきかへてけり」（二月「春駒」仁和寺二品法親王）

④37嘉元百首1944「難波がたあしの葉わけの浦かぜや玉江の月の光なるらん」（秋「月」為藤）

④41御室五十首250「難波がたあしべの駒のけしきにも春のこころはつながれぬかな」（雑「眺望」兼宗）…512に近い

513　これに見《み》つこしぢの秋もいかならん／よし《吉》のゝはる《春》をかへ《帰》るかりがね《金》

【訳】これに見た、越路の秋もどのようであろうか、吉野の春を帰って行く雁によって。

【語注】　○かへるかりがね　八代集初出は後拾遺71。▽春20の13。「帰雁」（堀）。初句切、三句切。第一、二句この頭韻。「越路の秋」と「吉野の春」の対で、すばらしい吉野の花の春の情趣を見捨てて帰って行く雁によって、越路の秋やってくる時、どのようなものであるのか、「越路の人がどう感じるか、」（全歌集）、これで分かったと歌う。拾玉714「かりがねよなごりをいかでしのばまし花なき春の別なりせば」。C113「こゝにみつ、なり《たる也(D)》。此世界にてかり《雁(〃)》のわかるゝ事《こと(〃)》をもつて、とこ《常(〃)》世の雁の別を《わかれをも》すいりやう《推量(〃)》すると也。常世にてもかりの別《わかれ(〃)》はおしまんと也。此「よし野」はむさし《(〃)》なり《の国也(〃)》。」（抄出聞書、上148頁、D24・中42頁）・伊勢物語「住む所なむ入間の郡、みよし野の里なりける。」（十段）、新大系90頁）俟「吉野の花のさかりを見すてゝかへる雁なれば、こしぢの秋もいかやうなる景趣をみすてゝかへるぞと也。此吉野の春をかへる心にて《雁の心をみて》、これにてこしぢの秋をもみたる也《観察したる也》。」、「C注一一三番はこの「よし野」を武蔵、「越路」を常世とし、「かりの別」を惜しむ心とするが、不審。」『赤羽』178夏「これ…こし…かへるかり…押韻の音楽的効果よりは、むしろ対比による形式的統一とかイメージの効果といった方面に特色がみられるようである。」、183頁「同音反復が…一首の調子を整え、テーマ性を強調するという本来の機能を果す場合もみられる。…これ…こし…あき…はるをかへるかり…越路の秋と吉野の春の対比、」、296頁「初句と第二句に頭韻がある場合…安定した型である。…一首の音色が大体において第一音で統一される傾向がある。第一句の最初の音が、第二句の最初で再び繰返されるからである。また、冒頭の部分に盛りあがりがあってそこに主題が語られることが多い。」

【類歌】　①10続後撰313 304「よしさらばこしぢをたびといひなさむ秋はみやこに帰るかりがね」（秋中、公相）①15続千載55「わかれけんこしぢの秋の名残さへおもひしらるる春のかり金」（春上「…、帰雁」良教）

②16夫木1650「去年の秋こし路もおそくまつ島や春はをじまのかへるかりがね」（春五、帰雁「…、海辺帰雁」保季）…
513に近い
③131拾玉515「春もまた霞をわくる声すなりこしぢの秋はかへるかりがね」（御裳濯百首、春）…513に近い
④35宝治百首477「はるし又こしのしら山いかならん帰帰も雁はなくなり」（春「帰雁」少将内侍）
⑤184老若五十首歌合74「故郷にいかなる花の匂ふらんよし野をすててかへる雁がね」（春、越前）

514　くもり夜の月のかげ《（影）》のみほのかにて／ゆく《（行）》方しらぬよぶこどり《（鳥）》哉《かな》

【訳】曇った夜の月の光ばかりがほのかにして、行方が分からない呼子鳥であるよ。
【語注】**〇くもり夜**　八代集にない。万葉3200 3186「曇り夜のたどきも知らぬ山越えて…」（巻第十二）。蜻蛉日記「84くもりよの月とわがみのゆくすゑの…」（新大系67頁）。325「くもりよ」（冷泉家本）・「「久毛利夜（万・三三七一）」以下の万葉語を意識したか。」（俟・325）。
▽春20の14。「喚子鳥」（堀）。曇り夜の月光ばかりがぼんやりとして、どこへ行ったのか知らない呼子鳥を歌う。拾玉715「ながめする心をしるかよぶこ鳥おのがすみかの山はいづくぞ」。
C114「本遠近の…（私注―①1古今29「をちこちのたつきもしらぬ山なかに《―ナシ(〃)》おぼつかなくもよぶこどりかな」（春上、よみ人しらず《ぬ(〃)》）」／たれ人をよびにゆくかた《方(D)》もしらずなく《鳴(〃)》と也。本歌に《の、(〃)》「おぼつかなく」《、(〃)―ナシ(〃)》とい《云(〃)》へるをうけて、「ゆく方《しら》しらず」とよめり。」（抄出聞書、上148頁。D25・中43頁）
俟「無殊事歟。」、「C注一一四番は、」①1古今29「を本歌とし、「おぼつかなく」をうけて「ゆく方しらず」としたとする。「遠近のたづきもしらぬ」を情景化したのが上句。」

『赤羽』128頁「三代集を典拠としたもの」、①1古今29（前述）、146頁「こうなってくると古歌の摂取も、心理や気分の領域まで深く浸透して、発想や表現だけのものでなくなる。古歌の理解が徹底して、たんなる知識的なものでなく、古歌の本意を直観し、古歌の境地に共感するところから創造されてくる新しい感覚・気分なのである。これらはすべて上句か下句に新しい情景が添えられ、それが本歌に依る部分と微妙に調和していることも注目される。」、171頁「呼子鳥のおぼつかない感じと、くもり夜のイメージを交錯させてほのかな気分を出しており、」

【類歌】③132壬二1699「あたら夜の哀を《は（老）》しるやよぶこ鳥月と花との有明の空」（老若歌合五十首、春。⑤184老若五十首歌合87）

⑤230百首歌合〈建長八年〉645「あたら夜を誰にたのめて月影のもる山になくよぶこ鳥かな」（伊嗣）

515　おもふこそかへす〴〵もさびしけれ／あら田のおも《（面）》のけふのはるさめ《（春雨）》

【訳】　思うことがくり返して淋しいことよ、新田の面に降る今日の春雨は。

【語注】　**○かへす〴〵**　八代集六例。「田を耕すことを、田を返すということから、」（全歌集）、「返す」は「（あら）田」の縁語。①3拾遺811「わすらるる時しなければ春の田を《の（六）》返す返すぞ人はこひしき」（恋三、つらゆき。②4古今六帖1107）。　**○あら田**　「春の新田」八代集一例・拾遺812。「新田」であり「荒《あら》田（あれ田）」ではない。「新田、荒田の両方が考えられるが、題の「苗代」から考えて、新田がよいか。」（全歌集）。　**○おも**　「庭の面」の類。

▽春20の15。「苗代」（堀）。三句切、倒置法。下句ののリズム。新しい田面に今日降る春雨を思うことは、かえすがえすも淋しいと歌う。拾玉716「あはれなり山田のしづはなはしろの水にのみこそ心ひくらめ」。俟「無殊事歟。思こそかへす〳〵さびしき事、あら田の春雨いかゞと、猶不審ある歟。」、「下句の情意、不熟か。」

『全歌集』「参考」①3拾遺811（前述）、③20公忠51（後述）、①1古今817「あらを田をあらすきかへしかへしても人の心を見てこそやまめ」（恋五、よみ人しらず）

『赤羽』132頁「ことばを学んだもの」①1古今515「…なる時は返す返すぞ人はこひしき」（恋一、読人しらず）、①3拾遺945「身のうきを人のつらきと思ふこそ…」（恋五、よみ人しらず）

【参考】③20公忠51「春にのみとしはあらなんあら小田をかへすがへすも花をみるべく」（①8新古今89）

【類歌】②16夫木1876「あら小田のなはしろ水のみな上をかへすがへすもいのるけふかな」（春五、苗代、能宣）

516　すみれつむ花ぞめ《ずり③》衣つゆ《（露）》をゝ《（お）》もみ／か《（帰）》へりてうつる月くさ《（草）》のいろ《（色）》

【訳】　菫を摘む花染衣は露が重いので、逆に変化する月草の色に。

【語注】　**○花ぞめ衣**　八代集一例・千載240。　**○月くさ**　八代集四例。露草のこと。月草（つゆくさ）の花は、古来衣染に用いられ、かつ移ろいやすいものとして歌に詠まれてきた。⑤126源宰相中将家和歌合12「月草にすれる衣の朝露にかへるけささへこひしきやなぞ」（「後朝」基俊）。

▽春20の16。「菫菜」（堀）。第三句字余（「お」）。摘んだ菫の花染衣は露が重いので、露草の色に変わると歌うが、「うつる」は「映る」か。つまり菫の紫→露草の色＝藍色という構図である。⑥20拾遺風体和歌集38、第二、三句「花ずり衣露おもみ」、春「菫」定家卿。拾玉717・菫「すみれだににほはざりせば故郷の庭の浅茅のかれはばかりを」。

俟「花染衣は月草の衣なるべき也。月草の色はかへりて、すみれの色になりたる心にや。但、すみれの露にぬれて、月草の○《花染の》色はか《1う》《ヒ》へりたるといへる心歟。」、「1「かへりたる」を「うつりたる」と訂正したつもりか。」

『赤羽』180頁「動作や状態の進行や運動をあらわす場合である。…つ。…つ。…つ。…すみれを摘む動作の継続、」、421頁「とくに定家は菫に特別の愛着を示すような歌がみられるのでここにあげておこう。…定家の「すみれ」の歌は、伝統的な風流の精神に立脚しながら、さらに唯美のロマンティシズムを求めたあらわれとしてみられる。」

【参考】　③100江帥259「つきくさのいろにそめたるかり衣うつろひやすき人のこころか」（恋）

【類歌】　①10続後撰922 918「月草のはなずり衣あだにのみ心のいろのうつりゆくかな」（恋四、「…、寄衣恋」資季）
①15続千載1436 1439「月草の花色ごろもたが袖のなみだよりまづうつりそめけん」（恋四、源親教）
①16続後拾遺511「月草の色なる花ぞめづらしききちかうてみれば衣うつりぬ」（物名「きちかうを…」匡房）
①19新拾遺932「月草のはつ花ぞめのした衣したにうつるを《と(文)》しる人ぞ《の(〃)》なき」（恋一、経継。④38文保百首1368）
④39延文百首2986「かさねてもかぎりとぞおもふつき草のはなぞめごろもうつりやすさは」（恋「寄衣恋」行輔）

517　ふりにけりたれがみぎり《（砌）》のかきつばた／なれのみはる《（春）》の色ふかくして

【訳】　すっかり古びてしまったよ、一体誰が見たのか、砌の杜若よ、お前だけが春の色が深くって、誰もここにやって来ない。

【語注】　**○みぎり**　八代集にない。「見、砌」の掛詞。万葉3338 3324「…大殿の　砌《みぎり》しみみに　露負ひて　靡ける萩を…」（巻第十三、挽歌）。①7千載・序「…たまのうてなちとせひさしかるべきみぎりとみがきおきたまひ、…」。○**かきつばた**　417前出。伊勢物語「その沢にかきつばたいとおもしろく咲きたり。」（九段）、新大系87頁）。**○なれ**　八代集四例。**○はるの色**　八代集三例。漢語「春色」。

▽春20の17。「杜若」（堀）。初句切、倒置法。誰も見る人のない、水際の、それだけが春の色の深い杜若はすっかり

古びてしまったと歌う故園、廃園の風景（441参照）。拾玉718「紫の色にぞにほふかきつばたゆかりの池もなつかしきまで」。

侯「無殊事。」、「参考」①5金葉7276「あづまぢのかほやがぬまのかきつばたはるをこめてもさきにけるかな」（春、顕季）

『赤羽』176頁「無人の境を詠んだものが目立つ。…無人の境の閑静や寂寥を求めている。「ふりにけり」…というように時間的空間的に現実の次元から隔離したところに美の世界を設定しようとするが、いまだ完全に現実の人間世界を断ち切っていない。しかし意識して離れようとする動勢は認められる。」↓四二八、四四一、386頁「季節を空間的物象の中に捉えたもの…季節が過ぎ去るのをたゆたっているような停滞する時間のなかに、安らぎの空間を求めようとしたこと」、415頁「忘れられ、置きざりにされた場所、隔てられ、閉ざされた空間に、かえって親密な安らかさを感ずるという内密性への偏向が定家にはみられる。」

『赤羽・一首』18～25頁参照、19頁「閑庭の杜若が主題であるとすれば、基調となる気分は、頽唐たる晩春のけわいであろう。そして、このような気分はかつて和歌の世界にはなかったものである。」

『安東』76～80頁に詳しい。

【参考】④26堀河百首271「ふかき色の心ことにぞ匂ふめるたがすむやどの杜若ぞも」（春「杜若」紀伊）

【類歌】③131拾玉1223「たづねこしあさかのぬまの杜若色ばかりこそふかくみえけれ」（賦百字百首、春「かきつばた」）

518　ゆ《（行）》く春をうらむらさきのふぢ《（藤）》の花／かへ《（帰）》るたよりにそめやす《は（③）》つらん

【訳】行く春を恨む、うら紫色の藤の花であるよ、春が帰って行く縁で染め捨てるのであろうか。

【語注】〇うらむらさき　八代集一例・詞花257「とはぬまをうらむらさきにさく藤の何とてまつにかゝりそめけむ」（恋下、大進。①6詞花257 256）。「恨む、うらむらさき」掛詞。〇かへる　「染色があせることを「かへる」ということから「そめ」の縁語。」（全歌集）。〇そめ（や）すつ　八代集にない。③132壬二1075「染めすててかへるもつらし竜田姫…」。⑤197千五百番歌合1699「そめすててたつたひめもや神無月…」（釈阿）。

▽春20の18。「藤」（堀）。逝く春を恨んでいる、紫色の藤が咲いているが、春の帰るついでに染め捨てていくのかと歌う。拾玉719「紫の雲にぞまがふ藤の花つひのむかへを松にかかりて」。

俟「「うらむらさき」は、裏紫也。「うら」といふより「かへる」といへる縁語にいへる歟。「行春をうらむらさき」といひて、「たより」といへる、きこえにくきやうなるが、行春のたよりに染すつるをうらむる心なるべき歟。《をうらむる藤の花は、かへる便宜に心もとめず、春が染すつる故にやと、藤の心を》」、

「「佐保姫が帰りがけに此く《こなたより推量していへる也。》染めていったのだろうと想像したもの（国歌大系頭注）」。」

『全歌集』「参考」和漢朗詠52「惆悵す春帰つて留むれども得ざることを　紫藤の花の下漸くに黄昏たり」（春「三月尽」白。佐藤「漢詩文受容」450頁、文集巻第一三・631「三月三十日題慈恩寺」上300、301頁）、①6詞花257 256（前述）

【参考】②10続詞花336「咲初むる若紫のふぢの花にほひは千代の春もかはらじ」（賀「…藤花久句と…」大江維光）

④26堀河百首283「むらさきの糸よりかくる藤の花この春雨にほころびにけり」（春「藤花」基俊）

【類歌】④34洞院摂政家百首274「行く春をうらむらさきのゆかりまでそもむつまじき藤の色かな」（春「暮春」家長）

…518に近い

⑤185通親亭影供歌合88「春雨にひとしほそめてふぢの花むらさきふかしたこのうらなみ」（「雨中藤花」範光）

⑤230百首歌合〈建長八年〉689「むらさきのなたかの浦の藤の花春の色にや浪も立つらん」（入道大納言。②16夫木2161）

⑤244南朝五百番歌合176「したへどもとまらでかへる春の色をうらむらさきにさける藤波」（春九、光資）

519　すぎてゆ《(行)》くまそで《(袖)》に丶ほふ山吹に／心をさへもわくるみち《(道)》哉

【訳】　過ぎて行く両袖に美しい山吹に、心をまでも分けて行く道であるよ。

【語注】　**○まそで**　八代集一例・新古今331。

▽春20の19。「款冬」。道を過ぎ行くと、両袖に山吹が美しく映り（匂いか）、我身が道を分け行くのみならず、心を両袖に分けると歌う。拾玉720「春ふかみゐでの河風のどかにてちらでぞなびく山吹の花」。（一侯「分行ま《末袖可考 一》袖に匂ふ也。袖に分るのみならず、心をもわくると也。」、「一　「麻蘇涅毛知、涙をのごひ（万・四三九八）」「花す丶きまねくまそで（堀河百首・薄・隆源）」など、復活万葉語。」

520　はるのけふすぎゆ《(過行)》く山にしほ《(を)》りして／心づからのかたみとも見む《(みん)》

【訳】　春が今日過ぎて行く山に栞をして、心からの形見としても見よう。

【語注】　**○しほりし**　八代集一例・新古今1643。また「しほ《(を)》り」は八代集二例・千載458、新古今86。　**○心づから**　八代集三例（三代集のみ）。①1古今85「春風は花のあたりをよきてふけ心づからやうつろふと見む」（春下、よしかぜ）。②4古今六帖381）。

▽春20の20。「三月尽」（堀）。春が今日、過ぎ行く山に栞して、自《み》らの心の形見として見ようという三月尽の歌で春を閉じる。拾玉721「くれなゐに霞の袖もなりにけり春の別のくれがたの空」。（一侯「我○《心》づからの《してをきて、》かたみを《それを》みんといへる心歟。」、「一　「しをり」は早く大和五四段に出で、堀河百首にも例を見るが、「こぞのしほりの《ヒ》道かへて《ヒ》（西行上人集・春、新古・春上・八六）」など西行にかなりの例があり、愚草にも九八九・

三五三六に例がある。」

『赤羽』132頁「ことばを学んだもの」①1古今85（前述）・心づから

夏

521 ぬぎかふるせみのは衣そで《袖》ぬれて／はる《春》のなごり《名残》をしのびね《忍音》ぞなく

【訳】 脱ぎ更えた蟬の羽衣の如き夏衣の袖は濡れて、春の名残を偲んで忍び音に泣くことよ。

【語注】 **○第一、二句** 同一・⑤159実国家歌合27「ぬぎかふる蟬の羽衣うすければ夏はきたれどすずしかりけり」（「更衣」公重）。④26堀河百首332「山ぶきの花のたもとをぬぎかへて蟬のは衣けふぞきるめる」（夏「更衣」永縁）。**○せみのは衣** 八代集二例・後拾遺218、千載137。**○しのびね** 八代集五例、初出は後拾遺777。当然ながら時鳥が多い。作者であって「蟬」ではあるまい。掛詞「偲び・忍び（音）」。

▽夏15の1。「更衣」（堀）。夏の薄衣に脱ぎ替え、春の名残を慕って、忍び音に袖を濡らすと歌う。同じ定家に③133拾遺愚草1321「春の色に蟬の羽衣ぬぎかへてはつこゑおそき郭公かな」（春日同詠百首応製和歌、夏）がある。拾玉722「あかなくに春は過ぎぬる衣手にいとひし風のたつぞわりなき」。侯「無殊事歟。「しのびねぞなく」、忍ねにぞなくの心歟。いひたらざるやう也。可吟味。」『全歌集』「参考」③15伊勢442「うつせみのはにおくつゆのこがくれてしのびしのびにぬるるそでかな」（⑤421源氏物語25（「空蟬」（空蟬）））

【類歌】 ④22草庵253「ぬぎかふるほどにや袖にうつりけん花のかうすしせみのはごろも」（夏「更衣」）

522　いたびさしひさしく《(久)》とはぬ山ざと《(里)》も《は(③)》／浪ま《(間)》に《も(③)》見ゆる夘《(卯の)》花のころ《(比)》

【訳】　板庇（の小屋）が見え、久しく訪れない山里も、卯花の白い浪間に見える卯花の頃であるよ。

【語注】　**○いたびさし**　八代集四例、初出は金葉504。「久し」を導く有心の序。

【本歌】　①3拾遺856「浪まより《の間ゆ(万)》見ゆるこ島の浜ひさ木《びさし(伊)》ひさしく成りぬ君にあはずて《ひ見で(伊)》《ずして(万)》」（恋四、よみ人しらず。万葉2763 2753。⑤415伊勢物語197・第百十六段・男。『全歌集』。『安田』「（参考歌）」）

▽夏15の2。「卯花」（堀）。①3拾遺856を本歌とし、君に会わず、長らく訪れない山里の板庇の小屋も、卯花の咲く頃は、卯花の白い浪の間の小島のように見えると恋歌めかす。拾玉723「みわの山身をうの花のかきしめて世をすさみたるしるしともせず」。

C115「「いたびさし《板(D)》」は、「久しく」といはん枕詞也。山家の人を久しくとはぬに、卯花の比《ころ(〃)》はさこそ《ナシ(〃)》おもしろからんと也。／浪《本》《波(〃)》間より…〔私注――【本歌】〕」（抄出聞書、上148頁。D135・中73、74頁）

侫「浪まより…、此本歌によりてよめるなるべし。二異様なる趣向也。三定家とても学ぶまじき体也。」、「二　見立てとしては「卯の花の…〔私注――①3拾遺90「うの花のさけるかきねはみちのくのまがきのしまの浪かとぞ見る」（夏、よみ人しらず）〕など必ずしも珍しくはない。／三　摘抄など他注が定家歌への讃仰的立場が顕著なのに対して、当加注者は書損じ（八一四頭注参照）をいうことをも含めて、定家としてはまずい、定家とても学ぶまじき体など批判的言辞が散見するのは要注意。一三七・五二二・六四一・七〇〇・七〇九・一〇五六・一一六〇など。」

『赤羽』186頁「しりとり形式の同語反復である。…これらは枕詞の用法を応用したものであろう。…「いたひさし」が「ひさし」にかかる前例はみられないが『万葉集』や『伊勢物語』にみえる「浜庇ひさしく」の転用であろう。」

【類歌】④36弘長百首635「なにゆゑか深山の庵のいたびさしひさしくとはぬ人をまつらん」（雑「山家」家良）

523　あま《（天）》の河おふともきかぬ物ゆへ《（ゑ）》に／年にあふひとなどちぎり《（契）る》け《ら（③）》ん

【訳】天の川に生えているのだとも聞かないものであるのに、年に一度・会う日と葵をどうして名を付けるのを約束したのであろうか。

【語注】○年にあふひ　「葵に「あふ日」を掛けるのは常套的技巧。年に一度の賀茂祭に逢う葵の意。」（全歌集）。○あふひ　掛詞「会ふ日・葵」。③97国基124「あふひぐさおふとしきけばすみよしのきしにぞいまはつむべかりける」。

▽夏15の3。「葵」（堀）。年に一度二星が逢う天の川辺に生えているとも聞かないのに、年に一回会う・葵などとはどうして決めたのかと歌う。拾玉724「としをへてかものみあれにあふひ草かけてぞ思ふみよの契を」。俟「無殊事。葵もみあればかり、年に一日なれば、天河の契りにかけていへり。」

【類歌】①17風雅1530 1520「あまの川とわたるふねのみなれざをさしてひと夜となどちぎりけむ」（雑上、秀行）

④39延文百首3137「あまの河としにひと夜の契ゆゑちかきわたりぞつひにしられぬ」（秋「七夕」為遠）

524　郭公世になき物と思ふとも／ながめやせまし夏のゆふぐれ《（暮）》

【訳】郭公の声がした、あれは死んだ人の魂だと思うのだとも、しみじみと思い見ようか、夏の夕暮に。

【語注】○郭公　死出の山の彼方の幽冥の界から来る鳥。死出の田長、霊《たま》迎え鳥、蜀魂など異名が多い。○なき物八代集二例。

▽夏15の4。「郭公」（堀）。四句切。下句なの頭韻。夏の夕べ、郭公が鳴いたので、あれは亡き人の魂だと思ってしみじみと見ようと歌ったもの。拾玉725「ほととぎすききつとや思ふ五月雨の雲のほかなる夜半の一こゑ」。俟「郭公は世になくとも、猶ながめむと、夏の夕を賞していへる歟。」、「一　比類なきの意と冥土の鳥とを掛けたか。」

『全歌集』「ほととぎすは「しでの田長」と呼ばれることから、死出の山の連想で死後のイメージとともに歌われることがある。また、蜀の望帝の魂魄がほととぎすとなったという中国伝承もこのことと関係があるか。「蜀之…魂也」（太平寰宇記）」

『赤羽』180頁「動作や状態の進行や運動をあらわす場合である。…なき…なか…なつ…ながめる状態をそれぞれあらわし、」

【参考】②10続詞花794「なにごとをおもふともなき人だにも月見るたびにながめやはせぬ」（雑上「…、月を見て」隆信。②13玄玉150。④11隆信212）

【類歌】③76大斎院前278「ほととぎすながむるやどをとふからに物おもふことのいやまさるかな」

④34洞院摂政家百首314「夕暮の思ひやかよふ郭公ながむるすゑの雲になくなり」（夏「郭公」実氏）…524に近い

525　風ふけば夢の枕にあはすなり／しげきあやめのゝき《（軒）》のにほひ《（匂）》を

【訳】風が吹くと夢の枕に合わせたのだ、強い菖蒲の軒端の香りを。

【語注】 〇夢の枕　八代集二例・千載175、新古今240。〇あはすなり　「思い合せる。判断する。夢を占うことを「夢合せ」ということから、「夢」の縁語。」(全歌集)。

▽夏15の5。「菖蒲」(堀)。三句切、倒置法。目覚めたのは、菖蒲の軒に葺いた芳香を風が運んできたからであり、それはまさに夢の中で匂っていたのだと分かったという詠。「夢に忍び込んだ嗅覚的刺激を歌う。」(全歌集)。拾玉726「あやめ草軒のしづくはひまなきをいかなるぬまにねをのこすらむ」。

B5「枕にもあやめをすれは合すると云歟短夜の比なれは夢中のやうに覚る也」

C116「夢をばあはする物《もの》なり《也(D)》。いせ《一伊勢(〃)》物語にもあり《有(〃)》。たき《焼(〃)》物をも《も(〃)》あはするものなればいへり。《、かく云り。(〃)》あやめのにほひを以て夢《ゆめ(〃)》をあはするかと《ナシ(〃)》也。」(抄出聞書、上148頁。D136・中74頁)、「一　勢語六三段。」

侯「「夢のまくら」はすなはちあやめの枕なるべき歟。あやめのまくらなれば、夢も又あやめなるべし。それを風の吹来りて、軒のあやめも《の》《ヒ》匂ひをあはするとのこゝろなるべき歟。」、「一　…C注可。」

526　たね《種》まきしむろ《室》のはやわせおいにけり／おりたつた《田》ごの雨もしみゝに

【訳】 種を播いた室の早稲が生えたことよ、降り立った田子は雨にもぐっしょり濡れて。

【語注】 〇むろ　八代集一例・千載327、また「ひむろ」八代集一例・千載208。〇むろのはやわせ　②4古今六帖2608「きのくにのむろのはやわせいでずともしめをばはへよもるとしるがね」(第五「しめ」)。〇はやわせ　「早稲《わせ》」共八代集にない。後述歌参照。〇たご　八代集一例・新古今227(人)。農夫。〇雨もしみゝに　「雨も繁く。「も」によって、早生の苗も繁く生え揃ったことを暗示する。」(全歌集)。〇しみゝ　八代集にない。万葉463 460「…うち日さす　都しみみに　里家は　さはにあれども　…」。万葉2128 2124「…秋萩は枝もしみみに花咲きにけり」。②4古今六帖

1820「おほ舟にほしほかりつみしみみにも…」。③125山家975「ゆきとくるしみみにしたくかざさきの…」。
▽夏15の6。「早苗」（堀）。三句切、倒置法。第三、四句おの頭韻。降り立った田子は雨にぐっしょり濡れ、種を蒔いた室の早稲もよく茂った状態なので、早苗をとると歌う。②16夫木2538、第三句「おひにけり」、夏一、早苗「文治五年百首、早苗」。拾玉727「せきもあへず谷の小川もながるめり山田のさなへとるにまかせて」。C117「「むろ」、下総国の名所なり《也(D)》。「繁《シミヽ》《しみゝ(〃)》」、しげき事《こと》なり《也(〃)》。田子も雨のごとくしげくおりたつ《立(〃)》と也。雨をまちえて《待(〃)》、さなへ《早苗(〃)》をうふるさま《やう(〃)》也。」（抄出聞書、上149頁。D137・中74頁）不審26「はやはせ」・「いつにて候哉。」、「おりたつ田子[※1]」は、田をうへ候者の事候哉。「雨も[※2]しみゝ[※3]」、如何。／※1合点　※2合点　※3シゲクト也。」（上304頁）
侯「「しみゝ」、可考。「一むろのはやわせ」は早稲の名にて可考。「二しみゝ」は、しげき也云々。わせもおいぬと雨もしげきに、田子のおりたちてうふるこゝろをいへる歟。」」、

「一　室《むろ》の中で育てた早稲の苗。「むろのはやわせ」の形で用いる。／二　…当注作者はC注を見ているか。堀河百首・早苗題歌によれば、早稲は短時日の中に一挙に急ぎ植えるものらしい。」

『全歌集』「参考」⑤421源氏物語115「袖ぬるるこひぢとかつは知りながら下り立つ田子のみづからぞうき」（「葵」（六条御息所））

『赤羽』132頁「ことばを学んだもの」①1古今512「たねしあればいはにも松はおひにけり…」、180頁「…お。い…お。おり…稲が盛んに生えている状態、…同音反復が状態の進行をあらわすのに効果的である。」

久保田『研究』881頁、③132壬二529「いかばかりたごのさ衣みしぶつき雨もしみみに早苗とるらん」（院百首千五百番歌合…、夏）「のように、定家の旧作〔私注――この526〕からヒントを得たと思われる作品が存した。」

【参考】③105六条修理大夫179「たねまきしわさだのいねやおひ《い(夫)》ぬらんしづ心なくみゆるさをとめ」（②16夫木2557）
④26堀河百首414「田子のとるさなへをみればおいにけりもろ手にいそげむろのはやわせ」（夏「早苗」肥後）…526に近

い
④30久安百首310「苗代に種まくしづのかげみればかねてもはやくおいにけるかな」（春、顕輔）
⑤71内裏根合6「さをとめのやまだのしろにおりたちていそぐさなへや《げや早苗（栄）》むろのはやわせ」（「佐苗」。②16夫木2542。⑤354栄花物語526）

527　ともしするしげみがそこのすり衣／そで《（袖）》のしのぶ《（忍）》もつゆ《（露）》やを《（お）》くらん

【訳】　照射する茂みの底にいる猟師の摺衣の、袖の忍草（の模様）にも露が置くのであろうか。

【語注】　**○ともし**　「狩人が鹿をおびき寄せるため、松明《たいまつ》をともすこと。また、そのような狩猟のし方。その際火を挟む木を火串《ほぐし》という。」（全歌集）。**○しげみ**　八代集五例。**○すり衣**　「模様を摺りつけて染めた衣。」（全歌集）。八代集三例、初出は千載663。あと「紫のねずりの衣」八代集三例。**○しのぶ**　八代集初出は後拾遺617。

▽夏15の7。「照射」（堀）。茂みに露が降り、照射の茂みの底に潜んでいる猟師の摺衣の袖の忍草の模様にも露は置くのかという詠。同じ定家に、③133拾遺愚草330「いかならむしげみがそこにともしして鹿まちわぶる程のひさしさ」（閑居百首、夏）がある。②16夫木3097、夏二、照射「同〔＝文治〕五年百首」。拾玉728「ともしするしづが行へのあはれさも思ひしらるる五月やみかな」。

俟「袖のしのぶずりも露やみだるゝといふ心歟。」《しげみがそこなれば紋にすりたる忍ぶまでも露けからんとなり。》

『全歌集』「本歌」⑤415伊勢物語1「かすが野の若紫のすり衣しのぶのみだれ限り知られず」（第一段、男。①8新古今994）

『赤羽』182頁「…しするしけ…そこのす…そで《（ママ）》のし…サ行音反復によって露に濡れた狩衣と忍草の印象を交錯させ

る。」

【参考】 ②10続詞花139「ともしするみやぎがはらの下露にしのぶもぢずりかわくま《よ（堀）》ぞなき」（秋上、匡房。④26堀河百首418）

528　とはでこしよもぎのかど《（門）》のいかならむ／そら《（空）》さへとづるさみだれ《（五月雨）》のころ《（比）》

【訳】 訪れないまま過ぎた蓬の生えている門はどうなっているのだろうか、空までも閉じ込められている五月雨の頃は。

【語注】 ○とづる　「門」の縁語。

▽夏15の8。「五月雨」（堀）。三句切、倒置法。空までも門同様閉ざされている五月雨の比合、訪れないままの蓬の覆う門・家はどんな具合かと歌った。源氏物語、須磨の巻の花散里邸よりも、蓬生の巻の荒廃の末摘花（常陸宮）邸の面影のほうが相応しい。源氏物語「かゝるまゝに、浅茅は庭の面も見えず、しげき蓬は軒をあらそひて生ひのぼる。葎は西東の御門を閉ぢこめたるぞ頼もしけれど、」（「蓬生」、新大系二―135頁）。拾玉729「五月雨はいかにせよとて山里の軒ばぞ雲のたえまなりける」。

C118「源氏、すまに御座ありし時、五月雨《さみだれ（D）》の時分、花ちる《散（〃）》里をおぼしめし《ナシ（〃）》やり給ひし事あり。その《其（〃）》心也。空さへ雲にてとぢはてぬる時分なれば、門もとぢたるまゝにて、たれ《誰（〃）》もあくる事は有まじきと、故《古（〃）》郷をおもひやりたるさま《様（〃）》也。」（抄出聞書、上149頁。D138・中74頁）、「一　「げに…して、（私注―「げに葎よりほかの後見もなきさまにておはすらん、とおぼしやりて、長雨に築地所く崩れてなむと聞き給へば、京の家司のもとに仰せつかはして、」（「須磨」、新大系二―29頁）」…源氏は退京の折に花散里の邸を尋ねて別れを惜しみ、歌の贈答がある。」、D138「…様也。「とはでこし」とは、花散里へ御暇乞なき由也。」（74頁）侯「そらさへとづる五月雨なれば、蓬にとぢたる門はいかばかりしげりてとぢむとの事にや。「とはでこし」、可吟味は蓬にとぢたる門なれば「とはでこし」にや。也。」、「C注一一八番は、須磨で五月雨の頃、光源氏が花散里を「おぼしめしやり給ひし事」とするが、退京の際に光源氏は花散里を訪ねて別を惜しみ、歌の贈答をしている。その事から久保田淳氏は、須磨謫居前に源氏の訪問を受けた形跡がなく、蓬生の巻にその零落ぶりが描かれる末摘花ではないかとする（『新古今歌人の研究』六〇三頁）が、なお落ちつかない。」六家抄「空さへとづるとはくらく成たる心也。」『全歌集』「『源氏物語』須磨の巻の面影がある。」、久保田『研究』603頁「「とはでこしよもぎのかど」の表現は説明できない。むしろこの句で連想されるのは、蓬生の巻にその零落ぶりが語られている、かの末摘花であろう。」『赤羽』391頁「閉ざされ隔絶した世界、内部での不安や気がかりの気持が逆に孤独感を出している。」、『赤羽・一首』39、40頁「源氏が須磨へ流されたあとの、よりどころのない女君の住居の様子を何とはなしに連想させるが、…物語的な場面を一首の背景に重層させることによって、いっそう余情と面影のゆたかなものとしている。」

【類歌】④34洞院摂政家百首495「ながむるもいとど物うしかきくらし空さへとづる比のさみだれ」（夏「五月雨」但馬）

529　終夜花橘を吹《（く）》風の《に》（③）／わかれがほなるあか月のそで

【訳】一晩中花橘を吹く風、それによっていかにも恋人と別れてきたかのような様子の暁の袖であるよ。

【語注】**○第二、三句**　②13玄玉637「雨の後花橘をふく風に露さへにほふゆふぐれの空」（草樹歌上、俊成）。　**○わか**

れがほ　八代集にない。「いかにも恋人と別れてきたあとであるような様子。」（全歌集）。
▽夏15の9。「蘆橘」（堀）。一晩中、花橘に風が吹き、いかにもあの人と暁に別れ、移り香がするかのように袖に花橘の香が匂うと恋歌仕立て。⑤335井蛙抄282、定家。拾玉730・盧橘「たち花のはなちる里のすまひかなわれもさこそは昔がたりよ」。
俟「よもすがら。袖にかさねし《なれにし》匂ひなれば、人のわかれに類して暁の袖のなごりを「別[二]がほ」といへるにや。実の別にあらざれば「かほ」といへるなるべし。」、花橘[一]…「一　「さつ…〔私注—①古今139「さつきまつ花橘のかをかげば昔の人の袖のかぞする」（夏、よみ人しらず）〕」を校註国歌大系はいう。／二　「別れがほ」は造語か。八四二頭注参照。」
【参考】　⑤131俊忠朝臣家歌合8「さよふけて花たちばなをふくかぜのみにしむばかりなつかしきかな」（「盧橘」信の君）

530　夏虫のひかり《（光）》ぞゝよぐなには《（難波）》がた／あし《（蘆）》のは《（葉）》わけ《（分）》にすぐ《（過）》るうら風

【訳】　夏虫・蛍の光がそよいでいる、難波潟であるよ、芦の葉を分けて過ぎて行く浦風によって。
【語注】　**○夏虫**　「ここでは、螢。」（全歌集）。　**○あしのは**　八代集四例。　**○はわけ**　八代集一例・千載400。
▽夏15の10。「蛍」（堀）。二句切、難波潟の芦の葉を分けて通り過ぎる浦風によって、芦の葉の蛍の光がそよいでいるという叙景歌。同じ定家に、③133拾遺愚草512「ひきかへつ蘆の葉めぐむ難波がた浦わの空も駒の気色に」（重早率百首、春）がある。拾玉731「よそにかく見るもはかなし夏むしの思ふばかりの身にあまるかは」。
俟「「そよぐ」は、あしの葉につれて。《やどりたる螢の》光もそよぐなるべし。」

『全歌集』「参考」和漢朗詠187「蒹葭水暗うして螢夜を知る　…」（夏「螢」許渾）、『佐藤』「漢詩文受容」442頁「朗187蒹…知夜　楊柳…送秋〔私注―「楊柳風高うして雁秋を送る」〕」

『赤羽』180頁「な…な…夏虫と難波潟…頭韻をそろえることによって主題の印象を強めている。」

【参考】①4後拾遺44「なにはがたうらふくかぜになみたてばつのぐむあしのみえみえずみ」（春上、読人不知）

③120登蓮6「なにはがたあしの葉ずゑにかぜふきてほたるなみよるゆふまぐれかな」（「水辺晩風」）。⑤272中古六歌仙215）

【類歌】①16続後拾遺448「難波がた蘆の葉そよぎ吹く風に入江の波や先氷るらん」（冬、関白太政大臣）

②15万代3275「なにはがたあしのをれはをおしわけてこぎはなれゆくあまのつりぶね」（雑三、和泉式部）

③130月清859「なにはがたひかりを月のみつしほにあしべのちどりうらづ《つ（千）》たふなり」（院第二度百首、冬。⑤197千五百番歌合1772）

④33建保名所百首328「秋ちかき風や涼しき難波江のあしの葉分に蛍飛ぶなり」（「難波江 摂津国」）

④33同333「なにはえや露の玉ちるあしのはに光を分けて飛ぶ蛍かな」（「同 同」）

④37嘉元百首1944「難波がたあしの葉わけの浦かぜや玉江の月の光なるらん」（秋「月」の為藤）…530に近い

531　かやり《（蚊遣）》火のけぶり《（煙）》のあとや草枕／たちなんのべ《（野）》のかたみなるべき

【訳】　蚊遣火の煙の跡は、旅寝をして出発した野辺の形見なのであろうか。

【語注】　**○かやり火**　八代集五例。　**○草枕**　「「旅」「旅寝」の意。「思ひ立ちぬる草枕なり」〔私注―①1古今376〕」（全歌集）。

▽夏15の11。「蚊遣火」（堀）。蚊遣火の煙の跡が、旅人が発った野宿の形見なのかと思いやった詠。拾玉732「涼しきかすずしからぬかかやりびのけぶり吹きまく野べのゆふ風」。

B87「此かやり火は旅人なと何となく焼たる心にやこの跡を又爰にきてみん人のたか旅ねしつる名残そなと哀をかけんかたみなるへきかと也」（抄出聞書12頁）

侯「野べのかりねに蚊遣をしたるにや。」

『赤羽』132頁「ことばを学んだもの」①1古今500「夏なればやどにふすぶるかやり火の…」、180頁「か…か…蚊遣火と形見、…頭韻をそろえることによって主題の印象を強めている。」

【参考】⑤131俊忠朝臣家歌合14「かやりびのけぶりたたぬとみえつるはくさのほたるのひかりなりけり」（「蛍」中宮上総君）

532　あさゆふ《朝夕》にわがおもふかたのしるべせよ／くればむかふはちす《蓮》葉のつゆ《露》

【訳】　朝夕にわが思い願う方、西方極楽浄土への道しるべをしてくれ、日が暮れると向かい願う蓮葉の露は。

【語注】　**○あさゆふ**　八代集三例、初出は後拾遺330。　**○しるべせよ**　八代集六例、初出は後拾遺616。　**○はちす葉**　古今序＋八代集三例。

▽夏15の12。「蓮」（堀）。第二句字余（「お」）。三句切、倒置法。日暮れると向かって祈る蓮葉の露に、朝に夕べに我が思う西方極楽浄土への道しるべをしてくれと願ったもの。拾玉733「池水にめでたくさけるはちすかな事もおろかに心かくらむ」。

侯「はちす葉もあふひなどのごとく、日にむかひてかたぶく物なる歟。可付心。しからば、「我思かた」は西方極楽の事なるべき歟。「朝夕」は二句ニ付たる詞にて、「蓮」ニハつゞかざる也。」

533　いとひつる衣手かるし《ろ(③)》ひむろ《(氷室)》山／ゆふべ《(夕)》の丶ちの木丶《(木)》のした《(下)》かぜ

【訳】　着るのもイヤだった袖も軽々と感じられる、氷室山において夕暮の後の木々の下を吹く風によって。

【語注】　**〇かるし**　「心かるし」のみ八代集一例・後撰839。　**〇ひむろ山**　八代集一例・千載209。「氷室の山」八代集一例・千載104。

▽夏15の13。「氷室」（堀）。二句切、倒置法。氷室山の夕方の後の木々の下風を受けると、涼しくて、嫌っていた夏衣の袖も軽いと歌う。拾玉734「すべらぎののどけき御代の氷室山あたりまでこそすずしかりけれ」。B88「此いとひつるとはあつき衣をいへりいつしかこの納涼にのろく成たると也夕の後とは暮はてたるさまにや」（抄出聞書12頁）

侯「無殊事。猶「かるし」の字、涼心おもしろし。」、氷室山「一　文字通り標題として上二句と下二句を総括。」

【類歌】　③132壬二133「ひむろ山松風さゆる夕暮は梢に雪のふらぬばかりぞ」（後度百首、夏）

534　よるひると人はこのごろ《(比)》たづねきて／夏にしられぬやど《(宿)》のまし水

【訳】　夜となく昼となく人はこの頃尋ねやって来て、夏にはその存在を知られていない我家の真清水であるよ。

【語注】　**〇よるひる**　八代集一例・拾遺522　**〇まし水**　八代集にない。万葉52「…日の御蔭の　水こそば　とこしへにあらめ　御井の清水《ましみづ》」（巻第一）。⑤421源氏物語451「なれこそは岩もるあるじ見し人のゆくへは知るや宿の真清水」（「藤裏葉」男君（夕霧））。
▽夏15の14。「泉」（堀）。「ぬ」を打消としたが、四句切で、第四句「夏にこそ知ることができる」（「れ・る」可能。自発も可）か。夜となく昼となく人はこの頃我家にやってくるのは、この清水は夏というものに知られていないと、受身で歌ったものだが、人が来るので、我家の清水の存在は夏に知ることができると、可能（自発）も可。「泉は余りにも涼しいので、人には知られるけれども、暑い夏には知られない、という所がこの歌の狙い。」（全歌集）。また、この「夏に知られぬ」は、①7千載221 220「いはたたく谷の水のみおとづれて夏にしられぬみ山べのさと」（夏、教長）・「夏に知られていない」、さらに同じ定家の③133拾遺愚草2103「たづねても夏にしられぬすみかかなもりの下風山の井の水」（六月「山井」）・「…気付かれない」がある。拾玉735「よしの山もとのすまひもすずしきにかさねてぞせく山川の水」。
俟「人にはしられて夏にしられぬ心面目。」、夏にしられぬ「一　「宿の主は夏も知らぬ涼しさ（校註国歌大系）」。「たづね…（私注―前述の③133拾2103）」の如く、夏に無縁の意。」
『全歌集』「参考」⑤421源451（前述）

535　みそぎすとしばし人なすあさのは《葉》も／おもへばおなじかりそめのよ《世》を

【訳】　祓をすると、しばらくの間人（の代り）となる麻の葉も、思うと人と同じく仮初の世であるよ。
【語注】　**○人なす**　八代集一例・拾遺1294。**○あさのは**　八代集一例・後拾遺1204。「茅（ち）の輪を作る麻の葉。」（全歌集）。**○かりそめ**　「「あさのは」の縁語「刈り」を掛ける。」（全歌集）。**○を**　感動。
▽夏15の15。「荒和祓」（堀）。祓すとしばしの間人の形代となる麻の葉も、またその人も思えば仮初の世の中の存在

にしかすぎないのだと歌って、夏を閉じる。②16夫木3825、夏三、荒和祓「文治五年百首」。拾玉736「みそぎするたつた河原のかは風にまだき秋たつゆふ暮の空」。

C119「「人なす」とは、人形の事也。「みそぎ《御祓(D)》」は、六月晦日、《に(〃)》川のほとり又海辺《(〃)》などへいでゝはらへ《出て祓(〃)》をする也。あさの葉《麻》、茅《あさぢ(〃)》の葉などにて人形をつくり《作(〃)》、我身《わが(〃)》をなでゝ川へながす也。さいなんをのぞく心也。人間のはかなき事は、しばし人なす人形とか《おか》なし事《形とおなじごとく也。(〃)》と也。」（抄出聞書、上149頁。D139・中74、75頁、「沢べ…〔私注―④26堀河百首552「沢べなるあさぢをかりに人なしていとひし身をもなづるけふかな」（夏「荒和祓」俊頼）〕／人なしゝ…〔私注―①3拾遺1294「人なしむねのちぶさをほむらにてやくすみぞめの衣きよきみ」（哀傷）〕／「人なす…」）。不審27「…麻の葉も《如何》――※／※麻ニテ人形ヲツクルヲ云。「人ナス」トハ、人形也。」（上305頁）侯「「人なす」、人かたとて人のかたちをなす也。「おもへば」、かりに人形をなすも、実《実》の人も、おもへばともにかりそめなる世と也。」、あさのは「一　…堀河百首・荒和祓歌に類例多。」

【参考】④26堀河百首553「麻の葉におもふ事をばなでつけて六月はつる御祓をぞする」（夏「荒和祓」師時）

【類歌】①18新千載308「みそぎするあさの葉末のなびくより人の心にかよふ秋かぜ」（夏「…、六月祓」俊成女。④35宝治百首1196）④35宝治百首1164「あさの葉もみなかみかけていづみ河こま山人やみそぎしつらん」（夏「六月祓」基家。②16夫木3798）

秋

536　けふといへばこずゑ《梢》に秋の風たちて／したのなげきもいろ《色》かはるなり

【訳】立秋の今日というと梢に秋の風が立って、下のほうの木も色が変る、下に沈淪する我が嘆きも深く、濃くなるのだ。

【語注】○秋の風「「秋」に「飽き」（「嘆き」の縁語）を響かせる。」（全歌集）。○したのなげき「「嘆き」に「木」を掛ける。」（全歌集）。③133拾遺愚草1048「…さそはれてしたのなげきも色ぞうつろふ」⑤197千五百番歌合1425）。○いろかはるなり　③130月清1580「けふとへ《い（夫）》ば春のしるしをみやがはのきしのすぎむらいろかはるなり」（神祇「はるのはじめに」）。②16夫木13913）。

▽秋20の1。「立秋」（堀）。初句字余（「い」）。今日の立秋、梢に秋風が立って、下の木々も色が変り、我が下積みの嘆きも深くなってくると歌って、秋を始発する。「述懐の心を籠める。」（全歌集）。拾玉737「けふよりはいかがはすべき世の中に秋のあはれのなからましかば」。俟「《「なげき」は木也》。「こずゑ」といへるより、「下のなげき」といへり。「したの歎」は、心中の歎も殺伐の秋気につれて色かはると也。」

【類歌】②14新撰和歌六帖61「けふといへばおほみや人のしらがさねはるのいろこそたちかはりぬれ」（第一帖「ころもがへ」）
⑤184老若五十首歌合192「けふといへばみそぎになびく袖ながら秋風たちぬ瀬瀬の岩なみ」（夏、雅経）

537　秋風やいかゞ身《に（③）》にしむあま《（天）》の河／きみ《（君）》まつよひのうたゝねのとこ《（床）》

【訳】秋風よ、どれほど身にしむ天の川（の畔で）、君（牽牛）を待つ七夕姫の宵の転寝の床では。

▽秋20の2。「七夕」（堀）。二句切、倒置法。天の河の岸辺、牽牛を待つ織女の宵のうたたねの床に秋風がどれほど

身にしみるのかと、織女を思いやり、「織女の立場を詠む。」（全歌集）。拾玉738「七夕のまちこしほどのあはれをばこよひ一夜につくしはつらむ」。

俟「七夕をまつ○《星の》うたゝねのとこなるべき歟。秋かぜの身にさむければつれもなきのこゝろ、自然にこもれり。」

六家抄「七夕の上を思ひやりての心。七夕を人ともいもともよめり。君と云も七夕也。」

『赤羽』132頁「ことばを学んだもの」①2後撰1284 1285「うたたねのとこにとまれる白玉は…」

【類歌】②16夫木1980「七夕もすみれ摘みてやあまの川秋より外に一夜ねぬらん」（春六、菫菜「楚忽百首、菫を」為相）

④38文保百首836「待ちわたる程や久しき天河秋の一よをたのむちぎりは」（秋、師信）

538　ちらばちれつゆ《（露）》わけゆかむはぎはら《（萩原）》や／ぬれてのゝち《（後）》のはな《（花）》のかたみに

【訳】　散るのなら散れ、露を分けて行こう、萩原よ、（露に）濡れての後の花の形見として。

【語注】　**○はぎはら**　③122林下96「さをしかのきたちなく野のをはぎはらむねわけにすな花もこそちれ」（秋「秋のうたとて」）。　**○ぬれてのゝち**　①1古今247「月草に衣はすらむあさつゆにぬれてののちはうつろひぬとも」（秋上、よみ人しらず。万葉1355 1351・巻第七）。　**○はなのかたみ**　③29順136「萩のはにおく白露のとま《た（女）》りせば花の形見は思はざらまし」（「萩」たちばなのもちき。⑤34女四宮歌合6）。

▽秋20の3。「萩」（堀）。初句切、末句までとの倒置法。二句切、第二句と第三句との倒置法。以上「萩原や露分け行かむ、濡れての後の花の形見に散らば散れ」が正順。萩原の露を分け行くと、濡れた後の花の形見として衣に残るから、散るなら散れと萩に訴えたもの。⑤216定家卿百番自歌合48、廿四番、右、私百首文治五年。拾玉739「しづのをが麻の衣の花ずりははぎの名をりの物にぞ有りける」。

侯「三句「や」文字、心[二]なき文字なるべし。花[三]ずりの心なるべし。」、「二　働きのない、音調を整えるの意か。呼びかけ・詠嘆の「や」であろう。「分ゆかむ萩原の露や」の強調屈折表現。／三　注釈文の意味、歌の心は「露草染の衣の心か」の意か、「花ずり」を詠んだ他歌の心の意か。」

六家抄「野遊をして草花の露をおしめども、ちらばちれ、我ぬれての、ちは草花のかたみとおもはんと云心也。執心也。右、月草に…〔私注―前述の①1古247〕と云哥の詞を取て也。」

①1古247、『全歌集』は「本歌」（新大系・百番48も）、『安田』140頁は「参考歌」

【類歌】　④18後鳥羽院38「はぎ原や暁のべの露しげみわくるたもとにしらぬ花ずり」（正治二年…、秋。④31正治初度百首38）

④18同651「山路わけて手折る桜の夕露にぬれてぞかへる花のかたみに」（詠五百首和歌、春百首）

④37嘉元百首1130「はぎはらやした葉色づく夕露にちりがた見せて花ぞうつろふ」（秋「萩」実教）

⑤210内裏歌合76「こ萩さく花ずり衣うつろひぬぬれての後や袖の朝露」（「秋花」光家）

539　しの丶めにわかれしそで《袖》のつゆ《露》のいろ《色》を／よしなく見するをみなへし《女郎花》哉

【訳】（野に旅寝をして）東雲の時分、夜明け方に（女郎花と）別れた袖の露の色を、あたかも後朝の袖の別れに置く涙の如くかいいなく見せる女郎花であるよ。

【語注】　**○しののめに**　①2後撰721 722「しののめにあかで別れした本をぞつゆやわけしと人はとがむる」（恋三、よみ人しらず）。

▽秋20の4。「女郎花」（堀）。第三句字余（「い」）。旅寝をして、夜明け方に、女郎花と別れ出てきたが、女郎花は袖

の露の色を、女との夜明け方に後朝の別れをした袖の涙の色と同様に、「ばつのわるいもの」（全歌集）として見せると、恋の世界をほのめかす。「女郎花を女性に譬えるのは、常套的手法。ここでは東雲の女郎花を後朝の女性に見立てる。」（全歌集）。拾玉740「をみなへし花のにほひに秋たちてなさけおほかる野べのゆう暮」。B89「此花は女によせたりつねのしの、めの別は物ふかくかくれよしはめるをこの花の露の色はさやうにしのふけしきもなきさまをかくいひたてられたるにや」（抄出聞書12頁）

俟「「よしなく」は無用の心歟。女郎花の朝露を別の袖の涙にみたてたる也。」、「一　…ただし、同注〔私注―B89〕が、後朝の通例に背いて「この花の…さま」とするのは行きすぎ。」

『赤羽』128頁「三代集を典拠としたもの」①2後撰721 722（前述）、137頁「「をみなへし」は本歌の下句から喚起されるイメージ、…理解や解釈の段階ですでに新しいことばやいいまわしが工夫されていることを知るのである。」他465

【参考】①2後撰281「折りて見る袖さへぬるるをみなへしつゆけき物と今やしるらん」（秋中、右大臣）
②4古今六帖3671「かりにのみ人のみゆればをみなへし色のたもとぞ露けかりける」（第六、をみなへし、つらゆき）
⑤6亭子院女郎花合14「とりてみばはかなからんやをみなへしそでにつつめるしらつゆのたま」
⑤21陽成院親王二人歌合38「こひわぶるひとにあふよのしののめは《に》わかるといかでみぬよしもがな」（あかつきのわかれ）
⑤419宇津保物語86「はつ秋のいろをこそみめ女郎花露のやどりときくがくるしさ」（二藤はらの君、東宮）

540　人もとへあれ《（荒）》なんのち《（後）》のむし《（虫）》のねも／うへを《（植ゑお）》すゝき《（薄）》秋したえずは

【訳】人も訪れよ、荒れ果ててしまった後の虫の音も、それに植え置いた薄の秋になくならなかったならば。

【語注】 **○うへ《ゑ》を《お》く**　八代集八例。

▽秋20の5。「薄」（堀）。初句切、倒置法。我家が荒廃した後にも毎秋虫の音が聞こえ、植えておいた薄が茂ったなら、人もやって来よと歌ったもの。後述の「有助の歌での「君」のような立場で詠んだ。」（全歌集）。拾玉741「わきてしもなになびくらむ花すすき風のあはれはおのれのみかは」。俟「君が…〔私注―①1古今853「きみがうゑしひとむらすすき虫のねのしげきのべともなりにけるかな」（哀傷、みはるのありすけ）〕／此歌を心にこめてよめるなるべし。「あれなむ後のむしのね」は、只今鳴むしにはあらざる歟。あれて後に鳴べきむしのねなるべき歟。但、唯今の虫のねのあれなむ後までといへる歟。可吟味也。句作面白歌也。／「秋したえずは」とあれば、唯今の虫のねにてもあるべき也。」、「一　…当歌が秋歌で、本歌が秋の荒れた前栽に立っての詠であるから、心象の重複としての現在、および期待としての向後を含む。」『全歌集』「参考」①1古今853（前述）

541　あさまだきちぐさ《千草》の花もさてを《お》きつ／たま《玉》ぬくのべのかるかやのつゆ《露》

【訳】　明け方早く、あらゆる草の花も論外だ、玉が貫く野辺の刈萱の露には。

【語注】 **○ちぐさの花**　八代集二例、初出は後拾遺331。**○さてを《お》き**　八代集一例・新古今1394。**○たまぬく**　八代集四例、初出は詞花237。

▽秋20の6。「刈萱」（堀）。三句切、第二、三句と下句との倒置法。早朝、玉を貫いた野辺の刈萱の露の美は、様々な秋の花の美しさも問題外だと歌う。下句は百人一首37・①2後撰308「白露に風の吹敷く秋ののはつらぬきとめぬ玉ぞちりける」（秋中、文室朝康）に通う。拾玉742「主はあれど野と成りにけるまがきかなをかやが下にうづら鳴くな

り」。

C120「「朝《あさ(D)》まだき」は、《ナシ(〃)》早朝也。ちぐさのみ《千種の見(〃)》事なるをもをきて、いろもなき《色もイ はかなき(〃)》かるかやの露までみ事《見(〃)》なると也。」（抄出聞書、上150頁。D219・中98頁）

侫「「さておきつ」、それはそのまゝをきてといふ心歟。千草の露はあれども、露は玉ぬくかるかやぞと賞したるにや。花にをき葉にちるよりも、露の光はかるかやほそきにかゝりたる露は各別なるべし。よく《二》見たてたる歌也。」、「二三六二頭注参照。」

【参考】③129長秋詠藻436「朝まだき露けき花ををるほどは玉《に(夫)》敷く庭に玉ぞちりける《しく(夫)》」（釈教、六時讃。①17風雅2092 2082。②16夫木16374）

④30久安百首332「色色の玉とぞみゆる秋の野の千草の花における白露」（秋、顕輔）

④30同433「秋の野の千草の華におきつればしら露もみなおのが色色」（秋、季通）

⑤145長実家歌合13「あさまだきおくしらつゆをさまざまにいろどるものやなでしこの花」（「瞿麦」源宰相）

542　きり《（霧）》のまにひとえだ《（一枝）》お《（を）》らんふぢばかま／あかぬにほひ《（匂）》やそで《（袖）》にうつると

【訳】　霧の絶え間に一枝折ろう、藤袴よ、飽き足りることのない匂いが袖に移るかと。

【語注】　**○ひとえだ**　八代集四例、初出は後拾遺100。　**○あかぬにほひ**　当然ながら梅の歌に多い。

▽秋20の7。「蘭」（堀）。二句切、倒置法。藤袴の絶妙な香が袖に移るかと、霧の間《ま》に一枝を折ることにしようと歌ったもの。拾玉743「秋ののにたがためとてかそめおきし主ほしげなる藤ばかまかな」。

侫「無殊事。」

543
お《（を）》ぎ《（荻）》の葉にふき《（吹）》たつ風のを《（お）》と《（音）》なひよ／そよ秋ぞかしおもひつること

【訳】　荻の葉に吹き立つ風に音がし、訪れであるよ、（そして）そよそよと音がし、そうだよ秋だ、思っていた通りに。

【語注】　**○おぎ《（を）》の葉に**　①6詞花117 115「をぎのはにことゝふ人もなきものをくる秋ごとにそよとこたふる」（秋、敦輔王）。**○ふきたつ**　八代集一例・金葉675。**○を《（お）》となひ**　八代集にない。枕草子「物語うちし、下《ぉ》り上る衣のを《（お）》となひなど、おどろ〳〵しからねど、」（新大系（一八九段）、241、242頁）。源氏物語「衣のを《（お）》となひはら〳〵として、若き声どもにくからず、」（「帚木」、新大系一—63頁）。掛詞「を《（お）》と」（「風の音」、「おとなひ」）。**○そよ**　掛詞（「そうだよ」と擬音語）。「「それ」の意の感動詞に、風のそよ吹く擬態語「そよ」を掛ける。」（全歌集）。①4後拾遺949 950「いつしかとまちしかひなく秋風にそよとばかりもをぎのおとせぬ」（雑二、道済）。

▽秋20の8。「荻」（堀）。三句切、四句切。思っていた如く、荻の葉にそよと吹き立つ風の音がすることに秋を実感すると歌う。【類歌】が多い。②16夫木17174、末句「…ごと」、雑十八、言語「文治五年百首、荻」。拾玉744「思ひねにむすぶ夢路の荻の音はさめてもおなじあはれなりけり」。

俟「「そよ秋ぞかし」、[二]「そよ」は、げにぞなどいふ心歟。かねて思しごとく、荻のは風よりきけば、秋の物がなしき音なひよといへる也。」、[一]こと「第四の確認に対応するものとして「事」と清音にしたが、「如」でも意は通ずる。／二　参考「おぎ《（ママ）》…（私注—①6詞花108 106（後述））…愚草中には「そそや荻の葉（一六九九）」一例に対して、「そよ…」の形は三六一・七四八・二一三一・四〇五九・四一〇三などの例がある。」『全歌集』「参考」①6詞花108 106（後述）

『赤羽』184、185頁「同音反復が心理表現に効果的な例…お…を…よそよ…お…おの押韻が驚き戸惑いの心理を出し、…「そよ」など改めて意識し直す感じをよく出している。定家はこのころ「そよ」という感嘆詞をよく使う。かれ独特のふと思い出して念を押すポーズである。」495参照、188頁「…に《i》…の《o》…よ《o》…し《i》…と《o》…oがつづく調子であるとすればiは止まる調子である。oは柔かくiは鋭い。」

【参考】①2後撰220「いとどしく物思ふやどの荻の葉に秋とつげつる風のわびしさ」（秋上「おもふこと…」よみ人しらず）

①5′金葉三411「よのつねのあきかぜならばをぎの葉にそよとばかりのおとはしてまし」（恋、安法法師女。①8新古今1212。②7玄玄109。②10続詞花645）

①6詞花108 106「をぎの葉にそそやあきかぜ吹きぬなりこぼれやしぬるつゆのしらたま」（秋、大江嘉言）

②10続詞花144「をぎのはに風のそそふく夏しもぞ秋ならなくに哀なりける」（夏「三百六十首歌中に」好忠）

⑤83六条斎院歌合（天喜四年七月）4「はつ秋のたちにしひよりをぎのはにおとなふ風もけしきことなり」（「立秋」むさし）

【類歌】①14玉葉1662 1654「荻の葉に吹く秋風をわすれつつ恋しき人のくるかとぞおもふ」（恋四、重之。②16夫木4459）

①21新続古今1699「荻の葉に音づれそむる秋風のふかぬ袖さへ露ぞこぼるる」（雑上、源和氏）

③131拾玉3101「かぜのおとよことわりなれや荻のはにふきむすびける秋の契は」（秀歌百首草、秋。③131同3611）

③131同5135「荻のはに秋の心をそよとだに思ふにすぐるかぜのおとかな」…543に近い

③132壬二540「とことはにかはらぬ風も荻の葉にそよぐ音より秋の夕ぐれ」（院百首、秋。⑤197千五百番歌合1175）

④34洞院摂政家百首576「けふも又吹きぬる風のけしきにぞそよ秋ぞとは思ひとがむる」（光俊）

④35宝治百首1287「我がなみだそよ又何と荻のはに秋風ふけばまづこぼるらん」（秋「荻風」為家）

④35同1301「荻のはにふきくる風の音信もをりからつらき秋の夕ぐれ」（同「同」顕氏）
④35同1303「秋のくる空こそあらめ荻のはに風の音さへ吹きかはるらん」（同「同」寂能）
⑤197千五百番歌合1129「をぎの葉にあきふくいろは見えねども身にしむほどの風のおとかな」（秋一、内大臣）

544
きりふかきと山のみね《峰》をながめても／まつ《待》ほど《程》すぎぬはつかり《初雁》のこゑ

【訳】　霧が深い人里近い山の峰を眺め見ても、待つ時期は過ぎてしまった、初雁の声は。

【語注】　**○まつほどすぎ**　①3拾遺573「…かへりやくると　まつち山　まつほどすぎて　かりがねの　雲のよそにも　きこえねば　…」（雑下、よみ人しらず）。

▽秋20の9。「雁」（堀）。四句切、下句倒置法。霧の深い外山の峰を眺望して、初雁の声が長い間待ってやっとしたと、（雁声は）聞こえたと解釈したが、或いは聞こえなかったのか。同じ定家に、よく似た③133拾遺愚草2003「ながめやる秋の半もすぎの戸にまつほどしるき初かりの声」（詠花鳥和歌「八月初雁」）がある。拾玉745「花をこそふりすてしかどかりがねの月をばめづる心有りけり」。

俟「まつ程すぎてわたりたる心なるべき也。「かりの…〔私注—①1古今935「雁のくる峰の朝霧はれずのみ（思ひつきせぬ世中のうさ）」（雑下、読人しらず）〕、「霧立て…〔私注—①1同252「霧立ちて雁ぞなくなる（片岡の朝の原は紅葉しぬらむ）」（秋下、よみ人しらず）〕など、かりには霧、便あるものなるべし。」

【類歌】　②16夫木9057「雪ふかきこはたのみねをながめてもうぢのわたりに人ぞまたるる」（雑三、嶺、こはたのみね、土御門院小宰相）
④22草庵483「霧ふかき山の木かげにきこゆなり暮るるもまたぬ棹鹿のこゑ」（秋上、「霧中鹿」）

545　わび人のわがやど《（宿）》からの松風に／なげきくはゝるさをしかのこゑ《（声）》

【訳】侘人である我家ゆえの松風によって、さらに悲嘆が加わる小牡鹿の声であるよ。

【語注】○わが…松風　「松が私の家に生えているために生ずる松風。」（全歌集）。○くはゝる　八代集二例（共に古今）。

【本歌】①1古今985「わびびとのすむべきやどと見るなへに歎きくははることのねぞする」（雑下、よしみねのむねさだ。③7遍昭27。『全歌集』）

▽秋20の10。「鹿」（堀）。第一、二句わの頭韻。①1古今985を本歌とし、侘び人が住んでいる我家ゆえの、琴の音を思わせる松風に、牡鹿の声が合わさって嘆きがさらに加わると歌う。拾玉746「しかのねをおくる嵐にしられけり山のおくなる秋のあはれは」。

C121「本侘人の…〔私注—①1古985〕わがやど《我が宿（D）》の松風物がなしきに、鹿のね《音（〃）》をさへ歎をくは《加（〃）》へたると也。」（抄出聞書、上150頁。D220・中98頁）

侯「無殊事。／わび…〔私注—①1古985〕」、「当注はC注に拠ったことを示すか。」

『全歌集』「参考」①6詞花300 299「こころみにほかの月をもみてしかなわがやどからのあはれなるかと」（雑上、花山院）

『赤羽』128頁「三代集を典拠としたもの」①1古985、141頁「『古今集』の雑を季に変え、述懐の気持を季節感に移しているのであるが、基本的な型はくずしておらず調子もよく似ている。」、298頁「押韻を意味上で統一する。…わ…わ…わ。…／なげきくははる…」

【参考】③3家持255「きりぎりすわがきぬつづれわびびとのやども秋かぜよきずふきけり」（雑）③130月清1180「秋の風をのへのまつにことゝへば人はこたへずさをしかのこゑ」（秋「鹿」。⑤178後京極殿御自歌合62）

546　終夜《よもすがら》山のしづくにたち《立》ぬれて／花のうはぎはつゆ《露》もかは《わ》かず

【訳】一晩中、山より落ちる雫に立ち濡れて、花（模様）の上着は露も、全く乾きはしない。

【語注】**○終夜**　529前出。**○山のしづく**　八代集二例・金葉482、新古今630。**○山の…れて**　同一・③132壬二2427「足引の山のしづくに立ちぬれて妻こ《ご(続)》ひすらし鹿ぞ鳴くなる」（秋「…秋歌」。①10続後撰301 292）。他①17風雅1065 1055（恋二、土御門院）がある。**○たちぬれ**　八代集二例・新古今191、630。**○花のうはぎ**　④26堀河百首103「くれなゐに八重さく梅にふる雪は花のうはぎとみゆるなりけり」（春「梅花」仲実）。**○うはぎ**　八代集三例、初出は後拾遺911、912。**○つゆ**　掛詞（「露、全く」）。

▽秋20の11。「露」（堀）。万葉107「あしひ《び(古)》きの山のしづくに妹待つと我れ立ち濡れぬ山のしづくに」（巻第二「大津皇子、…」。②4古今六帖589（おほともの王子）。⑤301古来風体抄29）をふまえ、大津皇子の立場で、妹を待って、一晩中立ち尽くして山の雫に濡れて、花の上着は露が少しも乾かないと、恋歌仕立てで歌う。同じ定家に⑤187鳥羽殿影供歌合12「郭公やまのしづくにたちぬれてまつ人しるやあかつきの声」（「暁山郭公」定家。①19新拾遺229）がある。拾玉747「わび人の秋のゆふべのながめより野原の露はおくにぞ有りける」。俟「足引の…〔私注―万葉107（前述）〕／「花のうはぎ」、可尋之。」、「二　くれ…〔私注―④26堀河百首103（前述）〕」の場合は文字通り紅梅の紅の上に雪の白という襲の見立て。」『全歌集』、『安田』140頁とも、「参考」万葉107

【類歌】③130月清116「あしびきのやまのしづくにたちぬれぬしかまちあかすなつのよすがら」（二夜百首「照射」）…546に近い

④15明日香井292「のべの露やまのしづくとたちぬれてかごとがましきたびごろもかな」（千五百番歌合百首、雑。⑤197千五百番歌合2951）

④22草庵527「夜もすがら露をば露と奥山の月にも袖をぬらしつるかな」（秋上「…、深山月」）

④22同982「たちぬるる山のしづくにあらねども待つ夜は袖のかわくまぞなき」（恋上「…、待恋」）…546に近い

④38文保百首2539「立ちぬれてねをや鳴くらん棹鹿の妻まつよはの山の雫に」（秋、為定）

547　したむせぶうぢのかは《（川）》なみきり《（霧）》こめて／をちかた人のながめわぶらん

【訳】下の方が咽んでいるような音の宇治の川波に霧が籠めて、遠方の人はさぞ眺め侘びているであろうよ。

【語注】○したむせぶ　八代集一例・後拾遺707。○うぢのかは　「宇治川」は多いが、「宇治の川霧」のみで八代集三例、初出は詞花419。○をちかた人　八代集五例。○ながめわぶ　八代集三例、初出は新古今380。

▽秋20の12。「霧」（堀）。下で咽んでいるような音を立てる宇治の川波を霧が籠めているので、遠くの人はきっと眺め侘びていようとの詠。拾玉748「おもへただとをちの里のあはれよりひとつにこむるきりの夕を」。侯「咽一霧山鶯〔私注―和漢朗詠65「霧に咽ぶ山鶯は啼くことなほ少し …」（春「鶯」元）〕などいへる類なるべき歟。波のきりにうづもれたる心也。「遠かた人」二 水まさる…〔私注―⑤421源氏物語746「水まさるをちの里人いかならむ晴れぬながめにかきくらすころ」（「浮舟」（薫））〕、可有子細歟、可尋。／1霧は、思の霧と云て「思」に便有り。「河波」もむせぶ霧の中なれば、はれぬながめにかきくらす遠方人のながめわぶらんといへるにや。」、「1以下の朱記は天部欄外に記す。…一　…「霧の下にて宇治の川波の声もえ立てぬと（校註国歌大系）」。／二　…薫の浮舟への歌。本歌である。」

六家抄「宇治は山と川と有て霧がふかき也。霧のなかに浪の有心也。うぢにて遠かた人とよめり。是は宇治の辺の人也。か丶る時分はかなしからんと思ふ心也。」

『全歌集』「参考」①4後拾遺324「あけぬるかかはせのきりのたえまより《たえだえに》をちかた人のそでのみゆるは」（秋上「山ざとのきりを…」経信母）

【類歌】①12続拾遺277「舟よするをちかた人の袖みえて夕ぎりうすき秋の川浪」（秋上、宗尊親王）

548　あさがほよなにかほどなくうつろはむ《（ん）》／人の心の花もか《（香）》ばかり

【訳】朝顔よ、どうしてすぐに移ろってしまうのか、が、人の心の花もこれほどのものではないのか。

【語注】**○心の花**　古今序＋八代集四例。

【本歌】①1古今797「色見えでうつろふ物は世中の人の心の花にぞ有りける」（恋五、小野小町。②3新撰和歌292。②4古今六帖3477。③5小町20）

▽秋20の13。「槿」（堀）。三句切。言うまでもなく①1古今797を本歌とし、色の見えない世中の人の心の花も同レベルで、朝顔だけがすぐに移ろうものではないと歌ったもの。末句「香ばかり」か。拾玉749「あさがほの日影まつまのはかなさもうき世のはなとおなじにほひを」。

俟「「何か程なくうつろはむ」、なにしに程なくうつろはむといふやうにきこゆれど、これは、朝がほとて程なくうつろふにてもなしといへる歟。人の心の花も、槿のごとくはかなくうつろふといへり。「人のこゝろ…吹あへぬ」（私注―①1古今83「（さくら花とくちりぬともおもほえず）人の心ぞ風も吹きあへぬ」（春下、つらゆき））といふやうの心也。」、「一　以下両説の中、歌下句を本歌による既定とすれば前説可。／二　…それ（私注―①1古今83）よりも

「世の中…〔私注―①1古今795「世中の人の心は花ぞめのうつろひやすき色にぞありける」（恋五、よみ人しらず）〕」。
『全歌集』「参考」①1古797（前述）
『赤羽』132頁「ことばを学んだもの」①1古797「人の心の花」、141頁「…移ろふ…人の心のはな…朝顔を…ひとをも花…〔私注―①3拾遺1283（後述）〕／このような類型化され常套化された観念をくり返し取上げるのであるが、そういうものにでも深く共感する心がある限り歌はつねに新しいものになるのであろう。」

【参考】①1古今729「色もなき心を人にそめしよりうつろはむとはおもほえなくに《わがおもはなくに（拾）》」（恋四、つらゆき。①3拾遺842）
①3拾遺1283「あさがほを何はかなしと思ひけん《む（和）》人をも花はさこそ《いかが（〃）》見るらめ《む（〃）》」（哀傷、道信。①3'拾遺抄574。②6和漢朗詠294）
②4古今六帖2195「あさがほのきのふのはなはかれずとも／人のこころをいかがたのまん」（第四、恋、ざふの思「女をはなれてよめる」きのとものり）

【類歌】①15続千載1387 1391「うつろはん人の心も白菊のかはらぬ色となにたのむらむ」（恋三、「…寄菊恋…」後近衛関白前右大臣）
④39延文百首1387「おのづからとけても又やうつろはん人の心の花のしたひも」（恋「寄紐恋」道嗣）…第三、四句同一
⑤228院御歌合〈宝治元年〉48「こころをば染めざらましを桜花山のかひなくうつろはむとや」（「山花」少将内侍）

549　かぞへこし秋のなかばをこよひぞと／さやかに見《み》するもち月のこま

【訳】数えて（待って）きた秋の中ばを今夜だとはっきり見せている望月時の、望月の駒であるよ。

【語注】**○かぞへこし**　八代集にない。③2赤人86「としごとにかぞへこしまにはかなくて…」。源氏物語「うきふし

を心ひとつにかぞへきてこや君が手をわかるべきおり《(を)》」（「帚木」、新大系一―48頁）。**○なかば**　八代集六例。**○もち月のこま**　「望月」掛詞。八代集七例。「信濃国望月の牧で産した馬。八月十五日（望月の夜）駒牽（こまひき）される意を掛けた言い方。」（全歌集）。①5金葉二184 195「あづまぢをはるかにいづるもちづきのこまにこよひやあふさかのせき」（秋「駒迎の心をよめる」源仲正。①5′金葉三177）。

▽秋20の14。「駒迎」（堀）。数え待ちわびた秋の最中・中秋の名月は今晩だと、満月の夜の望月の駒ではっきり分かると歌う。同じ定家に③133拾遺愚草1192「石清水月には今も契りおかむ三たび影みし秋の半を」（内大臣家百首、神祇五首）がある。拾玉750「いかにして駒に契を結びけむ秋のなかばのもち月の空」。

俟「「もち月」といふよりかくいへり。」、もち…「一　「あふ…（私注―①3拾遺170「あふさかの関のし水に影見えて今やひくらんもち月のこま」（秋、つらゆき））」。

『全歌集』「参考」①3拾遺171「水のおもにてる月浪をかぞふればこよひぞ秋のもなかなりける」（秋、源したがふ）

【参考】③124殷富門院大輔64「事わりや秋の中ばのこよひぞと思ひにすぎてすめる月かな」（「八月十五夜」）

③125山家330「かぞへねどこよひの月のけしきにて秋のなかばを空にしるかな」（秋「八月十五夜」。③126西行法師203。②13玄玉428。⑤173宮河歌合21）

④29為忠家後度百首307「めぐりくるあきのなかばはまとかなるつきのわにみつこよひなりけり」（月「十五夜月」）

④30久安百首538「くまもなき空行く月をみる程に秋の半のこよひ過ぎぬる」（秋、隆季。②15万代1004）

【類歌】①10続後撰332 323「名にたてて秋のなかばは今夜ぞと思ひがほなる月のかげかな」（秋中「八月十五夜に…」寂然）…第二、三句ほぼ同一

①10同340 331「あふさかのせきたちいづるかげ見れば今夜ぞ秋のもち月のこま」（秋中「駒迎の心を」雅具）

②14新撰和歌六帖138「をしきかなあすもまちみむ月なれどこよひにかぎる秋のなかばは」（第一帖「十五夜」）

④18後鳥羽院1559「旅の空秋のなかばをかぞふればこたへがほにも月ぞさやけき」（同夜当座御会「月前旅」）
⑤403弁内侍日記208「いまもさぞ世世のおもかげかはらめや秋のこよひのもち月のこま」（弁内侍）

550　月きよ《清》みよものおほぞらくも《雲》きえて／ちさと《千里》の秋をうづむしらゆき《白雪》

【訳】　月が清いので、まわりの大空は雲が消え果て、千里の秋を埋める白雪のような月光であるよ。

【語注】　〇ちさと　八代集にない。②4古今六帖2784「はるばると千さとの程をへだてては…」。③115清輔126「…白雪や千里の外にすめる月影」。　〇うづむ　八代集四例。

▽秋20の15。「月」（堀）。月が清らかで、すべての大空は雲がすっかりなくなり、千里の彼方の秋を白雪が埋めたように月光が皓皓と照らしていると歌う。つまり月光を雪に見立てた詠で、和漢朗詠集243「嵩山表裏千重の雪…」（秋「十五夜付月」白）や式子150「久方の空行月に雲消てながむるまゝにつもる白雪」（秋）がある。②16夫木5289、秋四、月「文治五年に百首《ママ》」。拾玉751「秋の月あまねきかげをながめてぞちしまのえぞもあはれしるらむ」。俟「月を雪にみなして／。「秋をうづむ」といへる、おもしろし。」、千里…「一「三五…人心〔私注—和漢朗詠242「三五夜中の新月の色　二千里の外の故人の心」（秋「十五夜」白）〕」。なお、愚草中に「ちさとの…」の句は四二、3800「千里の浜の」、4079「千里の月の」、4580「千里の雲の」「などがある。」、六家抄は歌のみ

『全歌集』「参考」和漢朗詠240「秦甸の一千余里　凛々として氷鋪き」（秋「十五夜」）

『赤羽』181頁「つきき…き…あき…ゆき…これら同音反復の効果は、月光が冴えわたる様子をそれぞれ表象している。…音のひびきに気分的なものまで表象している。…キ音の繰返しとつき・あき・ゆきの重層などは単一なイメージというよりも季節の重層にも似た効果を出している。」

『佐藤』「漢詩文受容」438頁、和漢朗詠374「暁梁王の苑に入れば　雪群山に満てり／夜庾公が楼に登れば　月千里に明らかなり」（冬「雪」白賦）

【参考】⑤158経盛朝臣家歌合55「月きよみかひのしらねをながむればいつかは雪に空は晴れける」（「月」俊恵）…詞が通う

【類歌】①9新勅撰257「あしびきの山のあらしにくもきえてひとりそらゆく秋の夜の月」（秋上「…月歌」関白左大臣）

②14新撰和歌六帖139「こよひはやそらもかひある雲消えて月のあだ名にあらぬ秋かな」（第一帖「十五夜」）

③132壬二2466「ながむればちさとの秋も雲晴れ《消え（民）》て月にかすめ《こもれ（〃）》る有明の空」（秋「…、暁月」）。⑤176民部卿家歌合120

⑤189撰歌合〈建仁元年八月十五日〉31「波のうへはちさとのほかに雪きえて月かげかよふ秋のしほ風」（「海辺秋月」俊成卿女）

⑤197千五百番歌合1911「ひとりのみながむるそらに雲きえてゆきのひかりにすめる夜の月」（冬二、寂蓮）

551　とけてねぬふしみのさとはな《（名）》のみして／たれふかき夜に衣うつらん

【訳】うちとけて寝ない臥した身であって、伏見の里は名ばかりで、いったい誰が深夜に衣を打っているのであろうか。

【語注】○とけてねぬ　⑤421源氏物語320「とけて寝ぬねざめさびしき冬の夜に…」。○ふしみ　掛詞（「伏見、臥身」）。「伏」は「臥し」を、「見」は「身」を連想させる。」（全歌集）。○第二、三句　一つの型《パターン》。④35宝治百首3349「呉竹のふしみのさとは名のみして夢路たえ行く風の音かな」（雑「里竹」高倉）。○ふかき夜　「深夜」。和漢朗詠集

27「…共に憐れむ深夜の月　…」（春「春夜」白）。〇末句【類歌】でも分かるように、終り方の一つの型。

▽秋20の16。「擣衣」（堀）。伏見・「臥す《し》・身」の里というのは名だけであって、心安らかに眠れず誰がいったいこの夜更けに衣を打つのかと歌う。【類歌】が多い。また同じ定家に第二、三句が同一の③133拾遺愚草1261「笛竹の伏見のさとは名のみしていづれの世にかねをもたつべき」（内大臣家百首、恋「伏見の里」）。④33建保名所百首723）がある。拾玉752「これにしれしづが衣のつちのおとに秋のあはれのこもるべしやは」。

C122「臥事によそへり《て也。（D）》。此「ふしみ」は、《ナシ（〃）》大和也。山城にもあり《有（〃）》。ふすといふ名は《な（〃）》はかなく、《て、（〃）》衣を打《うち（〃）》あかすと也。／本いざこゝに…（私注—古今981「いざこゝにわが世は経なむ菅原や伏見の里の荒れまくもお《（を）》し」（雑下、よみ人しらず）」」（抄出聞書、上150頁。D221・中98頁）

俟「「とけてぬ」といふも、うちとけてぬるにてこそなけれ、ねたるに《にてあれば、「とけてねぬふしみ」とつゞけられたる歟。》に《ヒ》は《ヒ》あ《ヒ》る《ヒ》也。「衣をうつ」は、をきゐてうつ也。されば「なのみ」といへるにや。「とけてぬるふしみ」とつゞけさらなる物也《なれども、「とけてぬるふしみ」いへば散〳〵のこと也。》。「ねぬ」の字、如何。「とけてねぬ」といふより「ふかきよ《は》」出たる也。」、「C注…「いざ…を本歌として指摘するが不要か。」

『赤羽』128頁「三代集を典拠としたもの」、古今981（前述）、146頁「古歌の摂取も、心理や気分の領域まで深く浸透して、発想や表現だけのものでなくなる。」514参照。

【類歌】①21新続古今1140「かた糸の伏見の郷は名のみしてあひみぬ恋は夜ぞくるしき」（恋二、忠基）

③130月清750「ぬしやたれいづくの秋にたびねしてのこるさと人ころもうつらむ」（院初度百首、秋）

③132壬二453「さとはみないでこしままに荒れにけむ《り（正、新）》たれ《が（正）》深草に衣うつらん」（院百首、秋。④31正治初度百首1456。①21新続古今536）

③132同658「君とわれふしみのさとは名のみしてかりほの庵のいねがての空」（光明峰寺入道摂政家百首、恋「寄名所」）…第二、三句同一

⑤230百首歌合〈建長八年〉674「待つ月は廿日の里のよひのまをたれあらましに衣うつらん」（前内大臣。②16夫木14562）
⑤236摂政家月十首歌合71「ながきよのゆめぢゆるさぬつきかげにたれいねがてのころもうつらむ」（「月下擣衣」重経）
⑤236同72「さとわかずはやよさむなる月かげにたれいねがてのころもうつらむ」（「同」則任）
⑤244南朝五百番歌合461「夜さむなる月のかつらの里人やねられぬままの衣うつらむ」（秋九、女房）

552　松虫の聲《こゑ》だにつらきよな〱を／はてはこずゑ《梢》に風よは《わ》るなり

【訳】　松虫の声さえ辛い夜な〱を、とうとうしまいには梢に風が弱ってきたようだ。

【語注】　**○下句**　「梢—「来ず」を掛ける。…「松虫」の語によって、風は松風であること、ともに「待つ」心があることを暗示する。」（全歌集）。　**○風**　「松風」か。　**○なり**　伝聞推定。
▽秋20の17。「虫」（堀）。恋歌仕立てで、あの人はやって来ず、「待つ」ばかりで、毎晩の松虫の声でさえつらいのに、晩秋ついに果てには（松の）梢に吹く風も弱ってきたと歌う。拾玉753「なれにしもおとらぬものをわれやどせよもぎがそまの虫のあるじよ」。
俟「まつむしの声のよはるだにつらきよな〱なるに、はては梢も落葉して風の声のよはりゆくこゝろにや《事をいへり》。」久保田『研究』842頁「風の消長や強弱の度合、その蕭条たる感じなどを表現し得ており、」『安東』81、82頁「「声だにつらき」と言えば、とりわけそこに、憂き世にか人にか執着の余情は現れ、弱るのは梢の風ばかりではないと知られる。但し、風が弱るのと心が弱るのとでは、内容からいえば真反対のことだろう。風が静まるにつれて心はむしろ騒ぐ、と解して面白さの見えてくる歌である。」『赤羽』180頁「こゑ…よなよ…こすゑ…よ…松虫の声と梢の風が弱ってゆく状態、…同音反復が状態の進行をあらわ

すのに効果的である。」

【参考】④27永久百首317「松虫のむぐらの下に声するは野原の風や夜さむなるらん」（秋「松虫」仲実）

【類歌】③132壬二1718「松虫のこゑは《ぞ(老)》つれなきふるさとの庭の木のはに秋風ぞふく」（老若歌合五十首、秋。⑤184老若歌合五十首、秋。⑤184老若五十首歌合277）

553　ひとすぢにたのみしもせずはるさめ《（春雨）》にうへ《（植ゑ）》てしきく《（菊）》の花を見む《（みん）》とは

【訳】　ひたすらに頼みとするわけでもない、春雨の時に植えた菊の花を見ようとは。

【語注】　**○ひとすぢ**　八代集五例。

▽秋20の18。「菊」（堀）。二句切、倒置法。春雨の頃に植えた菊の花を秋に見ようと、一途にあてにするのではない、はかないこの世で我身はどうなるのか分からないから、か。「無常な世であることを知っているで、長寿を期待しないという心か。」（全歌集）。②16夫木5982、秋五、菊「文治五年百首」。拾玉754「うき世かなよはひのべてもなにかせむくまずはくまず菊の下水」。俊「此歌、春・夏などいひたるやうなる歌也。唯今ならばたのみしもせざりと《き》、花に対していへる《いふべき也》心にや。」『全歌集』「参考」和漢朗詠270「蘭苑には自ら甦づ俗骨たることを　槿籬には信ぜず長生あらんことを」（秋「菊」保胤）、①4後拾遺48「あきまでのいのちもしらずはるののにはぎのふるねをやくとやくかな」（春上、和泉式部）『赤羽』175頁「感情の逆説的表現である。…「たのみしもせず」といいながら、惜しみ期待する心が反って切実にあらわされている。」、252頁「打消や否定の効果が、感情や心理状態のパラドックスである場合、執着や期待の心が逆に出て、微妙な陰影を作り出す。」

554
龍《(立)》田山やまのかよひぢを《(お)》しなべて／もみぢ《(紅葉)》をわくる秋のくれ哉《(暮かな)》

【訳】 立田山の山の通路は皆、紅葉を分けて行く、秋の夕暮であることよ。
【語注】 **○龍田山** ⑤6亭子院女郎花合33「たつたやまあきをみなへしすぐさねばおくるぬさこそもみぢなりけれ」(もとより)。 **○を《(お)》しなべて** 春(桜・花)歌に多い。「すべての人」か。 **○秋のくれ** 八代集二例・千載333、382。
▽秋20の19。「紅葉」(堀)。秋の夕暮には、立田山の路はすべて紅葉を分けて行くことになると歌う。拾玉755「ははそ原色づきそむる梢よりかねてぞ思ふ秋のなごりを」。
侯「山中紅葉なればかくいへる歟。」
『赤羽』186頁「しりとり形式の同語反復である。…やまやま…枕詞の用法を応用したものであろう。」
【参考】 ⑤248和歌一字抄989「おしなべて山は紅葉に成りにけり秋はときはの森やなからん」(皆「山皆紅葉」経衡)
【類歌】 ①16続後拾遺403「から錦たつた川原に秋くれてもみぢを分くる《渡す(宝)》瀬瀬の岩波」(秋下「…、河紅葉」冷泉前太政大臣。④35宝治百首1928)
⑤179院当座歌合〈正治二年九月〉30「暮れにけり秋の日かずもあらし山もみぢをわけて入逢のかね」(「暮見紅葉」女房)
⑤239永福門院百番自歌合93「おしなべて紅葉はちかく成りにけり夕日の山の秋のゆふぐれ」…554に近い
⑤247前摂政家歌合234「くれなゐの色にぞ風も竜田山もみぢ吹きおろす秋の夕暮」(後秋、時繁)

555
を《(お)》くれじとちぎらぬ秋のわかれ《(別)》ゆへ《(ゑ)》／ことは《(わ)》りなくもしぼる袖かな

【訳】　遅れまいと約束したわけでもない秋との別れゆえに、やたらと別れの悲しみの涙を絞る袖であるよ。

【語注】　**○秋のわかれ**　八代集四例。

▽秋20の20。「九月尽」（堀）。遅れじと約束したのならともかくそうでもない、つまり共に逝かずに我身はここにとどまる九月尽の別れ故に、むやみと波が出てたまらないと歌って、秋を閉じる。⑥17閑月和歌集289、秋下「（九月尽の心を）」前中納言定家。拾玉756「こよひただ露にをくちねわが袖よ時雨にとてもかわくべきかは」。俟「ともにをくれじと契りし別ならばことはりなるを、契らぬ別なれば、「ことはりなくも」といへる歟。「ことはりなくも」、無是非しぼる心なるべし。」、「参考」⑤424狭衣物語209「後れじと契らざりせば今はとてそむくも何か悲しからまし」（巻四（飛鳥井の女君））・「没前の飛鳥井女君が尼となり、なお狭衣を想っての詠」『赤羽』132頁「ことばを学んだもの」①1古今385「…蛬秋のわかれはをしくやはあらぬ」

冬

556　秋のみか風も心もとゞまらず／みなしもがれの冬の山ざと

【訳】　秋だけであろうか、イヤ風も人の心もとどまりはしないのだ、皆霜枯れ果てた冬の山里では。

【語注】　**○下句**　①1古今315「山里は冬ぞさびしさまさりける人めも草もかれぬと思へば」（冬、源宗于）。　**○がれ**　「秋も風も心も離れた。」（俟・頭注）。　**○冬の山ざと**　八代集三例、初出は後拾遺390。

▽冬15の1。「初冬」（堀）。三句切、倒置法。すべて霜枯れている冬の山里では、秋だけでなく、風も人の心もとど

まることはないと歌って、冬を開始する。拾玉757「さびしとよ秋は過ぎぬといひがほにみな山里は冬のゆふ暮」。

俟「風はみな落葉して梢にとゞまらず。又、こゝろも何にとゞむべきやうもなき霜がれの山ざとなれば、かくいへり。」

『赤羽』132頁「ことばを学んだもの」①2後撰923 924「事のはもみな霜がれに成りゆくは…」、161頁「心もとゝまらす…季節の変化に応じて人の心が移ったり、季節の変化に人の心が追いつかないでテンポがおくれたりする。」、184頁「かかせもこころも…もか…同母音の反復が多い。」

557　かへり見るこずゑにくものかゝる哉／いでつるさとやいましぐるらん

【訳】　ふりかえって見る梢に雲がかかっているよ、さっき出てきた里は、今はさぞ時雨れていることであろう。

【語注】　**○かへり見る**　八代集三例。

▽冬15の2。「時雨」(堀)。三句切。下句いの頭韻。返り見る木末に雲が懸かっていることによって、今しがた出たばかりの人里は今頃きっと時雨れていようと思いやったもの。同じ定家に③133拾遺愚草1777「かへりみる雲よりしたのふるさとにかすむこずゑは春の若草」(仁和寺宮五十首「眺望二首」。②16夫木17008。④41御室五十首547)がある。拾玉758「ながむれば袖こそかねて時雨れぬれいふばかりなき空のけしきに」。
俟「「かへりみる」といひ「出つる里」などいへる、おもしろき風景なり。」、かへり見る・①3拾遺351「君がすむやどのこずゑのゆくゆくとかくるるまでにかへりみしはや」(別「ながされ…」贈太政大臣)
『全歌集』「参考」⑤173宮河歌合39「秋篠やとやまの里や時雨るらんいこまのたけに雲のかかれる」(①8新古今585)
『赤羽』182頁「か…こ…く…かかるかない…い…上句のカ行音の繰返しと下句の頭韻に梢と雲の重層、かえり見の動作、局面の展開などが表現される。」、337、338頁「「かへり見る」という立体的で、動態的な視点を用いようとするのは当然なことであった。…これらの歌の主題は旅であって、大体において故郷を出ていくらも行かぬところで故郷をふり反ってみるという動作である。」

【類歌】④34洞院摂政家百首1500「かへり見る雲間の木末たえだえにあるかなきかのふるさとの山」（旅五首、大納言四条坊門。②16夫木16880）

558　を《お》きそめてお《を》しみし菊の色を又／かへすもつらき冬の霜かな

【訳】晩秋、霜が置き初めて愛惜した白菊の色をまた、（紫色に）変化させるのも辛い冬の霜であることよ。

【語注】**○を《お》きそめ**　八代集一例・古今589。「「そめ」は「色」の縁語。」（全歌集）。**○を《お》き、菊、霜**　①1古今277「心あてにをらばやをらむはつしものおきまどはせる白菊の花」（秋下、みつね）。**○かへす**　「変色させる。白菊は霜に遭って紫に変わる。」（全歌集）。

▽冬15の3。「霜」（堀）。置き始めたので惜しんだのだが、その白菊を霜が紫色に変えるのもつらいと歌う。が、以下で分かるように様々な解が提示されている。拾玉759「草枕結ぶたもとに霜さえてをのへのかねのおとぞ身にしむ」。B90「霜のをけは菊のうつろふをおしみつる也うつろひはてヽ後をく霜をは花かとみて興したるを又霜の消てもとの色に返したるをつらきといへるにや」（抄出聞書12頁）

俟「をきそめたる霜の時分はまだうつろはざる菊也。今うつろひても霜にうづみてしら菊にかへすなり。そのかへす色も花を損ずる霜のしわざなればつらきと云也。」、「一　「かへす」、当注は紫に色を変えた菊を霜が白色に返すの解。「朽ち果てた菊の花の上におく霜によって再び花さいた菊の面影を見ることのつらさよ（校註国歌大系頭註）」。B注九〇番は「うつ…にや」

で三様。色の移ろうのを賞するのが本来とすれば、今、せっかく移ろいつつある菊花を移ろわぬ前の白色に返す霜への恨みか。」

『赤羽』132頁「ことばを学んだもの」①1古今589「露ならぬ心を花におきそめて…」

559　あられふるしがの山ぢ《（路）》に風こえて／峯にふきまくうらのさゞなみ

【訳】　霰が降る志賀の山路を風が越えて、峯に吹き捲る如き志賀の浦のさざ波よ。

【語注】　○ふきまく　八代集二例。

▽冬15の4。「霰」（堀）。霰が降る志賀の山路に風が越えてくるので、志賀の浦のさざ波も峯に吹きまくり上げるようだと歌う。「霰」を「さざ波」に見立てたもの。父の詠に、②16夫木2190「志賀の山松にかかれる藤の花浦のさざ波こすかとぞ見る」（春六、藤花、同（＝文治六年五社百首）、同（＝俊成）。⑩6俊成五社百首418）がある。②16夫木7116、第二、三句「…の山路に風さえて」、冬二、霰「文治五年百首」。拾玉760「秋風を人にしらせて荻のはの枯れてもうへにあられふるなり」。

俟「無殊事。霰を波にみなしたる也。「風こえて」は波よりこえてといへり。」」、風こえて（峯にふきまく…「一　「すゑのまつ山浪もこえなむ（古今・一〇九三）」を踏まえた「浦ちかく…（私注―①1古今326「浦ちかくふりくる雪は白浪の末の松山こすかとぞ見る」（冬、ふぢはらのおきかぜ））」の句法と見立てとを一歩進めたものか。／二　「をのづから…（私注―③115清輔192「おのづからおとする物は庭の面に木の葉ふきまく《りし(新)》谷の夕風」（冬「山家落葉」。①8新古今558））の影響があろう。」

『赤羽』132頁「ことばを学んだもの」①2後撰468469「霰ふるみ山のさとのわびしきは…」

560　秋ながら猶ながめつる庭のおもの／かれはも見えずつもる雪哉

【訳】秋のままに秋からずうっとやはり見つめ続けてきた庭の面の、冬となって枯葉も見えずに積る雪であるよ。

【語注】**○秋ながら**「秋に落葉したまま、払わなかったのでいう。」（全歌集）。**○かれは**　八代集二例・新古今625、1596。

▽冬15の5。「雪」（堀）。第三句字余（「お」）。秋の時のままに、ずうっと見つめてきた庭の面の枯葉も見えなくなるまでに雪は積ると歌う。落葉（秋）から枯葉（冬）まで庭の面を凝視してきたのである。その枯葉も見えず…となる。拾玉761「ふりとぢて庭に跡こそたえにけれ雪にぞみゆる人のなさけは」。俟「秋のとをりに、冬きても猶ながめつる庭のすがたも、あらぬ色に雪のつもりたる也。」、「字余りを「の」の繰りかえしで受けとめた三句末「の」の中止機能に注意。」六家抄「草のかれ残りたるを、秋の様にながめつるに、それさへ雪にみえぬ也。」『赤羽』173頁「可視的なものを否定することによって想像力を自由に働かせ、広がりと深さをもつイメージの世界を創り出す。…「かれはも見えず」もかえって雪の下に枯葉の存在を予想させるのである。同時にこの否定は…雪の深さを強調する効果もある。」、254頁、339頁「季節の折々に変化してゆく自然の景色をどこまでも眺めつくそうとした。」『赤羽・一首』117、118頁「心は、秋の枯葉、ついには冬の雪にまで及んでいる。」

561　こゑはせでなみよるあしのほずゑ哉／しほひの方に風やふくらん

【訳】　音をたてないで波が寄る（枯）芦の穂末であるよ、潮干の所・潟に風が吹くのであろうか。

【語注】　**○こゐはせで**　枯れているからであろう。**○なみよる**　八代集四例、初出は後拾遺370。①5金葉二239 254「うづらなくまののいりえのはまかぜにをばななみよる秋のゆふぐれ」（秋、源俊頼）。**○ほずゑ**　八代集にない。③125山家396「…いなむしろかぶすほずゑに月ぞすみける」（上、秋「田家月」）。後述歌参照。**○しほひ**　八代集二例、初出は千載760。**○方**　「潟」との掛詞。「潟」は八代集二例、初出は新古今897。

▽冬15の6。「寒蘆」（堀）。三句切。音もせず、波よる（枯）芦の穂末によって、潮干の方・潟に風が吹くのかと推量したもの。拾玉762「心あてにながめ行くかな難波がた雪の花さくあしのかれはを」。

『赤羽』171頁「声のない自然のスケッチである。風や波の視覚的把握ということもできよう。」

【参考】　③125山家446「秋風にほずゑなみよるかるかやのしたばにむしのこゑみだる《よわ(続)》なり」（秋「むしの歌…」。①12続拾遺346。②16夫木4449。③126西行法師249）

③126西行法師593「しほ風にいせの浜荻ふけばまづほずゑを浪のあらたむるかな」

【類歌】　②15万代2064「かぜふけばほずゑかたよるあきのたのかりそめにだに君かきまさぬ」（恋二、経季）

562　ながきよを思ひあかしのうら風に／なくねをそふる友千鳥哉

【訳】　冬の長夜を思い明して泣く明石の浦風に鳴く音を加える友千鳥であることよ。

【語注】　**○第一、二句**　②4古今六帖551「ながきよを思ひあかしてあさ露のおきてしく《暮(貫)》ればそでぞひちける《ぬ(古2731、貫)》」（第一「つゆ」。②4古2731、第五「あかつきにおく」つらゆき。③19貫之569）。**○思ひあかし**　八代集一例・新古今1331。「あかし」掛詞（「明す・明石」）。**○あかしのうら風**　八代集一例・金葉216。**○なく**　掛詞（「鳴・泣く」）。**○友千鳥**　八代集にない。後述歌参照。

▽冬15の7。「千鳥」（堀）。明石の浦において、冬の長夜を思い侘び明し泣いて、友千鳥は浦風に鳴く音を加えると歌う。光源氏の須磨（明石）流謫の面影がある。【類歌】が多い。また同じ定家に⑤184老若五十首歌合355「おほよどのまつによるふくる浪風をうらみてかへる友千鳥かな」（冬、定家。③133拾遺愚草1814）がある。拾玉763「難波がたゆふ浪ちどり心せよあはれは松の風にこもりぬ」。

俟「「なくねをそふる」は、○我ねにそへ《ねなきがちに思ひあかす》たるこゝろなるべき歟。」

『全歌集』「参考」⑤421源氏物語210「友千鳥もろ声に鳴くあかつきはひとり寝ざめの床もたのもし」（「須磨」）（光源氏）、⑤421同222「ひとり寝は君も知りぬやつれ《ん（夫）》づれと思ひあかしのうらさびしさを」（「明石」）（光源氏））

【参考】④26堀河百首757「浦風に浪やおるらむ夜もすがらおもひあかしの朝がほの花」（秋「槿」顕季。②16夫木4560）

④26同991「うら風に吹上のはまの浜千鳥浪たちくらし夜はになくなり」（冬「千鳥」紀伊）

【類歌】①15続千載2055 2071「なき跡をしのぶむかしの友千鳥おもひやるだに音はなかれけり」（哀傷、山本入道前太政大臣）

①22新葉663 662「ながき夜をねにのみなきて庭つ鳥かけのたれをの乱れわびつつ」（恋一、師兼。⑤244南朝五百番歌合742）…詞が通う

④18後鳥羽院150「冬の夜の川かぜさむみ氷して思ひかねたる友ちどりかな」（正治二年第二度御百首「氷」。④32正治後度百首50）

④18同1424「袖ぬらしいく夜あかしの浦風におもふかたより月も出でにけり」（最勝四天王院御障子「明石浦」）

④35宝治百首3549「かぢ枕いく夜あかしの浦風に友よぶ舟ぞ波によすなる」（雑「浦船」高倉）

④37嘉元百首1756「よる浪もおなじかたなる浦風に友をはなれずたつ千鳥かな」（冬「千鳥」為信）
⑤197千五百番歌合2528「つくづくとおもひあかしのうらちどりなみの枕になくなくぞきく」（恋二、公経。①8新古今1331）
⑤244南朝五百番歌合545「さ夜もはやふけひの浦のしほ風に声さえわたる友千鳥かな」（冬三、弁内侍）
⑤261最勝四天王院和歌420「年経てもあぶくま川の友千鳥啼く音身にしむ夜半の月影」（「阿武隈川陸奥」秀能）…詞が通う

563　大井河《おほゐ》浪をゐぜ《せ》③きにふきとめて／こほりは風のむすぶなりけり

【訳】大井川では、浪を井堰に風が吹きとどめて、氷は風が吹き結んで作るのであるよ。
【語注】**○大井河**　「紅葉」の詠が多い。　**○ふきとめ**　八代集一例・新古今145。
▽冬15の8。「氷」（堀）。大井川では、浪を井堰に吹き止めて氷る、即ち風が氷を生じさせると歌う。拾玉764「結びおく氷も水もひとつぞと思ひとけども猶うき身かな」。
俟「無殊事歟。」
【参考】①4後拾遺377「おちつもるもみぢをみればおほゐがはゐせきに秋もとまるなりけり」（冬、公任）
【類歌】⑤189撰歌合99「おほ井川ゐせきにかよ《ま(亀)》ふ波のおとはこほらでこほる月の影かな」（「河月似氷」俊成卿女。⑤234亀山殿五首歌合10判）
⑤234亀山殿五首歌合10「大井川ゐせきにやどる月かげはこほれど浪のおとぞのこれる」（「河月」資季）

564　よそへても見せばや人にをしかもの《が③》／さわぐいり江のそこのおもひを

【訳】　よそえても見せたいものだ、あの人に、鴛鴦の騒いでいる入江の底の思いをば。

【語注】　**○をしかも**　八代集にない。「鴛鴦」（全歌集）。②10続詞花299「谷河のふしきにねぶるをしかもは…」（冬、仁和寺宮）。③106散木644「をしかものかづくいはまのうすごほり…」。⑤162広田社歌合70「なごのうみにたつともみえぬをしがもや…」（「海上眺望」実守）。

▽冬15の9。「水鳥」（堀）。第二句内倒置及び第二句までと以下の倒置、つまり「鴛鴨の騒ぐ入江の底の思ひをよそへても人に見せばや」である。鴛鴨の騒いでいる入江の底の奥深い思いを、我思いによそえてあの人に見せたいと歌う。これも恋歌仕立て。拾玉765「ねざめする心のそこのわりなきにこたへてもなくをしの声かな」侯「恋の心歟。又《ヒ》、無殊事歟《ヒ》。／あし…成けり　人丸〔私注—③1人丸240「あしがものさわぐ入江の水《みづのえの（新）》なら《のえの》でよにすみがたき我が身なりけり」（「つのくに」）。①8新古今1707（1705）〕」、「「あしがものさわぐ入江」の類例はあるが、同上歌が「水の上」とすれば、当歌に「底」を用いた意味が生じる。本歌は無常。水鳥の足掻の辛労の解（校註国歌大系）はとらない。」

『全歌集』「参考」①1古今533（後述）、③1人丸240（前述）

『赤羽』128頁「三代集を典拠としたもの」①1古533、149頁・①1古533、「よそへても…〔私注—⑤421源氏物語702「よそへてぞ見るべかりけるしら露の…」〕／よとともに…〔私注—①5金葉二387（411）「…すがまくら見せばや人にけしきを」（恋上、俊頼）／このように複雑な摂取をすっきりと統一して定家自身のことばにしているのは、この三つの古典がそれだけ身につき心に染みこんでいたのであろう。『古今集』において読人しらずや貫之・業平を多く学んだように、『金葉集』では経信と俊頼をとくに学んでいる。これは定家の集中し徹底する性格と、オーソドックスなもの、価値あるものを求める精神のあらわれであろうと思われる。」

【参考】①1古今533「あしがものさわぐ入江の白浪のしらずや人をかくこひむ《ん(新、六)》とは」（恋一、読人しらず。②3新撰和歌250。②4古今六帖1489）

565　夜をへては見るもはかなきあじろ木に／こしのみそらの風をまつ覧《らん》

【訳】夜々が過ぎては見るも無常な（、殺生をし氷魚をとる）網代木に、越の国の空よりの風を（漁師は）待っているのであろう。

【語注】○初句「世（を経ては）」を掛けるか。　○こしのみ空の風「北の越の国の空から吹いてくる風。」（全歌集）。　○みそら　八代集三例、初出は千載279。

▽冬15の10。「網代」（堀）。（初）冬の夜を経ては、見るのもはかない、「無常感をそそられる」（全歌集）網代木の所で、漁師は越の国よりの風を待って氷魚を獲る時期をはかっているのかとの詠。②16夫木6711、冬一、網代「文治五年百首」。拾玉766「あじろもるしづの心もさえぬらむうぢの河風なみにやどりて」。

B91「よをへては夜をかさねて也みるもはかなきは世間のみるめ也こしの御空の風は北風也ことなる儀なしはけしき時分まて守佗たるさま也あなかち風を待とはみるへからす只時節也」（抄出聞書12頁）

C123「極寒によく氷魚はとらるゝ物也。あじろの人はこしのみ空のはげしき風をまつ事、はかなきと也。北風は一段さむき物也。つねの人は寒風をば《ナシ(D)》いとふものなり。」（上150頁、D382）

俟「「こしのみそら」、宇治川、北よりながるゝ歟。河上の風にひをのよる心なるべき歟。但、北風の寒気にひをのあつまるにや。」

『赤羽』132頁「ことばを学んだもの」①1古今898（まちがい）、①2後撰897 898「…事のはか心の秋の風をまつらむ」

566　かをとめしさか木のこゑにさよふけて／身にしみはつるあかほしのそら

【訳】香をとどめている榊を持ち、「榊」の声に夜がすっかり更けてしまい、冷気が身にしみはてて、身にしみはてる明星時の「明星」を歌う空であるよ。

【語注】○かをとめ　やはり梅の歌が多い。○さかき　末句の「あかほし」と共に、神楽歌の詞、掛詞。神楽歌、採物、榊「本／2榊葉の　香をかぐはしみ　求め来れば　八十氏人ぞ　円居せりける　円居せりける」（旧大系297頁）、神楽歌、明星《（あかぼし）》「本／70きりきり…明星《あかぼし》は…只だここに坐《ま》すや」（旧大系340頁）。○身にしみはつる　掛詞。○しみはつる、あかほし　共に八代集にない。⑤197千五百番歌合1623「…ふきかれて身にしみはつる夕まぐれかな」（通具）。万葉904「…我が子古日は　明星の　明くる朝は…」（巻第五）。②4古今六帖375「月影にはがくれにけりあかほしの…」（第一「ほし」）。

▽冬15の11。「神楽」（堀）。第二、三句さの頭韻。榊は香をとどめており、神楽の「榊」を歌う声にすっかり夜がふけて、冷気も身にしみる明星の頃の空で、また神楽の「明星」を歌う声がしみじみと身にしみはてると歌う。②16夫木7523、冬三、神楽「文治五年百首」。拾玉767「神がきやしで吹く風にさそはれて雲ゐになびくあさくらのこゑ」。俟「「香をとめし」は、神楽、榊の歌「榊葉の…（私注—前述）」、此歌にて「香をとめし榊の声」とはよめるにや。○「香」といふより「身にしむ」といへる歟。」、「「あかぼし」は暁の明星であるが、同じ神楽歌「あかぼし」から導かれたか。」

『全歌集』「参考」「明星」（前述）

『赤羽』165頁「空間を静止のまま対置している例である。「にて」・「て」の三句切であることが共通している。…ここではよそめと内側、地上と天上というようなかけ離れた空間が描かれており、この構図は大和絵の俯瞰や吹抜屋台の画面構成を思わせる。」

【参考】④30久安百首1059「さよふけてかへすしらべのことの音も身にしみまさるあさくらの声」（冬、堀川）

567　とまるなよかりばのをのゝすり衣／ゆきのみだれにそらはきるとも

【訳】とまるなよ、狩場の小野にいる人の摺衣に、雪の乱れ模様に降って、空は霧の如くなっても。

【語注】**○とまる**「止まる」か。「泊まる」（全歌集）。**○かりばのをの** 八代集二例・新古今1050、1956。**○すり衣** 八代集六527前出。「摺り模様の狩衣。」（全歌集）。**○みだれ** 八代集四例。**○きる** 八代集にない。が、「天霧る」八代集六例、「うちきらし（打霧）」八代集一例がある。万葉29「…霞立つ　春日の霧れる　ももしきの　大宮ところ…」。源氏物語「おろしたてまつり給しをおぼし出づるに、目も霧りていみじ。」（「夕霧」、新大系四―138頁）。

▽冬15の12。「鷹狩」（堀）。初句切、倒置法。狩場の小野にいる人は摺衣を着、空は乱れ模様のように雪が舞い、霧のようになっても泊らずに鷹狩に野に出るように！と歌ったもの。拾玉768「思ひあへず袖ぞぬれぬるかり衣かたののみのの暮がたの空」。

B6「忍摺なれは雪のみたれと云雪のふりみたれ半天霧わたるとも野に出へきのよし也」（71頁）

不審28「※きる《如何。》共／※霧。」（上305頁）

俟「「そらはきるとも」、あまぎる心なるべき歟。」

『赤羽』187頁「定家のこの時期の歌にも頭韻ほどではないにしても脚韻を踏んだものがある。…よ《o》…ゝ《o》…衣《o》…に《i》…も《o》…四句に「o」の脚韻を踏んであり、それが一首に動きやスピード感を出している。…狩の颯爽たる様をあらわしている。…oが十三個も使われており、それがiの七個と交錯し、「ri・」・「ki・」の反復と響き合って歯切れのよい調子で雪の乱れる中を駆ける狩人のイメージを出している。」

568　をの山や見るだにさびしあさゆふに／たれすみがまのけぶりたつらん

【訳】　小野山よ、見るだけでも寂しい、朝夕に一体誰がこんな所に住んで炭竈の煙を立てているのであろうか。

【語注】　○をの山　八代集四例、初出は後拾遺401。④26堀河百首1084「をの山に煙たえせぬすみがまをむろの八しまと思ひけるかな」（冬「炭竈」永縁）。⑤421源氏物語542「朝夕になく音をたつる小野山は絶えぬなみだや音なしの滝」（「夕霧」（落葉の宮））。○あさゆふ　八代集三例、初出は後拾遺330。○すみ　掛詞（「住み、炭竈」）。○すみがまのけぶり　式子268「日数ふる雪げにまさる炭竈の煙もさびし大原の里」（正治百首、冬）。

▽冬15の13。「炭竈」（堀）。二句切。小野山は見るだけでも淋しく、誰が一体住んで朝夕に炭竈の煙を立てている（「断つ」ではない）のかと歌う。【参考】【類歌】が多い。同じ定家に、568に近い③133拾遺愚草360「小野山や焼くすみがまの煙にぞ冬たちぬとは空にみえける」（閑居百首、冬）がある。拾玉769「をの山もおほ原やまもすみがまの煙はおなじあはれなりけり」。

俟「無殊事。」

『全歌集』「参考」①2後撰1257 1258（後述）

『赤羽』128頁「三代集を典拠としたもの」①2後1257 1258、134頁・①2後1257 1258「を本歌としているが、……本歌の境地を自己の実感の中に受けとめ、そこから発想するのである。「をの山や」と具体的な場所を示すところにやはり源氏「夕霧」巻への連想がうかがわれるが、一首の口調が完全に自己のものとなっている。」、149頁「人めだに…〔私注

―①2後1257 1258〕／朝夕に…〔私注―前述の⑤421源氏物語542〕／定家のことばは「見るたにさひし」の一句のみで他は全面的に本歌に依存しているが、この一句は『源氏物語』に描かれた小野の里が連想されていかにも寂寥たる光景であることを実感として十分に伝えている。」

【参考】①2後撰1257 1258「人めだに見えぬ山ぢ《べ(古)》に立つ雲をたれすみがまの煙といふらん」（雑四、北辺左大臣。②4古今六帖1025）

①5金葉二290 309「すみがまにたつけぶりさへをのやまはゆきげのくもに《と(三、堀)》みゆるなりけり」（冬「すみがまを…」師時。①5′金葉三291。④26堀河百首1081）…568に近い

③95為仲112「まだしらぬ人のみるべきしるしにやかまどの山に煙立つらむ」

③121忠度59「山たかみゆきげのくもとみゆるまでいくすみがまの煙たつらん」（百首和歌、冬「炭竈」）

④26堀河百首1085「すみがまのくちやあくらむをの山に煙のたかく立ちのぼるかな」（冬「炭竈」隆源）

④28為忠家初度百首544「あとたえて人もかよはぬやまなかにたれすみがまのけぶりたつらん」（冬「深山炭竈」）

④28同545「おぼつかなゆくへもしらぬおくやまにたれすみがまのけぶりたつらん」（同「同」）

④30久安百首961「すみがまのけぶりにかすむ小野山はとしにしられぬ春や立つらん」（冬、清輔）

④30同1358「小野山の心ぼそくもかすむかなたれすみがまの煙たつらん」（冬、小大進）…568に近い

【類歌】②16夫木7559「をちかたや都のたつみたれすみてま木のすみが《か》ま《は(玄)》けぶりたつらん」（冬三、炭竈、同〔＝俊成卿〕）。②13玄玉336）

③132壬二646「誰かすむ木のまの紅葉たきすてて雪の朝気も煙立つらん」（光明峰寺入道摂政家百首、冬「林雪」）

④38文保百首269「をの山やたれすみがまの夕煙もゆるおもひのよそにみゆらん」（冬、道平）…568に近い

④38同666「をの山ややくすみがまのしるべかはゆふべさびしく立つ煙かな」（冬、実泰）…568に近い

④39延文百首869「やまにても猶うき世にやすみがまの煙たつらんをののさと人」（冬「炭竈」尊道）
④39同1769「冬ざれにうきたつ雲は小野山ややくすみがまの煙なりけり」（冬「炭竈」経顕）
④45藤川五百首125「あさぢはらみるだにさびし誰すみて夕日隠にかやり焼くらん」（「閑居蚊遣」）
⑤230百首歌合〈建長八年〉1192「冬ごもるをのの山人おのれのみいつかすみやく煙たつらん」（二位中将）

569　うづみ火のひかりもはひにつきはてゝ／さびしくひゞくかねのをと《（お）》哉

【訳】　埋火の火の光も灰の中に消え果てて、撞き終って、淋しくも響く鐘の音であることよ。

【語注】　**〇うづみ火**　八代集二例。初出は後拾遺402。　**〇はひ**　八代集二例。　**〇つきはて**　掛詞（「尽き果て」「撞き果て」）。八代集一例・後拾遺546（尽果）。「鐘」の縁語「撞き」。　**〇かねのをと《（お）》**　八代集初出は後拾遺1211。721「鐘の声」。

▽冬15の14。「炉火」（堀）。埋火の光も灰の中になくなり、撞き終った鐘の音が淋しく響いていると歌う。同じ定家にも下句の調子が通う③133拾遺愚草849「…へだてにもひびきはかはるかねの音かな」、④31正治初度百首1339「けふそはあきの《は（拾）》はつせの山おろしに涼しくひびくかねのおとかな」（秋、定家。③133拾遺愚草936）がある。拾玉770「人しるや夜はのうづみ火下もえてむなしくくるるとしの行へを」。侯「「かねの音」は、埋火にとりあはざる物にて《あふまじき物なるが》、此うたにてはよくとり合ておもしろし。／「つきはて、」といへるは、鐘の縁よりいへる也。」、「埋火は「下に燃ゆ」「下こがれ」などの把握が通例で、丹後守為忠朝臣百首・久安百首などに「炉火如春」の把握が見られるが、当歌の「光」と捉えたもの未見。「如春」は和漢朗詠集（私注―「364この火は花樹を鑽つて取れるなるべし　対ひ来つては夜もすがら春の情《こころ》あり」（冬「灯火」同上（＝菅三品）））に拠る理解であろうから、

その直前の文時詩〔私注―「363…臘の裏の風光は火に迎へられたり」（冬「同」菅三品）〕の「風光」から導かれたかもしれない。　六家抄・歌のみ

『赤羽』170頁「埋火の灰となってゆくのに年の暮れゆくのを見ている。時の流れの具象的な捉え方であり、一方から言えば現象の思念的観方でもある。」、182、183頁「…ひ…は…は…ひ…ひひ…時の流れを視覚的に捉えようとするのであるが、…びの反復が鐘の音と埋火を交響させ、「つき」という掛詞が聴覚と視覚のイメージをひとつに融合している。」、383頁「暁鐘も玉葉・風雅のころに好み詠まれる前はわりあいに少ない。…鐘の声を空間的なイメージの広がりとともに感じとっていることであろう。」、385頁「終末的な時間意識を鐘の音と埋火に重ね、しかもそれを「つきはてて」という掛詞で表現するところに、今までみて来た時間の表現の一つの典型をここにもみるのである。」

『赤羽・一首』78頁「いたずらに年を重ねることを悲しんでいる。それは同時に崩壊してゆく時代の暗い声でもあった。」、118頁「昔の面影や埋火のほのかな光の中に、かえって心の安らぎを見出しているかのようである。」

【類歌】②13玄玉348「はつせ山かはらのこけに霜ふけてさびしくひびく鐘の音かな」（天地歌下「…、仏寺歌とて…」信光）…下句同一

570　ながらふるいのち許《ばかり》のかごとにて續古／あまたすぎぬるとしのくれ哉

【訳】　生き永らえる命だけだとの愚痴ばかりで、多く過ぎ果ててしまった年の暮であるよ。

【語注】　○かごと　八代集五例。　○としのくれ　八代集五例、初出は金葉301。

▽冬15の15。「除夜」（堀）。生き永らえるだけだとの繰り言・不平不満を言って、多くの歳暮を過ごしてきたと歌って冬・歳を閉幕する。上句は恋歌的でもある。①11続古今684 688、冬「歳暮歌とて」前中納言定家。拾玉771・歳暮

「諸人の身にとまりぬるとし月の別れぬさへぞなほをしまるる」。
俟「ながらへてうき世にふるばかりをかこちごとにて年をゝくるよしの述懐也。」

戀

571　のちの世をかけてやこひむゆふだすき／それともわか《しら》③ぬ風のまぎれに

【訳】　後世にわたって恋するのだろうか、ちらっと見ただけでその人だとも判断できない風の紛れによって。
【語注】　**○かけて**　「「ゆふだすき」の縁語。」（全歌集）。　**○ゆふだすき**　神事の際に掛ける木綿の襷。①3拾遺867「いその神ふるの社のゆふだすきかけてのみやはこひむと思ひし」（恋四、よみ人しらず）。⑤15京極御息所歌合2「やをとめをかみししのばばゆふだすきかけてぞこひむけふのくれなば」（「返」）。　**○それともわかぬ**　「否定が微妙な発見につながる例…「それともわかぬ」は、かりそめの出会いが宿命的な恋となる、偶然性の意味をむしろ強調している。」（『赤羽』174、175頁）。　**○風のまぎれ**　「「風のまぎれ」が、偶然に出逢ってそれが後の世をかけて恋うような宿命的な恋のイメージを暗喩することを説いた。」（『赤羽・一首』187頁）。　**○まぎれ**　八代集二例、が、「まぎる」八代集三例。
▽恋10の1。「初恋」。二句切、倒置法。はっきりその人だとも分からない風の紛れによって瞥見しただけの人に、後世にかけて恋するのかと歌って恋を開始する。ここにはあの「野分」の巻での、紫上を垣間見た夕霧の面影が宿っているように思われる。拾玉772「しげりあはむすゑをもしらず恋草のやどのまがきにめぐみそめぬる」。
B92「風のまきれとは木綿をひら〱と吹なひかしたるやうにほのかにみし人を後世まで恋んはかなきことなるへ

し深重なる物也」（12頁）

不審29「※かけて…／如何。／※ホノカニ見タル心。」（上305頁）

俟「×」

『全歌集』「参考」源氏物語「「きのふ、風の紛れに、中将は見たてまつりやしてけん。」（「野分」、新大系三—45頁）、

①3拾遺867（前述）

久保田『研究』604頁「「風のまぎれ」は、野分や手習に見出される語句である。…この「のちの世を…」の歌では、背景に源氏が控えていることはほぼ間違いないと思う。〔私注—「野分巻の夕霧が抱いた紫上への慕情、手習巻の薫の浮舟へのそれに基づくとする」（俟・頭注）〕それも、手習よりは野分の例が定家の意識に強かったのではないかと思われるが、両例を共に念頭に置いていかなかったとも言い難い。」さらに605頁も参照のこと。

『赤羽』180頁「…か…か…木綿だすきと風、…頭韻をそろえることによって主題の印象を強めている。」、255頁「風のまぎれに見た「それともわかぬ」おもかげを生涯をかけて恋する心を詠んだもので、かりそめの出逢いが、のちの世にまでもちこす重大な結果を招いたことのおどろき、困惑を詠じ、偶然性の意味をむしろ強調している。」

『赤羽・一首』131〜138頁、131頁「かりそめの垣間見が、その人の一生のみならず後世までも支配してしまうような運命的な恋の心をよんだものである。」

572　思ふとはきみにへだてゝさよ衣／なれぬなげきにとしぞかさなる

【訳】あなたを思っているとは、あなたに隠して、夜着を身にまとい、あなたと馴れ親しむことのない嘆きに年を重ねることよ。

【語注】　○へだて　「「さよ衣」の縁語。」（全歌集）。　○さよ衣　八代集四例、初出は千載700。「重なる」は「縁語」（全歌集）。　○なれぬ　「褻衣」などの言い方から「さよ衣」の縁語。」（全歌集）。

▽恋10の2。「不被知人恋」（堀）。あなたを（全歌集）恋い慕っていることをあなたに隠して、馴れ親しむことができない歳月が積み重なっていったと歌う。拾玉773・忍恋「我がこひはしのびのをかに秋暮れてほに出でやらぬしののをすすき」。

B93「忍恋の心也さ夜衣なれぬ詞のえんはかり也」（12頁）

俟「忍恋也。されば、思と云ことは君にいまだしらせざるを、「衣」といふより「へだて丶」といへるなり。「なれぬ」も「かさなる」も「衣」の縁也。不言経年恋なるべし。」、「参考」⑤421源氏物語664「さよ衣きてなれきとはいはずともかごとばかりはかけずしもあらじ」（「総角」（薫））、⑤421同665「へだてなき心ばかりは通ふともなれし袖とはかけじとぞ思ふ」（「同」（大君））。

『赤羽』132頁「ことばを学んだもの」①2後撰551 552「思ふとはいふものからにともすれば…」、①3拾遺624「…物なれば今は何かは君にへだてむ」

【類歌】　①19新拾遺1316「重ねてもなれにし中のさよ衣へだつる物といつ成りにけん」（恋四、達智門院）

⑤411とはずがたり4「あまた年さすがに慣れし小夜衣重ねぬ袖に残る移り香」（巻一、御所（後深草院））

⑤437我が身にたどる姫君66「あけぬよのおもひになるるさよ衣かさねてうさのかぎりをぞしる」（三、宮（式部卿宮））

…詞が通う

573　あひ見ての丶ちの心をまづしれば／つれなしとだにえこそうらみね

【訳】 会い見た後の（ますます恋しくなる）心をまず初めに知っているので、相手を冷淡だとさえよう恨むことができない。

【本歌】 ①3拾遺710「あひ見てののちの心にくらぶれば昔は物も《を（六、百）》おもはざりけり」（恋二、敦忠。①3′拾遺抄257。②4古今六帖2598。③18敦忠143。⑤276百人一首43。『全歌集』「新大系・百番108」）

▽恋10の3。「不遇恋」（堀）。①3拾710を本歌として、昔は今に比べると何も恋心を抱いていない状態であり、逢った後、恋の思いが増すのがあらかじめ分かっているので、逢おうともしないあの人を薄情だとよう恨むこともできないと歌う。⑤216定家卿百番自歌合108、五十四番、右、同上〔＝私百首文治五年〕。⑤225定家家隆両卿撰歌合59、三十番、左。拾玉774「ははきぎのよそにのみやと思ひつついくよふせやに身をまかすらむ」。

C124「本あひ…あひて《逢みて（D）》かなしさまされば、《のまさるといへば、（〃）》つれなき事をもうらむまじきと也。人をうらむる事も、《サシ（〃）》あはんため也。《ぞと也。》」（上《（〃）》151頁。D490・中176頁）

侯「逢みて…昔は物もおもはざりしと思程の思のそふ。《べき事》を先しれば、つれなき《く》程の《ヒヒヒ》不逢。《して過ること》をもふかくはえうらみずと也。思よりがたき趣向也。」

『赤羽』128頁「三代集を典拠としたもの」①3拾710（前述）、134、135頁「古歌によまれた恋の心理を普遍性のある真理として肯定し、その上でさまざまな思考を展開させるのもある。…本歌を基本としてその応用を試みたものであろう。」、162頁「この心の無常性は恋の歌にも詠まれている。…恋が成就して逢った後も変るかもしれない頼りにならぬ人間の心であるから、無情であるとは恨むまい、などとひとりごちしている。このような不信感がすでに定家の抒情を蝕んでいたのである。」

【参考】①4後拾遺674「あひみてののちこそこひはまさりけれつれなき人をいまはうらみじ」（恋二、永源法師。⑤197千五百番歌合2595判）

⑤417平中物語50「あひみてののちぞくやしさまさりけるつれなかりけるこころとおもへば」（第九段、女）

【類歌】　⑤197千五百番歌合2595「あひみてののちさへものをおもふかな人のこころのしらまほしさに」（恋三、兼宗）

⑤230百首歌合〈建長八年〉1382「つらかりし程の心はあひみての後こそ人に思ひしらせめ」（伊長）

574　なにと《ぞ(③)》この見るともわかぬまぼろしに／よそのなげきののちへ《立ち(③)》まさるらん

【訳】　何とこの会っても、しかとは分からなかったあの人の幻のような現実によって、他人の人の嘆きは千重にもまさるのだろう。

【語注】　○まぼろし　八代集五例。　○ちへ　八代集三例。

▽恋10の4。「初逢恋」（堀）。初めて会ってもはっきりそれだとも分からない幻のような現実のために、他の嘆きは千重にもまさると歌う。『全歌集』は、「他の人も同様に自分の恋人を恋しているのだろうと想像した心か。」とする。あるいは俟のごとく、会わない時、よそに思っていた嘆きにははるかにまさるのだろう、か。拾玉775「つくしこし心にかねてしられにきあひ見るまでの契ありとは」。

B94「此歌はほのかにてみたる心也まほろしのやうにみし人をよそにおもふ也なけきは木也ちへは枝也よそにおもひしよりはほのかにみてまさる儀にや」

俟「逢恋也。ほのかに逢たるは、まことにまぼろしのごとくにて、みるともわかぬ程の事也。それは、あひたるともなきに、あはざる程よそに思しなげきには千重まさりてなげかしきは何としたる事ぞと也。」

『全歌集』「参考」⑤415伊勢物語168「秋の夜は春日わするるものなれや霞に霧や千重まさるらむ」（第九十四段、男）

575　如何《いかに》せむ夢よりほかに見しゆめの／こひにこひますけさのなみだを

【訳】　どのようにしよう、夢の他に見た夢のような逢瀬によっての、もとの恋心にさらに恋しさのつのる今朝の涙をば。

【語注】　○夢よりほかに　③5小町18「たのまじと思はんとても如何せん夢より外にあふ夜なれば」（「返し」）。○こひます　八代集にない。②1万葉2232「…ミヨトカモ　ツキヨノキヨキ　コヒマスラクニ《こひまさらくに》」。

▽恋10の5。「後朝恋」（堀）。初句切、倒置法。同語の繰り返しによるリズム（夢、恋ひ）。「…ゆめ…ゆめのこひにこひ…上下にそれぞれクレッセンドをつけてこひます感じを出している。このように同語反復の場合は対句的表現と押韻をひとつにしたような効果をもっている。」（『赤羽』187頁）。夢ではないが、夢のような逢瀬をして、初めの恋にさらに恋しさが増して流す後朝の今朝の涙をどうしたらよいのだろうと歌う。拾玉776「かへるさをあらましごとにせしよりも猶たぐひなきよこ雲の空」。

C125「「ゆめよりほかの夢」とは、ほのかにあひたるゆめなり。夢のやうにあひて、後朝の一段かなしき事《と》なり《也(D)》。／ねぬ《本ケシ（〃）》…」（上151頁。D491・中176頁）・①1古今644「ねぬる夜の夢をはかなみまどろめばいやはかなにもなりまさるかな」（恋三、なりひら）

摘抄118「「ゆめより外にみし夢」とは、うつゝにあひたることなり。それも、そとあひたれば、たゞ夢のやうなりといふ心に「夢より外にみし夢」といへり。「恋にこひます」とは、あはざりしさきは一度あはゞやと恋る也。逢ては又其面影の忘れがたきを恋る程に「恋にこひます」といへる也。「今朝の涙を」とは、後朝の心也。後朝の恋は大事なり。読やうあるべしと先哲申侍りし。後朝恋にて、高倉一宮紀伊歌に、〽逢《一》み…とよめり。後朝は一入せつにあるべしとぞ。」（中298頁）・一・④26堀河百首1199「あひみてのあしたの恋にくらぶれば待ちし月日は何ならぬかな」（恋

「後朝恋」紀伊）
俟「○《上の》「夢より」の「夢」は、真実の夢也。○《下の》「みし夢」《の夢》は逢事也。それにより、日ごろの恋に又こひまさりたる也。「けさの涙」といへるにて、後朝の心はきこえたる也。」、「C注五七五《(ママ)》番・摘抄一一八番も同種解。」

576 を《(お)》のづから人も時のま思い《(ひ)》でば／それをこの世の思い《(ひ)》でにせん

【訳】 あの人もちょっとした時に思い出したとしたら、そのことをわがこの生きた思い出にしよう。

【語注】 **○を《(お)》のづから** 八代集初出は後拾遺952。 **○下句** ②15万代3595「あはれなりきえはてぬともうきならでなにをこの世のおもひいでにせん」（雑六、山田法師）、③106散木1508「やみのよにまたまどへとやかなしさをこれをこのよの思出でにして」に調子が通う。

▽恋10の6。「会不逢恋」（堀）。第三句、末句字余（共に「い」）。ひょっとしてあの人も一瞬私のことを思い出してくれたのなら、それをこの世の思い出にしようと歌う。死の病床にある柏木の女三宮への思いか。拾玉777・逢不会恋「さてもいかにあひ見ぬ先にいとひしはよそはづかしきかたはなりけり」。

俟「「思出よ」といへるにて、遇不逢恋の心みえたる也。「をのづから」は、自然也。たがなすともなくなりたるが「をのづから」也。こなたよりおどろかすにもあらず、自然と思出よと也《たらば》《ヒヒヒ》。我思出にせんと也。「思出」と云、二あり、句をへだて、如此もあるべき歟、如何。」

『全歌集』「本歌」・①4後拾遺763「あらざらんこのよのほかのおもひいでにいまひとたびのあふこともがな」（恋三、和泉式部）、「情熱的な本歌に対してこれはあきらめきった女の心。」

『赤羽』132頁「ことばを学んだもの」①1古今48「…梅花こひしき時のおもひいでにせむ」、186頁「お◦…お◦…お◦…お◦

の頭韻がつぶやくような自問自答をあらわしている。なおこの4の歌〔私注―576〕は/o/十六・/m/五・/n/五というように同音で統一する傾向をもっている。」

【類歌】④38文保百首3283「おのづからおもひいでてもとはれぬはおなじ世になき身ぞや《と》〔　〕《知るらむ(新)》」(①20新後拾遺1206、恋四、公宗母)

⑤230百首歌合〈建長八年〉1472「おのづからおもひやいでんよとともに人を忘れぬむくひありせば」(民部卿)

577　たびねするあらきはまべの浪のを《(お)》とに/いとゞたちそふ人のおもかげ

【訳】旅寝をする荒々しい浜辺の浪の音に(眠られず)、ますます立ち添うあの人の面影であるよ。

【語注】○第一、二句　②4古今帖2407「神風やい《の(万、人)》せのはまをぎをれふし《せ(新、万、人、和、伊)》てたびねや《か(人、和)》すらむ《ん(人)》あらきはまべに」(第四「たび」)。①8新古今911。万葉503 500。③1人丸6。⑤293和歌童蒙抄630。⑤415伊勢物語237)。**○はまべ**　八代集二例。**○たちそふ**　八代集三例。

▽恋10の7。「旅恋」(堀)。第三句字余(「を・お」)。荒き浜辺に旅寝をして波の音を聞くと、なかなか寝られないが、まどろみの中にあの人の面影が立ち添うと歌う。伊勢物語なら、伊勢の斎宮を思慕する「をとこ」(業平)の面影(六十九段)であろうか、もとの伊勢物語では、「女旅人をいかゞ思ひけむ、」(七十一段、岩波文庫86頁)で女の歌。拾玉778「時しもあれすみだ河原のみやこ鳥むかしの人の心しれとや」。

侯「「波」といふより「立そふ」といへり。あらきはまべの浪の音の心ぼそくものがなしきにつけて、故郷人のおも影いよ〳〵立そひて、恋しきなるべし。」

六家抄「あらき浜とは名所にてはなし。たゞ波を以て也。波なく共いはれんと也。其辺の旅ね也。浪の音のかなしきに、都の恋しき人の面影に立て猶悲しき也。波の縁也。」

『安田』140頁「参考歌」万葉503 500・①8新古今911（共に前述）。『全歌集』「本歌」万葉503 500

『赤羽』180頁「た…た…浪の音と面影…というように頭韻をそろえることによって主題の印象を強めている。」、433頁

「古歌を典拠にする本歌取の方法を確立した定家は、物語の情景を面影にして一首を構成しようとした。」・「「須磨」巻において、源氏が紫上を都に残して流されてゆく場面、」・源氏物語「道すがらおもかげにつとそひて、胸もふたがりながら、御船に乗り給ひぬ。」（「須磨」、新大系二―22頁）

【類歌】②15万代3396「うらかぜのあらきはまべにたびねしてなみのまくらにいこそねられね」（雑四、六条右大臣室）

578　いか許《ばかり》ふかきけぶりのそこならむ《ん》／月日と丶もにつもるおもひの

【訳】どれほどか深いくすぶっている思いの底なのであろうか、月日と共に積ってゆく思いの。

【語注】〇おもひ　「「けぶり」の縁語「火」を掛ける。」（全歌集）。

▽恋10の8。「思」（堀）。三句切、倒置法。下句つの頭韻。月日と共に積み重なる思いは、どれほどか、地獄の業火の深い煙の底につき落とすのかと歌う。拾玉779「わがおもひ煙をたつる世なりせばむなしき空にみちこそはせめ」。侯「月日と丶もにつもる思のつもり〳〵たる思のはては、何程のけぶりのそこぞと、つもりゆく執着心の後世を思たるなるべし。「思の」といへるに心をこめたる也。されば、此五《〔の〕〔ヒ〕》文字ことのほかにつよくちからある字也。」、「けぶりのそこ」、新であるが可。／二　歌末「の」、一八八頭注参照。」・一八八頭注「「の」どまりについてC注四三番は「一代におほくよまぬ也、高上の事とする。古今・七八一歌に見られ、愚草五七八や家隆集にもみられる余情表現法。」

『赤羽』132頁「ことばを学んだもの」①2後撰1071 1072「しらゆきのつもる思ひもたのまれず…」、311、312頁「第四句と第五句に頭韻がある場合、下句が強調される。または、下句がリズミカルである。…月…つ…この型の押韻と、第一句と第二句に押韻がある場合を比較すると、後者の押韻の方が一首全体に及ぼす音韻効果は強い。」

579　よひ〳〵はわすれてぬらんゆめにだになるとを見えよかよふたましひ

【訳】あの人は宵ごとに私のことを忘れ果てて寝ていることだろう、せめて夢の中だけでも馴れ親しんでいると見えてくれ、あの人のもとに通う我が魂は。

【語注】○よひ〳〵　八代集六例＋一例。○ゆめにだに　①1古今767「夢にだにあふ事かたくなりゆくは我やいをねぬ人やわするる」（恋五、よみ人しらず）。○たましひ　八代集五例。

▽恋10の9。「片思」（堀）。二句切。末句と第三、四句倒置。遊離魂の、あの人のもとへ通う我が魂に、宵々は私なんか忘れてきっと寝ていようあの人の夢の中だけでも馴れ親しんでいると見えてくれと言ったもの。拾玉780「これもこれ心づからの思ひかなおもはぬ人をおもふ思ひよ」。

俟「片思也。「わすれてぬらん」は、思人の《ねたる夜の》。夢なり。我事も《を》《ヒ》思も出ずしてぬらん夢といへる心か。さやうにては少《ヒヒヒヒヒヒヒ》あぢはひうすく留《ヒヒヒヒヒヒヒヒ》べき歟。片思なれば、あなたには我をいとふ心を忘れてぬら《あり、その心をわすれてぬるよ》《ヒヒヒヒヒヒヒ》ん時の夢になりとも。といへる心あるべき歟。但、片思なれば、いとふこゝろまでもあるまじき歟。猶可吟味也。「なるとを」は、なるゝと見えよといへる也。」、「一　以下の注は「忘れてぬらん夢」と続くとしての解か。当歌は二句切・四句切で、わが「たましひ」に「夢にだになるとを見えよ」と呼びかける構成ではないか。」

『全歌集』「参考」①1古今516「よひよひに枕さだめむ方もなしいかにねし夜か夢に見えけむ」（恋一、読人しらず）

『赤羽』188頁「…ん。…よ。…この五七調は万葉時代のそれとは趣が異なり、新しい発想や内容に即応したものであることがしられる。…他者への呼びかけのためにふさわしい表現形式となっている。…五七調も壮重な律動感ではなく、微妙な心理的効果を招来することになる。」

【参考】①2後撰538 539「夢にだに見る事ぞなき年をへて心のどかにぬるよなければ」（恋一、よみ人しらず）

②5金玉78「恋しさを何につけてか慰まんぬるよなければ夢にだに見ず」（〔異本歌〕源したがふ）

【類歌】②14新撰和歌六帖1648「よひよひはたのむかたみの夢にだにこころやすくはえこそあひみね」（第五帖「かたみ」）

④31正治初度百首1284「夢にだにかよひなれたる旅ならばまだ見ぬ道もなぐさみなまし」（羇旅、隆信）

④35宝治百首2720「夢にだにかよひし中も絶えはてぬ見しや其夜のままの継橋」（恋「寄橋恋」実氏。①10続後撰889 885）

580　きみよりも世よりもつらきちぎりこそ／身をかへつとも怨のこらめ

【訳】 あなたよりも、この世よりも辛く苦しい二人の宿縁こそは、我身を変えたとしても、わが怨みは必ずこの世に残るのであろう。

▽恋10の10。「恨」（堀）。あなたやこの憂世よりも辛い、あなたとの因縁は、たとえ来世我身が他のものに転生したとしても、必ず恨みが残って、悟りには至らないだろうと歌って、恋を閉じる。拾玉781「夕まぐれ玉まく葛に風たちてうらみにかかる露の命か」。

C126「なによりもつらき物は前世の宿業なると也。此執心は、生をてんじて《かへて(D)》も残らんと也。」（上151頁。D492・中177頁）

俟「人もつらく世もなれ《つらけ》ども、猶それよりも、かくおもひそめいひかゝりたる契りがつらきなり。その契りは宿執となりて身をかへ生を変《ヒ》じたりとも恨のうらみ《猶は残らん》《ヒヒヒヒ》となり。」、「参考」①9新勅撰751 753「さきの世のちぎりありけむとばかりも身をかへてこそひとにしられめ」(恋二、崇徳院)・「此念にひかれて生々にも付そふべければ、前世の宿縁有と知れんとなり(新勅撰集口実)」

『赤羽』184頁「…よりもよりも…も…やはり同母音がそろっている。また両首とも同音連絡音をもっており上句にスピード感を出している。」

雑

581　うらめしや別《(れ)》のみちにちぎりを《(お)》きて／なべてつゆを《(お)》くあか月のそら

【訳】恨めしいことよ、二人の後朝の別れの道に約束をしておいて、すべてに別れの涙の露が置いている暁の空であるよ。

【語注】**○別のみち**　①3拾遺726「暁の別の道をおもはずはくれ行くそらはうれしからまし」(恋二、よみ人しらず)。

○あか月のそら　八代集二例、初出は千載241。

▽雑20の1。「暁」(堀)。第三句字余(「を・お」)。初句切、倒置法。あなたとの後朝の別れの道に約束したかのように、暁の空の下、一面に涙を思わせる露が置いているのはやはり憎めしいと歌って、雑を始める。①3拾726(前述)で分かるように恋歌的。拾玉782「さびしとよ八声の鳥のこゑさえて月もかたぶく有明の空」。

俟「「別のみち」は、尤、恋の心歟。世界の人の別道なるべし。此「道」の字、別《ニ》と云物の一道といふみち歟。さて、路頭をもかねたるべし。なべては、みち芝も袖もまくらもをく露なるべし。別道に契をきて、この時節何方にもをく露の焼《〔暁〕》はうらめしといふなるべし。」、「初句主情詠嘆語「や」切れの型。／二　この一文、行き過ぎであろう。」

582　草のいほ《（庵）》の友とはいつかきゝなさむ《（ん）》／心の内に松かぜのこゑ

【訳】草庵の友として（松籟をば）いつか聞きなすことになるのだろう、心の中に待っている松風の声をば。

【語注】**○草のいほ**　八代集三例、初出は金葉533、「草のいほり」八代集四例、初出は千載177。**○きゝなさ**　八代集一例・千載330。**○松**　掛詞（「待つ・松」）。**○松かぜのこゑ**　八代集三例、初出は新古今1201。

▽雑20の2。「松」（堀）。初句字余（「い」）。三句切、倒置法。隠遁者となって、心の内に待望しているこの松風の声を、草庵の友としていつ聞きなすようになるのかと歌う。拾玉783「すみよしの神さびわたるまつ風もきく人からのあはれなりけり」。

俟「いつ、よをそむきて、松風を草の庵の友ときくべきぞと也。我心の内には、いつか〳〵と。まち《心にかけて一》わたる松かぜ也。」、「一　何を待つかについて「今はある人を待つ心に支配せられて松風は心の中の声だ（校註国歌大系）」という。遁世の時期を促し待つ、心象としての草庵に吹く松風ではないか。」

『安田』76頁「自然をうたって絵画的であり、人事をうたって物語的な歌である。いずれも、知的で構成的であり、人間不在的な唯美の歌である。」、445頁「定家は草庵にいる「心のうちに松風の声」を聞き、心敬は…いずれも、現象を超えて、己の心を深く見つめているものの作であり、表現は必然的に象徴的となっている。」、他、498、499頁参照

『赤羽』155、156頁「あきらかに西行の境地を意識して作られたものであろう。一見すると反語とも批判ともとれなく

はないが、これが定家一流の理解の仕方であり、学び方であった。…花や月を憧れ、松風を友とする西行の高雅な精神を羨みつつも、この世的な感覚美や観念の世界にとどまっている自分を省みるのである。」、180頁「…こ…こ…心と松風の声というように頭韻をそろえることによって主題の印象を強めている。」

583 時わかぬまがきの竹のいろにしも／秋のあはれのふかく見ゆらん

【訳】四季の区別のない籬の竹の色にさえもまた、秋の情趣は深く見えるのであろうよ。

【語注】○**秋のあはれ** 八代集四例、初出は後拾遺551。

▽雑20の3。「竹」（堀）。いつも変らぬ籬の竹の色にさえも、秋のあはれの情趣は深く見えると歌う。拾玉784「雪ふらでさえたる夜半の風の音はまがきの竹の物にぞ有りける」。

俟「無殊事。「ふかくみゆらん」は、「色にしも」ととがめてはねたる字也。」六家抄・歌のみ

『全歌集』「参考」和漢朗詠430「煙葉蒙籠として夜を侵す色　風枝蕭颯として秋になんなむとする声」（下「竹」白）

『佐藤』「漢詩文受容」442頁・和漢朗詠226「第一に心を傷ましむることは何れの処にか最れたる　竹風葉を鳴らす月の明らかなる前」（秋「秋興」田達音）、452頁・和漢朗詠430（文集五六・2636「和令狐相公…」巻第二十六、上—670頁）

『赤羽』132頁「ことばを学んだもの」①2後撰835 836「時わかぬ松の緑も限なき…」

584 なれこしはきのふとおもふ人のあとも／こけふみわけてみちたどるなり

【訳】馴れ親しんで来たのは、昨日だと思うのだ、人の亡き跡・墓へも苔を踏み分けて道を辿りゆくのだ。

【語注】　○なれこ　↓「そなれく」八代集一例・詞花110。

▽雑20の4。「苔」（堀）。第三句字余（「あ」）。二句切。馴れ親しんできたのは、ついこの間のきのうのように思う、人の亡き跡（墓）へも苔を踏み分けて路を辿って行くと歌う。拾785・鶴、786・苔「いはのきるこけの衣のさびしきも春の色をば忘れざりけり」。

俟「朝夕なれみし人の、なくなりてはきのふと思ふも、その跡は苔ぢとなりて道もみえわかぬやうになりてたどると也」。

585　人とはでみぎりあれにし庭のおもに／きくもさびしきつるのひとこゑ

【訳】　人が訪れることなく、敷石もすっかり荒れ果ててしまった庭の面に、聞くのも淋しい鶴の一声であるよ。

【語注】　○みぎり　517前出。

▽雑20の5。「鶴」（堀）。第三句字余（「お」）。訪《と》う人もなく、敷石も荒れた庭に、淋しい鶴の一声が響くと歌う。②16夫木12608、雑九、動物、鶴「百首歌」。拾786・苔、785鶴「あしたづのしほひにあさるもろ声につながれにけるあまを舟かな」。

俟「一・二句有子細歟、可尋之。」、「一　未詳。漢詩か。」

『赤羽』176頁「無人の境を詠んだものが目立つ。」↓517参照

『赤羽・一首』24頁「無人の境や荒廃した庭の空しい美しさ、頽唐たる気分などを表現したものである。…「人とはで」…などの時空間的な場の設定は、それでもいまだ現実的次元とのかかわりを断ち切っていない。むしろ人間的な世界とのかかわりを意識的に離れ、閑寂な境地に身を置きたいと思っているのである。」

586
如何《いかに》せむそれもうき世といとひいでば《はて（③）》／よしの丶山もなき身なりけり

【訳】どうしようか、それ（吉野山）も憂き世だと厭うて出たとしたら、出離する山もないこの我身であるよ。

【語注】○いとひいで　八代集一例・千載1150。

【本歌】①1古今950「みよしのの山のあなたにやどもがな世のうき時のかくれがにせむ」（雑下、よみ人しらず。『全歌集』「参考」）

▽雑20の6。「山」（堀）。初句切、第二、三句との倒置法。第三句字余（「い」）。①1古今950を本歌とし、吉野山の彼方に住まいを定め、世の憂き時の隠れ家にするが、その吉野山もまた憂世だと厭い出ていったならどうしよう、とどのつまり次の行先のあてどのない我身だと歌う。拾玉787「世の中をこころたかくもいとふかなふじのけぶりを身の思ひにて」。

侯「《一》あし引の山に…の心にや。／世をふかくいとふ心は深山幽谷《のあらまし、連々増長しては》にも《ヒ猶》おなじうき世中ぞと、いとふ我《ヒヒヒヒ》心《それもはてはいとはしく思ふ》には人ごとに遁世《深隠ヒヒ》のところとたのむ《二》よし野《山》も我身のたのみ所にはあらず《ヒヒ》といへる《ざればいかにせんと》心歟。」、一・①1古今956「世をすてて山にいる人山にても猶うき時はいづちゆくらむ」（雑下、みつね）、「二一　吉野山を隠棲地とすることは古今集九五〇・九五一など例多。」

【参考】①5金葉二707 669「いかにせんうきよの中にすみがまの果は煙となりぬべき身を」（〔異本歌〕行宗）
①7千載1150 1147「いづくにか身をかくさましいとひいでてうきよにふかき山なかりせば」（雑中、円位法師。③126西行法師546）
③89相模42「いかにせむ山だにかこふかきしばのしばしのまだにかくれなきみを」

【類歌】③131拾玉2267「いかにせんうき身につもるとし月のせめて物思ふ冬の山里」（詠百首倭歌「山家」）
③131同4661「うき身をばなきになすともいかにせん其《（それ・③索引）》ゆゑきゆる法のともし火」
③131同5050「うきながらいままでよにはありまやまいでゆきかたもなき身なりけり」
③132壬二959「いかにせん定なきよをいとふべき芳のの山も時雨ふるなり」（百首文治三年十一月、冬）…586に近い
③132同1531「いとひ出でてこのよは《を（洞）》よそに聞くべきにうきは身にそふ影ぞかなしき」（洞院摂政家百首、述懐。④34洞院摂政家百首1820）

587　いろはみなむなしき物をたつた河／もみぢながるゝ秋もひとゝき

【訳】目に見える色あるものはすべて空であるよ、立田川に紅葉が流れて行く美しい景色の秋も所詮ほんの一時のことよ。

【語注】○いろはみなむなしき物を　「色即是空という観念を和らげて言った。」（全歌集）。○第三、四句　①1古今283「竜田河もみぢみだれて流るめりわたらば錦なかやたえなむ」（秋下、よみ人しらず。①1同・序。『全歌集』「参考」）。①1同284「たつた河もみぢば流る神なびのみむろの山に時雨ふるらし」（秋下、よみ人しらず。①3拾遺219・冬・人麿）。○ひとゝき　八代集一例・古今1016。

▽雑20の7。「川」（堀）。立田川に紅葉の流れる美しい趣の秋もほんの一刻であるのにも分かるように、この世の色あるものはすべてむなしいと歌う。父に③129長秋詠藻433「春の花秋の紅葉のちるを見よ色はむなしき物にぞ有りける」（釈教歌「心経」）がある。①19新拾遺855、哀傷「題しらず」前中納言定家。拾玉788・河「ながむればひろき心も有りぬべしみもすそ河の春の明ぼの」。

C127「この《此》「いろ《「色」は空也。(D)》」、好色なり。心経の文の《二》心也。世上のいろとおなじ物にて、人にあいせらるゝと也。」、「二本文。」(上151頁。D222・中98頁)、般若(波羅蜜多)心経「舎利子。色不異空。空不異色。色即是空。空即是色。(受想行識亦復如是。)」(岩波文庫8頁)

倹「色即是空にて、色といふ物はみなむなしき物をと也。さて、「立田河紅葉ながるゝ」は、色あるやうなれど、それも一時にて、またむなしと也。「むなしき物」といひて、畢竟、色に心をとゞむべき事ならずといへる事をいひ残したる歌也。」

『全歌集』「参考」①1古今1016「秋ののになまめきたてるをみなへしあなかしかまし花もひと時」(雑体、僧正へんぜう)

『赤羽・一首』64、65頁「春秋の景物へのあくことなき執着と、それが喪失された後の寂寥感とは、この段階では別のものではなく、心理的経過としては一連のものなのである。」

【参考】①2後撰414「竜田河秋にしなれば山ちかみながるる水も紅葉しにけり」(秋下、つらゆき。②4古今六帖4072)

①2同416「たつた河秋は水なくあせななん《む(是)》あかぬ紅葉のながるればをし」(秋下、よみ人しらず。⑤3是貞親王家歌合13)

②4古今六帖4061「もみぢばのながるるときはたつた川みなとよりこそ秋はゆくらめ」(第六「紅葉」つらゆき)

②4同4088「もみぢばのながれざりせばたつた川水のあきをばたれかしらまし」(第六「紅葉」これのり)

⑤158平経盛朝臣家歌合74「色色の木木のにしきを立田川ひとつはたにもおりながすかな」(「紅葉」俊恵)

【類歌】①18新千載585「竜田川ながれてくだる紅葉ばのとまらぬ物と秋ぞくれ行く」(冬、源清兼)

③130月清511「おもかげにもみぢの秋のたつたがはながるるはなもにしきなりけり」(南海漁父百首、春。③131拾玉1728)

③132壬二2535「秋かけて紅葉ながるる立田川かはぎりはらへ山颪のかぜ」(秋「紅葉歌とて」)

⑤230百首歌合〈建長八年〉548「たつた河紅葉ながれて行く秋のつひによる瀬やいづくなるらん」（中納言。①11続古今535 538）
⑤247前摂政家歌合18判「竜田川紅葉のこほりけさとけて去年のしぐれの色ぞながるる」

588　なにとなく見るよりもの丶かなしきは／野中のいほのゆふぐれのそら

【訳】何ということなく見る時からものがなしいものは、野中の庵の夕暮の空であるよ。
【語注】**○なにとなく**　八代集七例、が、初出は金葉299。**○ゆふぐれのそら**　八代集初出は千載124。
▽雑20の8。「野」（堀）。何となく見るともの悲しくなるのは、野の中の庵の夕暮の空の有様だと歌う。拾玉789「ふかきかな玉ちる秋の暮よりも春のやけのの跡のあはれは」。
『安田』77頁「平明な表現の主情的作品」
俟「無殊事。」　六家抄・歌のみ
【参考】①7千載276 259「なにとなく物ぞかなしきすがはらやふしみのさとの秋の夕ぐれ」（秋上、源俊頼。③106散木550。⑤272中古六歌仙44。⑤301古来風体抄593）
②2新撰万葉376「ヤマモノモ　チクサニモノノ　カナシキハ　アキノココロヲ　ヤルカタヤナキ」（秋）…詞が通う
③74和泉式部97「花みるにかばかりものの悲しきはのべに心をたれかやらまし」（「桜の…」）
③125山家292「なにとなくものがなしくぞ見えわたるとばたのおもの秋の夕ぐれ」（秋。③126西行法師244。①17風雅566 556）…588に近い
【類歌】①17風雅1667 1657「なにとなくゆふべの空をみるままにあやしきまではなぞやわびしき」（雑中、為子）

④31正治初度百首9「なにとなく物あはれなるきさらぎに雨そほふれる夕ぐれの空」（春、御製）

589　とまびさしもの丶あはれのせきすへ《ゑ》て／なみだはとめぬすまのうら風

【訳】　須磨では、苫庇を持った、〝もののあはれ〟の関を設置して、人は関所で止めるが、涙は止めない須磨、そこに浦風が吹いている。

【語注】　**○とまびさし**　八代集一例・新古今1115。　**○もの丶あはれ**　八代集二例・拾遺511、新古今1805。

▽雑20の9。「関」（堀）。須磨には、苫廂付きの〝もののあはれ〟の関屋があるので、人は止めても、須磨の浦風の情趣による涙はとめどなく流れると歌う。拾玉790「たびねするふはの関やの板びさし時雨する夜のあはれしれとや」。俟「「せきすへて」は、もの丶あはれをこ丶にとゞめたるなり。さて、なみだをばおさへかねたるなり。」　六家抄・歌のみ

590　夜《よ》をこめてあさたつきりのひま〱に／たえ〲見ゆるせたのながはし

【訳】　夜がまだ深いうちに出立すると、朝に立つ霧の絶え間絶え間に、とぎれとぎれ見える瀬田の長橋であるよ。

【語注】　**○たつ**　掛詞（「発つ・立つ」）。　**○ひま〱**　八代集にない。源氏物語「半蔀は下ろしてけり。隙くより見ゆる灯の光、蛍よりけにほのかにあはれなり。」（「夕顔」、新大系一―105頁）。④30久安百首1299「…とくる氷の　ひまひまに　さし出づるわかな　おいぬれば…」（短歌、安芸）。　**○せたのながはし**　「瀬田」、「瀬田の長橋」同歌で八代集一例・新古今1656。

▽雑20の10。「橋」（堀）。夜の深いうちに出発したが、朝立つ霧の絶え間絶え間にチラチラと瀬田の長橋が見えると歌う。拾玉791「かつしかやむかしのままのつぎはしを忘れずわたる春霞かな」。

俟「無殊事。」、た《一》え〲…「一　状態語に動詞を直接させる圧縮表現。」

『全歌集』「参考」①7千載420 419「あさぼらけうぢの河霧たえだえにあらはれわたるせぜの網代木」（冬、定頼）

【参考】③119教長393「かぜふけばあさたつきりのたえだえにおきこぐふねのほのみゆるかな」（秋「霧中遠帆」）

【類歌】②16夫木9504「あさぼらけそらにみかみの山みえて霧立ちわたるせたのながはし」（雑三、せたのはし、近江、長雅）

③131拾玉542「あはづ野のをばながすゑにほの見えて霧たちわたるせたのながはし」（御裳濯百首、秋）

④31正治初度百首1204「夜をこめて春たつ空の朝ぼらけかすむと見れば鶯のこゑ」（春、隆信）…詞が通う

591　まちえたる日《た(③)》よりをみちのたのみにて／はるかにいづるなみのうへ哉

【訳】ようやく待ち得た日和を海路のたよりとして、はるかに漕ぎ出す波の上であるよ。

【語注】**○まちえ**　八代集四例、初出は後拾遺245。**○まちえたる**　当然ながら七夕歌に多い。**○日より**　八代集にない。③58好忠55「はるばると…たちわたりあまのひよりにもしほやくかも」。④28為忠家初度百首560「ひよりあらばとしをこめてとこぎゆけど…」。④29為忠家後度百首260「かぜもなみひよりよくともほとときす…」。

▽雑20の11。「海路」（堀）。やっと待ち得た日和をこれからの航海の頼りとして海の上にはるかに出ると歌う。所謂「待てば海路の日和かな」。拾玉792「もしほ草しきつのうらにふねとめてしばしはきかむ磯のまつ風」。

C128「舟の事なり《也(D)》。けふの順風を得て、はるかにこぎいづるさま也。「日より《え(〃)》」、吉日也。」（上152頁。D573・中201頁）

侯「無殊事。」
『佐藤』「漢詩文受容」438頁、和漢朗詠644「渡口の郵船は風定まつて出づ、波頭の謫処は日晴れて看ゆ」（下「行旅」野）

592　露しげきさやのなか山なか〳〵に／わすれてすぐるみやことも哉《がな》

【訳】　露の多い小夜の中山を、かえって忘れて過ぎて行く都であったらなあ。
【語注】　**○さやのなか山**　「さや…」は多いが、「さよ…」は八代集三例、初出は千載538。①1古今594「あづまぢのさやの中山なかなかになにしか人を思ひそめけむ」（恋二、とものり。③11友則45）。①2後撰507 508「あづまぢのさやの中山中中にあひ見てのちぞわびしかりける」（恋一、源宗于）。
▽雑20の12。「旅」（堀）。露の多い小夜の中山を行くが、かえって都のことを忘れて通り過ぎたいと歌う。拾玉793「雲かかるみやこの空をながめつつけふぞこえぬるさやの中山」。
侯「「忘れて過る都ともがな」、故郷をわすれて旅とも思はずば、露のしげさも又なぐさみもすべきなり。「中〳〵に」といへるは、さやうさやの中山をすぐるといふにつきていへる「中〳〵」にはあらで、忘れて都をすぐると云るより「中〳〵」にといへる也。却而の心也。」、「「さよの中山などは疾くに忘れて仕舞って早く目的の都につきたいことかな（校註国歌大系）」と当注と共に不審。未詳ながら、さやの中山の哀感にひたりたいの意でもあるか。」

『全歌集』③13忠岑47「あづまぢのさやのなかやまさやかにもみえぬくもゐによをやつくさん」（①8新古今907）「と類想の歌。」

『赤羽』128頁「三代集を典拠としたもの」①1古今594（前述）、142頁「「さやのなか山なか〳〵に」（五九四友則）という歌枕の応用、…これらの類型的発想や慣用的語法を学ぶことにより、意味内容よりもことばのつづけ方に多くの示唆を得たようである。」

593　くれてゆく春のかすみを猶こめて／へだつるをちにたちやわかれん

【訳】　暮れて行く春の霞をなおさらに（雲が）籠めて、隔てる遠方に（春は）人は別れて行くのであろうか。

【語注】　〇くれてゆく春の　①8新古今169「くれて行く春のみなとはしらねども霞におつる宇治のしばぶね」（春下、寂蓮）。　〇たち　「「かすみ」の縁語。」（全歌集）。

▽雑20の13。「別」（堀）。暮れ行く春霞を雲がさらにこめ、隔てている遠い彼方に、春は人は別れ行くのかと、「春との別れ、人との別れを重ねて」（全歌集）歌う。拾玉794「ひとりさへ涙すすむるたよりかな別れしほどの袖のおも影」。俟「春をこめてわかるゝ旅にや。」、「一　「暮れてゆく春に別れる時、霞を隔つる遠方に友を送る情（校註国歌大系）」共に可。」

594　いへゐしてまたか《だ》③ばかりもしらざりき／み山のさとのこがらしのこゑ

【訳】　住まいして、またこれほど（淋しいもの）だとは知らなかったのだ、深山の人里の木枯の声をば。

【語注】　〇いへゐし　八代集五例。　〇み山のさと　八代集四例。

▽雑20の14。「山家」（堀）。三句切、倒置法。深山の里の木枯の音がこれほど寂寥のものだと全く知らなかった、住まいを構えて初めて分かったのだと歌う。拾玉795「をかのべの里のあるじをたづぬれば人はこたへず山おろしのか

ぜ」。
俟「家ゐしてはじめて、み山の木がらしをき、たるにや。よそにき、たる木がらしのやうにはなく、ものがなしき心にや。」
『全歌集』「参考」③125山家487「山ざとは秋のすゑにぞおもひしるかなしかりけりこがらしのかぜ」（上、秋）
『赤羽』132頁「ことばを学んだもの」①3拾遺107「このさとにいかなる人かいへゐして」

595　おきふしにね《音》ぞなかれける霜さゆる／かり田のいほ《庵》のしぎのはねがき

【訳】起き伏しにつけたえず声を出して泣かれてしまう、霜が冷え冷えとする刈田の庵で、鴫の羽掻きを聞くと。

【語注】○おきふし　八代集一例・古今605、他「おきふす」八代集一例。○かり田　八代集三例、初出は後拾遺631。○しぎのはねがき　八代集二例・古今761（後述）、新古今1179、他、「ももはがき」八代集二例。

▽雑20の15。「田家」（堀）。二句切、倒置法。霜が冷え冷えとする刈田の庵で鴫の羽掻きの音をきいていると、起き臥しにいつも泣けてくると歌う。拾玉796「しづのをはなどやかたらぬ小山田のいほもるよはにとまるあはれを」。
俟「霜さゆる夜の鴫のはねがき、ものわびしき心にや。」六家抄・歌のみ
『全歌集』「参考」①1古今761「暁のしぎのはねがきももはがき君がこぬ夜は我ぞかずかく」（恋五、よみ人しらず）、①7千載327 326「わが門のおくてのひたにおどろきてむろのかり田にしぎぞたつなる」（秋下、源兼昌）
『赤羽』132頁「ことばを学んだもの」①1古今761（前述）

【類歌】④32正治後度百首661「露ふかきかり田の庵のいな枕夢ぢのはてはしぎの羽がき」（「暁」長明）

596　心うしこひしかなしとしのぶとて／ふたゝび見ゆるむかしなきよ《世》ゝ《世(③)》

【訳】　心が辛く苦しい、恋しい、悲嘆だと思い偲んだとしても、二度と目にすることのできる昔ではない世だ（、そう思うと懐しい）。

【語注】　○よゝ　「世よ！」としたが、「世々」か。

▽雑20の16。「懐旧」（堀）。第一、二句この頭韻。辛い、恋しい、悲しいと振り返っても、もう二度と昔は戻っては来ず、再び見ることもないと思えば、切なくも慕わしいと歌ったもの。拾玉797「世の中を今はの心つくからに過ぎにしかたぞいとどこひしき」。侯「無殊事。」

『安田』77頁「平明な表現の主情的作品」

『赤羽』184頁「同音反復が感情の昂りをあらわす……ここ……しこひしかなしとし……かし……この繰返しは、恋や心を強調するものであり、あれこれと小刻みに口説きながらクレッセンドしていって、最高潮に、…「よ」などの感動をあらわす助詞を置いている。」

597　うたゝねに草ひきむすぶこともなく《し(③)》／はかなのはるのゆめのまくらや

【訳】　うたたねをするために、草を結ぶこともなく、（夜明けた）あっという間の春の夢の枕よ。

【語注】　**○ひきむすぶ**　八代集一例・新古今182。**○はかなの**　④31正治初度百首1483「あふと見てことぞともなく明けぬなりはかなの夢のわすれがた見や」（恋、家隆）。**○ゆめのまくら**　525前出。

【本歌】　②4古今六帖3242「まくらとてくさひきむすぶこともせじ秋のよとだにたのまれなくに」（第五「まくら」。①9新勅撰538。③6業平31。⑤415伊勢物語151。「本歌」（全歌集））
▽雑20の17。「夢」（堀）。②4古今六帖3242・伊勢物語（八十三段）「時は三月《やよひ》のつごもりなりけり。親王《みこ》、大殿籠らで明かし給てけり。」（新大系160頁）を本歌として、うたたねのために草を結んで仮の旅寝をする間もないくらいの、頼みとする秋夜とは異なって、はかない春の夜の夢の枕だと歌う。全体としては恋歌的であるが、伊勢物語に拠れば、惟喬親王と業平との交情の詠。「本歌の季節を変えた。」（全歌集）。同じ定家に下句が同一の③133拾遺愚草2563「やどりせぬくらぶの山を恨みつつはかなの春の夢の枕や」（「建暦三年三月内裏、恋歌三首」恋。『全歌集』2442）がある。拾玉798「思ひとげ夢のうちなるうつつこそうつつの中の夢にはありけれ」。
「夢の侯「枕とて…と秋をさへいへば、まして、春のみじか夜なれば、草引むすぶ事もなくはかなきよしなるべし。「夢の枕や」は、[三]いひすてたる「や」文字なり。」、「三　余情に托した「や」の用法の意。なお、一五八頭注参照。」六家抄「内註　○春の夢ははかなくさめての心也。かいころびてぬるさま也。草引結ぶ事もなしとよめるは本哥ニ、枕とて…これにてよめり。弥生によめる也。草引結びて枕にする事もなし。そとうた丶ねに見たる夢のはかなさ也。」
【類歌】　③132壬二1802「ねてもみゆゐてもみえけり桜花はかなの春の夢の枕や」（日吉奉納五十首、春）
④1式子306「はかなしや枕さだめぬうたたねにほのかにかよふ夢のかよひ路」（「…、恋の歌」）

598　いつ我もふでのすさびはとまりゐて／又なき人のあと丶いはれむ（ん）

【訳】　いつか、私も筆の遊《すさ》びはこの世に残っていて、また、これが「亡き人の筆跡」などと言われるのであろうか。
【語注】　**○ふで**　八代集二例・金葉373、新古今1726詞。　**○すさび**　八代集六例、初出は金葉154（手すさび）、372（すさび）。同じ定家に③133拾遺愚草893「…うつしおく筆のすさびにうかぶ面影」がある。**○とまりゐ**　八代集三例、初出は金葉（三）345。

▽雑20の18。「無常」（堀）。いったいいつ私も筆のすさびがきが残っていて、「（これが）故人の筆跡だ」と言われるのかと歌う。拾玉799「みな人のしりがほにしてしらぬかなかならずしぬるならひ有りとは」。C129「只以老年涙灑文。／本あら…人の形見は手跡にまさるもの《事(D)》はなし。わが筆の跡のこりて、いつ又《又いつ、(〃)》なき人の数にいはれんと也。そこの心は、われは悪筆なればしのばれまじきと也。」（上152頁。D574・中201頁）、一「黄壌詎知我白頭徒憶君唯将老年涙一灑故人文」、「遺文…埋名」（白氏文集、巻第二十一、「題故元少尹集後二首」（上534、535頁））・和漢朗詠471「遺文三十軸　軸々に金玉の声あり　龍門原上の土　骨を埋んで名を埋まず」（下「文詞」白）、二・①1古今996「わすられむ時しのべとぞ浜千鳥ゆくへもしらぬあとをとどむる」（雑下、よみ人しらず）

俟「あはれなる歌也。無殊事。」、「C注一二九番に白氏詩と古今歌を掲げる。一般的参考としては可。なお、同注に「そこ…と也」とまでするのは如何。」

『全歌集』「参考」和漢朗詠471（前述）

『佐藤』「漢詩文受容」452頁、「朗471遺文…埋名／＊文集五一・2217「題故元少尹集後二首の2」

【類歌】④11隆信836「とまりゐてやみにまよはん我がためや跡をくらくといふにや有るらん」（雑二）…詞が通う

599　お《(を)》しまれぬうさ《き(③)》にたへたる身ならずは／あはれすぎにしむかしがたりを

【訳】惜しまれることのない辛さ苦しさに堪え忍んだ身でなかったとしたら、ああ過ぎ去ってしまった昔のことを語ることもなかっただろう。

【語注】**○むかしがたり**　八代集五例、初出は詞花359。「か《(ゞ)》たり」は他「とはずがたり」八代集二例。⑤158平経盛朝臣家歌合97「今ははやむかしか《(ママ)》たりに成りなましつらきにたへぬ我が身なりせば」（恋、重家）。

▽雑20の19。「述懐」（堀）。反実仮想で、人に惜しまれぬ辛さ悲しさに堪えた身でなかったら、過ぎた昔を語ることもしなかったろう、つまり堪えた身だから、昔語りをすることができると歌う。拾玉800「こはいかにかへすがへすもふしぎなりしばしもふべき此世とやみる」。

B95「雑歌也此五文字は惣別人におしまれぬ身そと云心也うきことに心みしかくはとくむかし語になるへきと也大意はおしまれぬ身なりとも世を早世はしのふ人も有へき物をと也」（12、13頁）

C130「我身はお《を(D)》しくなき身なり。うき事にかへてながらへたると也。「たへたる」、かん《堪》にん《忍(〃)》なり。わが死たらばせめて人にもしのばれんをと也。」（上152頁。D575・中202頁）

侯「うさにたへたる身は我もおしからず、人にもおしまれぬ也。さある身ならずば、過にし昔がたりをしてなぐさまん物をと、身の人がましからぬなげきをのべたる述懐なるべし。」、「B注…C注…とするが、初句切・三句切構成の、今となってはうきに堪えた我身が口惜しいの意か。」

『全歌集』「参考」①7千載843 842「おもひいでてたれをか人のたづねましうきにたへたる命ならずは」（恋四、小式部）

【類歌】⑤175六百番歌合778「よのひとのむかしがたりになりなましうきにたへたる我が身ならずは」（恋上「旧恋」経家）…599に近い

600　あまつそら月日のかげもしづかにて／ちよはくもゐ《(雲井)》にきみ《(君)》ぞかぞへむ《(ん)》

【訳】大空に、月や太陽の光も静かで、幾千代は雲井に、また宮中に我が君が数えられることであろう。

【語注】**○月日**　暦の「月日」は多いが、天の「月日」の八代集初出は金葉414。**○月日のかげもしづかにて**「天変がないのは良い政治が行われている証という考えに基づく言い方。」（全歌集）。〇しづか　八代集二例・後撰1377、新古今1969。〇くもゐ　掛詞（空、宮中）。

▽雑20の20。「祝詞」（堀）。天空の月日の光も静謐で、我が君は千歳を大空においても宮中においても数えると歌って、雑を百首歌を閉じる。【類歌】が多い。拾玉801・祝「君をいはふ心のそこをたづぬればまづしき民をなづるなりけり」。

俟「無殊事。」

『全歌集』「参考」和漢朗詠775「長生殿の裏には春秋富めり　不老門の前には日月遅し」（下「祝」保胤）

【参考】③30斎宮女御243「あまつそらくもへだてたる月影のおぼろけにものおもふわがみを」

③118重家128「あまつそらくもらざりせばしらゆきをひとへに月のかげとみてまし」（内裏百首、雪十首）

⑤39三条左大臣殿前栽歌合68「あまつそらくもまのつきもみづのおもにながれてちよのかげぞみゆらし」（うこのせうしやうまさすけのあそむ）…600に近い

⑤354栄花物語232「曇なき君が御代には天つ空照りこそまされ秋の夜の月」（巻第十九、御裳ぎ、為政）

【類歌】①15続千載2133 2149「くもりなき月日の影も君が代のひさしかるべき末てらさなん」（賀、前右大臣）

②16夫木16342「あまつそら月にあらそふかげはあらじかずかずみゆるほしのやどりも」（雑十六、釈教、為顕）…詞が通う

④31正治初度百首1202「君が代はかもの山風しづかにてみたらし川は千たびすむべし」（祝、釈阿）

④37嘉元百首1096「あきらけき月日の影もをさまれる君がや千代の末てらさなん」（雑、祝、公顕）

④38文保百首799「くもりなき月日のかげも君がよの久しかるべき末てらさなん」（雑、公顕）

⑤197千五百番歌合14「いづる日のひかりもしるしあまつ空くもりなき代のはるのはじめは」（春一、俊成卿女）

⑤197同2115「あまつそら霞をわけていづる日のかげものどけき千代のはつ春」（祝、忠良）

十題百首　建久二年〔私注—1191年〕冬　左大将家

詠百首和哥　　権少将

天部十首

701　久方のくもゐはるかにいづる日の／けしき《（気色）》もしるきはる《（春）》はきにけり

【訳】空の彼方に出る太陽の様子にもはっきりと分かる春はやって来たことよ。

【語注】**○第一、二句**　同一、⑤8定文歌合36「ひさかたのくもゐはるかにありしよりそらにこころのなりにしものを」（会恋）。**○くもゐはるかに**　雁の歌が多い。**○第二、三句**　同一、③132壬二496「神ぢ山雲ゐはるかにいづる日のいく千世君に影をならべん」（院百首、祝。④31正治初度百首1499）。**○いづる日**　山より出る日であろう。同じ定家に、③133拾遺愚草1「いづる日のおなじ光によもの海の浪にもけふや春はたつらん」（初学百首、春）、③133同1601「いつしかといづる朝日を三笠山けふより春のみねの松風」（韻歌百廿八首和歌、春）がある。④1式子1「春もまづしるくみゆるは音羽山峰の雪より出づる日の色」（前小斎《（ママ）》院御百首、春）。**○けしき**　「気色。」（全歌集）。**○はるはきにけり**　終り方の一つの型。

▽天10の1。大空遙かに出る日の様子にも来春がはっきり分かると述べて、百首歌を開始する。父詠に、③129長秋詠藻1「春きぬと空にしるきは春日山峰の朝日の気色なりけり」（久安の比…、春）がある。⑤183三百六十番歌合7、春、四番、左、定家朝臣。「天象のうち「日」を詠む。立春の心。」（全歌集）。

俟「無殊事。」、「賀意があるとすれば禁中立春となるが、立春の春暁の天と秋月の天（次歌）とを冒頭に配したとすればそこまでは不要。」

久保田『研究』673頁「やはり政教色が濃厚で、」、他、703。

【類歌】④36弘長百首221「久かたの雲ゐはるかにまち侘びしあまつほし合の秋も来にけり」（秋「早秋」融覚。①14玉葉464）

④38文保百首2497「あまつ空霞へだてて久かたの雲井はるかに春やたつらむ」（春、為定。①20新後拾遺1）

⑤197千五百番歌合14「いづる日のひかりもしるしあまつ空くもりなき代のはるのはじめは」（春一、俊成卿女）

702　いく秋のそらをひと夜につくしても／おもふにあまる月のかげかな

【語注】○いく秋　八代集一例・新古今320、他「幾秋風」八代集一例・詞花110。○上句　⑤415伊勢物語45「秋の夜の千夜を一夜になずらへて八千夜し寝ばやあく時のあらむ」（第二十二段（男））、46「秋の夜の千夜を一夜になせりともことば残りてとりや鳴きなむ」（同（女））。

【訳】幾秋の空を一夜に尽くし果てても、愛惜するのに余りある月の光であるよ。

▽天10の2。幾秋の空を一夜に集めても、月影はなお思慕しきれないと歌う。あるいは、俟の言う如く、幾秋の晴夜の清光を一夜に集め尽しても、今夜の空の月の清光に叶わない、か。「天象のうち「月」を詠む。」（全歌集）。

B105「千夜を一夜になすらへてといひしはあさきこと也いく世の秋を一夜になしても猶あかぬ月そと也」（14頁）

俟「「思にあまる」といへるはいかやうの心にや。いく秋の晴夜の清光を一夜にあつめつくしてもこよひのそら清光にはたるまじきを「あまる」といふにや。／又云、「秋のよ…（私注―⑤415伊勢物語46（前述））ともいふやうに、幾秋のそらを一夜にしても猶あきたる心はあるまじければ、それを月影のあまるといへるにや。「思ふに」とは、たくらべ思ふにあまる心にや。」、「一　…前説が穏当。」

『赤羽』310、311頁「第三句と第五句に頭韻がある場合…上句と下句の音韻上の統一感だけでなく、それぞれの助詞のはたらきに合わせてイメージの重層、展開などの効果に注目される。…つ…月…」

【類歌】①10続後撰332 323「名にたてて秋のなかばは今夜ぞと思ひがほなる月のかげかな」（秋中「八月十五夜によみ…」寂然）…詞が通う

703　すべらぎのあまねきみよ《御代》をそら《空》に見て／ほしのやどりのかげ《影》もうごかず

【訳】帝のあまねく支配する御世を大空に見て、星の宿りの姿も動きはしない。

【語注】○あまねき　八代集四例。○ほしのやどり　③71高遠352「…たなばたのほしのやどりにきり立ちわたる（「七月」）。○ほしのやどりのかげもうごかず「星は静かにまたたいている。天下泰平の象徴。星は星辰を意味するとともに、廷臣の比喩ともなる。」（全歌集）。○うごか　八代集四例。「うごかず」は「不動」。

▽天10の3。天皇のあまねく統治する御世は空にも見える、それは星の光の位置が揺がないことでも分かる、そして宮中では廷臣が不動の姿で列座していると歌う。「天象のうち「星」を詠む。」（全歌集）。

B106「あまねき御代は天子の恵也星のうこきなきやうに大臣公卿のたう〳〵たる御代そと也星の位は臣下也」（14頁）俟「如北辰…共之（私注―論語「子曰、為政以徳、譬如北辰居其所、而衆星共之、」（為政第二、26、27頁）」、「星のやどり」は辰也。君徳のあまねき御代、諸国人民共之を、そらに北辰もみて君徳にならひて北辰も空にたゞしくうごかずといへる也。大かたならば北辰に君徳ならふといふべきを、こなたを本としたる趣向、凡慮の及がたき所也。あるまじきことながら天人合一なれば、人徳に天運も感ずる理なればかくいひがたき事にはあらざるにや。」、「二　以下文脈不整か。ただし、以下の主客の理解は誤解。表象が星に示されるの意で可の筈。…廷臣として皇位の安泰と太平を寿いだ。」
久保田『研究』673頁、701参照
『赤羽・一首』181頁「星の歌の代表的なもの」
【参考】④27永久百首546「すべらぎのながゐの池は水すみてのどかにちよのかげぞ見えける」（雑「池」常陸）
【類歌】②16夫木16342「あまつそら月にあらそふかげはあらじかずかずみゆるほしのやどりも」（雑十六、釈教、為顕）
⑤197千五百番歌合2120「雲のいろほしのやどりもさしながらをさまれる代を空に見るかな」（祝、有家）

704　あまの河年の渡《わたり》の秋かけて／さやかになりぬなつ（夏）のよのやみ

【訳】天の川の一年に一度の渡河の秋に先立って、はっきりと（天の河が見えるように）なった夏の夜の闇であるよ。
【語注】**○年の渡**　八代集二例・後撰234、236。**○年の渡の秋かけて**　「「年の渡」は万葉集に見える句。年の経過の意というが、ここでは年に一度渡ることの意に用いるか。」（全歌集）。
▽天10の4。天の川の年に一回の逢瀬の秋にむけて、夏の夜の闇の中に、天の川がしかと見えるようになってきたと歌う。「闇を歌う。」（全歌集）。
俟「一「夏の夜のやみ」、初秋のそらには白気あるをあまの河といへり。秋ちかくなるによりて、「さやかになりぬ」といへり。二此（銀）（ヒ）天河（ヒ）を（詩には作たれど歌には）詠ずる事めづらしくや。」」、「一　七夕を予定した晩夏の天。／二　誤解としても不審。」
『全歌集』「参考」万葉2082 2078「玉葛絶えぬものからさ寝らくは年の渡りにただ一夜のみ」（巻第十）
『赤羽』299頁「あ…秋…なりぬな…「て止め」は三句切ほど上句と下句が判然と分離していない。それが音韻上にもあらわれている。上下に亘る押韻や同音反復が合わせ用いられていることに気がつくであろう。」

【参考】③3家持200「きみがくるこよひはまれにあまのがはとし月のみぞわたるべらなる」
③124殷富門院大輔61「あまのがはさやかにすめる秋のよのつきのみふねはかぢもとらぬか」（秋…）
④30久安百首138「雲のなみしばしなかけそ天の川よわたる月の御船さすほど」（秋、公能）
⑤31春秋歌合43「あまのがはとしをわたりてかささぎのかへりくるあきぞひさしかりける」
【類歌】①18新千載329「天の川秋を契りしことの葉やわたす紅葉の橋と成るらむ」（秋上「七夕契を…」津守国道）
①19新拾遺337「天河としの渡はとほけれどながれてはやく秋もきにけり」（秋上「七夕地儀と…」院御製）
②14新撰和歌六帖265「あまの川夏の夜わたる月かげのながれてはやくあくるしののめ」（第一帖「なつの月」）

705　はかなしと《や（③）》見るほどもなしいなづまの／ひかり《（光）》にさむるうたゝねのゆめ《（夢）》

【訳】　はかないと見る程もないよ、稲妻の光によって目覚めたうたたねの夢は。
【語注】　**○見るほどもなし**　夏の夜の明けやすいさまを歌うのによく用いられる。　**○いなづまのひかり**　八代集四例。　**○うたゝねのゆめ**　八代集六例。
▽天10の5。二句切、倒置法。稲妻の光に目覚めるうたたねの夢は、はかないと見る程もなくはかないと歌う。「電光を歌う。」（全歌集）。
俟「夏のよ《〔初秋のみじか〕》のうたゝねの夢はたゞさへはかなかるべきに、まして、みる程もなくいなづまにさむるゆめははかなしとみるほど《〔ヒ　ヒ〕》〔○〕《〔もなき〕》なるべし。一・二句はうたゝねの夢の事ながらなを「いなづまの光」にもかゝれる詞なるべし。」、「稲妻は初秋。初秋の夕の天。」
六家抄「はかなしとみる程もなし。稲妻の光に覚るうたゝねの空、稲妻の光の間程の夢也。稲妻はあらましごと也。」

【参考】②4古今六帖2077「うたたねのゆめにやあるらんさくら花はかなくみてぞやみぬべらなる」（第四「うたたね」）
③74和泉式部続61「はかなしとまさしくみつる夢のよをおどろかでぬる我は人かは」（「つくづく、…」。②15万代3572）
④27永久百首274「はかなしや田中の里はいなづまのほどなきかげをたのみてぞふる」（秋「稲妻」顕仲）
④28為忠家初度百首219「うたたねのゆめぞほどなくさめにけるたたくくひなやおどろかしつる」（夏「窹寐水鶏」）
【類歌】②13玄玉231「いな妻のひかりにまがふ山のはに程なくかよふわがこころかな」（天地歌下、公衡）…詞が通う
④38文保百首388「あはれなど又とも見えず成りにけんはかなく覚めしうたたねの夢」（恋、内経）
⑤227春日若宮社歌合31「逢ふと見るその面影もいたづらにさめてはかなきうたたねのゆめ」（恋、顕氏）

706　こたへじないつもかはらぬ風のを《お》とに／なれしむかし《昔》のゆくゑ《行へ》とふとも

【訳】決して答えまいよ、いつも変りはしない風の音に、馴れ親しんだ昔の行方を聞いてみたとしても。
【語注】○いつも　八代集初出は後拾遺256。
▽天10の6。第三句字余（「を・お」）。初句切、倒置法。いつも変らぬ風の音に馴れなじんだ昔はどこへ行ったのかと聞いても決して答えはしまいよと歌う。風と懐旧の歌との組み合せは珍しい。「風を歌う。」（全歌集）。
B107「此歌も天象部也風を天の心によめり風の音にむかしをとはんもむかし今の分別なき物なれは何のかひもあらしと也」（14頁）
俟「むかしの行衛をしるべき物はいつもかはらぬ風也。されども、とひたりとも此風は何とこたふることもあるまじき也。思がけなき趣向也。」、「天象としての風。」

707　見ずしらぬうづもれぬ名のあと《（跡）》やこれ／たなびきわたるゆふぐれ《（夕暮）》のくも《（雲）》

【訳】　見ず知らぬ、朽ち埋もれない名の後がこれなのか、たなびいて渡って行く夕暮の、火葬の果ての雲であるよ。

【語注】　**○うづもれ**　八代集初出は後拾遺23。　**○うづもれぬ名**　同じ定家に③133拾遺愚草1683「苔の下にうづまぬ名をば残すとも…」がある。　**○たなびきわたる**　八代集二例・新古今906、1447。　**○くも**　「立ち昇った火葬の煙を暗示する。」（新大系・百番164）。⑤421源氏物語36「見し人の煙を雲とながむれば夕べの空もむつましきかな」（「夕顔」（光源氏））。

▽天10の7。たなびいている夕暮の雲（＝火葬の煙が雲となったもの）に、見ず知らずの人が埋もれぬ名を残そうとして死んでいったあとの形見がこれかと、「雲（火葬の煙が凝って生じた雲）」（全歌集）を歌う。⑤216定家卿百番自歌合164、初句「見ずしらず」、八十二番、右、十題百首。
C154「人はなくなれば雲となると也。いかなる人のなごりにて、雲のたちわたると也《事ぞと也。（D）》。夕の雲を《の（ﾏ）》哀にみなしたる也。一古墳何世人、不知其…草生、…この本文の心《二語（ﾏ）》也。」（上159頁。D576・中202頁）、一　白氏文集巻第二、続古詩十首「…古墓何代人不知…路傍土年年春草生（…我何営営）」（上、38頁）、「二　詠歌の典拠となる漢詩文。」不審32「…れ《※2》…空《（ママ）※1》…如何。／※1雲　※2天地開闢ノ心乎。」（上306頁）俟「人の名はうづもれぬ物ながら、此身化してみずしらぬ行衛はたゞ一片の雲となりたるばかりなれば、此夕ぐれの雲ぞその跡ならむとながめたる心にや。〔「みずしらぬ」といひ「跡やこれ」といへるを思へば、我身のはても此夕ぐれの雲とながめたる心なるべき歟。〕」、「天象としての雲が主題。／二「埋れぬ名」は既に慣用化しているから、C注…「古墓…営営（白氏…）」やまた「遺文…埋名（和漢…）」（私注―和漢朗詠471「遺文三十軸　軸々に金玉の声あり龍門原上の土　骨を埋んで名を埋まず」（下「文詞」白））などを特定しがたい。事多すぎて上句不充足。／三　上句

が主として苔の上《（ママ）》に埋めることを前提とするのを下句で火葬の煙にとり直した。」『全歌集』「参考」（新大系・百番164も）、和漢朗詠471「龍門…名を埋まず」（前述）『佐藤』「漢詩文受容」452頁、「朗471遺文…埋名／＊文集五一・2217「題故元少尹集後二首の２」」・白氏文集、巻第二十二（上534、535頁）

708　けふく《（暮）》れぬあすさへふらむ《（ん）》雨にこそ／おもはむ《（ん）》人の心をも見め

【訳】今日は暮れ果てた、明日までも降るだろう雨に、（私のことを）思っているというあの人の心の程をもさぐり見よう。

【本歌】①1古今20「梓弓おしてはるさめけふふりぬあすさへふらばわかなつみてむ《ん（新、古）》」（春上、よみ人しらず。②3新撰和歌27。②4古今六帖461。『全歌集』）

▽天10の８。初句切。第二、三句あの頭韻。①1古今20を本歌として、あの人は訪れることなく、今日は雨が降って夕暮れた、明日もまた雨が降ったなら、私を思慕しているという人の心情を判断しようという女の立場での恋歌。「雨を歌う。」（全歌集）。

C155「今日の雨中には人のとはぬ《わ（D）》ほどに、あす迄此雨ふらば、人の情のあるなき《か（〃）》を《か》も《を（〃）》しらむとなり。」（上160頁。D577・中202頁）

侯「「けふ暮ぬ」は、けふ雨にてとはでくれぬるなり。あすさへふらば、雨をもいとはずとひこむ人の心底をも見むといへるにや。」」、「天象としての雨を主題に恋とした。」

『全歌集』「参考」①1古今705「かずかずにおもひおもはずとひがたみ身をしる雨はふりぞまされる」（恋四、在原業平。

⑤415伊勢物語185）

【参考】①5金葉二4445「けふくれぬあすもきてみむさくらばなこころしてふけはるの山かぜ」（春、源師俊）…詞が通う

709　この日ごろさえつる風にくもこりて／あられ（霰）こぼるゝ冬のゆふ（夕）ぐれ

【訳】この日頃、冷えた風に雲は凝り固まって、霰がこぼれ落ちる冬の夕暮であるよ。

【語注】〇日ごろ　八代集一例・後拾遺733。〇こり「凝る」八代集二例・古今1056、金葉499。

▽天10の9。この何日間、冷え冷えとした風に雲は凝り固まって冬の夕暮に霰がこぼれ落ちる冬歌。同じ定家に、③133拾遺愚草1812「外山よりむら雲なびき吹く風にあられよこぎる冬の夕暮」（院五十首、冬。⑤183三百六十番歌合493。⑤184老若五十首歌合335）がある。「霰を歌うか。」（全歌集）。②16夫木7820、雑一、雲「十題百首」。侯「「さえつる風に雲こりて」、冬のそらの趣、よくみたてていひたる也。「あは《ら?》（ママ）れこぼるゝ」、三よく見たて〔てゝ〕よくつかひたる詞也。かやうの詞つかひやう、よくみたてゝをくべきなり。四これらはこぼれ所もなけれど「こぼるゝ〔ヒ〕」といひさうなる也。かやうの詞をにせてこぼれどころもなき所につかひては、「こぼるゝ」といひがたきところおほき事也。物而、定家卿歌は詞づかひ各別なれば、よのつねの作例のやうには用がたき歌也。定家卿つかはれたる詞とても、つかひやうの気味相違する事おほき也。」、「天象としての霰を主題。冬夕。／…「雲こりて」は定家に「雲こりし嶺の松がえさだかにて秋風たかく残る月影（蔵月和歌鈔）」の例（私注―『全歌集』索引にナシ）がある。／三　奇にすぎよう。／四　以下の文意未詳。」

『久保田』856頁「冬の自然の素気ないような荒涼とした感じ、一種の非情さを、客観的に的確に捉えているのは定家

の作である。」

『赤羽』204頁「くもこりて…冷たく凝固した雲から霰がこぼれるという把握は鋭いが、一首の魅力は、「雲凝」という漢語によっている。李賀の詩に、…『和漢朗詠集』に「雲凝…蹤」（張読・愁賦）〔私注―和漢403「雲鼓瑟の蹤に凝る（雲凝鼓瑟之蹤）」（下「雲」愁賦）〕などが見られ、定家自身も、「山気…」〔私注―「山氣雲凝星影稀」（『全歌集』下、169頁）〕（遺草）…『明日記』にも「朝陽…旁凝」（寛喜三年八月三日）〔私注―「朝陽雖晴、漢雲旁凝、」（第三、308頁）〕とあり、気に入った漢語であったことが知られる。」、335頁「/o/音が主で、丸くポツポツこぼれる、動かない、寂しく孤独な冬の日のイメージを出している。」

『赤羽・一首』98、99頁「天気や気象への関心が強いので、…「雲凝りて」などという表現は漢詩的であるし、…この二首の冴えにはどこか艶なものを含んでいる。」

710　かきくらすのきば《（軒）》のそら《（空）》にかず見えて／ながめもあへずおつるしらゆき《（白雪）》

【訳】　空を暗くする軒端の空に、その数が見えて、眺めることができないほどに、次から次へと無数に落ちてくる白雪よ。

【語注】　○かきくらす　④39延文百首156「かきくらし軒端の空はしぐるれど嵐のすゑに雲ぞはれゆく」。　○のきば　八代集初出は金葉136。
▽天10の10。暗くなった軒端からのぞく空に次々とながめきれないほど白雪が落ちてくると、「雪を」（全歌集）歌う。
①14玉葉979 980、冬「百首歌の中に」前中納言定家。
俟「《二》「軒ばのそら」、又おもしろき詞也。軒ばのそらにちかくみずしては、「かずみえて」とはいひがたし。〔「ながめもあへず」「かず見え

は、急におつる義也。〕て」といふより「ながめもあへずおつる」といへり。是又、「おつる」、めづらしき〔つかひやう。〕也。かくのごとくつゞけずして、雪のおつるとはいひがたかるべき也。此詞、又同前也。」、「天象としての雪が主題、冬。／二「軒端」には植物・山・月などが通例で虚空を結合するのは新奇。同表現は風雅に後出例が見える〔私注—⑤197千五百番百首1461「…雲おちてのきばのそらに有明の月」（寂蓮）がある〕所から当歌の玉葉入集の理由は窺えるが、「かず見えて」は未熟。」

『安東』108〜110頁に詳しい。108、109頁「何かの数ものとまず目に映った対象に興をおぼえるひまもなく、それが雪片となって落ちてくるというのは面白い趣向である。…「数みえて」は、俊成がはじめて遣ったことばだったかもしれぬ。」〔私注—「数見えて」は、他、③119教長268「うかはにはさばしるあゆのかずみえて…」（「昼鵜河」）、⑤175六百番歌合34「はるかぜにしたゆく波のかず見えて…」（家隆）などにある〕

『赤羽』206頁「透明で微細な印象を与える「かすみえて」「風こえて」は、玉葉・風雅時代の歌人に愛用されることばであるが、これらのことばは、新古今時代の家隆や慈円も詠み、俊成や俊頼にまでさかのぼってこういう傾向のことばを磨いていることがしられる。」、322頁「上句下句ともに母音の配分は平均しており、a}u}o}iの首尾韻を上下にくりかえすことによって、「ながめもあへず」降下する白雪のスピード感をあらわしている。このように/i/音は下降のイメージ、または運動のイメージをあらわす場合が多い。」、341頁「視覚の多様性において、定家の右に出る歌人はないのではなかろうか。…「ながめもあへず」は白雪がつぎからつぎへと降ってくる様子、…対象の状態を〈ながめ〉とのかかわりにおいて動態的に描いてみせるのである。」

【参考】「石ばしる…〔私注—①7千載284283「石ばしるみづのしら玉かずみえてきよたき川にすめる月影」（秋上、俊成）〕【補説】歌柄大きく立体的な秀歌。これ以前数首の当代歌人詠も、従来の勅撰集に見られない新しい観察で、小味ながら面白い。」（『玉葉和歌集全注釈上巻』979）

地部十

711　あと《（跡）》もなしこけ《（苔）》むすたに《（谷）》のおく《（奥）》のみち《（道）》／いく世へぬらんみよしの、山

【訳】 人の跡もない、苔が生えている谷の奥の道(よ)、いったいこのような状態で幾世を経てきたのであろうか、み吉野の山は。

【語注】 ○むす　八代集五例。

▽地10の1。初句切、初句と第二、三句倒置。四句切、下句倒置。苔の生えている谷の奥の路は、人の通った足跡もなく、吉野山はこんな状態のままで、いったい幾代経たのだろうかと、「山を」（全歌集）歌う。同じ定家に③134拾遺愚草員外372「ちる木の葉かさなる霜に跡もなし山路のおくの秋の通路」がある。

侯「人跡絶たる山中の体なるべし。上句、定家の歌にてもふつきれなる句つゞき、よろしくもきこえざる也。」、「山主題。吉野は隠遁の地。或いは「石床…空払〔私注―和漢朗詠547「石床洞に留りて嵐空しく払ふ…」（下「仙家付道士隠倫」同じ〔＝菅三品〕）〕」「みよ…〔私注―①1古今950「みよしの山のあなたにやどもがな世のうき時のかくれがにせむ」（雑下、よみ人しらず）〕」「みよ…〔私注―①1同951「世にふればうさこそまされみよしののいはのかけみちふみならしてむ」（同、同）〕」などを漠然と予測するか。」

【類歌】 ④31正治初度百首1692「すむ人のかよはぬ外は跡もなし庭よりおくの谷の細みち」（「山家」寂蓮）

④38文保百首1461「代代をへてふりぬる庭の跡もなし吉野の宮の雪のあけぼの」（冬、定房）

⑤238歌合〈永仁五年当座〉22「みやまべやとひくる人のあともなしいくかのゆきにみちやとぢぬる」（「冬山」教良卿

女）

712　わたつうみ《（海）》によせてはかへ《（帰）》るしきなみの／はじめ《（初）》もはてもしる人ぞなき

【訳】大海原に寄せては返ってくる、次々の波の太古の初めも、またこの将来の果ても知る人はいないよ。

【語注】〇しきなみ　八代集にない。後から次々に立つ波。万葉2431 2427「宇治川の瀬々のしき波しくしくに…」、蜻蛉日記「網おろしたれば、しき波に寄せて、なごりにはなしといひふるしたる貝もありけり。」（新大系114頁）。④26堀河百首1040「ひまもなくしき波かくる網代木をひをのよるとや人のみるらん」（冬「網代」河内）。

▽地10の2。初句字余（「う」）。大海原に寄せては返って行く盛んな波の、歴史の始めも果ても知る人はこの世にいないと、「海を」（全歌集）歌う。

C156「「わた《だ(D)》つ海」とは、海の惣名《一》をもい《也。(〃)》へり。又、龍神をもいへり。これはうみの惣名《事(〃)》なり。「しき波」とは、浪のしきりにたつをいへり。此世の無始無終のことはり《理(〃)》を、浪を以てくはん《二　観(〃)》念したる也。」、「一　それの総体の名称。／二　思念を集中して対象の実相を感得すること。」（上160頁。D578・中202頁）

俟「「しき波」は、しきりにたつ波歟。天地の道無始無終なるを、大海の波にみていへるなるべし。」」、「海主題。」

『全歌集』「参考」万葉3353 3339「…立つ波も　のどには立たぬ　畏きや　神の渡りの　しき波の　寄する浜辺に　…」（巻第十三）

『赤羽』200頁「わたつうみ…しきなみ…万葉語を使い、音表象と意味表象を巧みに複合して、そのもの固有の感触や気分を盛りたてている。第一首では、初句の字余りは海の茫洋たる感じをあらわすとともに、対句や同音反復によって表象される波の調子にゆったりと応じている。」、248頁「ここに捉えられたイメージは、過去も未来も無に帰してしまう、無限の中に浮かび漂う現在であり、それを捉えるものは、いっさいのものを無化してしまう詩人の目である。」、255頁「否定の非限界性が無限をあらわす場合で、これも抽象的志向へつながるものである。」、295頁「し…は…は…し…歌全体の音韻構成というより一首のモチーフ、イメージ、意味内容と微妙にからみ合っていることを指摘することができるであろう。」、310頁「し…し…上句と下句の音韻上の統一感だけでなく、それぞれの助詞のはたらきに合わせてイメージの重層、展開などの効果に注目される。」

【類歌】④31正治初度百首2001「わたつ海《ナシ(玉)》によせてはかへるしき浪の数限なき君が御よかな」（「祝」讃岐。①14玉葉1073 1074）…上句同一

⑤178後京極殿御自歌合129「よせ帰るあら磯なみのしき浪にまなく時なくぬる袖かな」（「恋の心を」）

⑤345心敬私語79「はじめもはてもしらぬよの中／和田原よせてはかへる奥津なみ」…712に近い

713　うつなみ《（浪）》のまなく時なきたま《（玉）》がしは／たま〳〵見ればあかぬ色かも

【訳】　打ち寄せる波の絶え間なくいつもの（玉のような）岩、それをたまに波の合い間に見ると飽きることのない色であるよ。

【語注】　**○たまがしは（玉堅磐）**　岩の美称。一般的な「玉柏」ではない。「玉柏」八代集四例（索引）、うち「玉柏」三例、あと一例・①7千載641 640「なにはえのもにうづもるる玉がしはあらはれてだに人をこひばや」（恋一「…、はじめの恋のこころをよめる」俊頼。③106散木995。④26堀河百首1128。『全歌集』「参考」）。①9新勅撰763 765「しらせばやおもひいり江のたまがしは…」（源家長）。　**○たま〳〵**　八代集一例・金葉416（後述）。

▽地10の3。第三、四句たまの頭韻のリズム。打つ波がいつも絶えない岩石をたまに見ると、見飽きない色あいだと、

「岩を」（全歌集）歌う。

俟「浪中の波《〔石〕》〔ヒ〕のたま〳〵見えたる事にや。」、「石が主題。」

『安東』110〜113頁、111、113頁「良経を賞め讃えた歌なのかもしれない。たぶんそう解してよいのだろう。…右の俊頼の詠〔私注―前述〕を証歌としたものだろう。初恋の歌をさりげなく写景ふうの雑歌に詠み替えながら、これは若き良経の人柄や才能に寄せる定家の並々ならぬ好意だ、と読者に気付かせるところがこの歌の心にくいところである。」

『赤羽』201頁「まなく時なきたまかしはたまたま…ことばの音楽だけのようで具象的イメージは浮かび上らない。」712参照、313頁「玉がしは／たまたま…白露のたまたま…〔私注―①5金葉二416 444「おもひぐさ葉ずゑにむすぶしらつゆのたまたまきてはてにもかからず」（恋上、源俊頼）〕…俊頼の歌は、繰返しの音調効果を相当に計算して作られた歌であって、このような方法から定家は学ぶところが多かったのであろう。」

714　わきかへるいはせ《(岩瀬)》の浪に秋すぎ《(過)》て／もみぢ《(紅葉)》になりぬ宇治の河風

【訳】　湧き返っていく岩瀬の波に秋も過ぎて、川面は紅葉になってしまったよ、宇治の川風によって。

【語注】　**○わきかへる**　八代集三例、初出は後拾遺818。③118重家225「おもふらん人にいはせのなみならでなにかこころにわきかへるらむ」（予返歌）。④40永享百首303「わきかへる思ひをしれと山川の滝つ岩瀬にとぶほたるかな」（夏「蛍」兼良）。**○いはせ**　八代集にない。万葉3334 3320「直に行かずこゆ巨勢道から石瀬踏み求めぞ…」。③117頼政77「吉野河岩瀬の浪による花や…」。【語注】の「わきかへる」の歌参照。**○宇治の河**　547前出。**○宇治の河風**　⑤421源氏物語633「…へだつともなほ吹きかよへ宇治の川風」。④31正治初度百首50「…た《あらイ》かくともなほ霧ふかし宇治の川風」（御製）。

▽地10の4。四句切、倒置法。湧き返る岩瀬の浪にも秋が過ぎ、河風によって吹かれた紅葉で宇治川は一面に覆われたと、「川を」（全歌集）歌う。②16夫木11078、雑六、うぢ河、山城「十題百首」。俟「わきかへる岩せの波のたぎるを「わきかへる」といへる歟。〔「紅葉に成ぬ」は、うぢの河原悉皆紅葉の色になりたる也。〕〔○〕「紅葉になりぬ」、面白詞也。落葉の体なるべ《り》し。」、「河主題。秋。／二「て」は継起ではなく中絶。」『全歌集』「参考」⑤421源氏物語366「思ふとも君は知らじなわきかへり岩漏る水に色し見えねば」（「胡蝶」（柏木）

【参考】①7千載1160 1157「もがみ川　せぜのいはかど　わきかへり　おもふこころは　おほかれど…」（雑下「…、述懐…」俊頼。③106散木1518。④26堀河百首1576）

③118重家224「はつせがはいはせの浪のわきかへりこころひとつに物をこそおもへ」（本歌、三位大進）

④26堀河百首1379「わきかへり岩こす浪のたかければ山ひびかせるすずか河かな」（雑「川」国信）

【類歌】⑤197千五百番歌合2378「しほかぜにいはうつなみのわきかへりこころくだくるものおもふかな」（恋一、公経）

⑤197同2383「よし野河いはうつなみのわきかへりかげみぬみづのせにくだけつつ」（恋一、通具）

715　をしのゐるあし《（蘆）》のかれまの雪氷《（こほり）》／冬こそ池のさかりなりけれ

【訳】鴛鴦がいる芦の枯れた間には、雪や氷（が見え）、冬こそは池の殷賑《にぎわい》があることよ。

【語注】○かれま　八代集にない。③133拾遺愚草2422「しもがるるよもぎがそまのかれまより…」。③134拾遺愚草員外52「霜うづむをばながしたのかれまより」。⑤130散位広綱朝臣歌合22判「…まぎれつつなにはの蘆のかれまなるかな」。○雪氷　雪が氷になったものか。○下句「こそ…のさかりなりけれ」は一つの型。また「さかりなりけれ」は、花・桜の歌に多い。①5金葉二58 61「けさ見ればよはのあらしにちりはててにはこそはなのさかりなりけれ」

（春「落花満庭と…」実能）。
▽地10の5。鴛鴦のいる芦の枯れ間に、降る雪や張った氷があり、冬こそが池の盛んなことであると、「池を」（全歌集）歌う。②16夫木6931、冬二、水鳥「建久二年十題百首」。俟「[三]風景たぐひなくや。」、「池主題。冬。／…「雪氷」の語他例未見。雪まじりの氷か、「露霜」からの連想か。／三七五五頭注参照。」六家抄・歌のみ
『全歌集』「参考」①5金葉二5861（前述）、①7千載78「いけ水にみぎはのさくらちりしきて浪の花こそさかりなりけれ」（春下「…、池上花と…」院）
『赤羽』197頁「この百首は、大体において、定家自身の感情を抑えているばかりでなく、人間を登場させず、景物が支配する世界を意識的に強調している。…冷然と閉ざされた、人間感情の入りこむ隙のない非情の世界である。」、335頁「ここでは/o/音が主で、丸くポツポツこぼれる、動かない、寂しく孤独な冬の日のイメージを出している。その世界を占めるのは、冬そのものなのである。」709参照
【類歌】④11隆信267「をしのゐる池のみぎはのうす氷ふかきちぎりを結ぶなりけり」（冬「…、いけの水鳥…」。②13玄玉293。⑤258文治六年女御入内和歌302）
④41御室五十首236「をしのゐる池の氷のます鏡おもてにうらもみゆるなりけり」（冬、兼宗。②16夫木7077）

716　わかなつむをちのさはべのあさ《朝③》みどり／霞のほかのはる《（春）》のいろ哉

【訳】若菜を摘んでいる遠方の沢辺の薄緑（色）は、（浅緑色とされる）霞の他の春の色であるよ。
【語注】○さはべ　八代集六例。○あさみどり　「霞の色は「浅緑」と歌われることが多い。」（全歌集）。柳もであ

る。「朝」掛詞か。　**○はるのいろ**　517前出。
▽地10の6。若菜を摘んでいる遠くの沢辺の薄緑色は、霞以外の春の色だと、「沢を」（全歌集）歌う。同じ定家に③133拾遺愚草1308「あさみどり霞たなびく山がつの衣はるさめ色にいでつつ」（…百首…、春）がある。
俟「「浅みどり」は、水の色、又、若な、どのもえ出たる心なるべき歟。」」、「沢主題。初春。」

【参考】②4古今六帖48「若なつむ我を人見ば浅みどり野べの霞とたちかくれなん」（第一、歳時「わかな」つらゆき）

【類歌】①10続後撰3「あさみどり春はきぬとやみよしのの山のかすみのいろに見ゆらん」（春上、壬生忠見）
③131拾玉4059「あさみどりさはべにうつす春の色はみづのみまきのまこもなりけり」（「水郷春望」）
③131同4276「あさみどり春の色ある木ずゑかなまちえてにほふはなのほかまで」（「…喜色在花」）
④15明日香井1008「あさみどりかすむばかりのわ《ぞ（最）》かくさにはるも《の》れ《こ（〃）》るむさしのの原」（最勝四天王院名所御障子「武蔵野」）。⑤261最勝四天王院和歌398）
④36弘長百首38「あさみどりかすみの衣春はきぬすそののわかな今やつままし」（春「若菜」家良。①11続古今21）…
716に近い
④38文保百首902「さほ姫の霞の袖のあさ緑春の色にぞ立ちかはりぬる」（春、有房）

717　秋はたゞいり江ばかりのゆふべかは／月まつそらのまのゝうら浪

【訳】秋はただ入江ばかりの夕暮であろうか、イヤそうじゃない、月の出を待っている空の真野の浦浪にも情趣があるのだ。

【語注】**○まの**　八代集四例、初出は後拾遺880。近江国の歌枕（大津市）。**○まのゝうら浪**　③130月清738「…かたよりに秋をぞよするまののうらなみ」（院初度百首、秋）。▽地10の7。三句切。秋はただ入江ばかりの夕暮にだけ情趣があるわけではない、月の出を待っている空の下《もと》での真野の浦浪にもそれはあると歌って、俊頼の名歌①5金葉二239 254「うづらなくまののいりえのはまかぜにをばななみよる秋のゆふぐれ」（秋、源俊頼。『全歌集』「参考」）に異を唱える。それは①8新古今36「見わたせば山もとかすむ水無瀬河夕は秋となに思ひけむ」（春上、太上天皇）などの思考方法と同じである。「浦を歌う。」（全歌集）。俟「鶉なく…など、賞したるやうに、入江ばかりの秋の夕を賞すべき事かは、月まつ比のそら〔うら波の〕三、景趣もたぐひなき物をといへる心也。」、「浦主題。秋夕。…三　三五三頭注参照。」『赤羽』196頁「俊頼の「うづら…が見残した月の出前の浦を点出しているが、上句の強い語調には、俊頼の局部的唯美的に偏した見方に対する疑問が投ぜられている。」

718　月のさすせきや（関屋）のかげのほどなきに／ひとよ（一夜）はあけ（明）ぬすまのたびぶ（ふ③）し

【訳】　月光の差す関屋の軒の蔭はさしてないので、一夜はあっけなく明けた、須磨の旅臥であるよ。

【語注】　**○さす**　「「関」の縁語「鎖す」を掛ける。」（全歌集）。**○せきや**　八代集五例、初出は千載499。**○かげ**　月影か。**○たびぶし**　八代集にない。⑤197千五百番歌合2822「…そらの雲それをかたしくみねのたびふし」（女房）。▽地10の8。四句切。月の差し込む関屋の軒の蔭はさほどないので、須磨の旅寝はあっという間に明けたと、「関を」（全歌集）歌う。夏の夜のことだろう。同じ定家に①7千載414 413「時雨れつるまやののきばのほどなきにやがてさしいる月のかげかな」（冬「…時雨のうた…」定家。③133拾遺愚草154）がある。俟「「関屋のかげの程なき」は、月影にや。夏の夜の心成べき〔し〕〔ヒヒ〕歟。〔「程なき」は、関屋の狭少なる所にも一夜は明したる心なるべき歟。しからば如此は関屋の陰なるべし。それを月のえんによせていへるにや。」」、「関主題。旅夏夜。」

【類歌】④35宝治百首1739「庭もせにまやのあまりの程なきにわりなく月の影もすみけり」（秋「庭月」蓮性）

719　しるべなきをだえのはし《橋》にゆきまよひ《ど③》／又いまさら《今更》の物やおもはむ《ん》

【訳】道案内のない緒絶の橋に道を迷い、又いまさらの物思いをすることであろうか。

【語注】**○をだえのはし**　八代集一例・後拾遺751。陸奥の歌枕。定家の用例が多い。例えば、③133拾遺愚草885「人心をだえの橋にたちかへり…」（歌合百首「寄橋恋」）など。**○ゆきまよひ**　八代集にない。③132壬二2916「あさ衣かたのおほしま行きまよひ…」。④33建保名所百首838「逢ふことはまなのはしに行きまよひ…」。**○や**　疑問。詠嘆か。

【本歌】⑤421源氏物語401「妹背山ふかき道をばたづねずてをだえの橋にふみまどひける」（「藤袴」（柏木）。新大系三―100頁。『全歌集』）

▽地10の9。⑤421源401を本歌とし、妹背山の深い道（姉弟であったという深い事情）を知らないで、道しるべもない緒絶の橋に踏み迷い（、叶わぬ恋に心を迷わして）、さらに物思いをするのかと歌う。恋歌仕立て。「橋を歌う。」（全歌集）。

B108「会不逢恋のやうなる歌也ほのあひみし人にとたえて又むかしのやうに物やおもはんと也」（14頁）

俟「恋の心なるべき歟。又、今さらをだえのしるべなき故にや。〔しるべなきをだえにまどひては、何事につけても物思ひぬべき事也。しからば、あながち恋ならずとも、寄橋雑など心にみても可然歟。〕」、「橋主題。恋。」

720　かたるともか許《ばかり》人やしらざらん／宮木《ぎ》のゝべのゆふぐれ《夕暮》のいろ

【訳】　たとえ話したとしても、これほどのものだと人は知らないであろう、宮城野の野辺の夕暮の景色をば。

【語注】　○宮木のゝべ　③131拾玉5056「露しげき宮木の野べの萩がえに…」。

▽地10の10。第一、二句かの頭韻。三句切、倒置法。宮城野の野辺の夕暮の景色をたとえ人に語り聞かせても、これほどまでに情趣深いとは人は分からないだろうと推量する。「野を歌う。」（全歌集）。俟「宮城の、夕の千ぐさなどの色にや。みぬ人にかたるとも如是とはしるまじきと也。」、「野主題。秋夕。」『赤羽』297頁「強調し、調子をとる。／1かた…か」

居處《所》十

721　もゝしきやもるしらたま《玉》のあけがたに／まだしも《霜》くらきかね《鐘》のこゑ《声》哉

【訳】　宮中よ、漏れる白玉の水（の時計）の明方に、まだ霜の暗い鐘の声・音であるよ。

【語注】　○もるしらたま　「漏刻。水時計。」（全歌集）。「漏刻のしたたりで、長恨歌に「遅…夜」（私注―白氏文集、巻第十二、長恨歌「遅遅鐘鼓初長夜」（上282頁））、『和漢朗詠集』に「三…長」（私注―和漢朗詠307「三秋にして宮漏正に長し」（秋「落葉」愁賦））とある。宮中の長い静寂な夜が明けようとする気分は、「もる白玉」によって冷やかに感覚化されている。」（赤羽204頁）。　○しも　強めの「し・も」か。　○くらきかねのこゑ　「都良香の「鳧鐘夜鳴　響暗天之聴」（漏尅・本朝文粋）（私注―71漏剋・新大系163頁、和漢朗詠524（後述））と同じ感触である。」（赤羽204頁）。

○かねのこゑ　八代集六例、初出は後拾遺918。569「鐘の音」。

▽居処10の1。第一、二句もの頭韻。下句は④3小侍従95「嵐にも尾上のかねはひびきけりしもばかりぞとなに思ひけむ」（冬「山家嵐」）にみられる唐土豊嶺の鐘の故事（「秋霜降れば則ち鐘鳴る」（山海経））によって、明方時、水時計の水がしたたり、また霜も暗く、その中から鐘の音声が聞こえてくると、宮中「禁中を」（全歌集）歌う。②16夫木14169、末句「かねの音かな」、雑、禁中「十題百首、居所」。

五7・常縁口伝和歌「漏刻のしたゞり也。「まだ霜くらき」は、明闇の眺望也。」、「上古ハ…（私注―禁秘抄・上「奏時事。／上古随二陰陽寮ノ漏尅一奏レス之ヲ。近代指計テ蔵人仰レ之ヲ。丑ノ刻以後為二明日ノ分一。」（群書類従、巻第四百六十七、1041頁）」」。

B109「百敷は百官の座をしけは云也もる白玉とは漏刻のした丶り也また霜くらきは明闇の眺望也」（14頁）

不審33「も※1…まだ※2…如何。／※1漏剋事歟。玉漏ナド云ヘリ。※2未霜暗。」（上306頁）

俟「漏刻の事にや。漏刻の明方にも、ながき夜なれば猶明けやらぬ冬の夜の体おもしろし。「まだしもくらき鐘の声」、冬の明がたの体、如此もの也。」、「禁中主題。冬暁。」

久保田『研究』673、674頁「禁中…といった、皇室とその周辺を好んで取り上げている。」701参照。他、722、723、725

『全歌集』「「渚宮…漏深」（白氏文集・巻一四）（私注―「渚宮東面煙波冷、浴殿西頭鐘漏深」（「八月十五夜禁中独直対月憶元九」上322頁）」というように、水時計は「鐘漏」とも呼ばれることからも、またその機能からいっても、「もるしらたま」と「鐘のこゑ」は連想しやすいもの。また、漢詩文の世界で、鐘は霜気に感じて自ずと鳴るとされるので、「霜」と「鐘」とも縁語関係にある。全体的に漢詩風な世界であるといえる。」

『佐藤』「漢詩文受容」442頁「朗524鶏人…之聴」・和漢朗詠524「鶏人暁に唱ふ　声明王の眠りを驚かす／鳧鐘夜鳴る　響暗天の聴きに徹る」（下「禁中」都）

『赤羽』204頁「定家はこの歌を宮中に宿直して、白楽天の「五…時」（禁…九）（私注―白氏文集、巻第十四、上322頁

「禁中夜作書与元九」・「五声宮漏初明後、一点窓燈欲滅時」」を連想して作ったのであろうか。」、256頁「夜が明けようとしてなかなか夜明けがやってこない、夜と朝との未分の状態を捉え、そこに停滞する時間、中間の状態を現出せしめている。微妙な静止の瞬間である。」、284頁「も、しきやも…「も、しきや」も「もるしらたま」、すなわち漏刻の滴りにかかる例はないが、音調上の必然から「百敷」に実際の意味をもたせて宮中の意としたのであろう。この二首の音色の美しさは格別で、音象徴と意味象徴の微妙に融和した例ということができよう。」、297頁「変化しながら同音を繰返す。…ももし…もるし…しも…」、322頁「「ももしきの」は、…ここでは「もる白玉」とつづいてゆく。それは音韻上の必然から呼び出されたことばである。「ももしき」「もる白玉」「霜くらき」「かねのこゑ」などの音のイメージが、暗さ・丸さ・冷たさなどの感覚をよびおこし、宮中の未明の印象が、濁音のまじった、k・m・nを主としたこもった子音の配列であらわされる。…第一音は/o/にはじまり、第二句も/o/で閉じて暗く閉ざされた夜更けのイメージをあらわし、第三句から次第に明るくなってゆく未明の感じに移るが、第三句と第四句は、同じパターンの母韻構造をくり返して、音の上からもゆきつもどりつする未明のイメージを表わしている。」、377頁「停滞する時間を「まだ」という副詞で捉える。…これらは時間を先取りしたものであり、」、382頁「だから鐘の音によって季節の推移や外気の変化を知ることになる。」

【類歌】④31正治初度百首164「おきならす霜のまにまにきこゆなりをのへのかねのあけがたの空《こゑイ》」（冬、三宮）

722　くまもなきゐじのたく火のかげ《（影）》そひて／月になれたる秋の宮人

【訳】隈なく照らす衛士の焚く火の光が加わって、月に慣れ親しんだ秋の宮・皇后宮の人々であるよ。

【語注】**○くまもなき**　③116林葉501「くまもなき影にあはれをさしそへて心のかぎりつくす月かな」（秋「…、月」）。

○ゑじ　八代集二例、初出は後拾遺592。「衛士府（のち衛門府）に詰め、庭火を焚くなど雑役に従事する兵士。」（全歌集）。　**○秋の宮人**　八代集一例・新古今804。「秋の宮」（皇后宮、長秋宮、皇后の御殿）は八代集一例・金葉542。「「宮人」は奉仕の女官。」（俟・頭注）。

▽居処10の2。隈なく照らす衛士のたく火の光が加わって、後宮に仕える人々は月に慣れ親しんでいると、「後宮を」（全歌集）歌う。②16夫木5241、第三句「影見えて」、秋四、月「建久二年百首中」。

俟「「秋の宮人」は中宮の事なる歟。勿論（ヒヒ）衛士宮庭（は中宮の）を（も）守りて火をたくなるべし。」」、「皇后宮主題。秋夜。」久保田『研究』673、674頁「長秋宮、…」701、721参照

【参考】①5金葉二205 217「くまもなきかがみとみゆる月かげにこころうつらぬ人はあらじな」（秋、長実。①5′金葉三198）

【類歌】①14玉葉1069 1070「雲ゐにていく万世かながむべき月になれたる秋のみや人」（賀「…、…月契秋久と…」季経）…下句同一

723　秋津しまお（を）さむるかどのゝどけきに／つたふる北のふぢ（藤）なみのかげ

【訳】秋津島・日本を治めている門・家門（北家）がのどかなことによって、代々伝えている北（家）の藤波の影であるよ。

【語注】**○秋津しま**　万葉語。万葉五例。万葉2「…うまし国ぞ　蜻蛉島《あきづしま》　大和の国は」。③106散木981「あきつしましほのとどみにうづもれて…」。八代集一例・新古今1867。　**○おさむる**　「治まる」八代集三例、「―む」も「納む」のみ八代集一例。　**○つたふる**　下二段・八代集三例。　**○北の藤**　「藤原氏北家。摂籙の家門。」（全歌集）。　**○北の**

ふぢなみ　八代集三例、初出は詞花282。

▽居処10の3。この我が国を治める藤原北家の家門はのどけくて、代々伝えていると、「家門を」（全歌集）歌う。②16夫木14957、第三句「のどけきを」、雑十三、門「十題百首」。B110「藤代の我国をおさむるのよし也あまつこやねのみことよりつたはれる家也それを門と云也南家北家武家豪家也」（14頁）侯「〔「おさむる門」は〕摂禄の家をいへるにや。〔「北の藤なみ」は北家也。「のどけき」とはその器量ありて温和なるをいへる歟。その器につたへてその一門さかふる心なるべき歟。〕」、「摂関家主題。春。」久保田『研究』673、674頁「藤原氏の氏長者である北家藤原氏、」701、721参照

724　やど《宿》ごとに心ぞ見ゆるまとゐする／花の宮こ《都》のやよひきさらぎ

【訳】　家ごとにその心が見える、円居する花の都の二月、三月は。

【語注】　**○やどごと**　八代集三例、初出は後拾遺315。**○まとゐする**　八代集四例、「まとゐ」は八代集二例。**○花の宮こ**　八代集初出は後拾遺92。**○やよひ**　八代集一例・後拾遺149。**○きさらぎ**　八代集一例・新古今1993。

▽居処10の4。二句切、倒置法。桜狩、桜の木の下での円居などではなく、花の都の二月三月時、団らんをする家ごとに、そこに住む人の心がうかがわれると、「花洛を」（全歌集）歌う。②16夫木1233、春四、花「十題百首」。侯「無殊事歟。〔「まどゐ」如何。猶吟味あるべし。〕」、「都主題。春。／二　参考」・①8新古今164「まとゐして見れどもあかぬ藤浪のたたまくをしきけふにも有るかな」（春下、天暦御歌）

六家抄「花洛は花をけうずる故に都をいへり。色くのあそびを見てわが心のとまる心也。」

『安東』113、114頁「「心ぞみゆる」と大胆に言ってのけて二句切とし、ついで、綻びたものをうまく円坐にととのえ直してゆく手際に巧のある歌だ、と読んでおけばよい。むろんこの歌も、作者の側に（良経・慈円という）睦み合う良い詩友がある、とまず知っていて面白く読める歌である。」

【参考】③2赤人43「やどごとにはなのにしきをおればぞみるにこころのやすきときなき」

725　むらすゝきうへ《（植ゑ）》けむあと《（跡）》もふりにけり／くもゐをちかくまもるすみかに

【訳】一群の薄を植えてしまったその跡もすっかり古びてしまった、宮中近く護衛する住まいに。

【語注】**○むらすゝき**　八代集二例・後拾遺609、新古今618。他、「一叢薄《むらすすき》」八代集二例。

【本歌】①1古今853「きみがうゑしひとむらすすき虫のねのしげきのべともなりにけるかな」（哀傷、みはるのありすけ。『全歌集』）

▽居処10の5。三句切、倒置法。①1古今853を本歌として、宮中近くを守る屋敷に、一村薄を君が植えた（旧）跡もすっかり古くなり、虫の音の絶えない野辺ともなってしまったと歌う。良経家か。『全歌集』・「近衛府を歌う。」

B111「此のむら薄はふりにし跡といはんため也されともあれたる心にはあらす久しき由を祝する也雲ゐをちかくまもるは大将家也則《とは(D)》此百首此家にての事也」

C157「「ちかくまもる」、[一]近衛つかさ也。禁中御垣《のみかき(〃)》をまぼる《も(〃)》役人なり。奉公のひまなさに《き(〃)》、わがすみかへも帰らねば、さぞふりはて《終イ(〃)給》ぬらんと也。[二]ちかきまぼりのみかきもり、と古今長歌にあり。」、「一　B注（一一一番）は下句の意を、この百首歌を催した大将家（左大将九条良経）とし、上句を祝意に解する。／二「てるひ…〔私注―①1古今1003「…てるひかり　ちかきまもりの　身なりしを　たれかは秋の　くる方に…」（雑体、短歌、よみ人しらず）〕」（上160頁。D

237・中103頁）
不審34「へ…如何。／※此百首、建久二年右大将家歌也。仍、「雲井ヲ近クマモル」とハヨメリ。君がうへし一むら薄、トヨメルモ、近衛ノ曹司ヲヨメル也。」、「一　この歌を含む十題百首は建久二（一一九一）年一二月左大将良経に進めたもの。／二」・①1古今853（前述）、（上306頁）侫「古今哀傷部藤原利基朝臣右近中将にて住侍ける曹司をみて御春有助歌。／君が…此詞書・歌の心なるべき歟。〔「ちかくまもる」は近衛也。（ママ）〕右近曹司をよめるなるべし。一村す〔「すみか」は曹司也。〕ゝきうへし昔もふりぬるよし也。」、「左大将家主題。秋。／二　古今・八五三…／三　当注は右近曹司説、C注一五七番は…と我家説、B注一一一番は…とし、当百首主催者の左大将良経家説で、不審三四もこれに同。この説可。」
久保田『研究』673、674頁「近衛」、701、721参照

726　見なれぬるよとせをいかにしの《（忍）》ぶらん／かぎる《り③》あがたのたちわかるとて《も③》

【訳】　見馴れてしまった四年をどのように思い偲んでいるのであろうか、限りがきた任国の勤務を終え、館《やかた》から別れようとして。

【語注】　**○よとせ**　八代集一例・①4後拾遺465「わかれ《別れぢ（今）》てのよとせのはるのはるごとにはなのみやこを思ひおこせよ」（別、道信。⑤374今昔物語集108）。国守の任期は四年。　**○あがた**　「県の井戸」のみ八代集一例・後撰104。万葉1287「…石走る近江県の物語りせむ」（巻第七）。伊勢物語「むかし、県へゆく人に、馬のはなむけせむとて、…」（新大系（四十四段）、122頁）。　**○たち**　「館」と接頭語「たち」を掛ける。さらに「発（立）ち」を掛けるか。「「県の館《たち》」から「立ち別る」と続ける。」（全歌集）。なお「館」は八代集にない。万葉3965 3943詞書「守大伴宿禰家持が館に集ひて

宴する歌」。

▽居処10の6。三句切、倒置法。国司の任期が終了し、館から別れ出ていくというので、見馴れた四年を（人は）どのように思いしのぶのかと歌う。自分も可。いうまでもなく土佐日記冒頭「ある人、県の四年五年はてて、…住む館より出でて、船に乗るべき所へ渡る。」（新大系3頁）をふまえる。「国府を歌う。」（全歌集）。五8・常縁口伝和歌「あがたの任四ヶ年也。帰京の折節、在国ありし時なれし人々しのぶらんと也。[二]三体詩、野人…移家、などの心もこもれるにや。「[三]あがたのたち」とつゞけられたり。」、「二「露晃…樹花。（送元…移越、劉商、三体詩一）〔私注—『三体詩』七絶、実接「露晃行春向若耶／野人懐恵欲移家／東風二月淮陰郡／惟見棠梨一樹花」（「送元史君自楚移越」劉商、64頁）〕」。／三「縣の館」。」（上95、96頁）

B112「此歌は一任四千（ママ）年の事也在国の時みなれし人も忍ぶらんと也帰京の心はへにやあかたのもし珍重也あかたの館とつゝけたるにや」（14頁）

俟「「[二]四とせ」、諸国受領は一任四ヶ年なれば、任はてゝ上京する心にや。〔ればみなれし四年の間を今任はてゝのぼる別にさぞしのぶらんと云り。〕「かぎるあがたのたちわかる」」、県の館とそへたる也。」」「県館主題。／二　諸注同趣。」

『全歌集』「参考」①4後拾遺465（前述）

727　たび枕いくたびゆめ《夢》のさめぬらん／思《ひ》あかしのむ《う》まや〳〵と

【訳】　旅寝をして、幾度夢が覚め果てたことだろうか、旅の憂さに思い明かして、明石の駅々と宿泊して。

【語注】　**○たび枕**　八代集一例・新古今1486（式子）。**○いくたび**　「「旅枕」との同音反復の効果を狙う。」（全歌集）。**○思あかし**　562前出。「あかし」掛詞（「明し、明石」）。明石には駅があった。**○むまや**　八代集にない（「うまや」

も）。万葉3292 3278「赤駒を　馬屋に立て　黒駒を　馬屋に立てて…」。万葉3458 3439「鈴が音《ね》の駅家《はゆまうまや》の堤井の…」。②4古今六帖1104「あづまぢの…あらなくにむまやむまやと君をまつかな」（第二「むまや」）。枕草子「駅《むまや》は　梨原。望月の駅。山は駅は、あはれなりしことを聞きを《(お)》きたりしに、」（新大系（二二五段）、264頁）。

▽居処10の7。三句切、倒置法。旅の憂さ辛さ悲しさに思い明して、明石への駅々を旅寝して何回夢が覚めたことであろうかと歌う。あるいは菅原道真の面影か。「駅を歌う。」（全歌集）。②16夫木14881、第三句「たえぬらん」、雑十三、あかしのむまや、播磨「百首歌」。

五9・常縁口伝和歌「「むまや〳〵」は、いまや〳〵と云心に[一]万葉によめり。毎夜旅ねにおもひあかす也。明石は駅路也。[二]昔は駅五里をへだて、ありしと也。」」、「一　あるいは「鈴が音の…〔私注—前述〕」をそう解したか。／二「官使の…〔私注—「官使の行きてやどる所を駅路といふなり。」（色葉和難集、歌学大系別巻二—484頁）〕」、「凡（ママ）・諸道…〔私注—新訂増補国史大系、令義解、巻八、廐牧令「凡諸道ニ須レクハ置レク駅ヲ者。毎二ニ卅里一置二ケ一駅一ヲ。」（274頁）〕」。」（上96頁）

B113「むまや〳〵は万葉にもいまや〳〵と云心をもたせてよめり毎夜旅ねに古郷を思ひあかす事也明石は駅路也駅は五里を隔て、有しと也」（14、15頁）

C158「「むまや」、駅館なり。勅使をもてなすやく人也。駅長…春秋〔私注—大鏡「播磨国におはしましつきて、明石の駅《むまや》といふ所に御宿りせしめ給ひて、駅の長の、いみじく思へる気色を御覧じて作らしめたまふ詩、いと悲し。／駅長莫レカレ驚クコト時ノ変リ改マルコト／一タビハ栄エ一タビハ落ツル是レ春秋」（古典集成67頁）〕、[右の詩、(D)ナシ(〃)]天神のあかしにてあそばせし詩也。／「むまや〳〵」、いまや〳〵といふ心也。夜のあくるをまちわびたるさま也。」（上160、161頁。D579・中203頁）

不審35「…む※…如何。／※駅路。」（上306、307頁）

侯「むまや〳〵」、[二]いまや〳〵と云心といへり。今や夜の明ると、度々夢のさめたるにや。明石駅をたち入たる也。」、「駅館主題。旅。／二　…とするが、「あづまぢ…（六帖・二・むまや）」〔私注—前述〕などによるか。／三　…「官吏の…いふなり（色葉和難集・五）」などのように、単なる宿場・旅宿ではない。一首としては「毎夜…事也（B注）」。なお、諸注参照。」『全歌集』「参考」、「（道真）播磨の国に…春秋」（大鏡・巻二　時平伝）〔私注—前述〕、「ひと…〔私注—⑤421源氏物語222「ひとり寝は君も知りぬやつれづれと思ひあかしのうらさびしさを」（「明石」（光源氏））」▽菅原道真が左遷された故事などを連想して詠むか。」

【類歌】③131拾玉1694「ぬる人の夢はいくたびさめぬらんかへすかひなきさよ衣かな」（歌合百首、恋九「寄衣恋」）。⑤175六百番歌合1120）

728　しばのと《（戸）》よ今はかぎりとしめずとも／つゆ《（露）》けかるべき山のかげ《（陰）》哉

【訳】　柴の戸よ、今ここが最後の住みかだと決定したのでなくとも、露（涙）っぽいはずの山の蔭であることよ。

【語注】　**○今はかぎりと**　①2後撰1083 1084「すみわびぬ今は限と《ぞ（六）》山ざとにつまぎこる《身をかくす（伊）》べきやどもとめてむ《ん（六）》」（雑一「世中を…」業平。②4古今六帖984。③6業平78。⑤415伊勢物語107。『全歌集』「参考」）。**○しばのと**　八代集初出は金葉568。**○しめ**　「占め」。**○山のかげ**　八代集一例・古今204。また「やまかげ」八代集七例、初出は詞花110。

▽居処10の8。隠棲の柴の戸を最後の住まいだと決めたのではなくとも、山の蔭では露（涙）がちになるのに違いないと、「山家を」（全歌集）歌う。

僕「今は〔○〕《〔ヒ〕》住居《〔ヒ　ヒ〕》〔○〕《〔しては勿論の事也。さあらず〕》せずしてかりそめにきてみるに《〔ゐるとも猶〕〔ヒ　ヒ　ヒ　ヒ〕》も露けかるべし《〔き〕》と也《〔ヒ（ママ）〔ヒヒ〕》。〔山陰《1》の物さびしさぞといへる也。〕」、「1「物さびしきぞ」とありたい。…山居主題。秋。」

六家抄「但山のかげにかりそめにきたりともかなしからんに、世をはなれきりてすむ山家一段かなしき心也。山家のかん也。」

729　露じも《（霜）》のおくての山田かりねして／そでほしわぶるいほのさむしろ

【訳】露霜の置く晩生の山田を刈り、仮寝をして、袖を干しわびる庵の狭筵であるよ。

【語注】**○露じも**　八代集六例、「…しも」か。**○おくて**　495前出。「置く」との掛詞　**○かりね**　「仮寝」八代集五例、初出は千載534。「刈り」との掛詞。**○ほしわぶる**　八代集一例・拾遺1125。**○さむしろ**　「寒し」との掛詞か。

【本歌】①1古今842「あさ《しら(六)》露のおくての山田かりそめにうき世中《間(貫)》を思ひぬるかな」（哀傷、つらゆき。②4古今六帖972。③19貫之769。『全歌集』）

▽居処10の9。①1古今842を本歌として、朝に露霜の置く晩生、山田のそれを刈って、田家に仮寝をすると、庵の狭筵は、かりそめのはかないものだと、辛いこの世の中を思うことで、露や涙によって干しかねると、「田家を」（全歌集）歌う。同じ定家に、③133拾遺愚草986「露霜のをぐらの山に家ゐしてほさでも袖のくちぬべきかな」（正治百首、山家五首。④31正治初度百首1389）、③133同1384「秋の野に尾花かりふく宿よりも袖ほしわぶるけさのあさ露」（百首、恋十五首）、③133同1542「露霜のおくての山田ふく風のもよほすかたに衣うつなり」（秋「田家擣衣」。④45藤川五百首206）がある。

俟「無殊事歟。」、「山田守仮庵主題。秋。」

【類歌】①12続拾遺330「露霜のおくてのいな葉色づきてかり庵さむき秋の山かぜ」（秋下「…、田家秋寒」為氏。⑤335井蛙抄92）…729に近い

①16続後拾遺370「初霜のおくての山田もる庵にかりそめながら衣うつなり」（秋下、今出河院近衛）

②15万代3829「秋田子が衣手さむし露霜のおくての稲のみのるこのころ」（〔異本歌〕源茂維）
⑤408春の深山路28「山田もるかりいほさむみ露霜のおくてのいなば秋風ぞ吹く」（十一月、兼行）…729に近い

730　いでゝこしみちのさゝはらしげりあひて／たれながむらんふるさとの月

【訳】出てきた道の笹原は茂り合って、一体誰がながめていることであろうか、故里の月をば。

【語注】**〇みちのさゝはら**　源氏物語「世の常に…〔私注―⑤421源氏物語663「世のつねに思ひやすらむ露ふかき道のささ原分けて来つるも」（「総角」（匂宮））〕に見える歌句。」（新大系・百番165）。**〇さゝはら**　八代集二例、初出は後拾遺709。**〇しげりあひ**　八代集七例。

▽居処10の10。四句切、下句倒置。第三句字余（「あ」）。故郷をあとにした道には笹原が繁り合い、この月を旧里では一体誰が眺めているのかと歌う。伊勢物語（業平）の東下りの如く、月を見るのは故郷に残してきたあの人・恋人か、それなら恋歌仕立てとなる。「故郷を歌う。」（全歌集）。⑤183三百六十番歌合611、雑、十八番、左、定家朝臣。⑤216定家卿百番自歌合165、八十三番、左持、同上〔＝十題百首〕。

侯「わが出てこしみちにや。跡にはたれながむらんといへる歟。年をへて…〔私注―伊勢物語「206年を経て住みこし里を出でていなばいとゞ深草野とやなりなん」（（百二十三段）、新大系192頁）〕此歌の心にや。」、「古里主題。…居所十題では廷臣・官吏としての選択八題。」

『全歌集』「参考」①8新古今628「あづまぢのみちの冬草しげりあひてあとだにみえぬ忘水かな」（冬「あづまに…」康資王母）

【類歌】①20新後拾遺902「みるらむと思ひおこせて古郷のこよひの月をたれながむらん」（羇旅、和泉式部）

④14金槐100「たれすみて誰ながむらん故郷のよしのの宮の春のよの月」（春「故郷春月」）
④44正徹千首911「出でてこし故郷人やしたふらん袖吹きかへす道の山かぜ」（雑「旅行」）

草十

731　年の内は《に③》けふのみ時にあふひぐさ／かざすみあれをかけてまつ《（待）》らし

【訳】一年の内は今日の御時に会うために、葵草をかざすみあれの御事を心にかけて待っているらしい。

【語注】**○年の内**　八代集七例。**○けふのみ時**　「けふのみ…」か。「今日のこの御時」（全歌集）。**○み時**　八代集にない。③131拾玉1002「…御らむぜよみときにたらでちることのはを」（明治・拾玉集(上)「三時に…」）。③131同1003「…たぐひとやみときにたらでちらすことのは」（同・同「三時に…」）。⑦30四条宮主殿25「本たえばみときののりのかひありて…」。⑨23鈴屋1338「…数数の三時のほどになるはめづらし」。**○あふひぐさ**　423前出。「会ふ」を掛ける。**○みあれ**　423前出。**○かけ**　「葵（草）」の縁語。

▽草10の1。初句字余（「う」）。下句かの頭韻。年内は今日の御時に会うために葵草を挿頭にさして、みあれの神事を心にかけて待つらしいと、「卯月の賀茂祭で人々が挿頭とする葵を」（全歌集）歌う。同じ定家に③133拾遺愚草423「年をへて神もみあれのあふひ草かけて帰らん身とはいのらず」（早率百首、夏）がある。
侯「賀茂〔葵は〕祭の心にや。〔日ばかりもてはやさる、草なれば、かねてよりみあれの日をまつらんといへり。〕」、「葵主題。夏。次歌と共に神事。」

【参考】③66為頼8「めづらしくやまゐにつけんあふひぐさまちかけてのみとしはへにけり」（「つくるうた」）
③105六条修理大夫203「むかしよりけふのみあれにあふひ草かけてぞたのむ神の契を《しるし（堀）ちかひ（和）》」（百首和歌、夏「葵」。④26堀河百

首357。⑤302和歌色葉425）…後述の③131拾玉724、2651と酷似

④26堀河百首353「神山のけふのしるしのあふひ草心にかくるかざしなりけり」（夏「葵」公実）

④29為忠家後度百首714「としをへていくまつりにかあふひぐさけふをとりわきかけてきぬらん」（雑「賀茂祭」）

④30久安百首122「千早振けふのみあれのあふひ草心にかけて年ぞへにける」（夏、公能）…731に近い

【類歌】②14新撰和歌六帖2193「玉くしげみあれのけふのあふひ草かけこし世世もとしふりぬらん」（第六帖「あふひ」）
…731に近い

②14同2195「よしさらばかけじやけふのあふひ草としにまれなるちぎりなりけり」（同「同」）

②16夫木2494「いづくにもおなじかざしのもろかづらときにあふひをかけてまつかな」（夏一、葵「文応元年七社百首」為家）

③131拾玉724「としをへてかものみあれにあふひ草かけてぞ思ふみよの契を」（楚忽第一百首、夏「葵」）

③131同2651「としをへてかものみあれにあふひ草かけてぞたのむ神のめぐみを」（春日百首草、諸社「賀茂」）

⑤247前摂政家歌合97「神代よりかくるちぎりにあふひ草けふのかざしと成りにけるかな」（初夏、権大納言）

732　神世よりちぎりありてや山あゐも／すれる《ば③》衣の色となるらん

【訳】　神代から約束ごとがあってか、山藍も摺衣の色となったのであろうか。

【語注】　**○神世より**　①4後拾遺1123 1124「神よりすれるころもといひながら又かさねてもめづらしきかな」（雑五、選子内親王。⑤354栄花物語62）。　**○山あゐ**　466前出。　**○すれる衣の**　②4古今六帖2947「山たかみさはにおひたる山ゐもてすれるころものめづらしな君」（第五「めづらし」）。　**○衣の色**　八代集六例。　**○や**　疑問。詠嘆か。

▽草10の2。神代からの約束があってか、山藍は摺衣の色となったのであろうと歌う。『全歌集』は、「山藍は石清水臨時祭の舞人の摺衣…」と訳す。「山藍を歌う。」（全歌集）。①18新千載942、第三句「山あゐに」、神祇「後京極摂政家百首歌に」前中納言定家。

俟「臨時祭、山藍の摺衣着用する事也。〔されば、山藍も神代から契りありてや此辺は用られたると、そのはじめを思へる也。〕」、「山藍主題。夏。「摺衣」を別として、草として山藍を主題とすること珍奇。六帖も「藍」（歌中語は唐藍）」のみ。前歌よりの連想か。」

『全歌集』「参考」④30久安百首832「荻の葉も契ありてや秋風のおとづれそむるつまと成りけん」（秋、顕広・俊成。①8新古今305）

【参考】①3′拾遺抄426「あしひきの山あゐにすれる衣をば神につかふるしるしとぞおもふ」（雑上、つらゆき）③19貫之137「やまゐ《あゐ(新)》もてすれる衣のながければ《あかひもの(〃)》ながくぞ我は神につかへむ《ふる(〃)》」（「臨時の祭」。①9新勅撰550）

【類歌】⑤247前摂政家歌合279「山あゐにすれる衣のたけのふしいく代になりぬ賀茂のみづがき」（初冬、女房）

733　さやかなるくもゐ《（雲井）》にかざす日かげぐさ《（影草）》／とよのあかりのひかり《（光）》ませとや

【訳】明るい宮中にかざす日蔭草（を、かざして）豊の明りの光をさらに加えよということであろうか。

【語注】○日かげぐさ「——くさ」か。八代集二例・後拾遺1122、新古今748。○とよのあかり　八代集六例、初出は後拾遺1125。「新嘗会の翌日、宮中で行なわれる宴会。」（全歌集）。①11続古今675 679「今日にあふとよのあかりのひかげぐさいづれのよよりかけはじめけん」（冬、資季）。①18新千載656「宮人のとよのあかりの日かげ草袂をかけて露むすぶなり」（冬「…、五節」邦省親王）。③129長秋詠藻293「ゆふぞののひかげのかづらかざしもてたのしくもあるかとよのあかりの」（「木綿園」）。⑤395讃岐典侍日記14「めづらしき豊のあかりの日影にもなれにし雲の上ぞ恋しき」（作者）。

▽草10の3。光さやかな宮中でかざす日蔭草は、豊明節会にさらに光を加えよということでか、と歌う。同じ定家に、733に近い③133拾遺愚草245「日かげ草くもりなき世のためしと《に（藤）》やとよのあかりにかざしそめけん」（大輔百首、冬。④45藤川五百首141左）がある。「日蔭草を歌う。」（全歌集）。②16夫木7456、冬三、豊明節会「十題百首」。俟「日かげ草といふよりいひたてたる歌也。」、「日影草主題。冬…豊明節会の際の群臣の冠の飾にする。二四五頭注参照。宮廷公宴。」

【類歌】①8新古今748「あかねさす朝日のさとのひかげぐさ豊明のかざしなるべし」（賀、輔親）…733に近い

②16夫木7436「さしぐしのかざしの日かげさやかなるとよのあかりぞむかしこひしき」（冬三、豊明節会「同」為家）…733に近い

②16同7443「をみ衣けふきてかざす日かげ草とよのあかりのなこそしるけれ」（同、同「同」同）…第二〜四句同位置

④35宝治百首2246「をみ衣けふきてかざす日かげ草豊明の名こそしるけれ」（冬、為家）

⑤250風葉411「めづらしき豊のあかりのひかげぐさかざす袖にも霜はおきけり」（みかきがはらの右大将）

734　みちもせにしげるよもぎふうちなびき／人かげもせぬ秋風ぞ吹《く》

【訳】道いっぱいに茂っている蓬は靡いて、とうとう人の姿もなくなって秋風がただ吹いているよ。

【語注】**○みちもせに**　八代集一例・千載103。**○せ・せに**　八代集四＋二例。**○よもぎふ**　八代集八例。**○うちなびき**　八代集八例。①1古今230「をみなへし秋のの風にうちなびき心ひとつをたれによすらむ」（秋上、左のおほい

まうちぎみ)。　〇人かげ　八代集一例・新古今1529。　〇秋風ぞ吹《(く)》　末句の終り方の一つの型。▽草10の4。道も狭いほどに茂っている蓬は、秋風に靡き、人影はないと歌う叙景歌。「蓬を歌う。」(全歌集)。「人」があの人なら、「秋」に「飽き」を掛け、もうすっかり飽きられて愛《いと》しい人の来ない道と、恋歌仕立てとなる。「此の道や行く人なしに秋の暮」(芭蕉)、①8新古今1601 1599「人すまぬふはの関屋のいたびさしあれにし後はただ秋のかぜ」(雑中、摂政太政大臣)が想起される。

俟「「路もせ」、路もせばき心にや。物さびしき風景也。」」、「蓬(秋草)主題。秋。…「よもぎふ打なびき」の句続き不審。」

『全歌集』「返照…禾黍」(私注―唐詩選「返照入閭巷　憂来誰共語　古道少人行　秋風動禾黍」(巻六「秋日」耿湋。岩波文庫下94、95頁))に似た歌境。」

【類歌】①8新古今69「うちなびきはるは来にけり青柳のかげふむ道ぞ人のやすらふ」(春上、高遠)…詞が通う

①10続後撰266 257「かきほなる山のしたしばうちなびき人はおとせで秋風ぞふく」(秋上「…、山家秋風」少将内侍。⑤229影供歌合〈建長三年九月〉54)

735　霜むすぶお《(を)》ばながもとのおもひ《(思)》草／きえなむ《(ん)》のちやいろにいづべき

【訳】　霜が生じる尾花のもとで、物思いをする思い草は、霜が消え果てた後に顔色に出るのであろうか。

【語注】　〇お《(を)》ばながもと　八代集二例・新古今624(後述)、1340。第二、三句同一・③73和泉式部276「のべみればをばながもとの思草かれゆく程に《冬(新)》なりぞしにける」(①8新古今624)、⑤197千五百番歌合2495「とへかしなをばながもとのおもひぐさしをるるのべのつゆはいかにと」(恋二、通具)。　〇おもひ草　八代集四例、初出は金葉416。掛詞。「諸説あ

るが、ナンバンギセルとするのが最有力。しかし定家はリンドウと考えていたか。」（全歌集）。後の古注参照。

【本歌】②4古今六帖2578「みちのべのをばながしたのおもひ草いまさらなにの《さらに》もの《何を(万)》かおもはん」（第五「はじめてあへる」）。万葉2274 2270、『全歌集』「本歌」、『安田』141頁は「参考歌」）

▽草10の5。②4古今六帖2578を本歌とし、霜ができる道の辺の薄の本にある思い草は、霜が消えた後で色に出る、つまり今さら何かものを思って表情にあらわすのかと、「思草を擬人的に歌」（全歌集）って、恋歌めかしている。同じ定家に、③133拾遺愚草2413「朝霜の色にへだつる思草きえ《さ(院)》ずはうと《せ》し《じ(〃)》むさしのの原」（冬「…、枯野朝」。⑤180院当座歌合〈正治二年十月〉29）がある。

C159「万道の…「《二》おもひ草」、いろ〳〵《の(D)》説あり。当流にはりんだうの事なり。霜のきえての後、《の(〃)》むらさきの《ナシ(〃)》いろはあらはれんと也。りんだうの花は紫色也。」、「…二　万葉二二七〇番の「思ひ草」はナンバンギセルと考えられているが、万葉歌に拠る古今四九七番歌（私注―①1古今497「秋の野のをばなにまじりさく花のいろにやこひむあふよしをなみ」（恋一、読人しらず）」の解釈に「りうたん（顕注密勘）」「月草・撫子・竜胆花（栄雅抄）」とあり、また八雲御抄には「おもひ草と云は露草也と通具卿説也（三・露草）」ともある。なお、当注五二六番も同様。」（上161頁。D238・中103頁）

侯「「《二》おばながもとの思ひ草」は竜胆也。霜にうづもれたれば、霜の「消なむ後や」といへる也。「消なむ後や」とは、我身の思に比していへる歟。」、「一　思草主題。恋。…二…C注頭注参照。」

六家抄「霜がきえなん後は思ひ草が色に見えんと也。霜もお花もしろき物なればかくよめり。おもひ草はりんだうの事也。」

『赤羽』201、202頁「をはなかもとのおもひ草…『万葉集』の「道の…（二二七〇）から、…題材を取ったものと思われるが、後頼も同じものを詠んでいる。「思ひ草」については、「おも…（私注―①5金葉二416 444「おもひぐさ葉ずゐにむすぶしらつゆのたまたまきてはてにもかからず」（恋上、俊頼）」であり、…こういう素材の扱い方は他にみられないことからも、偶然の一致としてだけでは片づけられないものがある。定家は、すでに「初学百首」において俊頼を媒介に『万葉集』を摂取しており、この関係は相当深いものと思われる。」

【類歌】①15続千載616 618「霜むすぶ草のたもとの花薄まねく人めもいまやかれなん」（冬「…、寒草霜」津守国助）

③132壬二2361「ほにいでて尾花が本になく鹿の思ひかさなる草の名やうき」（秋）…詞が通う

④24慶運106「霜むすぶ尾花がもとの蛬よさむや秋のおもひなるらむ」（秋「虫」）

④35宝治百首2081「霜がれのを花が本のおもひ草結びかへてしあとものこらず」（冬「寒草」道助）

⑤227春日若宮社歌合34「ほにいづる尾花がもとのおもひ草たが心よりたねをまきけん」（恋、尊家）

736　あれにけりのき《（軒）》のした《（下）》くさ《（草）》葉をしげみ／むかしゝのぶのすゑのしらつゆ

【訳】荒れはててしまったことよ、軒の下の忍草は葉が多いので、（それゆえに）昔を思い偲ぶの果ての末葉の涙の如き白露であるよ。

【語注】○昔しのぶ　「草の名のシノブを暗示する。」（全歌集）。

▽草10の6。初句切、倒置法。下句ののリズム。軒の下草の忍草は葉が多く茂って、昔を偲ぶ葉末の白露（涙）を宿して、宿はすっかり荒れはてたと歌う。「忍草を歌う。」（全歌集）。

俟「無殊事歟。「あれにけり」、此五文字、よのつねの歌ならば、「しのぶ」、又、「露」などの上の事あるべき歌也。此五文字はこゝにとりあはぬやうなる詞也。さ《二》れど一首の全体にてみれば、「あれにけり」、おもしろき也。をきがたかるべき五文字也。」、「忍草主題。秋。「花す…（私注—①2後撰288「花すすきほにいづる事もなきやどは昔忍ぶの草をこそ見れ」（秋中、中宮宣旨）」」。／二　むしろ、二・三句が冗漫というべきか。」『赤羽』201頁「のきのしたくさ…むかしのぶ…万葉語を使い、…「し」「の」の錯綜は、細かな草に露が乱れている感じであり、」、712参照

【類歌】④40永享百首307「夏もはやすゑののくさの葉をしげみ露も蛍もみだれあひつつ」（夏「蛍」性脩）

737　我もおもふうら《(浦)》のはまゆふいくへかは／かさねて人をかつたのめと《ど③》も

【訳】私も思う、浦の浜木綿が幾重であろうか、そのように幾重にも重ねて人を一方であてにしようとも思うよ。

【語注】○はまゆふ　八代集四例。○とも　岩波文庫、全歌集の本文。

▽草10の7。初句字余（「お」）。下句かの頭韻。初句切、倒置法で、浦の浜木綿が幾重であるように、何回も重ねてあの人を頼みにしようと私も思うと、恋歌仕立てとしている。裏にはあてにはするのだが、何度も裏切られる、が含意か。有名な①3拾遺668「みくまのの浦のはまゆふももへなる《す(万)》心はおもへどただにあはぬかも」（恋一、人麿。万葉499 496。「参考歌」（安田141頁）。「参考」（全歌集）や①3拾遺890「さしながら人の心を見くまののうらのはまゆふいくへなるらん」（恋四、かねもり。「参考」（全歌集））よりも、【参考】の古今六帖歌に737と近い詠がみられる。B114「我も思ふとははまゆふのやうにおもふことの年へてかさなる心也かつたのめともとはたのむしるしもなき心をいひのこしたる也」、8・歌のみ侯「浜木綿主題。恋。…「我も…心也」（B注・一一四番）」は不分明であるが「浜木綿」に対して「我も」の釈か。古歌の主体に対する「も」ではないか、その時初めて初句切第三句切となる。」『赤羽』200頁「おもふうらのはまゆふ…浦の浜ゆふ…思へど…（万葉・四九六）／『万葉集』では、恋の心の激しさを

強調するために序に用いられた物を、定家はそのまま主題とし、さらに音や語の反復、押韻、字余りなどの技法を駆使して、草や木にふさわしいリズムと気分を構成している。」

【参考】②4古今六帖1935「みくまののうらのはまゆふいくかさねわれより人をおもひますらん《む(和)》」(第三「はまゆふ」。⑤293和歌童蒙抄647)…737と近い

②4同1936「おもひます人しなければみくまののうらのはまゆふかさねだになし」(同、同)

②4同1938「みくま野のうらのはまゆふいくへ《かさね(2634)》かも我《きみが(〃)》をば人の思ひへだつる」(同、同。②4同2634)…737と近い

③49海人手古良61「今はとてわかるる人をみくまのの浦の浜ゆふかさねとぞ思ふ」(「わかれ」)

⑤390蜻蛉日記59「…おもふこころも　いさめぬに　うらのはまゆふ　いくかさね　へだてはてつる…」(兼家))

【類歌】②14新撰和歌六帖1182「よそに成るうらのはまゆふいくへまで人のこころにわれへだつらん」(第三帖「はまゆふ」)

738　さくらあさのをふのしたつゆ《(下露)》したにのみ／わけてくちぬるよな〳〵のそで

【訳】　桜麻の麻生の下露を人目を避け、分け行って朽ち果ててしまった夜々の袖であるよ。

【語注】　○さくらあさ　八代集三例。①1古今892「おほあらきのもりのした草おいぬれば駒もすさめずかる人もなし」《又は、さくらあさのをふのしたくさおいぬれば》(雑上、よみ人しらず)。万葉3063 3049「桜麻《さくらを》の麻《を》生《ふ》の下草早く生ひば妹が下紐解かずあらましを」(巻第十二)。第一、二句同一・③132壬二1710「さくら麻のをふの下露いかならん御祓《みそぎ(老)》になりぬ水無月の空」(夏、守覚法親王家五十首。⑤184老若五十首歌合197)。　○さくらあさの　「「をふ」に掛かる枕詞。」(全歌集)。　○をふ　八代集二例・古今892左(前述)、新古今185。「麻の生えている所。ただし、中世では歌枕と考えられていたか。」(全歌集)。

▽草10の8。初句字余（「あ」）。第二、三句「した」のリズム。桜麻の苧生の下露を分けてこっそりと恋人のもとに夜ごと通ったせいか袖は朽ちたと、恋の男の立場で歌う。

C160「恋のうた也。「おふ」、苧の生たる所也。「さくら麻」、両説なり。あさは花の白くさく物なればいへり。又、さくらのさく時分たねをまくものなればいふといへり。これを用。露ふかき所をわけぬるそでなれば、くつるよしなり。／万さくら…〔私注—万葉2695 2687（後述）〕」、「一　注の系統未詳。「不審」は麻の名の意か。「新古今集註（静嘉堂本）」は「花ノサク麻（新古今一八五番歌注）」、「増抄」は「葉のもみじて色づきたるをいふ（同上）」とし、「袖中抄・十二」は「麻の花はしろき…あさとは云也」とする。」（上161頁）

不審36「あ※1さ…お※2ふの浦、伊勢国候哉。「桜あさ」と申候は如何。／※1麻。※2合点」、「一　麻生浦、八雲以下
「伊勢」。」（上307頁）

侯「「下にのみ」とは、昇進をもせずして人の下に〔。〕《〔奔走して〕》のみくちぬる袖といへる心歟。」、「麻生題。恋。…二　忍恋の思いで、当説述懐は不採。前後歌も恋。なお、C頭注参照。」

『赤羽』200頁「さくらあさのをふのしたつゆ…櫻麻の苧原の下草露…（万葉・二六八七）」、737参照

【参考】万葉2695 2687「桜麻《さくらを》《あさ(新、夫、和)》の麻《を》生《ふ》の下草露しあれば《ら(新、和)》明《あけても(夫)》かしてい行け母《ゆかむおや(新、夫、和)》は知るとも」（巻第十一。①9新勅撰877 879。②16夫木13585。⑤293和歌童蒙抄615。「参考歌」（安田141頁）。「本歌」（全歌集））

【類歌】①10続後撰682 674「さくらあさのをふの下草したにのみこふれば袖ぞつゆけかりける」（恋一、基俊）…738に
近い

①14玉葉546「桜あさのをふの下露おきもあへずなびく草葉に秋風ぞ吹く」（秋上、藤原義景）
①18新千載319「露むすぶ下草みれば桜あさのをふのかりふに秋はきにけり」（秋上「…、露」弾正尹邦省親王）
④35宝治百首2842「あだにのみ色かはれとは桜あさのをふのした草露もかけきや」（恋「寄草恋」家良）

739

みちしばやまじるかやふのを《（お）》のれのみ／うちふく風にみだれてぞふる

【訳】 道芝よ、まじっている萱の自《み》らのみが、吹く風に乱れているように、自分だけが心乱れて日々を過ごすことよ。

【語注】 **○みちしば** 八代集八例、初出は後拾遺1213。 **○かやふ** 八代集にない。②16夫木915「山かげのかやふにまじるしたはらに…」（文応元年七社百首、為家。⑩7為家五社百首61）。 **○を《（お）》のれのみ** ①6詞花211 210「かぜをいたみいはうつなみのおのれのみくだけてものをおもふころかな」（恋上、源重之）。 **○うちふく** 八代集二例。

▽草10の9。道芝に混じっている萱のみが風に乱れるように、自分だけが心乱れて日々を送ると歌う。日々の様々なこととも考えられるが、恋の心乱れてか。「萱を歌う。」（全歌集）。B115「此歌は別なる心なし風情をおもふへし」（15頁）俟「萱のみ風にみだるゝ心にや。」、「萱主題。恋。この初句は第二句のみと意味的に対応し、切れ難い。…七三四の「よもぎふ」と共にこの「萱生」の語義不審、定家に誤解あるか。」

740

ながれてもおもふせによるわかぜりの／ねにあらはれてこひんとや見し

【訳】 流れても思う瀬に寄る若芹の根、そのように声に出して、恋をしようと思ったであろうか、イヤそうは思わなかったのだ。

【語注】 **○ながれ** 「泣かれ」を掛けるか。 **○上句** 「下句を起すための有心の序。「ながれ」に「泣かれ」を響かせる。」（全歌集）。 **○わかぜり** 八代集にない。 **○ね** 「「音」と「根」の掛詞。」（全歌集）。

【本歌】　万葉2849 2838「川上に洗ふ若菜の流れ来て妹があたりの瀬にこそ寄らめ」（巻第十一。『全歌集』）
▽草10の10。万葉2849 2838を「本歌」として、河上に洗う若菜と同様、水に流れ来ても、妹があたりの思う瀬に寄る若芹の根、そのように声に出して恋い慕うと思ったのか、イヤそうではないと、恋歌仕立てとしている。「芹を歌う。」（全歌集）。
C161「こひのうたなり。むかし、ある后の供御にせりをきこしめすを、下つかた《づかさ(D)》のもの見たてまつりて恋となり、《て、》か《(〃)》たみと思ひてせりをつみありきしと也。此因縁により、せりつむ事、恋のよせ也。／本せり…〔私注―⑤291俊頼髄脳288「芹つみしむかしの人も我がごとや心に物はかなはざりけむ」〕／同川上に…〔私注―万葉2849 2838（前述）〕芹は流れてもせによらんと也。我は逢瀬いつあらんと也。」、「一　俊頼髄脳（「芹つみて」歌注）」、「奥義抄、下（一一）などに掲げる故事。／二「和歌色葉（七八）」には「心にかなはぬ事にはセリツム」として掲げる。」（上162頁。D493、中177頁）
俟「恋の心歟。」、「芹主題。恋。…「芹摘」の故事をいう。可。なお、C注頭注参照。」
『赤羽』201頁「せり…「あかね…〔私注―万葉4479 4455「あかねさす昼は田賜びてぬばたまの夜のいとまに摘める芹これ」（巻第二十）〕や「川上に…〔私注―万葉2849 2838（前述）〕などから題材を取ったものと思われるが、俊頼も同じものを詠んでいる。」、735参照

木十

741　草も木もひとつにおつるしも《(霜)》のうち《(内)》に／はかへ《が③》ぬ松のいろぞのこれる

【訳】　草葉も木葉も一つになって落ちる霜の中に、葉替えをしない常緑の松の色が残っているよ。

【語注】　○はかへ　「はがへ」か。「はがふ」八代集二例・後拾遺662、1050、他「はがへす」八代集二例。▽木10の1。第三句字余（「う」）。草も木も一つに落葉する霜の中に、葉の色を変えない松の緑が残っていると、「松を」（全歌集）歌う。②16夫木6460、第四句「葉がへぬ松の」、冬一、落葉「十題百首、木」。侯「無殊事歟。〔二「ひとつにおつる」と計いひては落葉とはきこえざれども、下に「葉がへぬ」とあるにて、たしかに落葉になりたる也。〕」、「松主題。祝賀の意を籠める。参考「よろ…〔私注―①4後拾遺1050 1051「よろづよのあきをもしらですぎきたるはがへぬたにのいはねまつかな」（雑四、御製。「参考」（全歌集））」」。／二「ひとつにおつる」の語続き、落葉をいうには不熟。「ひとつにそむる（一三二三）」「ひとつにそめぬ（一四三六）」「ひとつにあをき（一五一九・延久七）」など愚草にも例の多い句作り。」『赤羽』205頁「松を祝の心から離して感覚的に把えたものであるが、「十八…〔私注―和漢朗詠425「十八公の栄は霜の後に露はれ　一千年の色は雪の中に深し」（下「松」）〕順。佐藤「漢詩文受容」438頁）に類似し、」

742　いその神上(③)ふるのかみすぎ（神杉）ふりぬとも／ときはかきはのかげはかはらじ

【訳】　布留の神杉はすっかり古びてしまっても、永久不変の姿は決して変ることはあるまいよ。

【語注】　○第一、二句　「石上布留にある石上神社の神杉。「石上」も「布留」も大和国の地名。「石上布留」と続けていうことが多い。」（全歌集）。同一・万葉1931 1927「石上《いそのかみ》布留《ふる》の神杉《かむすぎ》神《かむ》びにし…」（「参考（歌）」（安田141頁、全歌集））、②4古今六帖4279「いそのかみふるの神杉かみさびて我やさらさらこひにあひにける」（第六「すぎ」）、③132壬二3020「いそのかみふるの神杉露おちてそのよもしらぬ秋の夕暮」（雑「…、秋雑」）、④23続草庵344「時雨れてもかひこそなけれいそのかみふるの神杉色しみえねば」

（恋「寄木恋を」）、⑤301古来風体抄120「石上布留の神杉神なれや恋をも我は更にするかも」（人麿歌集歌）。**○ふるのかみすぎ**　八代集三例・新古今581、660、1028。定家・③133拾遺愚草2213「五月雨のふるの神杉すぎがてに…」（夏）。**○ときはかきは**　八代集三例。**○かきは**　「堅磐。「カチハ」と訓むのが正しく、「カキハ」はしばしば「常磐堅磐」と重ねて用いることから、「トキハ」に引かれて誤った訓で生じた語。」（全歌集）。**○かげはかはらじ**　①12続拾遺761 762「ときはなるかげはかはらじ真木の村あまの露じもいく代ふるとも」（賀「…真木村」家光）。

▽木10の2。上句ふる、ふり、下句き、か、はのリズム。布留の神杉は古びてしまっても、常磐の永遠の姿は変るまいと歌う。⑤183三百六十番歌合584、雑、四番、右、定家朝臣。「杉を祝言の心を籠めて歌う。」（全歌集）。俟「無殊事。」、「杉主題。賀。「山し…〔私注―①3拾遺273「山しなの山のいはねに松をうゑてときはかきはにいのりつるかな」（賀、かねもり）〕」。」

『赤羽』200頁「（万葉・一九二七）」、737参照、313頁「いそのかみふるの神杉ふりぬとも／ときはかきはの影はかはらじ…石上布留の神杉神び…〔私注―前述の万葉1931 1927〕…下句にも繰返しを置いて、上句の繰返しとリズムの上でバランスをとっている。」

【類歌】①8新古今1028「いその神ふるの神すぎふりぬれどいろにはいでず露もしぐれも」（恋一「…、久忍恋と…」摂政太政大臣。③130月清解8）…742に近い

④14金槐456「磯上ふるのたかはしふりぬとももとつ人にはこひやわたらむ」（恋「名所恋の心を…」）

743　まきもくやひばらのしげみかきわけて／むかし《（昔）》のあと《（跡）》をたづねてぞ見る

【訳】　巻向よ、檜原の茂みをかき分けて、昔の古跡を尋ね訪い求めて見るよ。

【語注】○まきもく　八代集五例。○まきもくやひばらのしげみ　「大和国巻向の檜原の茂み。」（全歌集）。○ひばら　八代集七例。○しげみ　八代集五例。○むかしのあと　八代集六例。

▽木10の3。巻向の檜原の茂みをかきわけて、旧蹟を探り尋ね見ると、「檜を」（全歌集）歌う。②16夫木13931、第二十九、檜「十題百首、木」。

俟「昔の跡可尋之。〔巻向宮の事歟。〕」、「桧主題。「なる…〔私注―①3拾遺490「なる神のおとに《の》のみ《み（万）》きく《きし（〃）》まきもく《向（〃）》のひば《原》ら《（〃）》の山をけふ見つるかな」（雑上「山をよめる」人まろ。万葉1096 1092。「参考（歌）」（安田141頁。全歌集））〕」六家抄・歌のみ

『赤羽』199頁「まきもくやひはらの…巻向・檜原は、巻七の詠物歌群の中に「詠雲」「詠山」「詠河」などの題で詠まれた所である。『万葉』の昔、人麿が、「鳴る…一〇九二詠山）と感動した山を、いく時代か経た今、茂みをかきわけながら尋ねるという、定家としては率直すぎる態度で『万葉』への回帰を示している。」

744　けふ見ればゆみ《（弓）》きるほどになり《（成）》にけり／うへ《（ゑ）》しをかべのつきのかたえだ

【訳】今日見ると、弓に切るほどに大きく成長したよ、植えた岡べの槻の片枝をば。

【語注】○けふ見れば…なりにけり　一つの型。○ゆみ　「弓」のみは八代集一例・拾遺581、他「―弓」は八代集に多い。○をかべ　八代集四例。○つき　「大槻《おほつき》」ともに八代集にない。後述歌参照。万葉210「…堤に立てる　槻の木の　こちごちの枝の　春の葉の…」（巻第二）。○かたえだ　八代集にない。が、「片枝《え》」は八代集三例。万葉1367 1363「春日野に咲きたる萩は片枝は…」。②14新撰和歌六帖2404「かた枝はなりもならずもつき《ぎ（夫）》なしの…」（②16夫木13943・信実）。

▽木10の4。三句切、倒置法。岡辺に植えた槻の片枝を、今日見ると弓として切るほどになったと、「槻を」（全歌集）歌う。「昔、槻の若木で弓を作ったという。」（全歌集）。②16夫木14016、第二十九、槻「十題百首、木」。侯「槻は弓になる物にや。此字「つぎ」と後水尾院仰られし也。ま弓つき弓といふ時は、つきと清ていふ也。つき弓は槻木の弓にや、可尋之。」、「槻主題。…「弓きるほど」先例未見、奇。「あし…（私注―②4古今六帖2313「あしひきのやまをさかしみゆみつくるからきのえだをつゐにきりつつ」（第四「つゐ」いせイ）」」などの影響か。」『全歌集』「参考」・「奥山に…（私注―②4古今六帖3427「おく山にたつひとつきのしらまゆみまろやわりなく人をうらむる」（第五「ゆみ」）」」

『赤羽』199頁「二首とも素朴な調子で、『万葉集』の自然感情に通ずるものがある。前の歌は、「うつ…（私注―万葉210（前述）」（二一〇・人麿）と詠まれた。その片枝が成長した感じであり、」

【参考】④28為忠家初度百首200「けふみればふしだつほどになりにけりあけばかどたの早苗とりてむ」（夏「門田早苗」）

745　たび枕しゐ《ひ》のしたばをおり《を折》かけて／そでもいほりもひとつゆふつゆ

【訳】旅寝の枕に椎の下葉を折って掛けて、宿ると、袖も庵も一つの夕露（に覆われてしまうの）だ。

【語注】**○たび枕**　727前出。**○をりかけ**　八代集一例・新古今160。**○ゆふつゆ**　八代集初出は後拾遺682。

▽木10の5。旅寝をして、椎の下葉を折り掛けると、袖も庵も夕露で一つに濡れはててしまうと、「椎を」（全歌集）歌う。

侯「椎葉を折かけて庵としたるなるべし。されば袖もいほりもひとつ露となれりといへる也。」、「椎柴主題。…「ひとつ+体言」の形は第二・四句にくれば七四一の「ひとつに+動詞」の形。」『赤羽』199頁「「家にあれば…〔私注―万葉142「家なれば笥に盛る飯を草枕旅にしあれば椎の葉に盛る」（巻第二）〕を連想させる。」、744参照

746　月もいさまき《（槙）》のはふかき山のかげ／雨ぞつたふるしづくをも見し

【訳】月もさあ、（出ていないのであろう）槙の葉が深く生い繁っている山の蔭に雨が伝わり落ちる雫をも見たのだ。

【語注】**〇まきのは**　八代集六例、初出は後拾遺636。**〇ふかき**　掛詞か。**〇つたふる**　八代集三例。

▽木10の6。月も射していないのであろうから、槙の葉が深い山蔭に、雨が葉を伝わり落ちる雫をも見たと、「槙を」（全歌集）歌う。

五10・常縁口伝和歌「月の事は中〳〵もらぬ大《太(B)》山也。雨さへもらぬを《所なれとも(〃)》、それは雫のつた《に(〃)》へて見せ《ナシ(〃)》たるよし也。」（96頁。B116・15頁）

俟「「《二》月もいさ」、月の影なども、出るとも入とも不知ほど真木のふかき山蔭也。されば雨なども降ともわかれねども、梢よりつたひおつる雫をみる也。雨などこそつたふる雫をもみれ、月は思もよらぬといへるにや。」、「槇主題。／二…初句・第三句切で「月も…雨も…」の構造で、「それでも雨だけは漸く…」の意。巧みすぎて難解。「月は」の方がわかりやすい。」

747　かゞみ山みがきそへたるたまつばき《（玉椿）》／影もくもらぬはるのそら哉

【訳】　鏡山において、磨き加えた（玉）椿よ、その影も曇りはしない春の空であるよ。

【語注】　○みがきそへ　八代集にない。源氏物語「いよ〳〵磨きそへつゝ、こまかにしつらはせ給。」（「宿木」、新大系五—102頁）。③129長秋詠藻650「冬くれば池の鏡に氷ゐてみがきそへたる千代のかげかな」。「鏡」と「磨き」「影」「曇ら（ぬ）」は縁語。　○たまつばき　八代集二例・後拾遺453、新古今750。「椿の美称」。「たま」は「みがき」の縁語。…但し漢字「椿」は本来日本のツバキとは別の植物であるという。…『荘子』逍遥遊に「上古…（私注—内篇「上古有大椿者。以八千歳為春。八千歳為秋。」（36頁））」と見え、椿は長寿を保つ霊木と考えられている。」（全歌集）。
○はるのそら　八代集三例、初出は金葉421。

▽木10の7。鏡山（近江国の歌枕）の、磨き添えた玉のような玉椿の影も曇らない晴れ晴れとした春の空だと、「椿を」（全歌集）歌う。②16夫木13843、第二十九、椿「家集」。
俟「「鏡山」「玉つばき」といふより「みがきそへたる」といへる歟。」、「椿主題。」
六家抄「祝言の物なれば椿をよめり。鏡に玉をみがきそへたると也。玉とうけたる也。」
『全歌集』「参考」②8新撰朗詠615「徳是北辰　椿葉之影再改　尊猶南面　松花之色十廻」（下雑「帝王」聖化万年春、後江相公。『佐藤』「漢詩文受容」438頁）
『赤羽』300頁「二つのモチーフを同じ音色に統一する。一の用法と音韻的には同じ機能を果すものである。…か…影。…」

【類歌】　②16夫木13842「君が代はかがみの山のたまつばきくもりもあらじときはかきはに」（第二十九、椿、同（＝読人不知））

748　ゆふまぐれ風ふきすさぶきり《（桐）》のはに／そよいまさらの秋にはあらねど

【訳】 夕まぐれよ、風が吹きすさんでいる桐の葉に、そよそよとそよぎ、そうだ、今さらの秋というのではないが、秋と気付いたのだ。

【語注】 **○ゆふまぐれ** 八代集五例、初出は詞花396。 **○ふきすさぶ** 八代集一例・新古今1304。また「すさぶ」（上記の例も含めて）は八代集三例・すべて新古今。 **○きりのは** 「桐」はなく「桐の葉」のみ、八代集一例・新古今534（式子）。「桐の葉」の斬新性については、山崎桂子『国文学攷』第103号「桐の葉も踏みわけ難くなりにけり」に詳しい考察がある。後、『正治百首の研究』の「桐の葉をめぐる素材史小論」に、全面的に加筆・改稿して収録。 **○そよ** 掛詞。「「それよ」の意の感動詞に、葉のそよぐ擬態語「そよ」を響かせる。」（全歌集）。

▽木10の8。末句字余（「あ」）。夕方、風が吹きすさぶ桐の葉ずれの音に秋だと気付いたと、「桐を」（全歌集）歌う。同じ定家に、よく似た③134拾遺愚草員外316「きりの葉のうらふく風の夕まぐれそそや身にしむ秋はきにけり」がある。

俟「此「に」文字、難心得歟。「吹すさむ」は、風のやむ事をいひ、「風すさむ」は吹を云と聞及たれど、この「かぜ吹すさむ」は吹事のやうにきこゆる也。風吹すさむ桐の葉におどろかされて、感情の秋情をもよほして、今さらのやうに覚ゆれど、今さらの秋にはあらずといへる歟。／今さらなる秋にはあらざれども、夕の風吹すさむ桐のはにもよほされたる愁情は、秋もさらなるやうにおぼゆるとにや。」、「桐主題。「槐花…夜天〔私注—和漢朗詠209「槐花雨潤ふ新秋の地　桐葉風涼し夜になんなむとする天」（秋「早秋」白。『全歌集』「参考」。『佐藤』「漢詩文受容」452頁。白氏文集第二十五〈五五・2529〉「秘省後庁」（上641頁）」〕」。」久保田『研究』684頁「槐花…夜天…の句の内、後の句に拠ったものであろうことは、ほぼ確かである。」、755頁「桐葉は、中世歌人、特に風雅集頃の作者に好まれた素材かと思われるが、…など、専ら新進歌人によって、秋の訪れや冬の初めの寂しさ・わびしさをよく表すものとして用いられているのであった。かれらがこの素材を好んだ理由は、…即ち、桐葉に中国の間適詩の世界を感じ取っていたものと思われるのである。」、842頁「などの作では、風の消長や強弱の度合、その蕭条たる感じなどを表現し得ており、」

【参考】③106散木373「ゆふまぐれこひしき風におどろけばをぎの葉そよぐ秋にはあらずや」（秋、七月「晩風告秋」）…748に近い

⑤83六条斎院歌合（天喜四年七月）３「ゆふまぐれをぎふく風のみにしめば秋きにけりとおどろかれぬる」（「立秋」なかつかさ）

【類歌】④41御室五十首271「秋をあさみまだ色づかぬ桐の葉に風ぞ涼しき暮れかかるほど」（秋、釈阿）

⑤175六百番歌合926「ゆふまぐれふきくるあきのはつかぜはこひせぬ人も身にやしむらん」（恋下「寄風恋」経家）

⑤231三十六人大歌合８「秋の雨に桐の葉おつるゆふぐれをおもひすつるぞまつにまされる」

749　しぐれゆくはじのたちえ《（立枝）》に風こえて／心いろ《（色）》づく秋の山ざと

【訳】　時雨れて行くはぜの立枝に風が吹き越えて、心も、時雨によるはぜのみならず色づく秋の山里であるよ。

【語注】　**○しぐれゆく**　八代集二例・千載355、409。**○はじ**　八代集二例・金葉243、新古今539。**○秋の山ざと**　八代集四例、初出は後拾遺334。

▽木10の9。時雨れて行く櫨の立枝に風が越えると、心も櫨同様色づく秋の山里だと、「櫨を」（全歌集）歌う。【類歌】が多い。①14玉葉764、765、秋下「百首歌の中に」前中納言定家。

五11・常縁口伝和歌「「心色づく」は、秋に心のそみたる事にや。風景感情あさからざるもの也。」（上96頁）・Ｂ117

「心色つくは秋に心の愁たる事也いたくこの風情を感したるさまにや」
俟「一「心いろづく」は、心の秋の色になりたるにや。〔を云〕」、「櫨主題。」、に二「二　微視的視角。」、て三「三　継起でなく中絶転換。」

『全歌集』「参考」①5金葉二243 259「もずのゐるはじのたちえのうすもみぢたれわがやどの物と見るらん」（秋「…紅葉隔牆と…」仲実。「参考」『玉葉和歌集全注釈上巻』764）

『赤羽』206頁「『玉葉集』には…がとられ、その歌風の形式にも与った。…「風こえて」は、玉葉・風雅時代の歌人に愛用されることばであるが、…」、710参照

【参考】③125山家1200「山ふかみまどのつれづれとふものはいろづきそむるはじのたちえだ」（②16夫木6070）

【類歌】②16夫木5539「をしねほすいほのかき柴風立ちてたのもしぐるる秋の山ざと」（秋四、秋雑「秋時雨を」雅有）

③131拾玉4687「時雨れゆくこころの色しふかくならばきのふの秋もさもあらばあれ」

④15明日香井346「しぐれゆくよものやま辺をながむればそらよりかはる秋のいろかな」（詠百首和歌、秋）

④15同1201「しぐれゆくいろこそしらねしがらきのとやまのおくも秋の夜の月」（内裏歌合「深山月」。⑤209内裏歌合〈建保元年閏九月〉2）

④18後鳥羽院1480「山ざとのかど田のいなば風こえてひと色ならぬ浪ぞたちける」（「門田稲花」。②16夫木5032）

④俊成卿女241「時雨行く秋の山ぢは紅葉ばのうつろふ色やしるべなるらん」（「…、行路紅葉と…」。①21新続古今584。⑤229影供歌合〈建長三年九月〉319）

④34洞院摂政家百首705「初時雨まだふらなくにかた岡のはじの立枝は色づきにけり」（秋「紅葉」関白。①19新拾遺528。②15万代1189）

750　こずゑより冬の山かぜ《（風）》はらふらし／もとつ葉のこる《（残）》ならのはがしは

【訳】梢から冬の山風が払うようだ、もとの所の葉が残っている楢の葉柏をば。

【語注】〇**もとつ葉、ならのはがしは**　共に八代集一例・後拾遺169（後述）。

【本歌】①4後拾遺169「さかきとるうづきになれば《りぬ（好）》神山のならのはがしはもとつはもなし《あらじ（〃）》」（夏、好忠。②8新撰朗詠140。③58好忠95。⑤270後六々撰54。⑤293和歌童蒙抄124。『全歌集』「参考」）

▽木10の10。三句切、倒置法。①4後拾169を本歌とし、榊を取る卯月になると、本の方の葉はないというが、冬の本の葉が残っている楢の葉柏を、梢から冬の神山の風は払うらしいと、「楢を」（全歌集）歌う。俟「無殊事歟。猶《〔本ノ〕》の葉は木ずゑよりちる物にや。可尋之。」、「楢主題。」

【参考】③116林葉103「みよしのの山した風やはらふらん木ずゑに帰《かか》る花の白雪《雲》」（春「…、花二首」）

【類歌】③130月清1305「秋のいろのいまはのこらぬこずゑよりやまかぜおつるうぢのかはなみ」（冬「…宇治にて」。②13玄玉271。③131拾玉5215）

③132壬二1709「ゆふかけて風ぞすずしき神山の梢にのこるならのはがしは」（老若歌合五十首、夏。⑤184老若五十首歌合187）…750に近い

⑤197千五百番歌合1461判「とやまかぜ木木のこの葉をはらふらしかりがねさむくつもる秋かな」

鳥十

751　しのぶ山こさちのおくにかふわしの／そのは許や人にしらるゝ

【訳】信夫山において、こさちの奥に飼っている鷲の、その羽だけが人に知られているのだろうか。

【語注】**○しのぶ山** 440前出。**○こさち** 八代集にない。「こさ吹…〔私注—②16夫木5221「こさふかばくもりもぞする道のくのえぞには見せじ秋のよの月」（第十三、秋四、同（＝西行））〕という伝誦歌が存する。「こさ」は、息の意とか笛の一種とかいわれるが、実体不明。ともかく、蝦夷を連想させる語である。また、鷲羽は奥州の産物とされていた。」（全歌集）。**○わし** 「鷲」自体はなく、「鷲の高嶺」「鷲の山」「鷲の山風」として計八代集八例、初出は後拾遺1195。

▽鳥10の1。信夫山のこさちの奥に飼っている鷲は、その羽だけが人に知られるのかと、「鷲を」（全歌集）歌う。②16夫木12662、雑九、動物、鷲「十題百首」。

不審37「〽こさち…「さ」の字、清濁如何。」（上307頁）

俟「二句[二]、名所歟。可考之。」、「鷲主題。／二 木陰路。陽光の当らない日かげの路。不審三七番では「さの字、清濁如何」の問に答えない。」 六家抄「内註」

【類歌】②16夫木419「しのぶ山かすみのおくのうぐひすも人にしられぬ音をや鳴くらん」（春二、鶯「御集、鶯」中務卿みこ）

③132壬二2889「ともしする人やしるらんしのぶ山忍びてかよふおくの思ひを」（恋「恋歌…」）

752　あづさゆみ《（弓）》すゑのはらのにひきすへ《（ゑ）》て／とかへ《（帰）》るたかをけふぞあはする

【訳】末の原野に引き据えて、羽が抜け変わる鷹を今日、鳥に立ち向かわせることよ。

【語注】　○あづさ弓　「すゑ」の枕詞。　○すゑのはらの　「狩り場で歌枕と考えられていたらしいが、所在不明。」（全歌集）。④15明日香井602「たれかけさ雪うちはらひはしたかをすゑのはらのにとがりすらしも」（春日社百首、冬）。　○はらの　八代集にない。②14新撰和歌六帖2467「しもがれのはらのにまじるふしくぬぎ…」。③130月清1345「しもがれしはらののさはのあさみどり…」（⑤258文治六年女御入内和歌52）。　○ひきすへ《(ゑ)》　八代集一例・千載421。「引く」は「弓」の縁語。④26堀河百首1066「やかたをのしらふのたかを引きすゑてとだちの原を狩りくらしつる」（冬「鷹狩」顕仲）。④31正治初度百首2294「はしたかのそらしもはてず引きすゑてとがへるみともいまはならなん」（鳥、信広）。　○とかへる　八代集五例。　○とかへるたか　冬になって羽毛が生え変った鷹。

▽鳥10の2。末の原野に引き据えて、羽毛が抜け変った鷹を今日鳥に合わせると、「鷹を」（全歌集）歌う。侯「無殊事。」、「鷹主題。」

【参考】　①1古今702「梓弓ひきののつづらすゑつひにわが思ふ人に事のしげけむ」（恋四、よみ人しらず）万葉2646 2638「梓弓末のはら野に鳥猟する君が弓弦の絶えむと思へや」（巻第十一。「典拠」（赤羽199頁）。①9新勅撰870 872、「参考（歌）」（安田142頁（万葉共に）、全歌集）。②16夫木9833）

②9後葉442「とやがへるましろのたかをひきすゑて君が御狩にあはせつるかな」（雑一、すけまさ）

③100江帥512「もろかへりそらとるたかをひきすゑてあはづのはらをかるやたか《が》こ《子》そ《ぞ(夫)》」（「粟津原有臂鷹之人」。②16夫木7397）

⑤125東塔東谷歌合18「みかりすととがへるたかをてにすゑてあしたのはらにけふもくらしつ」（「鷹狩」）

【類歌】　①11続古今642 646「ぬれつつもしひてとがりのあづさゆみすゑのはらのにあられふるらし」（冬「…、冬野霰を」光明峰寺入道前摂政左大臣）

③132壬二1171「梓弓ひけばもとすゑよるよるはいるののともし鹿やかなしき」（大僧正四季百首「夜」）

753
風たちてさはべにかけるはやぶさの／はやくも秋のけしき《（気色）》なるかな

【訳】 風が起って、沢辺に翔り飛ぶ隼は、早くも秋の様子であることよ。

【語注】 **○かける** 八代集二例。**○はやぶさ** 八代集にない。④31正治初度百首1196「恨みかねたえにし床はむかしはやふさずなりにきよはのさむしろ」（鳥「はやぶさ」釈阿）。⑤347古事記67「はやぶさわけ」、68「同」。⑤348日本書紀59「はやぶさは　あめにのぼり　とびかけり　いつきがうへの　さざきとらさね」（隼別皇子之舎人等）。⑥38八十浦之玉234「高ゆくや隼総はなちかりば野を…」。⑧35雪玉4208「過行くやあきの日数は《もイ》はやぶさの…」。⑨24うけらが花初編560「くるすのやあしたの風もはやぶさの…」。

▽鳥10の3。第三、四句はやの頭韻のリズム。上句の隼の描写は、「はやく」を言うための序詞。風が立って沢辺に飛ぶ隼がすばやく、そうして早くも秋の景色となったと、「隼を」（全歌集）歌う。②16夫木12768、雑九、動物、鷹「十題百首」。

俟「又同歟。〔秋はとやより出るにつきていへる歟。又、野鳥も秋出る事歟。可尋之。〕」、「隼主題。以上三首は鷹狩の鳥。」

『安東』112、115〜118頁「悠然とした大景の眺を下句の小刻みな心理的空間にうまく引移している。…自然諷詠ふうになったのは、そのときの題の設けによる成行である。…当時はやりの速詠の風潮が、上下句のいずれかに印象鮮明な景を裁入れることによって一首に姿のととのいを図らせたということもあるように思う。」

『赤羽』197頁「隼などは記紀歌謡にある。…「はやふさ」「はやく」「かける」は、記紀の隼別皇子と嶋《め》鳥皇女の物語にヒントを得たものと思われる。皇子が「鷦鷯《ささぎ》と隼と孰れか捷き」と聞くと、皇女は「隼ぞ捷き」と答え、舎人らも／隼は　天に上り／飛び翔り　斎槻が上の　鷦鷯捕らさね（日本書紀）／と謡う。定家の歌には、この悲恋の物語を暗示するようなところはないが、初秋の大空を颯爽と翔る隼の姿に、古代の若く勇ましい皇子を連想することはいかにも似合わしい。」、280頁「…はやふさの」はやくも…隼《はやぶさ》の天翔るイメージに記紀にある「隼は夢《（ママ）》に上り飛び翔り」（日本書紀60）と歌われた嶋鳥皇女と隼別皇子のロマンスを連想させ、また、「大島に…はや…早…〔私注—①2後撰829 830「おほしまに水をはこびしはや舟のはやくも人にあひみてしかな」（恋四「女に…」大江朝綱）〕の見事な換骨奪胎をみることができる。」、325頁「この歌の中心もやはり第四句であるが、「はやぶさのはやくもあきの」の母音構造はa…o　a…o　a・oというようにa—oのモチーフの反復で、しかもその間隔がaauao　aauo　aioというように次第に狭まってゆく。これによって沢辺に翔ける隼のごとくやってくる秋のスピード感があらわされている。」、364頁「この颯爽とした初秋の捉え方と描き方をみてみよう。」

754　かれ野やくけぶり《（煙）》のした《（下）》にたつきゞす／むせぶおもひ《（思）》や猶まさるらん

【訳】　枯野を焼く煙の下に立っている雉の、咽んでいる（子への）思ひは、やはり野火よりもまさっているのであろうか。

【語注】　**○かれ野**　八代集二例・千載1093、新古今793。**○きゞす**　八代集七例。**○むせぶ**　八代集四例、「咽ぶ」の初出は新古今215、「下《した》咽ぶ」の初出は後拾遺707。**○おもひ**　「火」は「煙」の縁語。**○や**　疑問としたが、詠嘆か。

▽鳥10の4。枯野を焼く煙の下に立つ雉子の、子を咽び思う情は野火よりもまさっていようと、「雉子を」（全歌集）歌う。「焼野の雉子は夜の鶴とともに、子への愛情の深さの例に引かれる。」（全歌集）。「雉子主題。枯野の雉子・夜の鶴は親の子を憶う情の比喩。」（「むせぶ思や」、かれの、けぶりにもなをまさると云にや。」、「雉子主題。枯野の雉子・夜の鶴は親の子を憶う情の比喩。」）

【類歌】①12続拾遺829 830「したもえにむせぶおもひの夕けぶりはてはむなしき名にや立ちなん」（恋二、前摂政左大臣）

755　ゆふだちのくも《（雲）》まの日かげ《（影）》はれそめて／山のこなたをわたるしらさぎ

【訳】夕立の雲間の日の光が晴れ初めて、山のこちら側を渡って行く白鷺であるよ。

【語注】○ゆふだち　「夕立つ」は八代集一例・新古今918、「夕立ち」八代集八例、初出は金葉150。「夕立」については、稲田利徳「夕立の歌――中世和歌における歌材の拡大――」（『国語国文』（昭和57年6月））、『式子全歌注釈』31参照。○日かげ　八代集六例。○はれそめ　八代集にない。①17風雅1546 1536「はれそむるみねのあさぎりひまみえて山の端わたるかりの一つら」（雑上、頼清）。③130月清1001「としくれしくもゐのゆきげはれそめて…」。③130同1201「はれそめてまだたなびかぬくもまでもおもひしまま《よよ（拾）》のやまのはの月」（「返し」）。③131拾玉5365）。○しらさぎ　八代集にない。万葉3853 3831「池神の力士舞かも白鷺の桙啄ひ持ちて飛び渡るらむ」（巻第十六）。③13忠岑66「とめふれどみなとたちいでぬしらさぎの…」。④28為忠家初度百首481「しらさぎの松のこずゑにむれゐると…」。

▽鳥10の5。夕立の雲の間の日ざしは晴れ初めて、山のこちら側を白鷺が渡っていくと、「鷺を」（全歌集）歌う。【類歌】が多い。①14玉葉416、夏「題しらず」前中納言定家。②16夫木12692、第三句「見え初めて」、雑九、動物、鷺「同（＝百首歌）」。

C162「[一]景気のうた、みるやうなり。青山のと《を（D）》ぶ鷺なれば、一段しろくみゆる体也。／両箇…青天。（私注―杜少陵詩集、巻十三、漢詩大観1289頁（絶句四首（三））「両箇黄鸝鳴㆓翠柳㆒。一行白鷺上㆓青天㆒。（牕含西嶺千秋雪。門泊東呉万里船。）」（『全歌集』「参考」））」、「一　毎月抄に「さらむ時…にて候…」とある。一首全体として一つの情調を表象できるように個々の歌材を形象化して構成的に仕立てた歌。「景気」については当注二六番頭注参照。」（上162頁。Ｄ140・中75頁）

侯「かやうの景[二]はいつもある事也。よくみ[三]たてたる歌也。[四]風景たぐひなし。」、「鷺主題。…二　実景と理解したか。九五九・九六二注にも出。／三　よく観察した上で一面の情景に構成した映像鮮明な歌。三六二・五四一にも出る評語。／四　構成された自然情景で、自ら特定の情調を印象させる具象場面。「みたてたる」「みるが如し」と多く結んで当注では用いられている。…なお、風景の語、当注では七一五・七五六・七七三・八〇九・八五五・九五〇・一〇五四・一一一五・一一四一・一二〇二・一二〇三・一二〇九・一二一三・一四八七などに出。」

『安田』355頁「洗練された表現を持ち、感覚のあざやかな、構成の確かな歌である。」、369頁「（なおこの院の歌（私注—①17風雅1645 1635「夕日かげたのもはるかにとぶさぎのつばさのほかに山ぞくれぬる」（雑中、太上天皇・光厳院））に影響を与えているのではないかと思われる定家の歌に先にもあげた「夕立の…という一首がある。定家のこの歌は、彼の作としては写実的詠風のものであるが、そこには立体的な把握の仕方があり、そのことは、より象徴的詠風の院の歌にも見られるところであるといえよう。定家が中世和歌に及ぼした影響の具体的例の一つが、ここにも見られるわけである。）」

久保田『研究』685頁「確かに、定家の右の作の情景は、この詩句（私注—前述の「両箇…青天」）で写されている情景に類似しているのであるが、…定家の場合も杜甫の詩に親炙していたという確証が得られない現在においては、影響関係があったとは断定できない。」、783頁、③132壬二1647「春雨に夕日はれゆく山ぎはのみどりの空に帰る雁が音」（守覚法親王家五十首、春）の作が「視覚的、絵画的で、…七五五）の歌を思わせるものがある。」

『安東』115〜118頁「下句の白鷺、…の描写を点睛として、一首が凡庸で間伸びしたものになるのをうまく救っている。…写実的手法を以てした…」、753参照

『赤羽』203、204頁「雨が霽れ、夕日がさしはじめた山の手前を白鷺が飛んでいる光景であるが、雨に洗われた山の青

と白鷺の鮮やかな対照や、遠近法の手法などは漢詩に学んだものである。／王維の詩に／漠漠…〔私注—1540頁「…漠漠水田飛㆓白鷺㆒。陰陰夏木囀㆓黄鸝㆒。…」（巻十「積雨輞川荘作」）〕／とあり、又杜甫にも／両箇…〔私注—前述〕／が見られる。この二つは、『詩人玉屑』に、「物を写すの工を極め尽したり」と評されているが、定家の歌にもこの批評が適用できるであろう。」、351頁「鳥のスケッチである。…夕立のあと、雲間から日光がさしそめた瞬間、いっそう緑のこくなった山の前面を白鷺が横切る。」、374頁「同時性のみられる歌」

「京極派に好まれる〔飛ぶ白鷺〕詠の先蹤。建久二年（一一九一）十題百首は文治建久の新風和歌、いわゆる新儀非拠達磨歌の時代を代表する斬新な試みで、発想用語に新奇なものが多い。為兼はその中から、本詠のみならず769・979と、秀作三首をとっている。」（『玉葉和歌集全注釈上巻』416）

『佐藤』「漢詩文受容」438頁、和漢朗詠604「蒼茫たる霧雨の霽れの初め　寒汀に鷺立てり／重畳せる煙嵐の断えたる処　晩寺に僧帰る」（下「僧」閑賦）

【類歌】①12続拾遺206「ゆふだちの晴れゆくみねの木のまより入日すずしき露の玉ざさ」（夏、後鳥羽院）
①14玉葉418「かくてはやくれぬとみつる夕立の日かげたかくもはるる空かな」（夏、源兼氏）
①14同956 957「はれそむる雲のとだえのかたばかり夕日にみがく峰のしら雪」（冬、右大臣）
①19新拾遺1583「夕立のはれぬる跡の山のはにいざよふ月の影ぞすずしき」（雑上、覚信）
②12月詣732「夕立のはれぬとすればいたまあらみ洩りかはりぬる月の影かな」（雑上、有実）
②16夫木3572「夕立の雲間の空をみわたせば日かげにまじる雨のしら玉」（夏三、夕立、光俊）
④1式子314「夕立の雲もとまらぬ夏の日のかたぶく山に日ぐらしのこゑ」（①8新古今268）
④18後鳥羽院231「日にみがく玉かとぞみる夕だちのはれゆくあとの野べのしら露」（内宮御百首、夏）
④31正治初度百首1836「夕立の晴るる雲間に出づる日の光にみがく浅茅生のつゆ」（夏、静空）

④37嘉元百首1324「かきくれてこのさとめぐる夕立の日影うつろふをちの山のは」（夏「夕立」俊定）
⑤197千五百番歌合956「ゆふだちのはるるほどなき雲まよりなほいでかはる山のはの月」（夏三、具親）
⑤197同984「ゆふだちの雲まの日かげはれぬればたまをぞみがくあさぢふの露」（夏三、良平）
⑤240院六首歌合112「みどりこき日影の山のはるばるとおのれまがはずわたるしらさぎ」（雑色、新大納言。①17風雅1739 1729）

756　なるこひく田のもの風になびきつゝ／なみよるくれ（暮）のむらすゞめ哉

【訳】　鳴子を引いている田の面を吹く風になびきながら、稲穂が波寄る夕暮の群雀であるよ。

【語注】　○なるこ　495前出。③132壬二2363「…山がつのかきつの谷になるこひくらん」（鎌倉大臣殿）。⑤388沙石集82「なるこをばおのが羽風にまかせつつ心とさわぐむらすずめかな」。○田のも　八代集六例、初出は千載36。○なみよる　八代集四例、初出は後拾遺370。○むらすゞめ　八代集にない。③125山家535「…をれふしてねぐらもとむるむらすずめかな」。④26堀河百首1513「むれてゐる田中のやどのむら雀…」。

▽鳥10の6。第三、四句なの頭韻。秋夕時、鳴子を引いてある田の面の風に、稲穂と村雀はともに靡きながら波寄ると、「雀を」（全歌集）歌う。②16夫木12874、雑九、動物、雀「同〔十題百首御歌〕」侯「すゞめ〔の〕風に〔○〕〔ふかれて〕なびきたる也。これ又、みるごとくなる風景也。」、「雀主題。秋。／二「なびきつつなみよる」ものは直接は稲穂であろう。それの動きによってむらむらに飛び立っては止まる「雀」にも「なびきつつ」の見立てを響かせたもので、平板なありのままではない。「ゆふされば…〔私注―①5´金葉三164「ゆふさればかどたのいなばおとづれてあしのまろやに秋風ぞふく」（秋「…田家秋風と…」経信。①5金葉二173 183）〕」「おばな…〔私注―①5´同233

「うづらなくま野のいりえのはまかぜにをばななみよる秋の夕ぐれ」（秋、源俊頼。①5金葉二239 254）」など響くか。なお、「みるごとく」は三〇二頭注参照。」六家抄・歌のみ

『赤羽』201頁「なるこひく…なひきつつなみよる…「な」の繰返しが、鳴子・風・穂・雀などが一向になびき寄る様子をあらわしている。」、712参照、289頁「な…な…／な…上下各冒頭という要所に位置することと、一句置きというほどよい間隔の故に、韻の応和が緊密であってバランスもとれている。…方向のイメージを…打出すのに効果的である。…歌全体の調子を一つのトーンにまとめあげる傾向がある。」

【類歌】③131拾玉293「なるこひくしづがかどたの村すずめあぜつたひしてたちさわぐめり」（百首、雑「田家」）

③131同2218「なるこひくしづが門田のむら雀たちゐに物を思ふころかな」（詠百首倭歌「田」）

④31正治初度百首194「秋の田のほなみにすだくむらすずめなるこの音にたちさわぐなり」（「鳥」三宮）

④31同998「なるこひく門田のおものむらすずめおどろくほどのうれしさもがな」（「鳥」季経）

④31同1094「を山田のすごがなるこに風過ぎてほなみにさわぐむらすずめかな」（「鳥」経家）…756に近い

⑤197千五百番歌合1576「なるこひくとばたのおものゆふまぐれいろいろにこそかぜも見えけれ」（秋四、小侍従。②16夫木5061）

757　深草のさと《（里）》のゆふかぜかよひきて／ふしみのをの《（小野）》にうづらなくなり

【訳】深草の里の夕風がやって来て、伏見の小野に鶉が鳴くようだ。

【語注】〇**深草のさと**　八代集四例、初出は千載259（後述）。〇**ゆふかぜ**　八代集初出は後拾遺511。〇**かよひき**　八代集一例・新古今1335。〇**ふしみ**　掛詞（「伏見・身」）か。

▽鳥10の7。伊勢物語「206年を経て住みこし里を出でていなばいとゞ深草野とやなりなん／女、返し、／207野とならば鶉となりて《き(古)》鳴きをらん《年はへむ(〃)》かりにだにやは君は来《か(〃)》ざらむ」（(百二十三段)、新大系192、193頁。①1古今971、972。「本歌」（全歌集））をかすめ、俊頼の名歌①5金葉二239 254「うづらなくまののいりえのはまかぜにをばななみよる秋のゆふぐれ」（秋、俊頼）を経過して、直截には、父俊成の有名な詠・①7千載259 258「夕されば野べのあきかぜ身にしみてうづら鳴くなりふか草のさと」（秋上、俊成。「参考」（全歌集）。③129長秋詠藻38。④30久安百首838。⑤165治承三十六人歌合14。⑤177慈鎮和尚自歌合107。和泉古典叢書の補注参照）をふまえているのではないか。夕方となり、野辺より身にしみる、深草の里の夕（秋）風が通い来て、伏見の小野に鶉が鳴くと、「鶉を」（全歌集）歌う。「深草の里と鶉との取合せは『伊勢物語』一二三段に基づく。」（全歌集）。また同じ定家に、③133拾遺愚草343「鶉なく夕の空を名残にて野となりにける深草のさと」（閑居百首、秋。①19新拾遺376）がある。【類歌】も多い。②16夫木5654、秋五、鶉「建久二年百首」。

侯「野と…此歌より、深草を鶉のすみ所としていへる歟。ふしみは深草のあなたなれば、深草の風のかよひて、うづらもなくといへる歟。」、「鶉主題。秋。」　六家抄・歌のみ

『赤羽』196頁「俊成の「夕さ…が、主観を通して自然を把えているのに対し、人間の介入しない自然同士の交感を描こうとした。」、301頁「深。…／ふ。…上句と下句に時間的な変化、空間的な移行、また心理的な変化などを含ませながら、しかも同じ音色で統一しようとする。」

【類歌】①8新古今374「ふかくさのさとの月かげさびしさもすみこしままの野べの秋風」（秋上、通具。⑤197千五百番歌合1427）

①11続古今488 491「ふかくさのやまのすそののあさぢふに夕かぜさむみうづらなくなり」（秋下、寂超）…757に近い

①18新千載1757「深草の里はむかしの浅茅原おきそふ露にうづら鳴くなり」（雑上、守誉）

①19新拾遺377「深草やわがふる郷もいく秋か野となりはててうづら鳴くらん」（秋上、宗経）
③131拾玉2028「深草の里にうづらのゆふまぐれふさではつべき秋のよはかな」（詠百首倭歌）
③132壬二317「しげき野と夏も成りゆく深草のさとは鶉のなかぬばかりぞ」（後京極摂政家百首、夏「夏草」。⑤175六百番歌合198。②16夫木3360）
③132同2900「深草や契うらみてすみかはるふしみの里も鶉なくなり」（恋）…757に近い
④18後鳥羽院343「しのにおく露ふか草の秋かぜにうづらなくなり野べの夕暮」（外宮御百首、秋）…757に近い
④19俊成卿女44「かりに来て露のみいとど深草の里はまことに野べの秋風」（秋）
④41御室五十首472「里はあれて人は出でにし深草の野原の暮にうづら鳴くなり」（秋、有家）
⑤197千五百番歌合1180「たれゆゑに野となりはてて深草のさとのをばなにうづらなくらん」（秋一、季能。②16夫木4387）

758　さらぬだにしもがれはつるくさのはを／まづうちはらふにはたゝき哉

【訳】そうでなくてさえ霜によって枯れ果てた草の葉をまずうち払う庭たたきであることよ。

【語注】○さらぬだに　八代集六例、初出は金葉209。○しもがれはつる　八代集にない。③101周防内侍47「…なかりけるしもがれはてしころのわかれは」。③129長秋詠藻366「…おもはずや霜がれはつる草のゆかりを」。○にはたゝき　八代集にない。①15続千載728 732詞書「にはたたき」、同728 732「さ夜衣かへすかひなき身にはただ君をうらみて…」（物名）。②16夫木12893「女郎花おほかる野辺の庭たたき…」（雑九、動物、庭叩、「同（＝十題百首）」寂蓮）。
▽鳥10の8。そうでなくてさえ霜枯れ果てた草の葉をまず初めに庭叩きが払うと歌う。『全歌集』「…ちょうど、塵の積った床を叩き、恋人の訪れを待つ、このわたしのように。」。▽庭叩きを女の心で歌う。②16夫木12892、雑九、動物、

庭叩「十題百首」。
C163「「さらぬだに」、さあらぬだに也。「庭たゝき」、を《〈せ〉》きれい《ひ(D)》也。いとゞ霜がれはつる草の葉を、きては打払義《と(シ)》也。」（上162頁。D383・中144頁）
俟「庭《三》たゝきの歌めづらしくや。一首殊事なき歟。」、「庭叩主題。冬。…三　六帖題になく、夫木に十題百首の寂蓮歌と当歌を掲ぐ。八代集・堀河・永久両百首にも語例なし。」　六家抄「内註」
『赤羽』197、198頁「にはたたき…鶺鴒の異名で、右にあげた歌謡〔私注─古事記歌謡「17　胡鷰子鶺鴒《あめつつ》　千鳥ま鵐《しとと》　何ど裂ける利目《とめ》」（49頁）〕のほかに、／百敷の…〔私注─古事記「ももしきの　大宮人は　鶉鳥　領巾取りかけて　鶺鴒《まなばしら》　尾ゆきあへ…」（253頁。雄略歌謡102）〕にも見られる。定家は、この写実的な捉え方にひかれたのではなかろうか。…定家は、鶺鴒が尾を上下する様子を、霜枯れの草をはらう動作としてあらわした。たんに名に対する興味や生態の描写にとどまらず、寂寥たる山家の点景としたところが、千載的なものを踏まえながらも中世にさらに一歩を進めたものと言えよう。」
【参考】⑤168廿二番歌合10「さらぬだにはらはぬ庭のさびしきに一葉をちらす秋風ぞ吹く」（「閑庭秋来」州覚）
【類歌】①12続拾遺407 408「さらぬだに枯れゆくやどの冬草にあかずもむすぶよはのしもかな」（冬、前関白左大臣）

759　人とはぬ冬の山ぢ《路(③)地(冷泉本)》のさびしさよ／かきねのそわ《ば(③)》にしとゞ《と(③)》おりゐて

【訳】人のやって来ない冬の山道の淋しさよ、垣根の崖にしとどが降りていて。
【語注】**○そわ**　八代集にない。「そは─崖。岩山の陰などをもいう。」（全歌集）。「そば」か。③106散木539「…すがたかなそばはさみつつ月みたてれど」。③125山家997「ふるはたのそば《は(新)》のた《立》つき《木(シ)》にゐるはとの…」（①8新古今1676 1674。③

126西行法師554)。④37嘉元百首1480「…しられつつながれぞきよきそはの谷川」(俊光)。⑤230百首歌合〈建長八年〉1157「風わたるそはの杉むら露おちて…」(入道大納言)。**○しとど**　八代集一例・①5金葉二661 706「あめふればきじもしとどになりにけり…」。「鵐。頬白の別名。また、その類の鳥の総称。」(全歌集)。②16夫木12869～12871「しとと」三首。夫12869・759、夫12870・②15万代3207「しとど」・④31正治初度百首197「…やぶがくれ日影のかたにしと《かきねのそばにしとと(夫)》どなくなり」(「鳥」三宮惟明親王。田仲洋己『中世前期の歌書と歌人』385頁参照)、夫12871・④28為忠家初度百首70「あめふればかきねのしとど《と》そぼ《(夫)ほ(〃)》ぬれてさへづりくらすはるの山ざと」(春「閑中春雨」仲正)。「しとど」については、山崎桂子氏が『正治百首の研究』「三、十題百首・仲正の影響」281、282頁において触れられている。③132壬二968「山ざとはかきねのしとと《(ママ)》人なれて雪降りにけり谷のほそ道」(百首文治三年〔私注―1187年〕十一月、冬。私家集大成『中世Ⅰ』49家隆、解題一六八。定家詠以前、それより前には仲正の一首。「参考」(全歌集))。④29為忠家後度百首216「さみだれにしとどとみてややみなましほととぎすてふこゑなかりせば」(「雨中郭公」為忠)。八雲御抄「鵐　しとゞなくなりなどは、をろ狂たる言也。しとゞといへどぬれぬなど、中比歌人詠レ之歟。」(歌学大系別巻三、326頁)。

▽鳥10の9。三句切。垣の近くにしとどが降り居て、人の訪れない冬の山路の淋しさを、「鵐を」(全歌集)歌う。②16夫木12869、第二句「冬の山路の」、下句「かきねのそばにしとと…」、雑九、動物、鵐《しとと》「十題百首」。C164「「しとゞ」、歌にまれなる也。冬の山家冷然のさま《徒(D)なる様、》、不及言語体也《(〃)言語にたへたる体也。(〃)》。／山里は…／おなじ時《時分、(〃)》、家隆卿の歌也。」

(上162、163頁。D384・中144、145頁)

侯「これ又無殊事歟。「かきねのそは」、可考。／〔冬の山ぢは人とはぬとあれば山家也。されば、「かきねのそは」も山のそばをかけたるかきねをいへるなるべし。〕」、「鵐主題。冬。…表記は「そは」で、語義は当説で可。…定家歌はそれ〔私注―前述の家隆歌〕の影響を受けた可能性がある。」　六家抄・歌のみ

『安田』503、504頁、評釈「平明で写実風の作品である。」

『安東』115～118頁「シトトの描写を点睛として、一首が凡庸で間伸びしたものになるのをうまく救っている。…表音効果と云い、巫性信仰と云い、これは山家の冬の「垣根のそば」に、一瞬幻覚を起させるにたる素材の発見だろう。この下の句は、第三句で「さびしさよ」と遣ったあらわな感情の表出を、抑えてうまく外らす効果を持つ。」、753参照。

『赤羽』197、198頁「鵐は、…歌にはあまりよまれないが、…千鳥…〔私注―758参照〕と、『古事記』の歌謡にあり、天武紀にも「白巫鳥…〔私注―日本書紀「摂津国《つのくに》、白巫鳥《しろしとと》巫鳥、此をば芝苔苔と云ふ。を貢れり。」（旧大系下―440頁）〕とある。」、335頁「ここでは/o/音が主で、丸くポツポツこぼれる、動かない、寂しく孤独な冬の日のイメージを出している。その世界を占めるのは、冬そのものなのである。」、350頁「「かきねのそわ」の「そわ」は、切り立つ崖の意もあるが、ここはそばのつもりであろう。向かい、側などの位置や場所の指定が、無限な空間を一点にひきしめ、そこに季節感を凝集させ、現象の奥にあるものを一瞬クローズアップして透視させる。」

760　つばくらめあはれに見けるためし哉／かはるちぎりはならひなる世に

【訳】　燕が感動を呼び、〝あはれ〟と見た実例であるよ、変る二人の契は普通である世の中なのに。

【語注】　**〇つばくらめ**　八代集にない。竹取物語「「…、燕《つばくらめ》の持たる子安のかい（ひ）、ひとつ取りて賜へ」」（新大系11頁）。④26堀河百首694「つばくらめいそぎやすらんあまの原…」（顕仲）。**〇ならひ**　八代集五例。他「心ならひ」八代集六例、初出は金葉381。

▽鳥10の10。三句切、倒置法。変る夫婦の縁も世の常であるのに、燕の夫婦の変らぬ契りは感動の実例だと、「燕を」（全歌集）歌う。②16夫木1056、春三、燕「同〔＝十題百首御歌〕」。

五12・常縁口伝和歌「「あはれにみゆる」とは、[一]としぐ〜もとの宿を尋来心をいへり。世上の人は約をたがゆるならひなるにと、人をはづかしむる心も有べし。[二]旧年不改巣、とも云り。また、[三]年々…」、「一　この類の貞節のことは「俊頼髄脳」「今昔物語三〇・一三」「奥義抄」「八雲御抄」以下多くの歌書に伝える。／二　「旧年不改巣」出典未詳。／三　「幾多…〔私注―三体詩「幾多紅粉委黄泥／野鳥如歌又似啼／応有春魂化為燕／年年飛入未央棲」（「宮人斜」雍裕之、七絶・虚接、一―188頁）〕」。」（上97頁）

B118「哀にみけるとは年〻この宿にくる心をいへり世上のかはる契に対する也旧年巣補と云語あり」（15頁）、9「俊頼髄脳云　むかし男…といへる文のある也私云この見けるは故人の事を云歟爰におつる也」（71頁）

C165「夫婦したしき鳥也。[二]（D）つてにきく〔ちぎりもかなしあひおもふ〕の歌の類なり。□（〃）此世の不定なるに、ちぎりのかはらざる事を、哀におもふよしなり。」、「燕については、並び棲む、妻（夫）二人せぬ、巣を改めずに戻る、時を違えず来るなどのものとして、「俊頼髄脳」「奥義抄」「和歌色葉」「八雲御抄」「和歌童蒙抄」以下の歌学書に扱われる。／二　愚草三九九歌（当注九〇番）。」（上163頁。D35・中45頁）・俊頼髄脳「かぞいろはあはれとみらむつばめすらふたりは人に契らぬものを」（古典全集168頁）、和歌童蒙抄「燕／つばめくるときになりぬと…／万葉十九にあり。つばめとはつばくらめと云也。春の半に雁も帰り、つばくらめも来たる也。／かぞいろは…」（第八、歌学大系別巻一―275頁。「参考」（全歌集））

不審38「如何故[一]事候哉。※／※無才学候。春雁秋燕ノ心乎。」、「一　燕の故事は、C注（一六五）頭注参照。」（上307頁）

俟「「あはれにみける」とは、つばめは契りふかき鳥なれば也。「みける」と書るは夫婦の間むつまじきをいふなり。したしみみける心なるべき歟。「かはる」は、世間のならひなる世に、親切なる契りをあはれぶ心なるべし。〔又、としぐ〜おなじ家にきて巣をつくるをみて「かはる契りはならひなる世に」といへるにや。〕」、「燕主題。夏。」

【類歌】　③131拾玉87「ほどもなくあはれうき世のためしかなつもると見ればきゆるあはゆき」（百首和歌「無常」）

獣十

761　いつしかと春のけしきにひきかへて／くも井の庭にいづるあ《白》お《を》むま

【訳】　早くも春の様子にすっかり変って、宮中の庭に出てくる白馬であるよ。

【語注】　**○ひきかへ**　八代集三例、初出は金葉131。**○あお《を》むま**　八代集一例・後拾遺1226。「白馬の節会のために引かれてきた白馬。白馬の節会は、青陽の春にちなみ、正月七日天皇が紫宸殿で馬寮の引く白馬を見る儀式。白馬は、昔は「青馬」と書いた。」（全歌集）。

▽獣10の1。早くも春になったとばかりに、宮中の庭に勇んで白馬が出てきたと、「馬を」（全歌集）歌う。「馬主題。白馬節会。侯「「引かへて」は、駒よりいへる也。正月七日〔。〕〔毎春〕白馬渡御前之義〔体〕春めきたるをいへり。」」、春。」

久保田『研究』674頁「白馬節会を詠んでいるのである。」、701参照

【参考】　④28為忠家初度百首3「きのふまで雪ふるとしのこまつばらひきかへてけりはるのけしきに」（春「正朔子日」顕広）

④28同5「のべみればねのびのまつをひきかへてはるのけしきにけさはかすめる」（同、同、為業）

【類歌】　⑤197千五百番歌合18「いつしかとはるのけしきをながむればかすみにくもるあけぼのの空」（春一、越前）

762　霜ふかくおくるわかれのをぐるまに／あやなくつらきうし《牛》のを《お》と哉

【訳】霜が深く置く、起きて送って行く別れの車に、この上なく辛い牛車の音であるよ。

【語注】○おくる　掛詞（「置く、起くる、送る」）。「「置く」から「起くる」へと続け、さらに「送る」を響かせるか。」（全歌集）。○をぐるま　八代集にない。「車」は八代集三例。②4古今六帖1422「小車のまひてにほひのたふさすは…」（第二「くるま」）。④26堀河百首1207「…小車のにしきの紐はとけにしものを」（仲実）。○うし　八代集二例。「憂し」を掛けるか。「「憂し」を掛ける。」（全歌集）。

▽獣10の2。第二、三句「おくる《（をぐ）》」のリズム。霜の深い暁、後朝の別れで送る牛車の音がつらいと、見送る女の立場で、「牛を」（全歌集）歌う。②16夫木15706、末句「うしの声かな」、雑十五、小ぐるま「十題百首」。C166「恋の心なり《も、（D）》。早朝に、くるまにのりてわかるゝさまなり。女になりてよめり。「牛のをと」は《とは（〃）》、車をひくをとなり。「牛のをと」、[一]史記よりいでたることばなり。」、「一　未詳。」（上163頁。D494・中177頁）佚「別の小車なるべき歟。「霜ふかく」は夜ぶかき別なる歟。よぶかき衣〳〵〔。〕《〔の思ひ〕》に中の音までつらきといへる歟。」、「牛主題。恋。」六家抄「霜ふかき時分、つらくわかれて君を送る事なり。牛の音とよめるも車の音也。」

【参考】③100江帥454「をぐるまのやるかたもなき心かなおとせぬ人をうしとおもへば」

763　おちつもるこの《（木）》はもいくへつもるらん／ふするゐのかるもかきもはらはで

【訳】落ち積っていく木葉もどれくらい積るのであろうか、臥す猪の枯草をばかき払いもせずに。

【語注】○おちつもる　八代集五例。○ふするゐ、かるも　共に八代集一例・後拾遺821「かるもかきふするゐのとこのいをやすみさこそねざらめかからずもがな」（恋四、和泉式部。「参考」（全歌集））。**○かき（も）はらは**　八代集にない。蜻蛉日記「西の宮は、流されたまひて三日といふに、かきはらい《（ひ）》焼けにしかば、」（新大系101頁）。源氏物語「うちながめ給ひて、涙こぼるゝをかき払ひたまへる御手つき、」（「須磨」、新大系二―33頁）。

▽獣10の3。三句切、倒置法。初句、三句つもるのリズム。臥す猪は、枯草を掻き払わないで眠っているので、落ち積る木葉が幾重にも積ると、「猪を」（全歌集）歌う。

②16夫木12940、第三句「うづむ―」、雑九、動物、猪「同（＝十題百首御歌）」。俟「此歌「つもる」の字、上下五文字二あり。定《二》家自筆如是。若書損などにや。六百番歌合百首自筆本書損あれば、定家とて書損あるまじきにもあらざる也。〔心は別儀なき也。〕」、「猪主題。／二　愚草諸本も異なし。意図的に繰り返さねばならぬことも見当たらず、指摘のように気になる。なお、八一四題注参照。」

【参考】①4後拾遺398「おちつもるにはのこのはをよのほどにはらひてけりとみするあさじも」（冬「霜落葉をうづむと…」読人不知。⑤248和歌一字抄389）

④30久安百首1155「おちつもる木のはは風にはらはれて嵐玉しく庭のおもかな」（冬、上西門院兵衛）

764　つゆをまつうのけ《毛》の《も③》いかにしお《（を）》る覧《（らん）》／月のかつら《（桂）》のかげ《（影）》をたのみて

【訳】　露を待っている兎の毛がどれほど萎れ果てていることであろうか、月の中の桂の木下の蔭をたのみにして。

【語注】　**○うのけ**　「う（兎）」と共に八代集にない。枕草子「筆は…兎の毛。」（新大系（一四）、339頁）。⑤299袖中抄915「…ぬきにうつうのけのぬののほどのせばさよ」（武則真人）。

▽獣10の4。三句切、倒置法。月で、月の桂の木蔭をあてにして、露を待ち受ける兎の毛はどれほど濡れるのかと、

「兔を」（全歌集）歌う。②16夫木13042、第三句「しほるらん」、雑九、動物、兎「十題百首」。五13・常縁口伝和歌「「《此(B)》「露をまつ」《といひて(〃)》、《は(〃)》あながちに《にある(〃)ナシ(〃)》待には侍らじ《あらす(〃)》。露にふる、《しほる、(〃)》さまなるべし《也(〃)》。但、露をあぢはふる《なかむ(〃)》物なれば、待とも云《心(〃)ある(〃)》べし。玉兎は月宮の獣なればなり。歌《惣別(〃)》の心、《は(〃)》月を愛するゆへに《ま、(〃)》、かやうのさかひまで思い《ひ(〃)》やり侍る《る心也(〃)》にや。」（上97頁。B119・15頁）

侯「兎望月面孕博物志兎者明月之精典略／月兎といふよりかくいへる歟、又、子細ある歟。可尋之。（「露を待」は、露は陰気の精なれば兎の待ものにや。この「しほる、」は兎の「悦」?なるべし。」、「兎主題。秋。」

765　山ざとは人のかよへるあと《（跡）》もなし／やどもるいぬ《（犬）》のこゑばかりして

【訳】山里は人が通った足跡もない、宿を守る犬の声だけがして。

【語注】○もる「守る」（四段）、「漏る」（下二）、ゆえに前者。○いぬ「つなぎ犬」のみ八代集一例・拾遺419。万葉890 886「…犬じもの　道に伏してや　命過ぎなむ」。万葉3292 3278「…床敷きて　我が待つ君を　犬な吠えそね」（巻第十三）。①14玉葉2162 2154「さ夜ふけてやどもる犬のこゑたかし…」（院御製）。『全歌集（下）』3441、題詞「鶏犬声稀隣里静…」。

▽獣10の5。三句切、倒置法。家を守る犬の声だけが聞こえて、山里は人が通った足跡もないと、「犬を」（全歌集）歌う。②16夫木13033、雑九、動物、犬「同（＝十題百首御歌）」。『国語国文』第七十二巻第四号、稲田利徳「象徴としての犬の声――中世隠遁文学表現考――」、18～23頁に、この歌とその背景について詳述されている。

侯「無殊事。」、「犬主題。三九四（私注―③133拾遺愚草394「さとびたる犬の声にぞきこえつる竹より奥の人の家ゐは」（閑居百首、雑））頭注参照。」　六家抄・歌のみ小島吉雄『新古今和歌集の研究　続篇』「藤原定家とその文学」313、314頁「写実的発想歌…自然をそのありのままの姿で観て、その観たままの姿を描写しようとするものである。…外的自然の直接なる印象の忠実なる再現である。」

久保田『研究』685頁「陶淵明はともかく、以下の詩人からの影響関係はまず考えられないと見てよいであろう。…ここにもむしろ源氏の翳りを認めるべきかもしれない。ただ、白氏文集巻十六の「早発楚城駅」という詩にも、「宿犬聞鈴起」の句がある。」、〔私注—白氏長慶集、上399頁「…稲壟瀉泉声、宿犬聞鈴起、栖禽見火驚…」〕

『全歌集』「参考」、源氏二例、「浮舟」、「里びたる声したる犬どもの出で来ての、しるもいとおそろしく、」（新大系五—252頁）、「この物咎めする犬の声絶えず、」（同254頁）

『赤羽』194頁「犬の歌も、陶淵明以来閑居の景物として扱われた素材である。しかし、この歌などは新古今よりも玉葉・風雅の風体に近く、宋詩の平淡にも通ずる。」、203、204頁「『万葉集』に…（三二七八）…（八八六）〔私注—共に前述〕などとある。…陶淵明の「狗…」、「鶏…〔私注—陶淵明集、56頁「…狗吠深巷中。鶏鳴桑樹巓。…」（帰二田園居一六首」）。同287頁「…鶏犬相聞」（「桃花源記并記」）〕以来、田園や山里の閑居の風物として多く吟ぜられている。…「…」（劉長卿）、「…」（王安石）などには、隠者の境涯があらわれているが、定家の歌にもこういう閑寂境を求めているところがあり、王朝和歌にはなかった世界が開かれている。」

『佐藤』「漢詩文受容」438頁「朗566…＊源氏（浮舟）・和漢朗詠566「家を守る一犬は人を迎へて吠ゆ　野に放てる群牛は犢を引いて休む」（下「田家」都）

【参考】⑤174若宮社歌合19「おのづから問ふ人もなし鶯のふるすにかよふ声ばかりして」（「山居聞鶯」長明）…詞が通う

766　花ざかりむなしき山になくさるの心しらるゝはるの月かげ　夜の月（③）

【訳】　花・桜の盛りに、人のいない山に鳴いている猿の心も自然と知られる春の月の光よ。

【語注】　**○むなしき山**　漢語「空山」。和漢朗詠113「猿空山に叫ぶ　斜月千巌の路を瑩く」（春「花」閑賦）。⑤206賀茂別雷社歌合21「けふの日もむなしき山にすぎの葉の下吹くかぜになびく春雨」（「暮山春雨」定家）。**○さる**　八代集にない。「ましら」は八代集一例・①1古今1067「…、さる山のかひにさけぶといふことを…わびしらにましらななきそ…」（みつね）。万葉347 344「…酒飲まぬ人をよく見ば猿にかも似む」（巻第三）。**○はるの月**　八代集二例・新古今24、45。

▽獣10の6。桜の花盛りの夜、春の月の光のもと、人のいない山に鳴く猿の心も察せられる気がすると、「猿を」（全歌集）歌う。②16夫木13011、雑九、動物、猿「同〔＝十題百首〕」。

五14・常縁口伝和歌「猿空山ニ呼（ママ）〔私注―前述の和漢朗詠113「花上苑に明らかなり　軽軒九陌の塵に馳す　猿…瑩く」〕、とて、花など有所にはなかぬ物也。月などのさびしき所になきて、人をうれへしむるもの也。花の外に感情の有空山の月、春の興あはれなる物也。」（上97頁）

B120「猿叫…巌路と云詩の面影也深山の月花に興したる時分猿の一声鳴たるを聞てさては此感情に堪かたくして鳴かと思ふ心にや我心にさびしさのあまれは察したるにや」（15頁）

C167「猿叫空山といふ《云　詩(D)》よりよめり。又、取水中月。《など、もあり(〃)》「月」に「さる」、《は(〃)》二より合也。「むなしき山」《空とは、(〃)》、人跡絶たる山の事也。花のさかりなる時分、むなしき《空(〃)》山になくときはいかなる心ならんと思ふに、《よし也。いかなる心ならんとおもふに、(〃)》又、月になくほどに、三しやうとく《もとよりイ(〃)》無心の物なると也。猿の心のしらる丶よし也。月をあい《ひ(〃)》してはなく《ナシ(〃)》まじきと也。」、「二　連歌用語。縁のあることば。／三　「生得…生まれつき、本性。」（上163頁。D36・中46頁）

摘抄8「此五文字…悲歎す。」」（中225、226頁）…長文

俟「花《ニ》明…之路　此詩の心也。「こゝろしらるゝ」は、空山の月にたへずなく心歟。「花ざかり」は、上苑の花の斜月に空山の猿の心を思やりたる心にや。」、「猿主題。春。／二　和漢朗詠集〔私注—和漢113〕・花・張読。「猿叫空山」。諸注此詩を挙げながら多岐に分れる。引用詩の上二句は春、下二句は秋。当歌の季は花盛りに月明の春夜で、猿が鳴くのは月明の秋の空山。猿は有情と見る。初句切。なお、諸注参照。」

六家抄「猿呼《叫》空山と云詩の心也。花もなき槙檜原ばかりあるに、うち霞たる月をみてもさるもかなしからんと思ふ心なり。花もなきによりてむなしきとうけたる也。」

『全歌集』「参考」和漢朗詠454「…巴峡秋深し　五夜の哀猿月に叫ぶ」（下「猿」清賦）、同459「暁峡に蘿深うして猿一たび叫ぶ　暮林に花落ちて鳥先づ啼く」（下「猿」江）

『赤羽』205頁、「猿叫…之路」・和漢朗詠113「の翻案である。」

『佐藤』「漢詩文受容」443頁、和漢朗詠113「花明…之路」、同454「巴峡…叫月」、同459「暁峡…先啼」

【参考】①3拾遺43「はるは猶我にてしりぬ花ざかり心のどけき人はあらじな」（春、ただみね。①3′拾遺抄26。②4古今六帖53。②6和漢朗詠26。③13忠岑169。⑤8定文歌合3）

①7千載51「はなざかりはるの山べをみわたせばそらさへにほふ心ちこそすれ」（春上、後二条関白内大臣）

③123唯心房78「おもひきや春のみやまのはなざかりむなしきそらのくもとみむとは」

【類歌】②16夫木8179「あひがたき花のさかりにみつるかなけふいし山のはるの月かげ」（雑二、山、いし山、為家）

⑤197千五百番歌合389「おもふことなくて見るべきはなざかりこころみだるるはるの山かぜ」（春三、顕昭。⑤267三十六人撰82）

767　思ふにはを《（お）》くれむ《（ん）》ものかあらくまの／すむてふ山のしばしなりとも

【訳】心に思い慕っているのなら、遅れることなどあり得ましょうか、荒々しい熊の住むという山の柴の中で、たとえしばしであっても。

【語注】○を《(お)》くる　「後る」。○あらくま　八代集にない。【参考、類歌】参照。⑤175六百番歌合1057「…あらくまのおそろしきまでつれなかりけり」（兼宗）。が、「熊」は八代集一例・拾遺382（後述）。○しば　「しばし」掛詞（「柴」「暫し」）。

▽獣10の7。二句切、倒置法。第一、二句おの頭韻。荒熊が住んでいる山の柴の中でも、思う人のためにはしばしも遅れないと、「熊を」（全歌集）歌う。恋歌仕立て。

C168「本世を…〔私注―①3拾遺382「身をすてて山に入りにし我なればくまのくらはむこともおぼえず」（物名、よみ人しらず。「参考」（全歌集））〕／もろ…〔私注―①1古今1049「もろこしのよしのの山にこもるともおくれむと思ふ我ならなくに」（雑体、左のおほいまうちぎみ）／このうたの心をとれり。思ふ人のいる事ならば、おそろしきくまのある山にてもをくれじと也。」（上164頁。D495・中177、178頁）

俟「恋の心なるべき歟。但、すべて何の道を思にてもあるべき歟。〔「山のしばしなりとも」は、山の柴とうけたるにや。〕」、「熊主題。恋。「あら…（六帖・二・熊）」」

『安田』142頁「参考歌」・万葉2704 2696（後述）、『赤羽』199頁、上記を「典拠」、久保田『研究』686頁「万葉の古風の影響」

【参考】②4古今六帖954「あらくまのすむといふなる《山は(夫)》しはせ山せめてとふとも《いと(夫)》ながなはいはじ《つげじ(夫)》《告らじ(万)》《いはじ(和)》を」（第二「くま」。「本歌」（全歌集）。万葉2704 2696。②16夫木12928。⑤293《てふやまのしばさやぎ(和)》《山の(万)》和歌童蒙抄796）

④30久安百首770「あらくまのすむといふなる深山にもいまだにあるときかば入りなん」（恋、実清）

【類歌】④34洞院摂政家百首1842「あら熊のすむ山ふかき庵りにもわれかはらずは物やおもはん」（述懐、行能）
④35宝治百首2972「君すまばおくれんものかあらくまのしはせの山はいくかこふとも」（恋「寄獸恋」頼氏）…767に近い
④43為尹千首621「もろこしの吉野はしらずあらくまのすむなる山も我はおくれじ」（恋「寄山恋」）

768 つかふるきゝつねのかれる色よりも／ふかきまどひにそむる心よ

【訳】塚の古い狐の借り化けた色香よりも、もっと深い（本物の色香の）惑いに染まる人の心よ。

【語注】○つか 「黒塚《づか》」のみ八代集一例・拾遺559。○ゝ《(き)》つね 八代集にない。源氏物語「「げにいづれか狐なるらんな。たゞはかられ給へかし」…」（「夕顔」、新大系一—115頁）。同「もとより荒れたりし宮のうち、いとゞ狐の住みかになりて、」（「蓬生」、新大系二—133頁）。⑤388沙石集125「…をとこをやりつきつねにくはせで」（（編者））。和漢朗詠377「…衆狐《こ》の腋を綴れるかと疑ふ」。同385「…水狐《こ》疑を結んで薄くして氷あり」。新撰朗詠363「長《ちやう》河《か》暗洋《そらにきえて》狐聞《きつねのきき》急《きふなり》…」。

▽獣10の8。古い塚にいる狐が化けた女色よりも、もっと深い色欲の迷いに染まってしまう心を、「狐に托して色欲の誘惑を」（全歌集）歌う。②16夫木13032、第四句「ふるきまどひに」、雑九、動物、野干「同（＝十題百首御歌）」。
B121「かれる色とははくる景色也つかふるきは老たる心也まとひは人々の貪着の心也まよひとかける本もありおなし心也」（15頁）
C169「きつね、人のすがたをかりて変化するものなり。狐のまよひよりも、世間の人のまよひ、猶々《ナシ(D)》ふかきよしなり。」（上164頁。D580・中203頁）
侯二「文集古塚狐、狐ノ仮二ハ女ノ妖《コヒヲ》一害猶浅、一—朝一・夕迷二ス人ノ眼一ヲ、女ノ為《ナス》二ハ狐ノ媚《コヒヲ》一害—却—深シ、日ニ増リ月ニ長テ溺二ス人—

心㆒ヲ〔上下略。〕」、「狐主題。恋。／二　…「狐の…よし（C注・一六九番）」を男の女への慕情と限定すれば可。」

久保田『研究』682頁「白氏文集巻四の、新楽府「古塚狐」に拠ったものである。「古塚狐」は「戒㆓豔色㆒也」との注記を有し、…応過此〔私注―「…仮色迷人猶若是、真色迷人応過此…」（上106頁。「参考」（全歌集）。『佐藤』「漢詩文受容」453頁・0169であろう）」。…／と歌っている。定家の歌に言う「かれる色」は、右の「仮色」を和げたものであろう。一首の意も白詩の言わんとするところと殆ど同じである。白氏文集の中でも新楽府は愛された作品群ではあったが、「上陽白髪人」や「陵園妾」などと異って、比較的和歌の世界に取込みやすい内容のものとも思われない「古塚狐」を敢えて取上げた、その意気込みは認められてよい。尤も、「古塚狐」は源氏物語でもその影響の見られる詩篇であった。」

『赤羽』205頁「「古塚狐　妖且老」によって…と詠んでいる。詩の方は、女の色香に迷わされぬよういましめた諷喩詩で、定家の何となく理屈っぽい口調はそれによったからである。」

769　ほどもなくゝるゝ日かげ（影）にね（音）をぞなく／ひつじのあゆみきくにつけても

【訳】　これから後間《ま》もなく暮れて行く日影に声を出して泣くことよ、羊の歩みを聞き思い、未《ひつじ》の刻をきくにつけても。
【語注】　**○ひつじ**　八代集一例・拾遺1353。掛詞（羊、未）。　**○ひつじのあゆみ**　八代集二例・千載1200（後述）、新古今1933。　**○あゆみ**　八代集では、「羊の歩み」のみ。
▽獣10の9。三句切、倒置法。（屠所への）羊の歩みのことを、そして午後二時頃で時の過ぎゆくのを聴くにつけても、すぐに暮れる夕陽にむかって泣くと、「羊を時刻として」（全歌集）歌う。
B122「ひつしのあゆみは光陰の過行心也聞につけてもとはそのためしを聞につけてもと云心也白駒《日影ノコト也》のかけはひまゆ

く駒の事也」侯「屠所之羊之事也。一足〱に死地におもむくをいへり。人間一生も又一日〱と死地におもむく也。されば、「羊のあゆみきくにつけても」我身のうへにおもひあはせて、「ねをぞなく」といへる也。」、「羊主題。／二〔私注―三七四・大般涅槃経・巻第三十八「如囚趣市歩歩近死。如牽牛羊詣於屠所。」（589頁）。参考「あけ…〔私注―源氏物語「明けたてば、川の方を見やりつゝ、羊の歩みよりもほどなき心ちす。」（新大系五―255頁）〕（源氏・浮舟巻、浮舟入水の直前のさま）」。「けふ…〔私注―①7千載1200 1197「けふも又むまのかひこそふきつなれひつじのあゆみちかづきぬらん」（雑下、赤染衛門。「参考」（全歌集））〕」。」『赤羽』367頁「以前の歌や時代の歌に比較してみるとき、定家の観念的、または形而上的傾向を指摘することができる。」

770　たか山の峯ふみならすとらのこの／のぼらむ《(ん)》みち《道》のすゑぞはるけき

【訳】　高山の峯を踏みならしている虎の子が、これから先のやがて昇っていくであろう路の先がはるかなことよ。

【語注】　**〇たか山**　八代集にない。②4古今六帖935「たかやまのみねゆく鹿《しし(万)》のともをおほみ…」（第二「しか」。万葉2498 2493。「典拠」（赤羽200頁））。③115清輔241「たかやまにはなれしたかのかさながれ…」。⑥27六華和歌集1595「高山の岑ぶしならず虎の子の…」。⑥27同1597「たか山《高き山(⑩)》の岑よりのぼる《ふみならす(〃)》とらの子の…」（定家。⑩213六花集注291）。**〇ふみならす**　八代集三例。**〇とらのこ**　八代集にない。「虎」は八代集二例・拾遺508、1227。大鏡「『第一の相には、虎の子の深き山の峰を渡るが如くなるを申したるに、』（古典集成、259頁）。⑧10草根6868「此《残》国も恋やはかはるとらのこの…」。⑧32春夢草88「ふみそむる恋の山ぢよ虎の子の…」。

▽獣10の10。高い山の峯を踏みならす虎の子の登って行く道の末ははるか彼方先にあると、「虎を」（全歌集）歌う。
②16夫木12920、雑九、動物、虎「十題百首」。
B123「たか山はたゝ高山也虎の子はかしこき物也それに人の子をたとへて行末の官位なと祝してよめるにや」（16頁）
俟「虎主題。／…七二五歌注で「くもゐをちかくまもるすみか」を「左大将良経邸」とし「祝する」心を指定したB注の立場から、当注にいう「人の子」は当然良経であろう。時に良経二三歳。」
久保田『研究』674頁「この「とらのこ」は自身ではあるまい。主君良経であろうと考える。左大将良経には、まだまだ「のぼらむみち」が遙かに続いているのであった。というか、登りきる前に、建久の政変という千仞の谷に、一旦は突落されねばならなかったのである。」
『全歌集』「将軍は中国で竜虎に喩えられることから、「虎の子」は良経、「高山」は高い官位の比喩で、近衛左大将として順調なコースを歩んでいる良経を寿ぐ心を籠めているか。」

虫十

771　なはしろ《（苗代）》にかつちる花のいろ《（色）》ながら／すだくかはづのこゑぞながるゝ

【訳】　苗代に一方で散り落ちる花の色と共に、集まっている蛙の声も流れるよ。

【語注】　**○なはしろ**　八代集一例・金葉75、が、「苗代水」は多い。　**○すだく**　八代集四例、初出は①4後拾遺159「みがくれてすだくかはづのもろごゑにさわぎぞわたるゐで《け》のかはなみ《うきくさ》」（春下「…かはづを…」良暹）。　**○ながるゝ**　「泣かるゝ」との掛詞か。が、上の「声」と重複する。

▽虫10の1。苗代に散る桜の色と共に、集まっている蛙の声も流れて行くと、「色」（視覚）と「声」（聴覚）との融合。「蛙を歌う。」（全歌集）。俟「「すだく」はあつまる也。ちる花の色につれて蛙の声もながる〵やうにきこゆるにや。」、「蛙主題。春。／…清音によんで「音ぞ泣かれける」の変型かとしてみたが不詳。あるいは濁音「流る」にして、風のままに花は一方に散り、蛙声も行方を同じく響くの意か、ただし余りに新。」　六家抄・歌のみ

『安田』78頁「感覚の冴えを強く見せている作品」

【参考】③76大斎院321「なはしろにかはづのこゑもすだかぬにいつをほどにてかへるかりがね」

【類歌】①17風雅269 259「みがくれてすだくかはづのこゑながらまかせてけりな小田のなはしろ」（春下、殷富門院大輔）…771に近い

③131拾玉814「春の田のなはしろ水をまかすればすだく蛙の声ぞながるる」（詠百首倭歌、春「蛙鳴苗代」。①17風雅270 260）…771に近い

772　終夜《（夜もすがら）》まがふほたるのひかりさへ／わかれはお《（を）》しきしの〵めのそら

【訳】一晩中、星の光と見まがう螢の光までも（消えて）、別れてしまうのは心残りな東雲の空であるよ。

【語注】**〇しの〵めのそら**　八代集一例・新古今1193。

▽虫10の2。一晩中、星と見紛う蛍の光でさえも、後朝の別れ同様、東雲の空は別れが惜しいと、「螢を」（全歌集）歌う。恋歌仕立て。

B124「まかふは飛まかふさま也此螢の光さへ馴たる明ほのはおしき心也わかる〵時分をよせていへり」（16頁）

俟「「[二]まがふ」は、とびまがふ心にや。夜のあくればひかりのしづまるを別[三]にしていへる歟。」、「螢主題。夏。／二「まが…さま也」（B注・一二四番）」を踏まえたものであろう。「まがふ…ふ心（六家抄注）」は不採。／三「わか…へり（B注）」は後朝を予測。」

六家抄「まがふとは明がたの時分の螢のほのかにみる《ゆ歟》をそれかとまがふ心也。ほたるのわかるゝをおしむ心也。」

『全歌集』「螢を星かと錯覚するというのは、「晴るる…〔私注—⑤415伊勢物語160「晴るる夜の星か河辺の蛍かもわが住むかたの海人のたく火か」（第八十七段、あるじの男）」以来の見立て方。」

【類歌】⑤197千五百番歌合794「夏むしのともしすてたる《け（夫）》ひかりさへのこりてあくるしののめの空」（夏二、讃岐。②16夫木3199）

773　けさ見ればのわき《（野分）》のゝち《（後）》の雨はれて／たまぞのこれるさゝがにのいと

【訳】今朝見ると、野分（台風）の後の雨も晴れ上って、露の玉が残っている蜘蛛の糸であるよ。

【語注】○のわき　「野分す」のみで八代集二例、初出は千載258。○さゝがにのいと　②16夫木13127「たがくべきよひとかたのむふる雨にたまもてかざるささがにのいと」（雑九、動物、為家）。

▽虫10の3。今朝見ると野分の後の雨が晴れて、蜘蛛の糸に玉粒が残っていると、「蜘蛛を」（全歌集）歌う叙景歌。源氏物語（野分の後の六条院）、枕草子の世界でもある。源氏物語「御覧ずるに、野分、…まして草むらの露の玉の緒乱るゝまゝに、」（「野分」、新大系三—36頁）。枕草子「九月ばかり、夜ひと夜ふりあかしつる雨の、けさはやみて、朝日いとけざやかにさし出たるに、前栽の露は、こぼるばかりぬれかゝりたるも、いとをかし。透垣の羅紋、軒のうへなどは、かいたる蜘蛛の巣の、こぼれのこりたるに、雨のかゝりたるが、白き玉をつらぬきたるやうなるこそ、いみ

じう哀にをかしけれ。」（新大系（一二四段）、167頁。一三〇段）。俟「野分の後朝の風[二]景みるがごとし。何をもふきちらしたる跡にも、くものいは猶残りて、露のちり残りたる事、いつもの事也。さやうのことも常に心をつくる故に[1]とうかみたるなるべし。[三]常景気を観念といへる心、よく思べし。」、「1「ふと」の誤写で、「すぐに」「さっと」の意であろう。／…蜘蛛主題。秋。／二「風景」は七五五、「みるごとし」は三二二各頭注参照。／三「常観念古歌（かな本は「古今」）之景気可染心（詠歌之大概）」。」六家抄・歌のみ

『全歌集』「参考」、「透垣の…をかしけれ」（前述）

『赤羽』196頁、枕草子の「「九月…をかしけれ。」を凝縮した感がある。」、344頁「特殊な時点における対象発見の歌である。」

【類歌】②16夫木827「春雨のふる野の柳今朝みれば玉ぬく糸ぞ青みどりなる」（春三、柳「建長四年毎日一首中」為家）

774　人ならば怨《（み）》もせましそのゝ花／かるればかるゝてう《ふ》（③）の心よ

【訳】もし蝶が人なら、恨みもしようものを、園の花が枯れた時には、離れて彼方へ行ってしまう蝶の心であるよ。

【語注】〇てう　八代集三例。③133拾遺愚草395「草かれてとびかふてふのみえぬかなさきちる花や命なるらん」（閑居百首、雑）。源氏物語「花園の胡蝶をさへや下草に…」（「胡蝶」、新大系二―405頁）、同「こてふにも誘はれなまし心ありて…」（同、同二―406頁）。『荘子〈内篇〉』「昔者荘周夢為胡蝶。」（斉物論篇、134頁）。白氏文集、巻第八「秋蝶」、「秋花紫蒙蒙、秋蝶黄茸茸…多栖百丈松」（上179頁）。

▽虫10の4。第四句「枯《か》るれば離《か》るる」のリズム。苑の花が枯れ果ててしまうと、去っていく蝶の心は、もし人なら怨みもするると、「蝶を」（全歌集）歌う。恋歌仕立てか。

侯「蝶は花をこゝろとするものなれば、花[1]さくなりては不来也。歌は無殊事。〔跡たえて来らざるを、有情の人ならば恨むべき事と也。〕」、「1「なくなりて」の誤写か。／…蝶主題。春。三九五頭注参照。」

六家抄「草花がかるればてうもかれてこぬほどに、蝶無レ曲もなり。人ならばこぬをうらみんと也。我そのゝあるじに成ていふ心也。てうの心よと云よの字のとまり、尤也。」

久保田『研究』684頁「これより以前、定家は閑居百首において、／菊かれて…（三九五）／と詠んでいる。これはおそらく、白氏文集巻八の、／秋蝶／秋花…丈松。／という詩に拠ったのではないかと思われる。以前これを用いてしまったので、今回は蝶と花とを単なる恋人の間柄に取做したのであろうか。」

『赤羽』197頁「物語中の和歌に似ているが、序詞・掛詞・同音異義の語などを用いて、ことばの組合せだけで蜂や蝶を点出しようとするので、そこにも人間は不在である。」、蜂・778

【類歌】③131拾玉2067「人ならば恨みもすべしいかに《が(夫)》せんわれをすかすはわがこころなり」（詠百首倭歌。②16夫木17246）

775　み山《太(③)》ふく風のひゞきになり《(成)》にけり／こずゑにならふひぐらしの聲

【訳】深山を吹きしきる風の響きとなったことよ、梢に慣れ親しんでいた蜩の声は。

【語注】○ひゞき　451前出。①2後撰1127 1128「み山よりひびきこゆるひぐらしの声をこひしみ今もけぬべし」（雑二、宣旨）。③130月清1111「こずゑふくかぜのひびきに秋はあれどまだいろわかぬみねのしひしば」（秋「あきのはじめに」）。

○ひぐらしの声　末句の終り方の一つの型。

▽虫10の5。三句切、倒置法。梢に慣れきこえていた蜩の声は、深山を吹く風の響きと一体となったと、「蜩を」（全歌集）歌う。②16夫木3629、第二句「風のひびきと」、第四句「こずゑにならぶ」、夏三、茅蜩「十題百首」。

侯「日ぐらしの声、〔が日比〕風のひゞき、〔を〕稽古してならひたるか、〔と〕み山の風のひゞきになりたるよし也。よのつねにては思よりがたき趣向也。奇妙なる趣向なり。」、「日晩主題。夏。」

久保田『研究』841頁「動物の鳴声などを伴って吹き来る風の歌われることが少くない。」

『赤羽』205頁「白楽天「驪宮高」から「嫋嫋…樹紅」〔私注―白氏文集、巻第四、諷諭四、新楽府（上90頁。145）・和漢朗詠192「嫋々たる秋の風に　山蟬鳴いて宮樹紅なり」（夏「蟬」驪宮高、白）。『佐藤』「漢詩文受容」448頁、他、上記は和漢朗詠194「鳥緑蕪に下りて秦苑寂かなり　蟬黄葉に鳴いて漢宮秋なり」（夏「蟬」許渾）を掲げる」の面影をとったもので、聴覚と視覚の複合や風と蟬の声の同音化など新しい分野の試みである。」

【参考】①5金葉二145 154「かぜふけばはすのうき葉にたまこえてすずしくなりぬひぐらしのこゑ」（夏「水風晩涼と…」俊頼。⑤248和歌一字抄189、243。⑤301古来風体抄499）
①7千載303 302「山ざとはさびしかりけりこがらしのふく夕ぐれのひぐらしのこゑ」（秋上、仲実）

【類歌】①14玉葉480「山風にもろきひと葉はかつおちて梢秋なる日ぐらしの声」（秋上、院御製）
②14新撰和歌六帖2251「夕日かげ秋とおぼゆるみやまべのこずゑさびしきひぐらしのこゑ」（第六帖「日ぐらし」）
④31正治初度百首335「しはつ山風吹きすさむならの葉にたえだえのこる日ぐらしのこゑ」（夏、御室）
④31同733「夏深き杜のした陰風すぎて梢をわたる日ぐらしの声」（夏、忠良）
⑤186新宮撰歌合24「友さそふ片山陰の夕すずみ松吹く風にひぐらしのこゑ」（「松下晩涼」）公経

776　わきかぬるゆめのちぎり（契）にたる哉／ゆふべのそらにまがふかげろふ

【訳】現実と幻とを分きかねる夢の契りに似ていることよ、夕暮の空にまぎれて分からなくなってしまうかげろうは。

【語注】〇わきかぬる　八代集五例。〇上句　①1古今641「ほととぎす夢かうつつかあさつゆのおきて別れし暁のこゑ」（恋三、よみ人しらず）。①1同645「きみやこし我や行きけむおもほえず夢かうつつかねてかさめてか」（恋三、よみ人しらず）。①1同647「むばたまのやみのうつつはさだかなる夢にいくらもまさらざりけり」（恋三、よみ人しらず）。『荘子〈内篇〉』、「不知周之夢為胡蝶與。胡蝶之夢為周與。」（斉物論篇134頁）。〇ゆふべのそら　八代集二例・新古今960、1875。⑤437我が身にたどる姫君58「身にしめし夕の空ににたるかなよそふる色のゆかりならねど」（三（関白））。〇かげろふ「陽炎」は多いが、「蜻蛉」は八代集一例・①8新古今1195「ゆふぐれに命かけたるかげろふのありやあらずやとふもはかなし」（恋三、読人しらず）。他、①2後撰856 857「かげろふのほのめきつればゆふぐれの夢かとのみぞ身をたどりつる」（恋四、よみ人しらず）。①3拾遺733「夢よりもはかなきものはかげろふのほのかに見えしかげにぞありける」（恋二、よみ人しらず）。蜻蛉日記「あるかなきかの心ちするかげろふの日記といふべし。」（新大系94頁）。

▽虫10の6。三句切、倒置法。夕方の空に紛れ込みそうな蜻蛉は、現実との区別がつきかねる夢の中での契りに似ていると、「蜉蝣を」（全歌集）歌う。【語注】の①1古今歌で分かるように恋歌仕立て。

B125「此歌も右の風情也異儀なし」（16頁）

俟「「《ニ》わきかぬる」、夢やらん、うつゝやらんとわきかぬる契りに似たるとか《（に）（ヒ）》や。夕のそらのかげろふのあるかなきかにほのかなる心なるべき也。」、「蜉蝣主題。春。／二「ほとゝ…（古今…六四一…以下同想表現は多い。」

『安東』134頁にもこの歌に少し触れている。

【類歌】④35宝治百首2487「うたたねの夢のちぎりのかたみとて夕の空にすぐるむらさめ」（恋「寄雨恋」実雄）

777　草ふかきしづのふせやのかばしらに／いとふけぶり《（煙）》をたてそふる哉

【訳】　草深い賤の伏屋の蚊柱に、厭な（蚊遣火の）煙を立て加えていることよ。

【語注】　○しづ　八代集初出は後拾遺61。　○しづのふせや　④26堀河百首484「かやり火のけぶりうるさき夏のよはしづのふせやに旅ねをばせし」（夏「蚊遣火」師頼）。　○かばしら　八代集にない。⑧10草根2864「夕ま暮杣木もしらぬ蚊柱を…」。⑧10同2866「山もとの遠の柴屋の蚊柱や…」。⑩45南都百首31「はらひえぬうちはの里のかばしらに…」。
○いとふ　「蚊（が）」か「人」か。　○たてそふる　八代集にない。源氏物語「いよ〳〵いみじき願どもを立て添へさせ給。」（「若菜下」、新大系三―370頁）。④32正治後度百首753「宮柱はこやの山にたてそへて…」（季保）。
▽虫10の7。草の深い農夫の粗末な家の蚊柱に対して、嫌いな蚊遣火の煙を立て添うると、「蚊を」（全歌集）歌う。源氏物語の夕顔の住まいの「五条」辺りが想起されるところである。⑤340二言抄17、初、第二句「夕暮は賤がふせ屋の」定家。
俟「「[二]蚊ばしら」は、夕ぐれに軒などに蚊のあつまりて群体をいへるにや。「はしら」といへるにて「たてそふる」といへるなり。」、「蚊主題。夏。／二「かばしら」先例未知。」
不審39「〳〵※か…※俗ニ、蚊ノ晩景ニアツマル処ヲ蚊柱ノ立ト申候。」

778　うきて世《よ》をふるやのゝき《軒》にすむはちの／さすがになれぬいとふものから

【訳】　世の中を憂く思いながら世をすごす古い家の軒に住んでいる蜂は刺すが、さすがに慣れ親しんでしまった、嫌なものだが…。

【語注】　○うきて　「蜂が空を浮きて」も掛けるか。「「浮きて」に「憂き」を響かせる。「浮く」は不安定な状態になることで、今の「浮かれる」とは異なる。」（全歌集）。**○ふるや**　八代集四例。「ふる」掛詞（「経る、古」）。**○はち**　八代集にない。古事記「また来日の夜は、呉公《むかで》と蜂との室《むろや》に入れたまひき。また呉公・蜂のひれを授けて教ふること先のごとし。」（古典集成63頁）。枕草子「日ひとひ落ちかゝり、蜂の巣のおほきにて付きあつまりたるなどぞ、」（新大系（一五四段）、205頁）。⑤388沙石集77「やつあればこそ蜂と云ふらめ」（或人）。**○さすが**　掛詞（蜂の縁語「刺す」と「さすが」）。

▽虫10の8。四句切、下句倒置法。世を憂く思いながらすごす古家の軒に住む蜂は、刺すので、厭いはするが、やはり馴れ果ててしまうと、「蜂を」（全歌集）歌う。

侯「「さすがになれぬ」、世になれぬるにや、いとひながらなれぬるといふにや。〔うちつくかたなくふる世はいとはしかるべし。されども、さすがのがれもやらずへぬるよしをいへる也。〕」、「蜂主題。六帖・夫木に未見題。」

『赤羽』197頁「物語中の和歌に似ているが、序詞・掛詞・同音異義の語などを用いて、ことばの組合せだけで蜂や蝶を点出しようとするので、そこにも人間は不在である。」、蝶774

779　春さめのふりにしさと《(里)》をきて見れば／さ《ま③》くらのちりにすがるみのむし

【訳】　春雨の降る、古びた里にやって来て見ると、桜の塵（散った花びら）にすがりついている蓑虫であるよ。

【語注】　**○ふり**　掛詞（「降り・古り」）。**○第二、三句**　同一・型《パターン》③21清正7「いそのかみふりにしさとをきてみればむかしかざしし花さきにけり」。③85能因151「いそのかみふりにしさとをきてみれば我を誰ぞと人ぞとひける」。⑤158平経盛朝臣家歌合78「初時雨ふりにし里をきてみればみかき《宮城(治)》が《の(夫6131)》は《に(治、玄、夫6131)》《も(歌)》原紅葉しにけり」（「紅葉」資隆。②13玄玉701。②16夫木6131、9939。⑤165治承三十六人歌合323。⑤271歌仙落書57）。**○きてみれば**《三かさの(夫9939)》**（下句）**　一つの表現型《パターン》。**○ちり**　「散り」（名）のみ八代集一例・古今72。 **〇すがる** 八代集三例、初出は金葉150。 **〇みのむし** 八代集一例・金葉662。枕草子「虫は　鈴むし。…みのむし、いと哀也。」（新大系60、61頁（四〇段）（、四三段）。「参考」（全歌集））。▽虫10の9。春雨の降る旧里に来てみると、桜の花びらに蓑虫がすがっていると、「蓑虫を」（全歌集）歌う。②16夫木13149、第四句「まくらのちりに」、雑九、動物、蓑虫「同（十題百首御歌、虫）」。C170「ふるさとをきてみれば、さくらのちりに《る(D)》みのむしのすがり、《て(ツ)》さびしき体也。人跡絶はてたるさま也。」（上164頁。D37・中46頁）俟「ま…[1]「枕のちりにすがる」如何、可考。[2]」、「1「まくら…「まつら…「さくら…実景とすれば「桜」の方が穏当であるが「塵」「ふりにし里」と響き合わぬ。奇矯ではあるが「枕」が可。2字体曖昧、むしろ「老」に近い。…蓑虫主題。春。」　六家抄・歌のみ

『赤羽』196頁「「桜の塵にすがる蓑虫」は、蓑虫の本性を的確に把えており、『枕草子』の観照に対して遜色がない。」

【参考】　①1古今88「春雨のふるは涙かさくら花ちるををしまぬ人しなければ」（春下、一本大伴くろぬし）
⑤15京極御息所歌合24「はるごとにきてはみるともいそのかみふりにしさとのなにはかはらじ」

【類歌】　①19新拾遺117「あれはてししがのふる郷きてみれば春こそ花の都なりけれ」（春下、為兼）

780　を《(お)》のづからうちを《(お)》くふみも月日へて／あくればしみのすみかとぞなる《み(③)》

【訳】　自然放っておいた手紙も月日がたって開《ひろ》げてみると、紙魚の住みかとなっているよ。

【語注】　**〇を《(お)》のづから**　576前出。 **〇うちを《(お)》く**　八代集にない。万葉808 804「…赤駒に　倭文鞍《しつくら》うち置き　這《は》ひ乗りて　…」（巻第五）。源氏物語「…御厨子などにうちを《(お)》き散らし給ふべくもあらず、」（「帚木」、新大系一―34頁）。 **〇し**

み　八代集にない。源氏物語「上には書きつけたり。紙魚《しみ》といふ虫の住みかになりて、古めきたる黴《かび》くささながら、〔跡は消えず、たゞいま書きたらんにも違はぬ言の葉どもの、こまぐ〜とさだかなるを見給ふに、〕」（「橋姫」、新大系四―334頁・古典集成六―300頁。「参考」（全歌集））。今昔物語集「汝ヂ前生ニ衣魚《しみ》ノ身ヲ受テ、法花経ノ中ニ被巻籠テ、」（新大系三―313頁）。

▽虫10の10。自然とほったらかしにしておいた手紙（書物か。「文」（全歌集））も歳月を経て開《あ》けると、もう紙魚の住みかとなっていると、「紙魚を」（全歌集）歌う。

俟「無殊事。〔みる事もなくて程へたる書物のしみの入たる体、まことにみるごとく也。〕」、「紙魚主題。参考「しみと…なるを（源氏・橋姫巻・薫が柏木の遺文を見るくだり）」。「此詩…文字（白氏長慶集・一・傷唐衢二首）」（私注―二首の「二」、「…此詩尤可貴今日開篋看蠹魚損文字…」（上25頁）、「漢詩文受容」（佐藤）453頁、0035〕六家抄・歌のみ

久保田『研究』683頁「紙魚は、／…（定家　七八〇）／いかに…（慈円　一五八三）／などと詠まれている。この内、定家の詠について、源氏物語橋姫の巻の終りの部分、／紙魚と…見給ふに、／という件りに拠ったのであろうという赤羽氏の指摘は、傾聴に値する。但し、河海抄では源氏物語のこの部分に、／幽蠹…／杜陵詩…と注しているし、白氏文集巻一、「傷唐衢二首」の二にも、／…此人…文字。…／とある。すると、一典拠に限定することは困難かもしれない。」

『赤羽』197頁「「橋姫」巻末、薫が柏木の遺書を見るところ、「紙魚…なりて云々」に拠ったのであろうが、心理や事件のあやを匂わすことなく、感情移入もなしに、淡々と事物だけを投出している。」

神祇十

781　てらすらんかみぢ《神路》の山のあさ日かげ／あまつくもゐ《雲井》をのどかなれとは

【訳】　照らすであろう、神路の山の朝日の光は、天の大空・宮中をのどかであれとは。

【語注】　〇かみぢ（の）山　八代集二例・新古今1875、1878。伊勢国の歌枕。　〇あさ日かげ　八代集一例・新古今98。〇あまつくもゐ　八代集にない。掛詞（大空、宮中）。「皇位」（全歌集）。③54西宮左大臣42「…よとともにあまつくもゐをながめくらせば」。③125山家339「秋風やあまつ雲井をはらふらん…」（秋。③126西行法師222）。⑤162広田社歌合107「ながめこしあまつくもゐはなだぶねの…」（懐綱）。

▽神祇10の1。第三、四句あの頭韻。初句切、倒置法。神路山の朝日の光は、空を宮中をのどかであれときっと照らすであろうと、「伊勢大神宮を」（全歌集）歌う。⑥17閑月和歌集430、第四句「あまつくもゐの」、羈旅、前中納言定家。

侯「「あまつ雲ゐ」は省《三》中の事歟。」、「伊勢主題。……三「省中」は禁中。」

【類歌】　①10続後撰535 527「神ぢやまさこそこの世をてらすらめくもらぬそらにすめる月かげ」（神祇「…、名所月」前
太政大臣）

①19新拾遺1389「曇なき君がやちよをてらすらし神ぢの山に出づる月かげ」（神祇「寄月神祇と…」達智門院）

③132壬二496「神ぢ山雲ゐはるかにいづる日のいく千世君に影をならべん」（院百首「祝」。④31正治初度百首1499）

④35宝治百首3959「ちはやぶる神路の山の朝日影猶君が代にくもりあらすな」（雑「寄日祝」実氏。①18新千載2346 2345）

④38文保百首2496「のどかなるはこやの山の朝日影くもりなきよぞ空にしらるる」（雑、行房）

782　かしまのやひばらすぎ《杉》はらときはなる／きみがさかえは神のまに〱

【訳】鹿島のよ、檜原杉原が永久不変であり、そのように我が君の栄えは、神のみ心のままに。

【語注】○かしま　八代集一例・拾遺999。○ひばら　743前出。○ひばらすぎはら　③131拾玉5562「あはれかなひばらすぎはら風さびてましらも鳥も喧しきさへ」。④37嘉元百首246「ときはなるひ原すぎ原それまでも枝さしかはす山の紅葉葉」（秋「紅葉」基忠）。○すぎはら　八代集一例・詞花307。○さかえ　「栄ゆ」（動詞）は多いが、名詞は八代集にない。⑤348日本書紀78「かむかぜの　いせの　いせのぬの　さかえを　いほふるかきて…」（秦酒公）。源氏物語「いまより後の栄《（え）》へは、猶命うしろめたし、」（「絵合」、新大系二—185頁）。○末句　①1古今420「このたびはぬさもとりあへずたむけ山紅葉の錦神のまにまに」（羇旅、すがはらの朝臣。百人一首24）。

▽神祇10の2。鹿島の檜原や杉原がいつまでも変らないように、我が君の繁栄は神の心のままにと、「鹿島神宮を」（全歌集）歌う。②16夫木16017、第四句「君がさかへは」、雑十六、かしま、常陸「建久二年百首、神祇」。

俟「無殊事。」、「鹿島主題。参考「霰零り…（私注—万葉4394 4370「霰降り鹿島の神を祈りつつ皇御軍士《すめらみくさ》に我れは来にしを」（巻第二十））。鹿島明神を第二に持ち出したのは万葉集の影響か。」

『赤羽』313頁「ひばら杉はら…（新勅撰四一二　長方（私注—①9新勅撰412「宮木ひくそま山人はあともなしひばらすぎはら雪ふかくして」（冬…））…下句にも繰返しを置いて、上句の繰返しとリズムの上でのバランスをとっている。」

【参考】⑤258文治六年女御入内和歌26「あめのしたきみがさかへはけふまつるみかさのやまのかみのまにまに」（二月「春日祭」左）

783　春日山峯の松原《（ばら）》吹《（く）》風の／雲井にたかきよろづ《（万代）》世の聲

【訳】 春日山の峯の松原に吹く風は、空に高い万世・万歳の声（がする）よ。

【語注】 **○春日山** 藤氏の山。 **○松** 千歳、常磐の松。 **○よろづ世** ②6和漢朗詠777「よろづよとみかさのやまぞよばふなるあめのしたこそたのしかるらし」（祝。拾遺274「声高く…」賀、仲算法師）。小侍従119「ふゐの音のよろづ代までと聞えしに山《を（千）》もこたふるこゝちせし哉」（①7千載630 629）、同120「万代とはつねの笛になのらせてすゐをみかさの山やこたふる」。

▽神祇10の3。春日山の峯の松原を吹く風は、万歳の声を空高く立てていると、「春日社を」（全歌集）歌う。【語注】の②6和漢777（拾遺274）や小侍従119（千載630）、120の如く、「漢の武帝が嵩山に登った時、どこからともなく万歳の声が聞えたという故事（史記・孝武本紀）に拠るか（八代集抄）。→六二一。」（新大系・千載630）。上記の史記、『漢書』武帝紀に見える「山呼」の故事によるものか。詳しくは『小侍従全歌注釈』119、120参照。同じ定家に、③133拾遺愚草2492「かすが山峰の朝日をまつ程の空ものどけき万代の声」（賀「…祝春日山」。②16夫木16795）がある。侯「「雲ゐにたかき」、「雲ゐ」は省中の事にや。君を万歳とまもらるゝ事なるべき歟。」、「春日主題。／二 万歳の声を挙げるのは臣下藤氏。」 六家抄・歌のみ
『全歌集』「参考「朕用…（私注―漢書、巻六、武帝紀第六（190、191頁）「「朕用事華山、…吏卒咸聞呼万歳三。（荀悦曰、「万歳、山神称之也。」」「山称二万歳一」（治部省試、祥瑞）」

【参考】 ③129長秋詠藻538「いくちよと契りおきけん春日山枝さしかはす嶺の松原」（右大臣家百首「祝」）
③129同633「かすが山万代よばふ松風に鹿も秋をばしるにやあるらん」（七月「春日山に鹿あり」）。⑤258文治六年女御入内和歌168）

【類歌】 ①15続千載2122 2138「春日山松ふく風のたかければ空にきこゆるよろづ代のこゑ」（賀「寄神祇祝と…」為家）…783に極めて近い

①19新拾遺699「鶴が岡木だかき松を吹く風の雲井にひびく万代の声」（賀、基氏）…783に極めて近い
⑤202春日社歌合75「かすが山みねのあらしも君がため松にふくなる万代のこゑ」（「松風」俊成卿女）…783に近い
⑤202同78「春日山みねのまつが枝さらにまたけふよりならす千世の初かぜ」（「松風」下野）
⑤358増鏡11「菅の根のながらの山の峰の松吹きくる風も万代の声」（第一　おどろのした、資実の中納言。①11続古今1912
1922）…783に近い

784　さかき《(木)》さすをしほの丶《(野)》べのひめこ松／かはすち《(千)》とせのすゑ《(末)》ぞひさ《(久)》しき

【訳】　賢木を差す小塩の野辺の姫小松の、（枝を）さし交わす千歳の末が久しく栄えるよ。

【語注】　**○をしほののべ**　八代集にない。『歌枕索引』も784のみ。「小塩」は、③31元輔26「…いのるべきをしほのかひに年ふべき松」。③133拾遺愚草1945「春にあふをしほの小松かずかずにまさるみどりのすゑぞ久しき」（最勝四天王院名所御障子歌「小塩山」。⑤261最勝四天王院和歌276）がある。**○姫小松**　④30久安百首703「梓弓春の野べなる姫小松君が千とせにひきぞくらぶる」（春、実清）。

▽神祇10の4。榊を挿している小塩の野辺の姫小松が生長して、枝をさし交す千年先も幾久しいと、「祝言の心を籠めて大原野神社を」（全歌集）歌う。同じ定家に、③134拾遺愚草員外672「子日するをしほののべの小松原はるかにみゆる千代のおひすゑ」（春廿首）がある。
俟「「かはす」は、榊と小松と千とせをかはすにや。」、「大原野主題。藤氏の賀。」
『全歌集』「参考」①2後撰1373 1374「おほはらやをしほの山のこ松原はやこだかかれちよの影みん」（慶賀、つらゆき）、①9新勅撰455「おほはらやをしほのこまつ葉をしげみいとどちとせのかげとならなん」（賀、朝忠）

785　かも山やいくらの人を見《み》づがきの／ひさしき世よりあはれ《哀》かくらん

【訳】　賀茂山よ、多くの人を見つめ、（瑞垣の）久しき世より、〞あはれ〟をかけて来られたのであろう。

【語注】　**○かも山**　「賀茂」は多いが、「賀茂山」は八代集にない。③130月清492「かもやまのふもとのしばのうすみどり…」（神祇）。④15明日香井146「かもやまのたかねにかかるしらくもや…」。　**○見づがき**　掛詞（「見」「瑞垣」）。「瑞垣の」は「久し」にかかる枕詞。「賀茂の瑞垣」は八代集二例、千載1272、新古今1255。

▽神祇10の5。賀茂山の神は、多くの人を見、大昔から恵みを垂れてきたと、「賀茂社を」（全歌集）歌う。式子に、式子368「さりともとたのむ心は神さびてひさしくなりぬかものみづがき」（千載1272 1269、神祇）がある。侯「無《二》殊事。」、いくらの「賀茂主題。／二　参考「うと…〔私注―①5金葉二699 531「うとましや木の下陰の忘れ水いくらの人のかげをみつらん」（よみ人しらず）」」。「すが…〔私注―③134拾遺愚草員外63「すがはらやふし見のみやの跡ふりていくらの冬の雪つもるらん」（一字百首、冬）」」。」『全歌集』「本歌」⑤415伊勢物語199「むつましと《じ（新）》君は白浪瑞垣の久しき世よりいはひそめてき」（第百十七段、おほん神（住吉）。①8新古今1857）、「参考」万葉504 501「娘子《をとめ》ら《ご（拾、六）》が《を（2419）》袖布留山の瑞垣の久しき時ゆ《よより（拾、六）》思ひき《そめてき（〃、〃）》我れは《けり（〃）》」（巻第四、人麻呂。同2419。①3拾遺1210。②4古今六帖2549）

【類歌】　①10続後撰547 539「みづがきのひさしき世よりかげとめてあふぐみ山に月ぞくもらぬ」（神祇「…、社頭月を…」栄禅）

④14金槐649「みづがきの久しき世よりゆふだすきかけし心は神ぞしるらん」（雑「神祇歌…」。①13新後撰760）

④35宝治百首3928「さぞ祈る賀茂のやしろのみづがきの久しき御代のためしなれとは」（雑「寄社祝」為経）

⑤227春日若宮社歌合59「春日山しめうちはふる水がきのひさしき御代は神ぞしるらん」（祝、尊海）

786　たのもしなあか月ちぎる月かげの／かねてすむらんみよ《(御吉)》しの丶たけ

【訳】　頼りとされるよ、弥勒菩薩が出現なさる暁を約束する月光の前もって住み、澄んでいるのだろう、み吉野の獄は。

【語注】　**○あか月**　「未来仏である弥勒菩薩が出現する時の比喩。」（全歌集）。　**○かねて**　「金峰山を意味する「金が御嶽」の「かね」を響かせるか。」（全歌集）。　**○すむ**　掛詞「住・澄む」。　**○みよしの丶たけ**　「吉野の岳《たけ》」は八代集一例・新古今387。また「岳《たけ》」は八代集四例。

▽神祇10の6。初句切、倒置法。弥勒菩薩が現われる未来の暁を約束するかのように、月光が前もって住み、澄んでいる吉野の嶽、金峰山を頼りとすると歌う。「金峯神社（金精大明神）を歌ったとも、それと混称される蔵王権現を歌ったとも見られる。蔵王権現は弥勒菩薩が出世した時に用いるために、金峰山の金を守護していると伝える（南都巡礼記・東大寺の条）。」（全歌集）。

C171「「よしの」、《は(D)》金峯山座王権現のたち給ふなり。「あかつき」、さ《一》んゐの暁《のこと(〃)》也。みろくの出世を只今の月にて《たのもしくおも》しる《ひ(〃)》と也《にや(〃)》。」、「一　龍華三会。弥勒菩薩が人間界に下って龍華樹の下で成仏の暁に、一切衆生を済度するために三度開くとされる法会。」（上164頁。D239・中103頁）

俟「「み《三》よしの丶たけ」、金峯山にや。弥勒出世の事歟。」、暁《二》「吉野座王権現主題。／二　三会の暁。／三「みろく…と也」（C注・一七一番）」で可。」

六家抄「よしの丶蔵主《(王・松)》をよめり。蔵主《(王・松)》は神也。神のつかさ也。よし野の弥勒の世をまつ所也。弥勒の出てよし野に居給はんと也。今は神也。かねてとはいますむ心也。」

【類歌】⑤230百首歌合〈建長八年〉520「たのもしな契あればぞあながちに月は心のうちにすむらん」（正二位）

787　おもかげに思《（ふ）》もさびしうづもれぬ／ほかだに冬のゆき《（雪）》のしら山

【訳】面影として思うのも淋しいよ、（雪に）埋もれない、他でさえも冬で、雪の降っているのに、その白山は。
【語注】**○うづもれ**　八代集初出は後拾遺23。③132壬二867「月かげのわくべきさきもうづもれぬ雪吹きはらへ里の山かぜ」（院百首、冬）。⑤157重家朝臣家歌合66「月影にうづもれぬとや思ふらむ雪にならへるこしの里人」（月、頼政）。**○ゆきのしら山**　「雪を戴いた白山。白山は加賀国。白山比咩神社が鎮座する。」（全歌集）。
▽神祇10の7。第一、二句おもの頭韻。「テーマとイメージの重層…お…お…」（赤羽298頁）。三句切、倒置法。他でさえ冬には、雪は降るのに、埋もれずそびえている白山を面影として思うと淋しいと、「白山権現を」（全歌集）歌う。俟・歌のみ「白山権現主題。」

788　雲かゝるなちの山かげいかならむ／みぞれはげしきながきよ《（夜）》のやみ

【訳】雲のかかっている那智の山陰はどのようであろうか、霙の激しい冬の長い夜の闇には。
【語注】**○なち**　八代集にない。枕草子「滝は…那智の滝は、熊野にありと聞くが哀なり。」（新大系（五八段）、73頁）。③125山家382「雲きゆるなちのたかねに月たけて…」（「月照滝」）。『歌枕索引』には、「なちのやま」として、花山院集一〇「石走る滝にまがひてなちのやま…」の用例があり、さらに⑩181歌枕名寄8429「なちの山はるかにおつる滝つせに…」（那智、山「続古七」式乾門院御匣。①11続古今737741）の歌もあるが、⑩181歌枕名寄8432は788であり、「なちの山かげ」は、新編国歌大観索引①〜⑩では、定家歌以外にはなかった。**○山かげ**　八代集七例、が、初出は詞花110。**○みぞれ**　八代集にない。が、「みぞる」八代集一例・千載82。枕草子「ふるものは　雪。霰。霙はにくけれど、しろき雪のまじりてふる、お《（を）》かし。」（新大系（二三二段）、271頁）。源氏物語「夜ふけていみじうみぞれ降る夜、」（「帚木」、新大系一―48頁）、同「雪、みぞれかき乱れ荒るゝ日、」（「澪標」、新大系二―121頁）。**○はげしき**　八代集四例、初出は後拾遺339。他、「はげしさ」八代集一例・千載393。**○ながきよのやみ**　「現実の冬の長夜の闇を言い、無明長夜の闇を暗示する。」（全歌集）。

▽神祇10の8。三句切、倒置法。みぞれの激しい長い夜の闇の中、今頃雲のかかっている那智の山陰はどんなであろうと思いやったもの。「熊野三山の一、那智を歌う。」（全歌集）。②16夫木16041、第二句「なちの山風」、雑十六、くまの「十題百首、神祇」。

B126「大高山の陰にて終夜のかなしひにたえすして来世の闇をおもふ心也此いかならんは何とあるへきそとおもふこゝろ也」（16頁）

俟・歌のみ「熊野権現主題。…本宮と那智の陸路には雲取越の道があり、後年定家自身も後鳥羽院の扈従として建仁元年十月にここを越える。」

【類歌】②16夫木14354「芳野山もみぢのいほりいかならん夜半のあらしのおとぞはげしき」（雑、廬、もみぢの庵、吉野山、山田法師）…詞が通う

789　わかのうらの浪に心はよすときく／我をばしるやすみよし《（住吉）》の松　神（③）

【訳】和歌の浦の浪に心は寄せると聞いている、（それなら）私を知っていますか、住吉（神社）の松よ。

【語注】○わかのうら　485前出。「歌壇の比喩。」（全歌集）。○心はよす　「関心を抱く。」「よす」は「浪」の縁語。」（全歌集）。○すみよしの松　「住吉神社の松。住吉神社は摂津国、現在大阪市住吉区にある。和歌の神と考えられていた。」（全歌集）。

▽神祇10の9。初句字余（「う」）。三句切、四句切、下句倒置法。和歌に心を寄せると聞いているので、住吉の神は私を知っているのか、どうかよろしくお願いしたいと、「住吉明神を」（全歌集）歌う。『全歌集』は、「…神よ認めて頂き、お護り頂きたい。」と訳す。

俟「「波に心はよすときく」、神の心をいへる歟。歌道をまもるときく神なれば、我をば知給ふやといへり。我歌道に志深切なるをば知給ふやといへるにや。」、「住吉明神主題。和歌三神の一。」　六家抄・歌のみ

『全歌集』「参考」⑤415伊勢物語199「むつまし《じ（新）》と君は白浪瑞垣の久しき世よりいはひそめてき」（①8新古今1857）・785参照

【類歌】③131拾玉3058「身のうさを和歌のうらばにながむれば心にうかぶすみよしの松」（詠百首和歌、雑）

④32正治後度百首576「和歌の浦の浪を心にかけまくもかしこきみよのならひとぞ聞く」（雑「海辺」家長）

790　やはらぐるひかり《（光）》さやかにてらし見《（み）》よ／たのむ日よし《（吉）》のなゝのみやしろ

【訳】「和光」・和らげる光をはっきりと照らし見なさい、頼みとする日吉の七つの御社は。

【語注】○やはらぐる　八代集四例、初出は千載1259。○やはらぐるひかり　「漢語「和光」を大和言葉で言った。」（全歌集）。⑤182石清水若宮歌合136「やはらぐるひかりをこむるしめのうちになほ又秋の月もすみけり」（「月」参河内

侍)。 **○日よし** 八代集四例、初出は後拾遺1169。 **○日よしのなゝのみやしろ** 「日吉七社。大比叡(大宮)・小比叡(二宮)・聖真子・八王寺・客人・十禅師・三宮をさす。」(全歌集)。 **○なゝのみやしろ** 「ななのやしろ」八代集一例・①8新古今1902「わがたのむななの社のゆふだすき…」。④27永久百首564「いのること七のをやしろかうかうと…」(雑「社」俊頼)。⑩181歌枕名寄6006「さざ波やおほ山もりにいますなり日のもとてらすななの御やしろ」(比叡篇「現存六」)。『歌枕索引』にも「ななのみやしろ」の歌はなく、新編国歌大観の①~⑩の索引にも、上記以外の用例はない。

▽神祇10の10。三句切、倒置法。頼りとする日吉の七社に、和光をさやかに照らし見よと、「本地垂迹思想に基づいて日吉山王を」(全歌集)歌う。
俟「我このたのむ心をてらせといへるにや。」、「日吉権現主題。山王七社。「やはらぐる光」は「和光同塵」。」

【参考】⑤160住吉社歌合137「やはらぐるひかりをたのむしるしにはこむよのやみをてらさざらめや」(述懐、祐盛法師)

【類歌】①15続千載1005 1009「やはらぐるひかりをみても春の日のくもらぬもとのさとりをぞしる」(釈教「春日社にて…」範憲)…詞が通う
④31正治初度百首703「やはらぐる日よしのかげをたのむかなのどかに照せ君が千とせを」(祝、慈円)

釋教十
歡㐂《喜》地

791 うれしさのなみだ《涙》もさらにとゞまらず/ながきうき世のせき《関》をいづとて

【訳】　うれしさの涙も全く（流れるのが）とどまらない、長かった憂世の関を出ることになって。

【語注】　**○歡㐂地**　「菩薩の五十二位の第四十一位。十地の初地。聖者の初位。菩薩がいまだ認識しなかったことをこの状態で認識し、大いに喜ぶのでこう呼ぶという。」（全歌集）。**○うれしさ**　これのみ八代集初出は後拾遺1094。

▽釈教10の1。三句切、倒置法。長い憂世の関門を出るというので、歓喜の涙がとめどないと歌う。②16夫木9518、雑三、うきよのせき「十題百首、十地観《ママ》喜地」。俟「歌はきこえたる歟。」、「以下の題は華厳経以下に記す大乗菩薩の十地で、菩薩が修行すべき五二の階梯の中、第四十一位から五十位までをいう。「歓喜地」は檀波菩薩が初て聖性を得て大歓喜を生じ、檀波羅密《ママ》を成就した境位。」『全歌集』「十地とは…『十地経』『大般若経』『華厳経』『金光明最勝王経』などに説かれている。…『類題法文和歌集注解』巻一三に、十地を次のごとく解説する。「十地の義は大品経、華厳経、瓔珞経、止観にも出侍りて、是に華厳の十信十住十行十廻向を配してさま〴〵に其位をさだむる説あり。また三乗の名別義通といひ、又単の菩薩の名別義通といへる事あり。あるひは四忍を配し、あるひは十波羅蜜を配せり。ことにさとりがたき物なり。此和歌は金光明最勝王経の説につきたる故にこゝにのせ侍るなり。其いたりを云に、修行のつもり初地より仏地にいたらんことをいへるなり。」」。さらに「愚草の歌ことにふかく経意に達して、其経の文を毎首によみのせたる眼目、よのつねのしわざにあらず」と賞讃し、歓喜地の歌については次のごとく注する。「此第一歓喜地は、初発心の菩薩の、其所願こと〴〵くかなひて、大千世界の無量種々の宝蔵盈満せるをみてよろこびにたへざるの謂なるをもて、歓喜地とは云也。宝蔵とはよのつねの宝にはあらず。如来蔵の法宝を云也」

無垢地

792　いさぎよくみがく心《の（③）》しくもらねば／たましくよものさかひをぞ見《（み）》る

【訳】　潔く磨く心は曇らないから、玉を敷いているまわりの世界を見ることよ。

【語注】　**○無垢地**　「十地の第二地。中道の理に住し、衆生界のけがれの中に入ってしかもそれを離れる位。」（全歌集）。　**○いさぎよく**　八代集三例、初出は金葉628。「いざきよく（清く）」か。「いさぎよく」（③、全歌集）。　**○みがく**　「下の「くもる」「玉」と縁語。」（全歌集）。　**○さかひ**　八代集五例。

▽釈教10の2。潔く磨いている心は曇っていないので、玉を敷いている一面の世界を見ることができると歌う。倶・歌のみ「離垢地。諸惑を断ち、犯した汚れを去り、身心清浄に戒波羅密《（ママ）》を成就した境位。」『全歌集』「「第二無垢地は清浄珍宝荘厳の具をそなへて、其地平なる事掌のごとしとあれば、玉しく境にて此心をこめたる也」（類題法文和歌集注解・巻一三）」

【参考】　③125山家883「いさぎよきたまを心にみがき出でていはけなき身にさとりをぞえし」（雑「提婆品」）

明地　発光地明地正本如此（③）

793　あきらけきあさひのかげにあたご山／雪も氷もきえ《（消）》ぞくだくる

【訳】　明らかな朝日の光に愛宕山の、仇の雪も氷も消え砕けることよ。

【語注】　**○明地**　「十地の第三地。智恵の光があらわになる地。」（全歌集）。　**○あきらけき**　八代集三例。当然ながら月の歌が多い。　**○あさひのかげ**　「仏の智恵の光の比喩。」（全歌集）。　**○あたご山**　八代集にない。掛詞「仇（全歌集）」。「あたごのみね」八代集一例・拾遺562。③58好忠338「あたごやましきみのはらに雪つもり…」。④26堀河百首906「しぐれつつ日数ふるともあたご山…」。⑤390蜻蛉日記136「…きみがむかしの　あたごやま　さしていりぬと　ききしかど…」。　**○雪も氷も**　「共に怨念の比喩。」（全歌集）。　**○きえ（ぞ）くだくる**　八代集にない。

▽釈教10の3。上句あの頭韻（「明地」・明るい響き）。明らかな朝日の光によって、障りとなる、愛宕山の雪も氷も消えそして砕けると、「早春の景によそえて」（全歌集）歌う。

俟「歌はきこえたる也。「あたご山」は「敵」をいへる歟。」、「発光地。忍辱波羅密《ママ》を成就して智恵顕発する境位。」『全歌集』「参考「自身…〔私注―六六五・金光明最勝王経・巻第四「自身勇健甲仗荘厳。一切怨賊皆能摧伏。」（419頁）〕」、「「第三明地は其身勇健にして甲仗堅固なるまゝに、世間の怨賊みなくだけふすとあり。あたご山は怨《アタ》をこめたり。仏の慧日の光によりて衆魔の怨軍もみな雪氷のごとく消くだくるよしたとへてよめる也」（同）」

熖《焔》（③）恵地

794　冬がれのを《お》どろのふるえもえつきて／ふきかふ風に花ぞちりしく

【訳】　冬枯となった茨の古い枝は燃え尽きて、吹き交う風に花びらが散り敷いているよ。

【語注】　**○熖恵地**　「焔慧地（えんねじ）とも書く。十地の第四地。すべての煩悩の薪を焼きつくす力のある、悟りを得るための助けとなる焔が生ずる地。」（全歌集）。　○冬がれ　八代集三例。　○を《お》どろ　406前出。　○を《お》どろのふるえ　「煩悩の比喩。」（全歌集）。　○ふるえ　八代集二例。　○もえつき　八代集一例・千載198。　○ふきかふ　八代集にない。源氏物語「吹きかふ風も近きほどにて、斎院にも聞こえ給けり。」（「賢木」、新大系一―368頁）。③133拾遺愚草2644「あなこひしふきかふ風もことづてよ…」。④16建礼門院右京大夫164「…うき身にはふきかふかぜのおともきこえず」。　○ちりしく　八代集七例、初出は詞花37。

▽釈教10の4。冬枯の茨の古枝が燃え尽きてしまって、吹きかう風に花が散り敷いていると、「春先の野焼きの風景によそえて」（全歌集）歌う。

俟・歌のみ「精進波羅密《ママ》を成就して慧性熾盛の境位。」

『全歌集』「「第四焔恵地は智恵の火を以て煩悩をやきうしなふ也。おどろは荊棘也。煩悩の結使にたとへたる也。四方の風輪に妙花をちらすによりてさやうの結習の煩悩もつきたるよしをいへり」（同）」

『赤羽』301頁「初句と第四句の頭韻が一首に運動をあたえるものである。」、326頁「一首の中に季節の変化を盛りこんでいる。／2冬…ふ…／ふ…花…上句はoとuが主で、荒れて重苦しい感じの冬のテーマ、「冬」ではじまる「ふ」の頭韻が、「はな」で開くことも目に見える変化であるが、母音構成は下句は/a/と/i/が中心で春のテーマである。…全体として相対的に/a/が少く、/e/が多い例であるがそれにしても上句と下句の母音の組合せが極端にことなり、冬のイメージから春のイメージへの変化が音韻の組合せの変化によっておこなわれている。」

難勝地

795　あまつ風さはりしくも《雲》はふ《吹》きとぢつ／をとめのすがた花にゝほ《匂》ひて

【訳】 天の風が、さしつかえとなっていた雲は吹き閉じはててしまった、天女の姿は花として匂って（いる）。

【語注】 **○難勝地** 「十地の第五地。断ちがたい無明に勝つ地。」（全歌集）。 **○あまつ風** 八代集三例。 **○さはりし雲** 「女人の五障の比喩。」（全歌集）。 **○ふきとぢ** 八代集一例・古今872（本歌）。

【本歌】 ①1古今872「あまつかぜ雲のかよひぢ吹きとぢよをとめのすがたしばしとどめむ」（雑上、よしみねのむねさだ。②3新撰和歌217。②4古今六帖441。②6和漢朗詠718。③7遍昭10。⑤275百人秀歌15。⑤276百人一首12。『全歌集』）

▽釈教10の5。三句切。有名な①1古今872を本歌として、天の風は、支障となっていた雲の通い路を吹き閉じ、しばしとどまった少女の姿は花の如く匂っていると歌う。同じ定家に、③134拾遺愚草員外192「ふかき夜にをとめのすがた風とぢて雲ぢにみてる万代のこゑ」（冬。②16夫木16585）がある。

俟・歌のみ「極難勝地。禪定波羅密《（ママ）》を成就して真俗二智を相応せしめうる境位。」

『全歌集』「「第五難勝地は、衆宝の玉女の名花を以て其首に冠らしめて其形をかざれるよし経にあり。よりて五障の雲を天つ風の吹はらひたる躰を、かの雲の通路の乙女の姿の古歌によせていへるなり」（同）」

【類歌】 ①15続千載449 451「天つ風くもふきとづなをとめ子が袖ふるやまの秋の月影」（秋上、津守国夏）

①16続後拾遺1135 1128「天つ風雲のうへまでしるべせよをとめの姿ことしだにみん」（雑中、重氏。②15万代3663）

④18後鳥羽院193「天つかぜ雲井の空をふくからにをとめの袖にやどる月かげ」（正治二年第二度御百首、公事。④32正治後度百首93）

⑤244南朝五百番歌合306「立ちかへるならひもつらし天つ風雲吹きとぢよほし合の空」（秋一、関白）

現前地

796　すみまさる池の心にあらはれて／こがねのきし《岸》に浪ぞよせける

【訳】澄みまさった極楽の池の中心に現われきて、黄金の岸に浪が打ち寄せたことよ。

【語注】○現前地「十地の第六位。縁起の姿がまのあたりに現れる地であるという。」（全歌集）。○すみまさる　八代集一例・拾遺616。当然月の歌が多い。○池の心　八代集三例、初出は金葉307。○こがね　八代集二例・後拾遺1084、1085。

▽釈教10の6。澄み増っている池の中心にあらわれて、黄金の岸に波が寄せると歌う。②16夫木16372、雑十六、釈教「十題百首、十地現前地」。侯・歌のみ「現前地。慧波羅密（ママ）を成就して染浄の差別なきを現前する境位。」

『全歌集』「参考」③129長秋詠藻451「いにしへのをのへの鐘ににたるかな岸うつなみのあかつきの声」（下、釈教、（極楽）六時讃、後夜「暁至りて波の音金の岸に寄る程…」）、「「第六現前地は七宝の華池に金沙をしきて清涼心にまかせたる躰なり」」（同）」

【参考】①4後拾遺873 874「あらはれてうらみやせましかくれぬのみぎはによせしなみの心を」（雑一、小式部）…詞が通う

④28為忠家初度百首261「にごりなくいけのこころやすみぬらんいまぞ蓮のあらはれにける」（夏「池上蓮」）

遠行地

797　さはりなくとを地《（ほぢ）ほき（③）》をわたす《る（③）》はし《（橋）》なれば／おちやぶるてふたぐひだに見《（み）》ず

【訳】　支障もなく、遠い地を渡す橋であるので、落ち壊れるという類例さえ知らない。

【語注】　**〇遠行地**　「十地の第七地。菩薩が遠く世間と二乗との有明の行を出て脱するゆえにいう。」（全歌集）。**〇さはり（名）**　八代集一例・拾遺853、が、「障る」は多い。**〇とを地《（ほぢ）》（遠方）**　八代集一例・新古今266。「遠路」か。「…地」。**〇おちやぶる**　八代集にない。「破る」も八代集二例、初出は拾遺1111。

▽釈教10の7。障害もなく、遠い地を渡している橋だから、壊れ落ちる類い・仲間はいないと歌う。『全歌集』は、さらに「（菩薩が済度して下さるので地獄に堕ちる人はいない。）」と訳し加える。

俟・歌のみ「方便波羅密《（ママ）》を成就して大慈悲心を起こし、二乗の自度を遠離する境位。」

『全歌集』「「第七遠行地は諸衆生の地獄におちんとするを見て菩薩みづから是をすくひたすくるに、ひとつもそこなひやぶるものなしと有。とをちは遠路也。橋は菩薩の人を済度するにたとへたり。橋の堅固にして人の落やぶるゝなきを菩薩の功徳力にたとへたり」（同）」

不動地

798　を《（お）》のがじゝまもるすがたの身にそひて／うごかぬみち《（道）》のかためとぞなる

【訳】　それぞれを守る（不動明王の）姿が身に添い加わって、不動の道が強固なものとなるよ。

【語注】　**○不動地**　「十地の第八地。努力精進することなく、自然に菩薩行が行われる状態をいう。」（全歌集）。**○を《(お)》のがじゝ**　八代集一例・拾遺431。「獅子」の八代集の用例はなく、掛詞とはみなさない。「「獅子」を掛ける。」（全歌集）。**○うごか**　八代集四例、「うごき」（名）八代集七例。**○うごかぬ道**　「「不動」を和らげていう。」（全歌集）。**○かため**　八代集にない。が、「かためおく」は八代集一例・新古今736。万葉4414 4390「群玉の枢にくぎさし堅めとし…」。源氏物語「障子を押さへ給へるはいと物はかなきかためなれど、引きもあけず、」（「夕霧」、新大系四―97頁）。

▽釈教10の8。各自を護って下さる不動明王が身に付き従って、不動の信仰の道を強固なものとすると歌う。俟・歌のみ「願波羅密《(ママ)》を成就して無相観をなし任運無功用に働く境位。」『全歌集』「参考「於二身…〔私注―六六五・金光明最勝王経・巻第四「於二身両辺一。有二師子《(ママ)》王一。以為二衛護一。一切衆獣悉皆怖畏。」（419頁）〕」、「「第八不動地は、其菩薩の両辺に師子《(ママ)》王ありて其まもりをなすによりて百獣おのゝきふしてもろ〳〵の煩悩うごかしむる事あたはざるを云也。をのがじゝは心のまゝといふ事也。それを師子の詞にそへたるやうにきこえはべり」（同）

善慧《恵(③)》地

799　はかりなき花のもろ人なびきゝて／まさるかざりのかい《(ひ)》ぞあり《(有)》ける

【訳】　数限りない花の、そのごとき多くの人が靡きやってきて、他に優れている装飾のかいがあることよ。

【語注】　○善慧地　「十地の第九地。菩薩はすべての点にわたって法を説き、非の打ちどころがない状態なのでいう。」（全歌集）。　○はかり　八代集二例、「はかる」八代集五例。　○はかりなき　「「無量」を和らげていう。量り知れない。」（全歌集）。　○かざり　八代集にないが、「飾る」は八代集一例・千載141。万葉4353 4329「八十国は難波に集ひ船かざり…」。源氏物語「まことにうるはしき人の調度の、飾りとする定まれるやうある物を…」（「帚木」、新大系一―44頁）。

▽釈教10の9。第一、二句はの頭韻。無限の花（びら）が散り、花の如き多くの人が御法に靡き寄ってきて、法会に飾りをしたかいがあったと歌う。

俟・歌のみ「力波羅密《ママ》を成就して十力を具足し、可度不可度を弁えて説法しうる境位。」

『全歌集』「「第九善恵地は転輪聖王無量億衆囲繞して供養する躰をはかりなき花のもろ人とはいへり、其菩薩のいたゞきの上の白ききぬがさのかざり衆宝をもてよそほひなす也。其事をまさる飾とは云なるべし」（同）」

法雲地

800　おほぞら《（空）》ののり《（法）》のくも地《（雲路）》《（ぢ）》にすむ月の／かぎりもしらぬひかり《（光）》をぞ見《（み）》る

【訳】　大空の法の雲の所に澄んでいる月の、限りも知らない無限の光を見るよ。

【語注】　○法雲地　「十地の第十地。説法が世界中に真理の雨を降らせる雲のごとくであるのでいう。」（全歌集）。

○おほぞらの　⑤416大和物語80「おほぞらのくものかよひぢみてしかなとりのみゆけばあとはかもなし」（第五十八段、恒忠の君の妻）。

▽釈教10の10。大空をみたす法の雲に澄んでいる月の無限の光を見ると歌って、釈教を、百首を閉じる。

侯・歌のみ「智波羅密《(ママ)》を成就して無辺の功徳を具足して無辺の功徳水を出しうる境位。」『全歌集』「「第十法雲地は如来の身金色かゞやきて円満の相いはん方なし。あまたの梵王いねうして法輪をてんじ給ふ。其智恵まことに大雲の虚空に満たるがごとし。よりて法雲地とは云也。歌のことはりつまびらか也。かぎりもしらぬ光は仏の相好を云也」(同)」

【参考】①1古今316「おほぞらの月のひかりし《の(和)》きよ《サム(新、六、和)》ければ影見し水ぞまづこほりける」(冬、読人しらず。②2新撰万葉177。②4古今六帖318。②6和漢朗詠386)

③91下野186「山のははとほくなるともおほぞらのくもまのつきをあふぎてもみよ《は(新、万)》」(①21新続古今912。②15万代3312)

⑤354栄花物語80「…今はむなしき　大空の　雲ばかりをぞ　かたみには　明暮に見る　月かげの　木の下闇に…」(内大臣殿の女御殿(義子))

【類歌】①19新拾遺393「おのづからただよふ雲もすむ月の光に消えてはるる空かな」(秋上「…、月前雲と…」為明)

③131拾玉2466「三たびまでうつしかへてしおほ空に数かぎりなき光をぞみる」(詠百首和歌、宝塔品「移諸天人置於他土」。②16夫木16205)

③132壬二542「雲きゆる空をかぎりとすむ月の光もなるる秋の空《そで(千)》かな」(院百首、秋。⑤197千五百番歌合1231)

④32正治後度百首533「秋の夜のはれたる空にすむ月の光ぞほしのくもりなりける」(秋「月」家長)

⑤175六百番歌合234「すむつきのひかりはしもとさ《み(夫)》ゆれどもまだよひながら有明のそら」(夏「夏夜」家隆。②16夫木3339)

解説

早率百首は、文治五年（一一八九）、定家28歳の春の作であり、堀河百首題を速詠した慈円の「楚忽第一百首」（③131拾玉集702〜801。文治四年十二月詠か。最近、明治書院から和歌文学大系、第59巻「拾玉集（上）」として注釈が出た）に和したものである。新古今に一首（428）入集している。

次の重早率百首は、同文治五年（一一八九）三月、同定家28歳の詠であり、前百首に引き続き、重ねて慈円の早率百首に和した百首の意で、題はやはり堀河百首（題）によっている。

早率、重早率百首は、いうまでもなく堀河百首と同部立（歌数も）——春20首、夏15、秋20、冬15、恋10、雑20——であり、これが以後も百首型であったらしく、正治初度百首も、雑20首に当る部分が旅5、山家5、鳥5、祝5である。ただし堀河百首にも、（海路）、旅、山家、（鶴）、祝詞の部がある。ちなみに式子の第一、第二の百首であるA、B百首は恋15、雑15である。

また十題百首については、古今六帖との〝かかわり〟が大きいと思われる。六帖に神祇、釈教の部はないが、神祇を釈教との対応関係で捉えて勅撰集の一巻を占める部立として固定させる端緒となったのは、千載集からとされており、六帖にこの二つの部は当然ながらない。

「天、草、木、鳥、虫」のように、六帖題（「天、草、虫、木、鳥」の順）にそのままあるものもあれば、地、居処のように、各々、六帖では山・田・野・都・田舎、宅が相当すると思われるのもあり、また獣のように六帖題に全くないものもある。そこで『全歌集』の歌題の指摘に従って順にみていくこととする。（ ）のないものが、六帖題にないものである。

天・701日、立春の心（六帖「はるたつ日」（春））、702月（天）、703星（天）、704闇、705電光（「いなづま」（天））、706風（天）、707雲（天）、708雨（天）、709霰（天）、710雪（天）

地・711山（山）、712海（水）、713岩（「いはほ」（山））、714川（水）、715池（水）、716沢（水）、717浦（水）、718関（山）、719橋（水）、720野（野）

居処・721禁中（「ももしき」（都））、722後宮、723家門、724花洛（「みやこ」（都））、725近衛府、726国府、727駅（「むまや」（山））、728山家（「山ざと」（山））、729田家（「山田」（山））、730故郷（田舎）

草・731葵（草）、732山藍（「あゐ」（草））、733日蔭草（草）、734蓬（草）、735思草、736忍草（草）、733浜木綿（水）、738桜、麻、739萱（草）、740芹（草）

木・741松（木）、742杉（木）、743檜、744槻、745椎（木）、746槙（木）、747椿（木）、748桐、749櫨、750楢、

鳥・751鷲（野）、752鷹（「おほたか・こたか」（野））、753隼、754雉子《きぎす》（「きじ」（野））、755鷺（鳥）、756雀、757鶉（野）、758庭叩き、759鵐、760燕《つばくらめ》（鳥・4494）——また後の定家の正治（初度）百首の鳥五首、991八声の鳥＝鶏（「にはとり」（宅））、992箸鷹（「大たか（がり）・こたか（がり）」（野））、993（芦）鶴《たづ》（「つる」（鳥））、994雁《かりがね》（「かり」（鳥））、995千鳥（鳥）は、すべて六帖題にある。

獣・761馬（「あをむま」（春）、人）、762牛（人）、763猪、764兎、765犬、766猿（山）、767熊（山）、768狐、769羊、770虎（山）

虫・771蛙（水）、772蛍（虫）、773蜘蛛（虫）、774蝶（虫）、775蜩（虫）、776蜉蝣、777蚊、778蜂、779蓑虫、780紙魚

以上、天や草は各々がほとんどを占めるのは当然として、木や虫が各々半分（程度）というのは意外な気がする。また鳥にいたっては、鳥にあるものは鷺、燕しかなく、他の4首は野にある。さらに地は水が過半数を占めるが、居処

はそういったものがない。また六帖題になかった獣は、人や山に半数がある。そして地は六帖題にすべてであるが、順に天1、居処4、草2、木5、鳥4、獣5、虫5つは六帖題にないのである。

早率、重早率百首について、山本一氏は、「定家がこの百首を受け取って、二度も応唱を行なうという反応を示した事は、儀礼的あるいは打算的な意図を考えるよりも、右のような慈円の含意〔私注—「新風〔直接には定家の〕への親近感と、保守派の人びとに対する皮肉と批判がこめられていた。」〕を汲んでそれに心を動かされたからだと見る方が理解しやすい。遊戯的な軽さを伴う詠作であるに違いないが、とはいえこの百首の仮託・速詠という特徴を、全くその場限りの無意味なたわむれと見なすことはできないのである。」（『講座　平安文学論究』1、昭59、風間書房「速詠の季節——文治後半の慈円と周辺」163、164頁）と述べる。

三つ目の十題百首は、建久二年（一一九一）十二月二十七日、良経に詠進した百首であり、定家30歳。良経、慈円、定家、寂蓮の4人が作者であった。閏十二月四日披講（明月記）、天…釈教各十首の構成は類書的分類に準拠したもので特殊である。そのことは久保田『定家』76～78頁に触れられ、「結果的には百の小題をもうけたと同じことになるのであるが、それを十ずつまとめているところに、当時におけるいわば百科全書的というか、博物誌的体系をもった知識への関心がうかがわれる。それは歌学書の記述やさらに古くは『古今和歌六帖』の組織などから学んだものと思われるが、同時に良経が身につけていた漢文学的教養とも無関係ではあるまい。」（77頁）と言われる。さらに同氏の『新古今歌人の研究』の「第三篇　新風歌人の研究」、「第二章　新古今への道」、「第三節　新儀非拠達磨歌の時代——建久期——」、「四　二夜百首と十題百首」において、「一般的に政治性の顕著であることを指摘し、その理由を、中宮任子への期待と予祝に求めた。…各歌人の作品に共通する傾向としては、漢詩文並びに万葉の古風の影響が著しいこと、新奇な題材に対して意欲的であること」（688、689頁）と言及される。さらに赤羽氏は、『赤羽』の「第二章　歌風の形成」、「第四節　十題百首」190～207頁で触れられ、「王朝和歌にとっては異端であったが、中世和歌の新しい局面を開いたという点では重要な意義をもつ試みであったといえる。」(207頁)と結論づけられ、さらに、「この百首は、大体において、定家自身の感情を抑えているばかりでなく、人間を登場させず、景物が支配する世界を意識的に強調している。」(197頁)と付け加えられるのである。

所収歌一覧

402　②夫木143
404　夫312
406　夫581
408　夫769
409　夫902
412　夫1043
413　⑥20拾遺風体21
414　①17風雅1445 1435
416　①16続後拾遺140、②15万代429、夫1948、⑩181歌枕名寄2586
417　夫2007
427　夫3096
428　①8新古今232、⑤216定家卿百番自歌合35、⑩177定家八代集231
429　⑤183、三百六十番歌合201

430　三百六十番236
439　三百六十番374
440　夫4372
441　夫4446
442　夫5505
443　夫4471
453　夫5914
456　夫6354
461　夫10700
463　三百六十番540
473　①12続拾遺914 915、百番107、⑤335井蛙抄167
477　①14玉葉1571 1563
483　夫9976
486　三百六十番283
487　①18新千載2167 2166

488 玉葉2589 2576
493 三百六十番593
497 夫17047
504 ①13新後撰10
507 ②13玄玉466、三百六十番54、百番8
510 百番26
512 夫1044
516 拾遺風体38
526 夫2538
527 夫3097
529 井蛙抄282
535 夫3825
538 百番48
543 夫17174
550 夫5289
553 夫5982
555 ⑥17閑月289
559 夫7116
565 夫6711

---

566 夫7523
570 ①11続古今684 688
573 百番108、⑤225定家家隆両卿撰歌合59
585 夫12608
587 ①19新拾遺855
701 三百六十番7
707 百番164
709 夫7820
710 玉葉979 980
714 夫11078
715 夫6931
721 夫14169
722 夫5241
723 夫14957
724 夫1233
727 夫14881
730 百番165、三百六十番611
732 新千載942
733 夫7456

741　夫6460
742　三百六十番584
743　夫13931
744　夫14016
747　夫13843
749　玉葉764 765
751　夫12662
753　夫12768
755　玉葉416、夫12692
756　夫12874
757　夫5654
758　夫12892
759　夫12869
760　夫1056
762　夫15706
763　夫12940
764　夫13042
765　夫13033
766　夫13011

768　夫13032
770　夫12920
775　夫3629
777　⑤340 二言抄17
779　夫13149
781　閑月430
782　夫16017
786　夫15955
787　夫16072
788　夫16041
789　閑月472
791　夫9518
796　夫16372

索　引

全歌自立語総索引　凡例

1、語の処置については、利用の便を第一として項目を立てた。複合語、連語については、意味をもつまとまりとして尊重する立場から、そのままで扱った（例「秋萩」「我が宿」「物思ふ」「脱ぎ替ふ」など）。ただし、複合語、連語を構成する各単語からも検索できるように、（　）を付し、参考項目として示した（例「（秋萩）」、「（我が宿）」、「（吹き払ふ）」など）。

2、語の配列と表記は、次の通りである。

(1)、見出し語は、原則として歴史的仮名遣いによって表記し（底本の本文の表記がそうでない場合は正して）、五十音順に並べた。語頭の「ゐ」は「い」、「ゑ」は「え」、「を」は「お」の語群に入れたが、二字目からはワ行扱いとした。また、利用の便を考え、意味のまとまり（例、「浦《うら》―」、「白《しら》―」）を重視して、五十音順に厳密にこだわらなかったところもある。

(2)、活用語は、終止形（基本形）で立項し、活用語尾の五十音順とした。

(3)、見出し語の次に、（　）を以て記した漢字は、便宜的なものである。あてはまる漢字が見つからない場合は、品詞（例、副詞）を書いたものもある。

(4)、縁語の指摘は省いたが、掛詞は、歌番号の後に「☆」を記した。

五句索引　凡例

「自立語総索引」に基づき、五十音順（語頭の「ゐ」「ゑ」「を」は、各々「い」「え」「お」の項に）に配列した。初句には○を付し、初句が同じ場合は、第二句の初めの語を掲げた。

両索引とも逆引きをして確認した。

全歌自立語総索引

あ

あかし(明石) 562☆、727☆
(思ひ明す)
あがた(県) 726
あかつき(暁) 466 481 529 581 786
あかぬ(飽かぬ) 500 542 713
あかぬわかれ(飽かぬ別れ) 437
あかほし(明星) 566☆(神楽・詞)
(豊《とよ》の明り)
あき(秋) 435 436 437 443 447 450 450 451 452 455 503 513 536 540 543 550 556 560 587 714 717 748 749 753
(幾秋)
あきかぜ(秋風) 439☆、442 537 734
あきかく(秋懸く) あきかけ 704
あきつしま(秋津島) 723
あきのあはれ(秋の哀) 583
あきのくれ(秋の暮) 554
あきのさかり(秋の盛り) 440☆
あきのなかば(秋の半ば) 549
あきのみやびと(秋の宮人) 722
あきのわかれ(秋の別れ) 555
あきはぎ(秋萩) 438
あきふゆ(秋冬) 422
あきらけし(明らけし) あきらけき 793
あく(開く) あくれ 780
あく(飽く) あき 439☆、440☆
あく(明く) あけ 718
あけがた(明方) 469 721
あけぐれ(明暮) 407
あけぼの(曙) 401 447
(桜麻)
(今朝)
あさがほ(朝顔) 448 548
あさくら(朝倉) 466
あさたつ(朝立つ) あさたつ 590☆
あさたつ(朝発つ) あさたつ 590☆
あさまだき(朝まだき) 541
あさゆふ(朝夕) 532 568
あさのは(麻の葉) 535
あさひかげ(朝日影) 781
あさひのかげ(朝日の影) 793
あさみどり(浅緑) 716
あし(芦) 461 530 561 715
あしのは(芦の葉) 512
あした(朝) 444☆
あしたのはら(朝の原) 444☆
あじろ(網代) 465
あじろぎ(網代木) 565
あす(明日) 405 498 708
あた(仇) 793☆
あたごやま(愛宕山) 793☆
あたり(辺り) 468
あぢきなし(あぢき無し) あぢきな 461、あぢきなし 455
あづさゆみ(梓弓) 752
あづまや(東屋) 424
あと(跡) 531 598 707 725
(人の跡)(昔の跡)
あとなし(跡無し) あともなく 441、あともなし 771 765
(山のあなた)
あはす(合はす) あはす 525、あはする 752
あはぢしま(淡路島) 462
あはれ(哀) 401 422 445 451 451 478 479 493 503 599 785
(秋の哀)(物の哀)
あはれに(哀に) 760
あひみる(会ひ見る) あひみ 474 573
あふ(会ふ) あふ 502 523☆、731☆
(茂り合ふ)

（忍び敢ふ）（詠め敢ふ）
あふひ（葵）　523☆
あふひぐさ（葵草）　423　731☆
あまた（数多）　570
あまつかぜ（天の風）　795
あまつくもゐ（天つ雲居）　781☆（大空・宮中）
あまつそら（天つ空）　600
あまねし（遍し）　あまねき　703
あまのがは（天の川）　523　537　704
あまる（余る）　あまる　702
あめ（雨）　411　511　526　708　746
（五月雨）（春雨）（村雨）
あめはる（雨晴る）　あめはれ　773
あやなし（形）　あやなく　762
あやめ（菖蒲）　425　525
（羊の歩み）
あらくま（荒熊）　767
あらし（荒し）　あらき577、あらく　491
あらた（荒田）　515
あらぬ（有らぬ）　442　506
（然《さ》有《ら》らぬ）
あらはる（現はる）　あらはれ　740　796
あられ（霰）　460　559　709
（かくあらむ）

あり（有り）　あら453　491　748、あり　433
ありふ（有り経）　ありふる　480
ある（荒る）　あれ　540　585　736
あれはつ（荒れ果つ）　あれはて　441
あれゆく（荒れ行く）　あれゆく　460
（水泡《みなわ》）
（山藍）
あをむま（白馬）　761
あをやぎ（青柳）　408　508

い・ゐ

（天つ雲居）（家居す）（雲居）（雲居の庭）
（円居《まとゐ》）（円居す）
いかが（如何が）　537
いかがす（如何がす）　いかがする465、いかがせ　410　499
いかなり（如何なり）　いかなら　513　528　788
いかに（如何に）　401　456　726　764
いかにす（如何にす）　いかにせ　421　473　495　575　586
いかばかり（如何許）　440　578
いくあき（幾秋）　702
いくたび（幾度）　450　727
いくへ（幾重）　737　763
いくよ（幾夜）　427

いくよ（幾世）　711
いくら（幾ら）　785
いけ（池）　715
いけのこころ（池の心）　796
いさ　746
いざ　405
いさぎよし（潔し）　いさぎよく　792
ゐぜき（井堰）　563
いそぐ（急ぐ）　いそが491、いそぐ　475
いそのかみ（石上）　742
いたく（甚く）　472
いたびさし（板庇）　522
いつ（何時）　598
いつか（何時か）　498　582
いつしか（何時しか）　761
いつも（何時も）　706
いづ（出づ）　いづ504　791、いづる　591　761、いで　557　730
（厭ひ出づ）（色に出づ）（打ち出づ）（思ひ出づ）
いづるひ（出づる日）　701
いづれ　436
ゐで（井手）　419
いでく（出で来）　いでこ　505
いと（糸）　508　773

(緑の糸)
いとど(副) 417 577
いとひいづ(厭ひ出づ) いとひいで 586
いとふ(厭ふ) いとひ533、いとふ 777 778
いなづま(稲妻) 705
いぬ(犬) 765
いのち(命) 570
いのる(祈る) いのら 423
いはかど(岩角) 449
いはせ(岩瀬) 714
いはそそく(岩注く) いはそそく 409
いはね(岩根) 434 484
いはのもと(岩の元) 509
いはぬいろ(言はぬ色) 419
いばゆ(嘶ゆ) いばえ 412
いふ(言ふ) いは598、いへ 474 536
(と言ふ・てふ)
いふかひなし(言ふ効無し) いふかひもなく 462
いへゐす(家居す) いへゐし 594
いほ(庵) 588 595 729
(草の庵《いほ》)
いほり(庵) 477 745
いま(今) 494 557 728
いまさら(今更) 719 748

いりえ(入江) 564 717
(沁《し》み入《い》る)
ゐる(居る) ゐる 715
(降り居《ゐ》る)(止まり居る)
いろ(色) 439 458 482 484 505 507 516 583 587 713 720 768
(言はぬ色)(菊の色)(衣《ころも》の色)(空の色)(霧の色)(花の色)(春の色)(松の色)
いろかはる(色変る) いろかはる 454 536
いろづく(色付く) いろづく 749
いろにいづ(色に出づ) いろにいづ 735

う

(待ち得《う》)
うう(植う) うゑ 553 725 744
うかぶ(浮かぶ) うかぶ 487
うき(憂き) 470
(身の憂き)
うきぐも(浮雲) 478
うきしづむ(浮き沈む) うきしづみ 461
うきみ(憂身) 410 420
うきよ(憂世) 455 486 496 586 791
うぐひす(鶯) 404 504
うごかぬみち(動かぬ道) 798
うごく(動く) うごか 703

うさ(憂さ) 599
うしのおと(牛の音) 762
うし(憂し) うかり481、うき 778
(心憂し)
(散り失《う》す)
うたたね(転寝) 537 597
うたたねのゆめ(転寝の夢) 705
(心の内)(霜の内)(年の内)
うぢ(宇治) 465 547 714
うちいづ(打ち出づ) うちいづる501、うちやいで 409
うちおく(打ち置く) うちおく 780
うちなびく(打ち靡く) うちなびき734、うちなびく 430
うちはぶく(打ち羽ぶく) うちはぶき 504
うちはらふ(打ち払ふ) うちはらふ 758
うちふく(打ち吹く) うちふく 739
うつ(打つ) うつ 411 451 713
(衣打つ)
うつつ(現) 474 497
うづみび(埋火) 469 569
うづむ(埋む) うづむ 550
うづもる(埋もる) うづもれ 707 787
うづもれかはる(埋もれ変はる) うづもれかはる 406

うづら(鶉) 757
うつる(移る) うつる 516 542
うつろふ(移ろふ) うつろは 548、うつろふ 510
うとむ(疎む) うとま 418
うのけ(兎の毛) 764
うのはな(卯の花) 422 522
(花の上着)
うはげ(上毛) 464
(袖の上)(波の上)
うへに(上に) 463
(わたつ海)
(馬屋馬屋)
うまやうまや(馬屋馬屋) 727
うめ(梅) 407 507
うら(浦) 559 737
(和歌の浦)
うらかぜ(浦風) 530 562 589
うらなみ(浦波) 717
うらわ(浦回) 512
うらみ(恨み) 580
うらみす(恨みす) うらみもせ 774
うらむ(恨む)
うらみ 473 480 573、うらむ 518 ☆
うらむらさき(うら紫) 518 ☆
うらめし(恨めし) うらめし 424 452 581
うらやまし(羨まし) うらやましく 502
うれし(嬉し) うれしさ 791
うゑおく(植ゑ置く)
うゑおき 508、うゑおく 540
(氷魚《うを・を》)

え・ゑ

え(副) 573
(入江)(隠《こも》り江)
(立枝《え》)(古枝)
(片枝《えだ》)(一枝)
ゑじ(衛士) 722

お・を

を…み 736
をかべ(岡辺) 744
をぎのは(荻の葉) 443 543
おきはじむ(置き始む) おきはじめ 437
おきふし(起き伏し) 595
おく(奥) 403 751
おくて(奥手) 495 729 ☆
おくのみち(奥の道) 711
おくやま(奥山) 484
おきそむ(置き初む) おきそめ 558
おきわたす(置き渡す) おきわたす 458
おく(置く) おく 527 581 729 ☆、762 ☆
(植ゑ置く)(さて置く)(契り置く)(宿し置く)
おく(起く) おくる 762 ☆
おくる(遅る) おくる 762 ☆、おくれ 555 767
をぐるま(小車) 762
をさむ(治む) をさむる 723
をし(鴛) 464 715
をしかも(鴛鴨) 564
をし(惜し) をし 479、をしき 421 453 506 772
(小牡鹿)
おしなべて 554
をしほののべ(小塩の野辺) 784
をしむ(惜しむ) をしま 599、をしみ 558、をしむ 420 471 493
おそし(遅し) おそく 408
をだえのはし(緒絶の橋) 719
をち(遠) 431 445 593 716
をちかた(遠方) 412
をちかたびと(遠方人) 547
おちつもる(落ち積る) おちつもる 763
おちやぶる(落ち破る) おちやぶる 797
おつ(落つ) おつる 482 710 741
おと(音) 426 449 457

おとなひ(音なひ)　543☆
をとめのすがた(少女の姿)　795
おどろ(茨)　406 794
おどろく(響く)　おどろか495
おなじ(同じ)　455 474 509 535
をの(小野)　567
(伏見の小野)
をのやま(小野山)　568
おのがじし(己がじし)　798
をのづから(自ら)　576 780
おのれ(己れ)　739
をばな(尾花)　735
をふ(麻生)　738
おふ(生ふ)　おい(ひ)526、おふ523
おほぞら(大空)　550 800
おほゐがは(大井川)　563
をみなへし(女郎花)　439 539
おも(面)　515
(庭の面)(人の面影)
おもかげ(面影)　453 496 503 787
(人の面影)
おもし(重し)　おもみ516
おもひ(思ひ)　478 578 754
(底の思ひ)
おもひあかす(思ひ明かす)
おもひあかし562☆、727☆
おもひいづ(思ひ出づ)　おもひいで576
おもひいで(思ひ出)　576
おもひぐさ(思ひ草)　735☆
おもひそむ(思ひ初む)　おもひそめ471
おもひたつ(思ひ立つ)　おもひたつ414
おもひね(思ひ寝)　472
おもひはつ(思ひ果つ)　おもひはつ410
おもひやる(思ひ遣る)　おもひやる500
おもひわぶ(思ひ侘ぶ)　おもひわぶ440
おもふ(思ふ)　おもは708 719、
おもひ448 543 735☆、おもふ418 447 480 499
515 524 572 584 702 737 740 767 787、おもへ473 535
(物思ふ)(我が思ふ方)
おもふひと(思ふ人)　491
おもる(重る)　おもる467
おりたつ(降り立つ)　おりたつ526
をりかく(折り掛く)　をりかけ745
おりゐる(降り居る)　おりゐ759
をる(折る)　をら542、をる509
(山颪《おろし》)

か

か(香)　566
かがみやま(鏡山)　747
かからむ(かくあらむ)　423
かかる(懸かる)　かかる557
(雲懸かる)
かき(垣)　417☆
(柴垣)(真垣の竹)(瑞垣)
かきくらす(掻き暗す)かきくらす456 710
かきつばた(杜若)　417☆、517
かきね(垣根)　759
(常盤堅磐)
かきはらふ(掻き払ふ)かきもはらは763
かぎり(限り)　455 494 498 728 800
かぎる(限る)　かぎる726
かきわく(掻き分く)　かきわけ743
かく(掛・懸く)
かく785、かけ423☆、478 479 571 731
(秋掛く)(折り掛く)
かく(翔く)　かけ753
(立ち隠す)
かくる(隠る)　かくれ413 449
かげ(影)　433 703 722 723 742 747
(朝日影)(朝日の影)(面影)(月影)(月
の影)(月日の影)(日影)(人影)(人
の面影)
かげ(蔭)　718 764
(日蔭草)(山蔭)(山の蔭)

かけて(副)　423☆
かげろふ(蜉蝣)　776
かごと(名)　570
かざす(挿頭す)　かざす731　733
かさなる(重なる)　かさなる572
かさぬ(重ぬ)
　かさぬる470、かさね421　427　463　737
かざり(飾り)　799
(葉柏《がしは》)
(玉堅磐《がしは》)
かしま(鹿島・神)　782
かず(数)　463　710
かすがやま(春日山)　783
かすみ(霞)　403　413　716
(春霞)(春の霞)
かすむ(霞む)　かすま501、かすむ468
かぜ(風)　426　430　444
465　525　529　552　556　559　561　563　565　709　739　748　756　783　794
(秋風)(天つ風)(浦風)(川風)(下風)
(松風)(夕風)(山風)
かぜこゆ(風越ゆ)　かぜこえ749
かぜたつ(風立つ)　かぜたち536　753
かぜのおと(風の音)　543☆、706
かぜのひびき(風の響き)　775
かぜのまぎれ(風の紛れ)　571

かぞふ(数ふ)　かぞふれ435、かぞへ600
かぞへく(数へ来)　かぞへこ549
かた(方)　408　477　501　561☆
(明方)(久方の)(一方ならず)(行く方)
(我が思ふ方)(遠方《をち》)(遠方人)
かた(潟)　561☆
(難波潟)
かたえだ(片枝)　744
かたの(交野)　467
かたみ(筐)　505☆
かたみ(形見)　505☆、520　531　538
かため(固め)　798
(昔語り)
かたる(語る)　かたる720
かつ(且つ)　498　737　771
(月の桂)
かど(門)　723
(蓬の門)
(岩角)
かなし(悲し)
　かなし596、かなしき429　464　474　485　588
(物悲し)
(細《ささ》蟹)
(分き兼ぬ)
かねて(予ねて)　786

かねのおと(鐘の音)　569
かねのこゑ(鐘の声)　721
(天の川)(大井川)(立田川)(名取川)
(早瀬川)
かばかり(か許)　548　594　720
かはす(交す)　かはす784
(羽交す)
かばしら(蚊柱)　777
かはかぜ(川風)　714
かはせ(川瀬)　465
かはぞひやなぎ(川沿柳)　430
かはづ(蛙)　771
かはなみ(川波)　547
かはる(変はる)
　かはら470　484　497　505　706　742、かはる421　760
(色変はる)
かひあり(効有り)　かひぞあり799
かひなし(効無し)　かひなき499
(言ふ効無し)
かふ(飼ふ)　かふ751
(脱ぎ更ふ)(葉変ふ)(引き換ふ)(身を
　変ふ)
(葉変へす)
かへす(返す)　かへす558
かへすがへす(返す返す)　515

（返す返す）（堰き返す）（引き返す）
かへりみる（返り見る）　かへりみる 557
かへる（返・帰る）　かへら 405、
　かへり 516、かへる 413☆、513 518 712
（消え返る）（立ち帰る）（と帰る）（湧き
　返る）
かへるさ（帰るさ） 446 493
かへるやま（帰山） 413☆
（見せ顔）（別れ顔）
（炭竈）
かみ（神） 423 782
かみすぎ（神杉） 742
かみぢのやま（神路の山） 781
かみよ（神世） 732
（鴛鴨）
かもやま（賀茂山） 785
（刈萱）
かやふ（萱生） 739
かやりび（蚊遣火） 431 531
かよひく（通ひ来）　かよひき 757
かよひぢ（通路） 554
かよふ（通ふ）　かよふ 579、かよへ 765
からごろも（唐衣） 451
（木枯らし）
かり（雁） 413

（初雁）
かりがね（雁） 513
かりころも（狩衣） 467
かりそめ（仮初） 495 535
かりねす（仮寝す）　かりねし 729☆
かりた（刈田） 595
かりば（狩場） 567
かる（離る）　かるる 774、かれ 511
かる（枯る）　かるれ 774
かる（刈る）　かり 729☆
かる（仮・借る）　かれ 768
（霜枯れ果つ）
かるかや（刈萱） 441 541
かるし（軽し）　かるし 533
かるも（枯《る》も・草） 763
（草枯）（霜枯）（冬枯）
かれの（枯野） 754
かれは（枯葉） 560
かれま（枯間） 715
かわく（乾く）　かわか 546
かをる（薫る）　かをる 442

き

き（木） 536☆、741
（網代木）（木木）（賢木）

（花の上着）
きえかへる（消え返る）きえかへり 487
きえくだく（消え砕く）
　きえぞくだくる 793
きぎ（木木） 436 533
きぎす（雉） 754
ききなす（聞き為す）　ききなさ 582
（村菊）
きくのいろ（菊の色） 558
きくのはな（菊の花） 553
きく（聞く）　きか 523、きく 585 769 789
きさらぎ（如月） 724
きし（岸） 408
（黄金の岸）
きた（北） 723
きつね（狐） 768
きなる（来馴る）　きなれ 415
きのふ（昨日） 584
きは（際） 500
きみ（君） 537 572 580 600
きみがさかえ（君が栄え） 782
きみがな（君が名） 479
きみがよ（君が世） 500
きゆ（消ゆ）　きえ 464 478 506 550 735
きよし（清し）　きよみ 550

きよみがせき（清見が関） 489
きり（霧） 449☆、544 590
きりこむ（霧籠む） きりこめ 547
きりたつ（霧立つ） きりたつ 447
きりのま（霧の間） 542
きりのは（桐の葉） 748
きりはら（桐原） 449☆
きる（霧る） きる 567
（弓切る）

く

く（来） き 425 450 456 701 779、こ 413☆、510 528 730
（出《い》で来）（数へ来）（通ひ来）（尋ね来）
（靡き来）（馴れ来）（春来）（降り来）
くさ（草） 741
（葵草）（思草）（下草）（千草）（月草）（日
蔭草）
くさがれ（草枯） 444
くさのいほ（草の庵） 582
くさのは（草の葉） 758
くさば（草葉） 442 511
くさひきむすぶ（草引き結ぶ） くさひきむすび 597
くさふかし（草深し） くさふかき 777
くさまくら（草枕） 531
（消え砕く）
くつ（朽つ） くち 738
くははる（加はる） くははる 545
（荒態）
くまなし（隈無し） くまもなき 722
くむ（汲む） くむ 434
くめぢ（久米路） 490
くも（雲） 486 550 557 707 709 795
（浮雲）
くもかかる（雲懸・掛かる） くもかかる 788
くもぢ（雲路） 800
くもま（雲間） 755
くもりよ（曇り夜） 514
くもる（曇る） くもら 425 747 792
くもゐ（雲居・井） 410☆（空・
宮中）、600☆（空・宮中）、701 725 733 783
（天つ雲居）
くもゐのには（雲井の庭） 761
（日暮らし）
くらし（暗し） くらき 721
（掻き暗す）
くらぶ（比ぶ） くらべ 489
くる（暮る） くるる 418
469 769、くるれ 532、くれ 420 450 593 708
（年暮る）
（小車）
くれ（暮） 420 475 756
（秋の暮）（明暮《あけぐれ》）（夕暮）（年の暮）（夕間
暮）
くれたけ（呉竹） 404 483

け

（兎の毛）（上毛）
（雪気《げ》）
けさ（今朝） 575 773
けしき（気色） 439 445 512 701 753
（春の気色）
けふ（今日） 402 405 425 436 470 504 510 515 520 536 708 731 744 752
けぶり（煙） 431 468 488 531 568 578 777
けぶりのした（煙の下） 754

こ

（田子《ご》）（虎の子）
こがねのきし（黄金の岸） 796
こがらし（木枯） 594
こけ（苔） 484 584
こけむす（苔生す） こけむす 711
ここち（心ち） 470

ここちす（心ちす） ここちし 496
こころ（心） 460 485 499 500 506 519 556 724 749 766 768 774 789 792
（池の心）（後《のち》の心）（人の心）（我心）
こころうし（心憂し） こころうし 596
こころづから（心づから） 520
こころづくし（心尽し） 450
こころのうち（心の内） 434 582
こころよわさ（心弱さ） 480
こさち 751
こし（越） 565
こしぢ（越路） 413☆、513
こずゑ（梢・木末） 454 482 510 536 552 557 750 775
こぞ（去年） 407
こたふ（答ふ） こたへ 706
こと（事） 543
ことづて（言伝て） 428
ことなし（事無し） こともなく 597
ごとに（毎に） 454 462 470
（宿毎に）（夜毎に）
ことわりなし（理無し）ことわりなく 555
（山の此方）
このは（木葉） 456 457 763
この（此の） 574 709
このごろ（此頃） 534

このよ（此世） 432 481 488 497 576
このよのもの（此世の物） 432
こひ（恋） 575
こひし（恋し） こひし596、こひしき 417
こひます（恋ひ増す） こひます 575
こふ（恋ふ） こひ 571 740
こほり（氷） 563 793
（雪氷）
こほる（氷る） こほる 463
こぼる（零る） こぼるる709、こぼれ 443
こま（駒） 412 415 449 512
（望月の駒）
こまつ（小松） 502
（姫小松）
こまつばら（小松原） 402
こむ（籠む） こめ 593
（霧籠む）
（夜を籠めて）
こもりえ（隠り江） 461
こもる（籠る） こもる 403
こゆ（越ゆ） こえ417 559、こゆれ 449
（風越ゆ）
こよひ（今宵） 549
こる（凝る） こり 709
これ（此） 407 471 513 707

ころ（頃） 481 522 528
（この頃）（日頃）（夜頃）
（唐衣）（狩衣）（小夜衣）（摺衣）（夏衣）
（羽衣）（花染衣）
ころもうつ（衣打つ） ころもうつ 551
ころもで（衣手） 533
ころものいろ（衣の色） 732
こゑ（声） 412 424 462 466 485 544 545 552 561 566 582 594 765 771 783
（鐘の声）（鳥の声）（蜩の声）（一声）（虫
の声）
こゑたつ（声立つ） こゑたて 409

さ

さ（然） →さぞ、さながら、さらぬ、
されば
（帰るさ）
さえゆく（冴え行く） さえゆく 444
（君が栄え）
さかき（賢木） 566☆（神楽・詞）、784
さかひ（境） 792
さかり（盛り） 715
（秋の盛り）（花盛り）
（白鷺）
さきだつ（先立つ） さきだた 478

さきに（先に）435
さく（咲く）
さき438、さく407 418 453、さけ448
さくら（桜）410
さくらあさ（桜麻）738
さくらのちり（桜の塵）779
ささがに（細蟹）773
さざなみ（細波）559
ささはら（笹原）730
さす（差す）さす718 784
さす（指す）ささ477
さす（刺す）さす778 ☆
さすがに（流石に）778 ☆
さぞ（然ぞ）410
さそふ（誘ふ）さそふ414
さつき（五月）425
さておく（さて置く）さておき541
さと（里）551 557 757 779
（千里）（古里）（深山の里）（山里）
さながら（然ながら）448
（野沢《ざは》）
さはべ（沢辺）716 753
さはりなし（障り無し）さはりなく797
さはる（障る）さはり795
さびし（寂し）
さびし568 787、さびしき585、さびしく569、さびしけれ515、さびしさ759
さみだれ（五月雨）428 528
さむ（覚む）さむる497 705、さめ727
さむしろ（狭筵）729
さやかなり（形動）さやかなる733
さやかに 549 790
さやかになる（動）さやかになり704
さやのなかやま（小夜の中山）592
さゆ（冴ゆ）さえ433 457 466 709、さゆる463
（霜冴ゆ）
さよ（小夜）566
さよごろも（小夜衣）572
（今更）
さらに（更に）791
さらぬ（然有らぬ）758
（よしさらば）
さる（猿）766
されば（然れば）448
さわぐ（騒ぐ）さわぐ564
さわらび（早蕨）409
さをしか（小牡鹿）545

し

（衛士《じ》）
しが（志賀）559
（百敷《しき》）
（小牡鹿）
しかのね（鹿の音）445
しがらみ（柵）419
（気色）
しきなみ（頻波）712
しぎのはねがき（鴫の羽掻き）595
（玉敷く）（散り敷く）
しげし（繁し）しげ736、しげき525 592
しげみ（茂み）527 743
しげりあふ（茂り合ふ）しげりあひ730
しげる（茂る）しげる511 734
しぐる（時雨る）しぐる557
（村時雨）
しぐれす（時雨す）しぐれし454
しぐれゆく（時雨れ行く）しぐれゆく（〜なる）749
した（下）406 469 536 738
（煙の下）
したかぜ（下風）510 533
したくさ（下草）736
したつゆ（下露）738

したば(下葉) 436 461 745
したむせぶ(下咽ぶ) したむせぶ547
(踏みしだく)
しづかに(静かに) 600
しづく(雫) 746
しづのふせや(賤の伏屋) 777
(浮き沈《しづ》む)
しとど(鵐) 759
しののめ(東雲) 539
しののめのそら(東雲の空) 772
しのび(忍び) 457
しのびあふ(忍び敢ふ) しのびもあへ472
しのびね(忍び音) 521☆
しのびわぶ(忍び侘ぶ) しのびわび479
しのぶ(忍・名) 527
しのぶ(忍ぶ) しのば451、しのぶ496
しのぶ(偲ぶ)
しのび521☆、しのぶ596 726 736
しのぶやま(信夫山) 440 751
(道芝)
しば(柴) 767☆
しばがき(柴垣) 431
しばのと(柴の戸) 728
しばし(暫) 535 767☆
しひ(椎) 745

しほひ(潮干) 561
しぼる(絞る) しぼら492、しぼる446 555
(秋津島)(淡路島)
しみ(紙魚) 780
しみいる(沁み入る) しみいり406
しみづ(清水) 409 434
(真清水)
しみみに 526
(身に沁み果つ)
(身に沁む)
しむ(占む) しめ486 728
しめそむ(占め初む) しめそむる404
しめる(湿る) しめる442
しも(霜) 458 464 466 721 762
(露霜)(冬の霜)
しもがれ(霜枯) 556
しもがれはつ(霜枯果つ) しもがれはつる758
しもさゆ(霜冴ゆ) しもさゆる595
しものうち(霜の内) 741
しもむすぶ(霜結ぶ) しもむすぶ735
しらす(知らす) しら
(す)437☆、しらする422、しらせ450
しらさぎ(白鷺) 755
しらたま(白玉) 721

しらつゆ(白露) 437☆、736
しらやま(白山) 787
しらゆき(白雪) 504 550 710
しる(知る)
しら460 473 476 486 514 534 594 707 720 751 766 800、
しり488 493、しる712 789、しれ480 485 573
(春知る)
しるし(著し) しるき408 701
(道の標《しるべ》)
しるべす(標す) しるべせよ532
しるべなし(標無し) しるべなき719
(網代)(網代木)(苗代)
しをりす(栞す) しをりし520
しをる(萎る) しをる764

す

(古巣)
す(為) し470 765、する484、せ553 561 576 734
(如何《いか》がす)(如何《いか》にす)(家居す)(恨み
す)(仮寝す)(心ちす)(時雨す)
(標《しるべ》す)(栞《しをり》す)(旅寝す)(照射す)
(詠めす)(歎きす)(子日す)(葉変
へす)(船出す)(円居す)(禊《みそぎ》す)
すう(据う) すゑ589
(引き据う)

すがた(姿) 798
(少女の姿)
(夜もすがら)
すがる(縋る) すがる 779
(神杉)
すぎはら(杉原) 782
すぎゆく(過ぎ行く) すぎゆく 520
すぐ(過ぐ) すぎ 426 444 519 544 570 599 714、すぐる 424 457 530 592
すくなし(少なし) すくなく 469
(筆の遊《すさ》び)
(吹き遊ぶ)
すすき(薄) 440 540
(村薄)
(村雀)
すその(裾野) 440
すだく(集く) すだく 771
すつ(捨つ) すて 479
(染め捨つ)
すてはつ(捨て果つ) すてはて 498
すべらぎ(皇) 703
すま(須磨) 589 718
すみか(住みか) 725 780
すみがま(炭竈) 468 568 ☆
すみまさる(澄み優る) すみまさる 796
すみよし(住吉・神) 789
すみれ(菫) 516
(壺菫)
すむ(澄む) すむ 786 ☆、800
すむ(住む) すみ 568 ☆、すむ 431 767 778 786 ☆
すゑ(末) 490 736 752 770 784
(木《こ》末)(穂末)(行末)
すりごろも(摺衣) 527 567
する(摺る) すれ 732

せ

せ(瀬) 740
(岩瀬)(川瀬)(早瀬川)
せき(関) 449 589 791
(清見が関)(井堰)
せきかへす(堰き返す) せきかへし 419
せきぢ(関路) 417
せきや(関屋) 718
せく(堰く) せか 433
せた(瀬田) 590
せと(瀬戸) 491
せに(狭に) 734
せみ(蟬) 521
(若芹)

そ

(な…そ)
そこ(底) 527 578
そこのおもひ(底の思ひ) 564
(岩注く)
そで(袖) 416 427 443 466 489 492 521 527 529 539 542 555 729 738 745
(真袖)
そでのうへ(袖の上) 421
そなた 447
そののはな(園の花) 774
そのは(其の羽) 751
(川沿《ぞひ》柳)
そふ(添ふ) そひ 446 722、そふる 562
(立ち添ふ)(立て添ふ)(磨き添ふ)(身に添ふ)
そむ(染む) そむ 436、そむる 768
(花染衣)
そめすつ(染め捨つ) そめやすつ 518
(置き初《そ》む)(思ひ初む)(占め初む)(契り初む)(晴れ初む)(降り初む)(分け初む)
(仮初《そめ》)
そよ(感) 543 ☆、748 ☆

そよ（擬音・態語）543☆、748☆
そよや 454
そよぐ（戦ぐ）　そよぎ426、そよぐ530
そら（空）407 425 428
444 447 459 470 478 512 528 566 567 581 588 702 703 710 717
（天つ空）（大空）（東雲の空）（春の空）
（御《み》空）（夕べの空）
そらのいろ（空の色）401
それ（は）（其れ）571 576 586
そわ（岨、崖）759

た

（荒田）（刈田）（山田）
（絶え絶え）
たえず（絶えず）482
たえだえ（絶え絶え）590
たか（鷹）752
たかし（高し）　たかき783
たかやま（高山）770
たくひ（焚く火）722
たぐひ（類ひ）797
たけ（竹）458
（呉竹）（籬の竹）
（み吉野の岳）
たご（田子）526
（木綿欅）
ただ（只）496 717
たち（館）726☆
（夕立）
たちえ（立枝）749
たちかくす（立ち隠す）　たちかくす403
たちかへる（立ち帰る）　たちかへる466
たちそふ（立ち添ふ）　たちそふ503 577
たちつづく（立ち続く）　たちつづく449
たちぬる（立ち濡る）　たちぬれ546
たちのぼる（立ち昇る）　たちのぼる468
たちまさる（立ち優る）たちやまさる489
たちよる（立ち寄る）　たちよれ434
たちわかる（立ち別る）
たちわかる726☆、たちやわかれ593
（花橘）
たつ（立つ）　たつ436☆、501 568 754
（朝立つ）（思ひ立つ）（降《お》り立つ）（風立
つ）（霧立つ）（声立つ）（先立つ）（春
立つ）（吹き立つ）
たつ（発つ）　たち531
（朝発つ）
たつたがは（立田川）587
たつたのやま（立田の山）427
たつたやま（立田山）554
たつたひめ（立田姫）436☆
たづぬ（尋ぬ）
たづぬ494、たづぬれ441、たづね743
たづねく（尋ね来）　たづねき503 534
たてそふ（立て添ふ）　たてそふる777
たどる（辿る）　たどる584
たなばた（七夕）437
たなびきわたる（棚引き渡る）
たなびきわたる707
たに（谷）409 504 711
たにみづ（谷水）463 501
たね（種）526
たのみ（頼み）553 591
たのむ（頼む）　た
のみ764、たのむ431 790、たのめ475 737
たのも（田の面）756
たのもし（頼もし）　たのもし786
（幾度《たび》）（二《ふた》度）
たびね（旅寝）477 492
たびねす（旅寝す）　たびねする577
たびぶし（旅臥）718
たびまくら（旅枕）727 745
たふ（堪ふ）　たへ599
たま（玉）773
（白玉）

たま(玉・魂) 497
(偶《たま》偶)
たまがしは(玉堅磐) 713
たましく(玉敷く) たましく 792
たましひ(魂) 579
たまたま(偶偶) 713
たまつばき(玉椿) 747
たまぬく(玉抜く) たまぬく 541
たまぼこ(玉桙) 428
ため(為) 500
ためし(例) 760
たもと(袂) 446 467
たゆ(絶ゆ) たえ 428 540
たより(便り) 518
たらちね(垂乳根) 485
たれ(誰) 477 517 551 568 730

ち

(通路《ぢ》)(久米路)(雲路・地)(越路)(関路)(遠路)(山路)
ちかし(近し) ちかく 725
ちぎり(契り) 464 471 474 580 760
(夢の契り)
ちぎりあり(契り有り) ちぎりあり 732
ちぎりおく(契り置く) ちぎりおき 581
ちぎりそむ(契り初む) ちぎりそめ 402
ちぎる(契る)
ちぎら555、ちぎり523、ちぎる 493 786
ちぐさ(千草) 541
ちさと(千里) 550
ちとせ(千歳) 500 784
ちどり(千鳥) 462
(友千鳥)
ちへ(千重) 574
ちよ(千代) 600
ちらす(散らす) ちらす 419
(桜の塵)
ちりうす(散り失す) ちりうせ 461
ちりしく(散り敷く) 794
ちる(散る) ちら538、ちる771、ちれ 538

つ

つか(塚) 768
つき(槻) 744
つき(月) 422 450 457 550 717 718 722 730 746 800
(五《さ》月)(望月)
つきかげ(月影) 432 766 786
つきくさ(月草) 516
つきのかげ(月の影) 514 702
つきのかつら(月の桂) 507 764
つきひ(月日) 426 578 780
つきひのかげ(月日の影) 600
つきはつ(尽き果つ) つきはて 569 ☆
つきはつ(撞き果つ) つきはて 569 ☆
(色付く)
(燃え尽《づく》く)
(心尽し)
つくす(尽す) つくし 702
つけても(付けても) 511 769
つたふ(伝ふ) つたふる 445 723 746
(立ち続く)
(言伝《づ》て)
(玉椿)
つばくらめ(燕) 760
つひ(終) 493
つぼすみれ(壺菫) 416
(稲妻)
つむ(摘む) つみ416、つむ 516 716
つもる(積る) つもる 560 578 763
(落ち積る)
つゆ(露) 443 446 448 492 516 527 532 538 541 546 ☆、581 592 764
(下《した》露)(白露)(蓮《はちす》の露)(夕露)
つゆけし(露けし) つゆけかる 728
つゆじも(露霜) 729

つゆのいろ(露の色) 539
つゆも(全く) 546 ☆
つらし(辛し)
つらから476、つらき552 558 580 762
つる(鶴) 485 585
つれなし(形)つれなく482、つれなし573

て

(奥手)(衣手)
(船出《で》す)
てふ(蝶) 774
てふ(と言ふ) 767 797
てらしみる(照らし見る)てらしみよ 790
てらす(照らす) てらす 781

と

(柴の戸) (瀬戸)
とかへる(と帰る) とかへる 752
(一《ひと》時)(御《み》時)
ときなし(時無し) ときなき 713
ときのま(時の間) 576
ときはかきは(常磐堅磐) 742
ときはなり(常磐なり) ときはなる 782
ときわかぬ(時分かぬ) 583
とく(解く) とけ 463 551
とこ(床) 537
とし(疾し) とき 408 504
とし(年) 425 435 469 523 572
としくる(年暮る) としくれ 401 470
としのうち(年の内) 731
としのくれ(年の暮) 570
としのわたり(年の渡) 704
としをふ(年を経) としをへ 423
(千歳《とせ》)(四年《とせ》)
とづ(閉づ) とづる 528
(吹き閉づ)
とどまる(止まる) とどまら 556 791
とばかり(と許) 431 471
とふ(訪ふ)とは448 481 522 528 585 759、とへ 540
とふ(問ふ) とふ 706
とほぢ(遠地) 797
とほる(通る) とほら 490
とまびさし(苫庇) 589
とまりゐる(止まり居る) とまりゐ 598
とまる(止まる) とまり420、とまる 567
とむ(止む) とめ 566 589
(吹き止む)
とも(友) 582
(我友)
ともしす(照射す)
ともちどり(友千鳥) 527
ともしす427、ともしする
ともに(共に) 562
(諸共に) 484 578
とやま(外山) 544
とよのあかり(豊の明り) 733
(千鳥)(友千鳥)(呼子鳥)
とらのこ(虎の子) 770
とりのこゑ(鳥の声) 411
とる(取る) とる 426
とわたる(門渡る) とわたる 462

な

な(名) 413 551 707
(君が名)
(若菜)
な…そ 479
(野中)(世中)
ながきよ(長き夜) 562
ながきよのやみ(長き夜の闇) 788
ながし(長し) ながき 412 791
ながはし(長橋) 590
なかなかに(中々に) 592
なかば(半ば) 435
(秋の半ば)

ながむ(詠む)　ながむ730、ながめ544 560
ながめあふ(詠め敢ふ)ながめもあへ710
ながめす(詠めす)
　ながめし429 477、ながめやせ524
ながめわぶ(詠め侘ぶ)　ながめわぶ547
(小夜《や》の中山)
ながらふ(永らふ)　ながらふる570
ながる(流る)ながるる587 771、ながれ740
なきひと(亡き人)　598
なきみ(亡き身)　499
(何となく)
なく(泣く)なか595、なく475☆、475 521 769
なくね(泣く音)　562☆
なく(鳴く)　なく404 444 757 766
なくね(鳴く音)　562☆
なげき(歎き)　420 484 536☆、545 572 574
なげきす(歎きす)　なげきせ476
なげく(歎く)　なげく487
なごり(名残)　506 521
なし(無し)　なかり500、なき
　456(524(亡き))586 596 712、なく475☆、なし705
(あぢき無し)(跡無し)(言ふ効《かひ》無し)
(効無し)(隈《くま》無し)(事無し)(理《ことわり》無し)(障り無し)(標《しるべ》無し)(時無し)
(量り無し)(程無し)(間《ま》無し)(由無し)(世に亡し)
(聞き為《な》す)(人為す)
なち(那智)　788
なつ(夏)　433 524 534
なつごろも(夏衣)　427
なつむし(夏虫)　530
なつのよ(夏の夜)　704
など(＝どうして)　523
なとりがは(名取川)　473
ななのみやしろ(七の御社)　790
なに(何)　492 548(〜か) 574(〜と)
なにとなく(何となく)　588
なにゆゑ(何故)　402
なにはがた(難波潟)　512 530
なはしろ(苗代)　415 771
なびきく(靡き来)　なびきき799
なびく(靡く)　なびき756、なびく439 508
(打ち靡く)
なへ(苗)　426
なべて(全て)　581
なほ(猶)　418 475 487 495 498 560 593 754
なみ(波)　489 491 501 563 713 714 789 796
(浦波)(川波)(細《さざ》波)(頻《しき》波)(藤波)
なみのうへ(波の上)　591
なみのおと(波の音)　577
なみま(波間)　522
なみよる(波寄る)　なみよる561 756
なみだ(涙)　437 482 575 589 791
なら(楢)　750
(踏み馴らす)
(一方ならず)
ならはす(習はす)　ならはせ457
ならひ(習ひ)　418 760
ならふ(習ふ)　ならは492、ならふ775
ならぶ(並ぶ)　ならべ483
なりはつ(為り果つ)　なりはて459
なる(為る)
　なり407 714 744 775、なる439 732 780 798
(さやかに為る)
なる(馴る)
　なる579、なれ472 476 476 572 706 722 778
(来馴る)(馴れ馴る)(伏し馴る)(見馴る)
なるこ(鳴子)　495 756
なれ(汝)　451 517
なれく(馴れ来)　なれこ584
なれなる(馴れ馴る)　なれなれ410

に

には(庭)　441 453 510

(雲居の庭―) 758
にはたたき(庭叩・鳥) 560 585
にはのおも(庭の面) 525 542
にほひ(匂ひ)
(春の匂ひ―)
にほふ(匂ふ) にほひ795、にほふ 507 519
にる(似る) に 422 776

ぬ

ぬ(寝) ぬ579、ぬる497、ね 551
ぬぎかふ(脱ぎ更ふ) ぬぎかふる 521
(玉抜く―)
ぬらす(濡らす) ぬらす 427
ぬる(濡る) ぬる416、ぬれ 521 538
(立ち濡る―)
ぬるし(温し) ぬるみ 468

ね

(初子《ね》―)
ね(音) 595 740☆、769
(鹿の音―)(忍び音―)(鳴く音―)(虫の音―)
(若音―)
ね(根) 740☆
(岩根―)(垣根―)
(転《うたた》寝―)(転寝の夢―)(思ひ寝―)(仮寝す―)
(旅寝―)
ねのびす(子日す) ねのびする 502

の

(小野―)(枯野―)(裾野―)(原野―)(伏見の小野―)(布留野―)(真野―)
のき(軒) 525 736 778
のきば(軒端) 710
のこり(残り) 469
のこる(残る) のこら510 580、のこる750、のこれ 499 741 773
のざは(野沢) 405
のち(後) 453 533 538 540 735 773
のちのこころ(後の心) 573
のちのよ(後の世) 498 571
のどかなり(長閑かなり)のどかなれ 781
のどけきに(長閑けきに) 723
のなか(野中) 588
のぼる(登る) のぼら 770
のべ(野辺) 438 442 446 488 502 505 531 541
(小《を》塩の野辺―)(宮城の野辺―)
(立ち昇る―)
のり(法) 800
のわき(野分) 773

は

は(葉) 736
(麻の葉―)(芦の葉―)(荻の葉―)(枯葉―)(桐の葉―)(草葉―)(草の葉―)(木葉―)(下《した》葉―)(蓮《はちす》葉―)(槙の葉―)(本つ葉―)
(軒端―)(山の端―)
(其の羽―)
(狩場―)
はかなし(儚し) はかな597、はかなかる488、はかなき565、はかなし 705
はがしは(葉柏) 750
はかふ(葉変ふ) はかへ 741
はがへす(葉変へす) はがへせ 458
(藤袴―)
ばかり(許) 488 570 717 751 765
(如何《いか》許―)(か許―)(と許―)
はかりなし(量り無し) はかりなき 799
(秋萩―)
はぎはら(萩原) 538
はげし(激し) はげしき 788
はごろも(羽衣) 521
はし(橋) 490 797
(緒絶の橋―)(長橋―)(八橋―)
はじ(櫨) 749

(置き始《はじ》む)
はじめ(初め) 712
(蚊柱)
(七夕・棚機)
はち(蜂) 778
はちすのつゆ(蓮の露) 432
はちすば(蓮葉) 532
(荒れ果つ)(思ひ果つ)(霜枯れ果つ)
(捨て果つ)(尽き果つ)(撞き果つ)
(為《な》り果つ)(身に沁み果つ)
はつかり(初雁) 444 544
はつね(初子) 402
はて(果て) 429 552 712
(身の果て)
はな(花) 412 419 438 453 510 538 541 548 794 795 799
(卯花)(尾花)(菊の花)(園の花)(花立
花)(藤の花)
はなざかり(花盛り) 766
はなぞめごろも(花染衣) 516
はなたちばな(花橘・立花) 429 529
はなのいろ(花の色) 771
はなのうはぎ(花の上着) 546
はなのみやこ(花の都) 724
はなのわかれ(花の別れ) 421
(鴫の羽掻き)

はねかはす(羽交す) はねかはす 464
はのはやし(羽の林) 483
はひ(灰) 469 569
(うち羽ぶく)
はまべ(浜辺) 577
はまゆふ(浜木綿) 737
(羽の林)
はやし(早し) はやき465、はやく426 753
はやせがは(早瀬川) 487
はやぶさ(隼) 753
はやわせ(早早稲) 526
はら(原) 467
(朝《あした》の原)(桐原)(小松原)(笹原)(杉
原)(萩原)(檜原)(松原)
はらの(原野) 752
はらふ(払ふ) はらふ467 750
(打ち払ふ)(掻き払ふ)
(雨晴る)
はる(春) 401 402 403 409
413 418 468 501 502 504 509 510 511 513 520 521 597 701 766
(行く春)
はるがすみ(春霞) 503
はるく(春来) はるくる 408
はるさめ(春雨) 405 416 515 553 779
はるしる(春知る) はるしら 420

はるたつ(春立つ) はるたち 425
はるなり(春なり) はるなる 412
はるのいろ(春の色) 517 716
はるのかすみ(春の霞) 593
はるのけしき(春の気色) 761
(はるのこゑ(春の声) 409)
はるのそら(春の空) 747
はるのにほひ(春の匂ひ) 407
はるのゆき(春の雪) 406 506
はるのよ(春の夜) 411 474 507
はるかに(遥かに) 508 591 701
はるけし(遥けし) はるけき 770
はれそむ(晴れ初む) はれそめ 755
はわけ(葉分) 530

ひ

ひ(日) 460 523 ☆
(朝日影)(朝日の影)(出づる日)(月日)
(月日の影)
(子日《び》す)
(潮干)
(埋火)(蚊遣火)(焚く火)
ひかげ(日影) 755 769
(朝日影)
ひかげぐさ(日蔭草) 733

ひかり(光) 507 530 569 705 733 772 790 800
(引き引き)
ひきかふ(引き換ふ) ひきかへ 415 512 761
ひきかへす(引き返す) ひきかへし 495
ひきすう(引き据う) ひきすゑ 752
ひきひき(引き引き) 502
(草引き(く)結ぶ)
ひく(引く) ひく 756
ひぐらし(日暮らし) 412
ひぐらしのこゑ(蜩の声) 775
ひごろ(日頃) 709
ひさかたの(久方の) 701
ひさし(庇) 424
(板庇)(苫庇)
ひさし(久し)
ひさしき 784 785、ひさしく 522
ひつじ(未) 769 ☆
ひつじのあゆみ(羊の歩み) 769 ☆
ひと(人) 414 431 434 441 452 459 473 478 481
505 508 534 540 564 576 585 712 720 737 751 759 765 774 785
(秋の宮人)(遠方人)(思ふ人)(亡き人)
(道行き人)(諸人)(侘人)
ひとえだ(一枝) 542
ひとかげ(人影) 734
ひとかたならず(一方ならず)
ひとかたならぬ 494
ひとこゑ(一声) 585
ひとすぢに(一筋に) 553
ひとつ(一つ) 420 741 745
ひととき(一時) 587
ひとなす(人為す) ひとなす 535
ひとのあと(人の跡) 584
ひとのおもかげ(人の面影) 577
ひとのこころ(人の心) 548 708
ひとへに(一重に) 421 ☆
ひとへに(偏に) 421 ☆
ひとめ(人目) 511
ひとよ(一夜) 702 718
ひとり(一人) 483
(朝日の影)
ひばら(檜原) 743 782
ひびき(響き) 451
(風の響き)
ひびく(響く) ひびく 569
(隙隙)
ひまひま(隙々) 590
ひむろやま(氷室山) 433 533
(立田姫)
ひめこまつ(姫小松) 784
ひよし(日吉・神) 790
ひより(日和) 591
ひる(昼) 534
ひを(氷魚) 465

ふ

(麻《を》生《ふ》)(萱生)(蓬生)
ふ(経) ふる 739 778 ☆、へ 565 711 780
(有り経)(年を経)(程経)
ふかくさ(深草・歌枕) 757
ふかし(深し)
ふかき 414 466 544 551 578 746 768、ふかく 447
☆(詞・詞)、464 517 583 762、ふかみ 413
(草深し)(夜深し)
ふきかふ(吹き交ふ) ふきかふ 794
ふきすさぶ(吹き遊ぶ) ふきすさぶ 748
ふきたつ(吹き立つ) ふきたつ 543
ふきとづ(吹き閉づ) ふきとぢ 795
ふきとむ(吹き止む) ふきとめ 563
ふきまく(吹き捲く) ふきまく 559
ふく(吹く) ふく 430 529 561 734 775 783、ふけ 525
(打ち吹く)
ふく(葺く) ふく 425
ふく(更く) ふけ 446 455 566
(起き伏し)(旅臥し)
ふしなる(伏し馴る) ふしなれ 404

ふしみ（伏見）　551☆
ふしみ（臥身）　551☆
ふしみのをの（伏見の小野）　757
ふしわぶ（伏し侘ぶ）　ふしわび 411
ふすゐ（臥す猪）　763
（賤の伏屋《ふせや》）
ふたたび（再度・二度）　596
ふぢなみ（藤浪）　723
ふぢのはな（藤の花）　418 518
ふぢばかま（藤袴）　442 542
ふでのすさび（筆の遊び）　598
ふなです（船出す）　ふなでし 491
ふみ（文）　780
ふみしだく（踏みしだく）　ふみしだく 406
ふみならす（踏み馴らす）　ふみならす 770
ふみわく（踏み分く）　ふみわけ 584
ふゆ（冬）　456 459 556 709 715 750 759 787
（秋冬）
ふゆがれ（冬枯）　794
ふゆのしも（冬の霜）　558
ふりく（降り来）　ふりき 467
ふりそむ（降り初む）　ふりそめ 459
ふる（布留）　742
ふる（降る）　ふら 708、
ふり 460 779☆、ふる 416☆、504☆、559
（程降る）
ふる（古る）　ふり 441 517 725 742 779☆
ふるえ（古枝）　794
ふるさと（古里）　429 448 730
ふるす（古巣）　504☆
ふるし（古し）　ふるき 768
ふるの（布留野）　416☆
ふるや（古屋）　778☆

へ

（幾重）（千重）（一重）
（岡辺）（沢辺）（野辺）（浜辺）（宮城の野
辺）（山辺）
へだつ（隔つ）　へだつる 417 486 593、へだて 572

ほ

ほか（他）　575 716 787
（玉桙）
（明星）
ほしのやどり（星の宿り）　703
ほしわぶ（干し侘ぶ）　ほしわぶる 729
ほずゑ（穂末）　561
ほたる（蛍）　430 772
ほど（程）　475 544 744
（見る程）
ほととぎす（郭公）　424 524
ほどなし（程無し）　ほどなき 487
718、ほどなく 426 548、ほどもなく 769
ほどふ（程経）　ほどふる 428☆
ほどふる（程降る）　ほどふる 428☆
（明けぼの）
ほのか（仄か）　514

ま

（枯間）（霧の間）（雲間）（時の間）（波間）
まがきのたけ（籬・真垣の竹）　583
まかす（委す）　まかせ 415 433
まがふ（紛ふ）　まがひ 507、まがふ 772 776
まきのは（槙の葉）　746
まきのや（槙の屋）　460
まきもく（巻向）　743
（風の紛れ）
まく（播《ま》く）　まき 526
（吹き捲く）
まくら（枕）　497
（草枕）（旅枕）（夢の枕）
まさる（優る）　まさり 497、まさる 574 754 799
（澄み優る）（立ち優る）
ましみづ（真清水）　534

まじる(混じる) まじる 739
ます(増す) ませ 733
(恋ひ増す)
まそで(真袖) 519
また(又) 453 454 471 511 558 594 598 719
まだ(未だ) 404 473 486 721
(朝まだき)
まちう(待ち得) まちえ 591
まちわぶ(待ち侘ぶ) まちわび 511
まつ(待つ) また 405
459、まつ 411 424 537 544 565 582☆、717 731 764
まづ(先づ) 430 468 573 758
まつ(松) 789
(小松)(小松原)(姫小松)
まつかぜ(松風) 482 545 582☆
まつのいろ(松の色) 741
あつばら(松原) 783
まつむし(松虫) 552
まど(窓) 411
まどひ(惑ひ) 768
まどふ(惑ふ) まどは475、まどひ490 494
まとゐ(円居) 402
まとゐす(円居す) まとゐする 724
まなし(間無し) まなく 713
まにまに(副) 782
まの(真野) 717
(目の前)
まぼろし(幻) 574
まま(儘) 447 480
まもる(守る) まもる 725 798
(行き迷ふ)

み

み(身) 423 461 471 479 480 498 586 599
(憂身)(亡き身)(臥身)
みあれ(御生れ) 423☆、731
みがきそふ(磨き添ふ) みがきそへ 747
みがく(磨く) みがく 792
みぎり(砌) 517☆、585
みす(見す)
みす401、みする438 539 549、みせ564
みせがほ(見せ顔) 508
みそぎす(禊す)
みそぎし435、みそぎす535
みそら(御空) 565
みぞれ(霙) 788
みだる(乱る) みだるる430、みだれ739
(雪の乱れ)
みち(道) 416 456 490 494 519 584 591 730 734 770
(動かぬ道)(奥の道)(別れの道)
みちしば(道芝) 739
みちのしるべ(道の標) 414
みちゆきびと(道行き人) 428
みづ(水) 415 433
(清水)(谷水)(真清水)
みづがき(瑞垣) 785☆
みとき(御時) 731
(浅緑)
みどりのいと(緑の糸) 408
みな(皆) 483 556 587
みなる(見馴る) みなれ 726
みなわ(水泡) 487
みにしみはつ(身に沁み果つ)
みにしみはつる566☆(詞・詞)
みにしむ(身に沁む) みにしむ439 537
みにそふ(身に添ふ) みにそひ798
みのうき(身の憂き) 490
みのはて(身の果て) 488
みのむし(蓑虫) 779
みね(峯) 544 559 770 783
みむろやま(三室山) 436
(秋の宮人)
みやぎののべ(宮城の野辺) 720
みやこ(都) 417 477 492 592
(花の都)

(七の御社) 775
みやま(深山) 594
みやまのさと(深山の里)
みゆ(見ゆ)　みえ 432 458 463 560 710、みえよ 579、みゆ 422 583、みゆる 431 522 590 596 724
みよ(御代) 703
みよしののたけ(み吉野の岳) 786
みよしののやま(み吉野の山) 711
みる(見る)　み 405 423 ☆、429 445 447 486 498 503 513 517 ☆、520 553 575 703 707 708 740 746 760 785 ☆、797、みよ 478、みる 464 565 568 574 588 743 792 800、みれ 713 744 773 779
(会ひ見る)(返り見る)(照らし見る)
みるほど(見る程) 705
みをかふ(身を変ふ)　みをかへ 580

む

むかし(昔) 496 508 596 706 736
むかしがたり(昔語り) 599
むかしのあと(昔の跡) 743
むかふ(向かふ)　むかふ 532
(夏虫)(松虫)(蓑虫)
むしあけ(虫明) 491
むしのこゑ(虫の声) 452
むしのね(虫の音) 438 540
(狭筵)
(苔生《む》す)
むすぶ(結ぶ)　むすぶ 443 563
(草引き結ぶ)(霜結ぶ)
むせぶ(咽ぶ)　むせぶ 754
(下咽ぶ)
むなしきものを(空しき物を) 587
むなしきやま(空しき山) 766
むまや(馬屋)→うまや
むめ(梅)→うめ
むらぎく(村菊) 453
むらさめ(村雨) 424
むらしぐれ(村時雨) 457
むらすすき(村薄) 725
むらすずめ(村雀) 756
むろ(室) 526
(氷室山)(三室山)

め

(人目)(他目《よそ》)
めぐむ(芽ぐむ)　めぐむ 512
めのまへ(目の前) 496

も

(田の面《も》)
もえつく(燃え尽く)　もえつき 794
もちづき(望月) 549 ☆
もちづきのこま(望月の駒) 549 ☆
もと(本) 735
(岩の元)
もとつは(本つ葉) 750
もの(物) 524 588 719
(此世の物)
ものおもふ(物思ふ)　ものおもふ 481 489
ものかなし(物悲し)　ものぞかなしき 435 462 472
もののあはれ(物の哀) 589
ものゆゑ(物故) 523
(空しき物を)
もみぢ(紅葉) 554 587 714
ももしき(百敷) 721
もる(守る)　もる 765
もる(漏る)　もる 721
もろともに(諸共に) 505
もろびと(諸人) 799

や

(東屋)(馬《うま》屋馬屋)(賤の伏屋)(関屋)
(古屋)(槙の屋)
(青柳《やぎ》)

やく(焼く) やく 754
(七の御社)
やすむ(休む) やすむ 509
やつはし(八橋) 417
やど(宿) 404 407 445 486 534 765
(我宿)
やどごとに(宿毎に) 724
やどしおく(宿し置く) やどしおき 443
(星の宿り)
やどる(宿る) やどる 432
(川沿柳)
やはらぐ(和らぐ) やはらぐる 790
(落ち破る)
やま(山) 503 520 554 767
(愛宕山)(奥山)(小野山)(鏡山)(春日山)(神路の山)(賀茂山)(小夜《さや》の中山)(信夫山)(白《しら》山)(高山)(立田の山)(外山)(氷室山)(三室山)(深山)(深山の里)(空《むな》しき山)(み吉野の山)(吉野の山)(吉野山)
やまあゐ(山藍) 466 732
やまおろし(山颪) 460
やまかげ(山蔭) 434 788
やまかぜ(山風) 750
やまざと(山里) 403 459 494 522 556 749 765
やまだ(山田) 729
やまぢ(山路) 415 509 559 759
やまのあなた(山のあなた) 486
やまのかげ(山の蔭) 728 746
やまのこなた(山の此方) 755
やまのしづく(山の雫) 546
やまのは(山の端) 454
やまぶき(山吹) 419 519
やまべ(山辺) 414
やみ(闇) 704
(長き夜の闇)
やよひ(弥生) 724
(蚊遣火)
(思ひ遣る)

ゆ

ゆき(雪) 403 422 467 560 787 793
(白雪)(春の雪)
ゆきげ(雪気) 459
ゆきこほり(雪氷) 715
ゆきのみだれ(雪の乱れ) 567
(道行き人)
ゆきずり(行きずり) 509
ゆきまよふ(行き迷ふ) ゆきまよひ 719
ゆく(行く) ゆか 416、ゆく 412 519 593
(荒れ行く)(冴え行く)(時雨れ行く)
(過ぎ行く)(分け行く)
ゆくかた(行く方) 514
ゆくすゑ(行末) 429
ゆくはる(行く春) 518
ゆくへ(行方) 706
(浜木綿)
(朝夕)
ゆふかぜ(夕風) 443 757
ゆふぐれ(夕暮) 452 524 588 707 709 720
ゆふだち(夕立) 755
ゆふつゆ(夕露) 442 745
ゆふべ(夕べ) 533 717
ゆふべのそら(夕べの空) 776
ゆふまぐれ(夕間暮) 748
ゆふだすき(木綿襷) 571
(梓弓)
ゆみきる(弓切る) ゆみきる 744
ゆめ(夢) 472 474 497 575 575 579 727
(転寝の夢)
ゆめのちぎり(夢の契り) 776
ゆめのまくら(夢の枕) 525 597
ゆゑ(故) 477 555
(物故)

よ

よ(夜)　446 455 551 565
(幾夜)(曇り夜)(小《さ》夜)(小夜衣)(長き夜)(長き夜の闇)(夏の夜)(春の夜)(一《ひと》夜)
よ(世)　461 484 487 493 495 499 535 580 596 760 778 785
(幾世)(憂世)(神世)(君が世)(此世)
(此世の物)(千世・代)(後の世)
(御《み》世)(万世)
・よごとに(節毎に)　458 ☆
・よごとに(夜毎に)　458 ☆
よごろ(夜頃)　463
よしさらば　479
よしなし(由無し)
よしなき452、よしなく539
よしの(吉野)　513
(み吉野の岳)(み吉野の山)
よしののやま(吉野の山)　586
(み吉野の山)
よしのやま(吉野山)　501
よす(寄す)　よす789、よせ712 796
よそ(他)　483 574
よそめ(他目)　403 438
よそふ(動)　よそへ564
よとせ(四年)　726
(夜な夜な)
よなよな(夜な夜な)　552 738
よになし(世に亡し)　よになき524
よのなか(世中)　455 480
よひ(宵)　424 537
(今宵)(宵宵)
よひよひ(宵々)　579
よぶかし(夜深し)　よぶかき485
よぶ(呼ぶ)　414 ☆
よぶこどり(呼子鳥)　414 ☆、514
よも(四方)　454 550 792
よもぎのかど(蓬の門)　528
よもぎふ(蓬生)　734
よもすがら(終夜)　529 546 772
(日和《より》)
よる(夜)　534
(夜夜)
よる(寄る)　よる465 ☆、489 740
(立ち寄る)(波寄る)
よるよる(夜夜)　465 ☆
よろづよ(万世)　783
(心弱さ)
よわる(弱る)　よわる552
よをこめて(夜を籠めて)　590

わ

(浦回《わ》)
わがおもふかた(我が思ふ方)　532
わがこころ(我心)　476
わがとも(我友)　483
わがやど(我宿)　545
わかぜり(若芹)　740
わかな(若菜)　405 505 716
わかね(若音)　404
(時分かぬ)
わかのうら(和歌の浦)　485 789
わかる(別る)　わかれ475 539
(立ち別る)
わかれ(別れ)　493 506 762 772
(飽かぬ別れ)(秋の別れ)(花の別れ)
わかれがほ(別れ顔)　529
わかれのみち(別れの道)　581
(野分)
わきかぬ(分き兼ぬ)　わきかぬる776
わきかへる(湧き返る)　わきかへる714
わきて(副)　439
わく(分く・四、下二)　わか571 574、
わく492、わくる519 554、わけ446 456 738
(掻き分く)(踏み分く)

（葉分《わけ》）
わけそむ（分け初む）　わけそむる438
わけゆく（分け行く）　わけゆか538
わし（鷲）　751
わする（忘る）　わすれ579　592
（早《はや》早稲《わせ》）
わたす（渡す）　わたす797
（置き渡す）
わたつうみ（わたつ海）　712
（年の渡《わたり》）
わたる（渡る）　わたら490、わたる755
（たなびき渡る）（門《と》渡る）
わびびと（侘人）　545
わぶ（侘ぶ）　わび452
（思ひ侘ぶ）（忍び侘ぶ）（詠め侘ぶ）（伏
し侘ぶ）（干し侘ぶ）（待ち侘ぶ）
わらび（蕨）　509
（早蕨）
われ（我）　411　445　598　737　789

五句索引

あ

あかつきちぎる 786
あかつきのそで 529
あかつきのそら 581
あかつきは 481
あかつきふかき 466
あかぬいろかも 713
あかぬにほひや 542
あかぬわかれの 437
あかほしのそら 566
あきかけて 704
あきかぜぞふく 734
あきかぜの 439
○あきかぜや 537
○あききても 450
あきしたえずは 540
あきしらつゆの 437
あきすぎて 714
○あきつしま 723
○あきながら 560
あきにはあらねど 748
あきのあはれの 583
あきのくれかな 554
あきのさかりを 440
あきのなかばを 549
○あきのみか 556
あきのみやびと 722
あきのやまざと 749
あきのゆふかぜ 443
あきのゆふぐれ 452
あきはかぎりに 455
あきはぎのはな 438
○あきはただ 717
○あきふかく 447
○あきふゆの 422
あきみしやまの 503
あきもひととき 587
あきよりさきに 435
○あきらけき 793
あきをくれぬと 450
あきをひびきに 451
あくればしみの 780
あけがたに 721
○あけがたの 469
あけぐれのそら 407
あけぼのは 447
○あさがほよ 548
あさくらのこゑ 466
あさたつきりの 590
あさのはも 535
あさひかげ 781
あさひのかげに 793
○あさまだき 541
あさみどり 716
○あさゆふに 532
あさゆふに 568
あしたのはらに 444
あしのかれまの 715
あしのしたばの 461
あしのはめぐむ 512
あしのはわけに 530
あじろぎに 565
あじろにひをの 465
あすさへふらん 708
あすのはるさめ 405
あすやのちのよ 498
あたごやま 793
あたりをぬるみ 468
○あぢきなし 455
あぢきなのみや 461
○あづさゆみ 752
○あづまやの 424
あとといはれん 598
あともなく 441
○あともなし 711
あともなし 765
あとやこれ 707
あはすなり 525
○あはぢしま 462
あはれかくらん 785
あはれかは 451
あはれしらする 422
あはれすぎにし 599
あはれたちそふ 503
あはれなかけそ 479
あはれにて 445
あはれにみける 760
あはれもなれが 451
あはれをそらの 401
○あひみての 573
○あひみても 474
あふひぐさ 423 731
あまたすぎぬる 570
○あまつかぜ 795

あまつくもゐを　781
○あまつそら　600
あまねきみよを　703
○あまのがは　523 704
　おふ　523
　とし　704
あまのがは　537
あめぞつたふる　746
あめにこそ　708
あめにつけても　511
あめはれて　773
あめもしみみに　526
あやなくつらき　762
あやめふくなり　425
あらきはまべの　577
あらくまの　767
あらたのおもの　515
あらぬくさばも　442
あらぬわかれの　506
あらばいそがん　491
あらはれて　796
あられこぼるる　709
○あられふり　460
○あられふる　559
ありふるままの　480
あれなんのちの　540
○あれにけり　736
あれはてにけり　441
あをやぎのいと　508

い・ゐ

○いかがする　465
○いかがせむ　410
いかがせん　499
いかがみにしむ　537
いかならん・む　513 528 788
○いかにせむ　421 495 575 586
　おくて　495
　それ　586
　ひとへ　421
　ゆめ　575
いかにせむとも　473
いかにみすらん　401
いかにわけてか　456
○いかばかり　578
いかばかり　440
○いくあきの　702
いくたびつきの　450
いくたびゆめの　727
いくへかは　737
いくよかさねて　427
いくよへぬらん　711
いくらのひとを　785
いけのこころに　796
○いさぎよく　792
○いざけふは　405
○いそのかみ　742
○いたびさし　522
いつかはかぎり　498
○いつしかと　761
いつもかはらぬ　706
いづるあをむ(う)ま　761
いづるひの　701
いづれのきぎの　436
○いつわれも　598
いでこしひとの　505
いでつるさとや　557
○いでてこし　730
ゐでのしがらみ　419
いとどたちそふ　577
いとどへだつる　417
いとひいでば　586
○いとひつる　533
いとふけぶりを　777
いとふものから　778
いなづまの　705
いのちばかりの　570
いはせのなみに　714
○いはそそく　409
いはぬいろなる　419
いはねのこけの　484
いはねのしみづ　434
いはのもとかな　509
いふかひもなく　462
いへばかなしき　474
○いへゐして　594
いほのさむしろ　729
いほりだに　477
いましぐるらん　557
いまはかぎりと　494 728
いりえばかりの　717
いろかはるなり　454 536
いろぞのこれる　741
いろとなるらん　439 732
いろながら　401 771
いろにいづべき　735
いろにしも　583
いろはまがひぬ　507
○いろはみな　587
いろふかくして　517

いろもかはらぬ　484 505
いろよりも　768
いろをまた　558

う

うかぶみなわの　487
○うかりけり　481
うきしづみ　461
○うきてよを　778
うきみひとつに　420
うきみをさぞと　410
うきよなりけり　496
うきよはおなじ　455
うきよへだつる　486
うきをかさぬる　470
○うぐひすの　404
うごかぬみちの　798
うさにたへたる　599
うしのおとかな　762
○うたたねに　597
うたたねのとこ　537
うたたねのゆめ　705
うちいづるなみに　501
うちおくふみも　780
うちなびき　734
○うちなびく　430
うぢのかはかぜ　714
うぢのかはせを　465
うぢのかはなみ　547
うちはぶき　504
うちふくかぜに　739
うちやいでつる　409
うつからごろも　451
うつつもおなじ　474
○うつなみの　713
○うづみびの　569
うづみびの　469
うづむしらゆき　550
うづもれかはる　406
うづもれぬ　787
うづもれぬなの　707
うづらなくなり　757
うつろはん　548
うのけのいかに　764
うのはなのころ　522
うのはなよ　422
うまやうまやと　727
うめさくやどの　407
うらかぜに　562
うらのさざなみ　559
うらのはまゆふ　737
うらみけるかな　473
うらみじとおもふ　480
うらみのこらめ　580
うらみもせまし　774
うらむらさきの　518
○うらめしや　452 581
よしなき　452
わかれ　581
うらやましくも　502
うらわのそらも　512
○うれしさの　791
○うゑおきし　508
うゑおくすすき　540
うゑけむあとも　725
うゑしをかべの　744
うゑてしきくの　553

え・ゑ

えこそうらみね　573
ゑじのたくひの　722

お・を

おい《ひ》にけり　526
○おきそめて　558
○をぎのはに　543
をぎのはむすぶ　443
おきはじめけん　437
○おきふしに　595
おきわたすらん　458
おくてのなるこ　495
おくてのやまだ　729
おくのみち　711
おくのやまざと　403
○おくやまの　484
をぐるまに　762
おくるわかれの　762
○おくれじと　555
おくれんものか　767
をさむるかどの　723
をしかもの　564
おしなべて　554
をしのうはげの　464
○をしのゐる　715
をしほののべの　784
○をしまれぬ　599
をしみしきくの　558
をしむなげきは　420
をしむにも　493
○おそくとき　408

をだえのはしに 719
をちかたびとの 547
○をちかたや 412
○おちつもる 763
をちのさはべの 716
をちのしばがき 431
おちやぶるてふ 797
おつるしらゆき 710
おとなひよ 543
おとはかくれぬ 449
おとはこのはに 457
おともほどなく 426
おどろがしたに 406
おどろのふるえ 794
をとめのすがた 795
おなじやまぢの 509
○おのがじし 798
○おのづから 576 780
　うちおく 780
　ひと 576
○をのやまや 568
おのれのみ 739
をばながもとの 735
をふのしたつゆ 738
○おほぞらの 800
○おほゐがは 563
おふともきかぬ 523
○をみなへし 439
をみなへしかな 539
○おもかげに 787
おもかげに 453 503
○おもかげは 496
おもはんひとの 708
おもひあかしの 562 727
おもひいでにせん 576
おもひいでば 576
おもひぐさ 735
おもひそめつる 471
○おもひたつ 414
おもひつること 543
おもひにきえん 478
おもひはつとも 410
○おもひねの 472
○おもひやる 500
おもひわぶらん 440
○おもふから 418
○おもふこそ 515
おもふせによる 740
おもふそなたの 447
○おもふとて 499
○おもふとは 572
おもふとも 524
おもふにあまる 702
○おもふには 767
○おもふひと 491
おもふもさびし 787
おもへばおなじ 535
おもへばひとを 473
おもるまで 467
をりかけて 745
おりたつたごの 526

か

○かがみやま 747
かかるかな 557
○かきくらす 456 710
　このは 456
　のきば 710
かきつばた 517
かきつばたかな 417
かきねのそわに 759
かきもはらはで 763
かぎりもしらぬ 800
かぎるあがたの 726
かきわけて 743
かくれざりけれ 413
かげそひて 722
かけてかからむ 423
かけてまつらし 731
かけてみよ 478
かけてやこひむ 571
かげにぞありける 433
かげはかはらじ 742
かげもうごかず 703
かげもくもらぬ 747
かげをたのみて 764
かごとにて 570
かざすみあれを 731
かさねてこほる 463
かさねてひとを 737
かさねてをしき 421
○かしまのや 782
○かすがやま 783
かずぞみえける 463
かすまぬかたの 501
かずみえて 710
かすみにて 403
かすみのほかの 716
かぜこえて 559 749
かぜさへはやき 465

かぜすぎて 444
○かぜたちて 753
かぜたちて 536
かぜのおとに 706
かぜのひびきに 775
かぜのまぎれに 571
かぜふきすさぶ 748
○かぜふけば 525
かぜもこころも 556
かぜやふくらん 561
かぜよわるなり 552
かぜをまつらん 565
かぞふれば 435
○かぞへこし 549
かたののはらに 467
かたみかな 505
かたみともみん 520
かたみなるべき 531
○かたるとも 720
かつたのめとも 737
かつちるはなの 771
○かつみつつ 498
かためとぞなる 798
かなしきは 588
かねてすむらん 786
かねのおとかな 569
かねのこゑかな 721
かばかりひとや 720
かばしらに 777
かはすちとせの 784
かはぞひやなぎ 430
かはらぬけふの 470
かはるちぎりは 760
かひぞありける 799
かひなきよをば 499
かふわしの 751
かへすがへすも 515
かへすもつらき 558
かへりてうつる 516
○かへりみる 557
かへるかりがね 513
○かへるさは 446
○かへるさを 493
かへるたよりに 518
かへるやま 413
かみぢのやまの 781
かみのまにまに 782
かみもみあれの 423
○かみよより 732
○かもやまや 785
○かやりびの 531
かやりびの 431
かよひきて 757
かよふたましひ 579
○かりころも 467
かりそめのよを 495 535
かりたのいほの 595
かりねして 729
かりばのをのの 567
かるかやのつゆ 541
かるればかるる 774
かれしひとめに 511
○かれのやく 754
かれはもみえず 560
○かをとめし 566
かをるまで 442

き

きえかへり 487
きえぞくだくる 793
きえてもをしき 506
きえなんのちや 735
きえぬちぎりを 464
ききなさん 582
きぎのしたかぜ 533
きくにつけても 769
きくもさびしき 585
きしのあをやぎ 408
きつねのかれる 768
きてみれば 779
○きなれたる 415
きのふとおもふ 584
きみがさかえは 782
きみがなはをし 479
きみがよのため 500
きみぞかぞへん 600
きみにへだてて 572
きみまつよひの 537
○きみよりも 580
きよみがせきに 489
きりこめて 547
きりたつままの 447
きりのはに 748
○きりのまに 542
きりはらのこま 449
○きりふかき 544

く

○くさがれの 444
○くさのいほの 582

くさのはを 758
くさばはしげる 511
くさひきむすぶ 597
○くさふかき 777
くさまくら 531
○くさもきも 741
くまもなき 722
くめぢのはしも 490
○くもかかる 788
くもかともみん 486
くもきえて 550
くもこりて 709
くもまのひかげ 755
くもらぬそらに 425
くもらねば 792
○くもりよの 514
くもゐにかざす 733
くもゐにたかき 783
くもゐのさくら 410
くもゐのにはに 761
くもゐはるかに 701
くもゐをちかく 725
○くらべばや 489
くるるとしかな 469
くるるならひに 418
くるるひかげに 769
くるればむかふ 532
くれたけに 404
○くれたけの 483
○くれてゆく 593
くれぬるくれを 420

け

けさのなみだを 575
○けさみれば 773
けしきなるかな 753
けしきもしるき 701
けふきぬと 425
○けふくれぬ 708
○けふこずは 510
けふしらゆきの 504
けふぞあはする 752
○けふといへば 536
けふのはるさめ 515
けふのみときに 731
○けふみれば 744
けふよりあきの 436
けぶりたつらん 568
けぶりのあとや 531
けぶりのしたに 754
けぶりやはるは 468
けぶりをたのむ 431

こ

こがねのきしに 796
こがらしのこゑ 594
こけふみわけて 584
こけむすたにの 711
ここちして 496
ここちのみして 470
こころいろづく 749
○こころうし 596
こころしらるる 766
こころぞみゆる 724
こころづからの 520
こころづくしに 450
○こころにも 506
こころのうちに 582
こころのうちを 434
こころはきはも 500
こころはのこれ 499
こころもしらぬ 460
こころよわさよ 480
こころをさへも 519
こころをしれば 485
こころをもみめ 708
こさちのおくに 751
こしぢにかりの 413
こしぢのあきも 513
こしのみそらの 565
こずゑうつろふ 510
こずゑにあきの 536
こずゑにくもの 557
こずゑにならふ 775
こずゑのいろは 482
○こずゑより 750
○こぞもこれ 407
○こたへじな 706
ことづても 428
こともなく 597
ことわりなくも 555
このははみちも 456
このはもいくへ 763
○このひごろ 709
このよならでも 481
このよにさむる 497
○このよにも 432
このよのものと 432
このよばかりと 488
こひしかなしと 596

こひにこひます　575
こひんとやみし　740
こほりはかぜの　563
○こぼれぬる　443
こまつばら　402
こまにまかせん　415
こまのけしきも　512
○こもりえの　461
こゆれども　449
こよひぞと　549
○これにみつ　513
○これもまた　471
ころもうつらん　551
ころもでかるし　533
こゑごとに　462
こゑぞかなしき　485
こゑぞながるる　771
こゑたてて　409
こゑだにつらき　552
こゑにさへ　452
こゑばかりして　765
○こゑはせで　561
こゑもはるなる　412
こゑをまつかな　411

さ

さえつるかぜに　709
さえぬれば　433
さえゆくそらに　444
○さかきさす　784
さかきのこゑに　566
さかひをぞみる　792
さかりなりけれ　715
○さきだたば　478
○さきにけり　438
さくさへをしき　453
さくよりはるの　418
○さくらあさの　738
さくらのちりに　779
さけるあさがほ　448
ささがにのいと　773
ささぬたびねの　477
さすがになれぬ　778
さておきつ　541
さとのゆふかぜ　757
さはべにかける　753
さはりしくもは　795
○さはりなく　797
さびしくひびく　569
さびしけれ　515
さびしさよ　759
さみだれのころ　528
さみだれのそら　428
さめぬらん　727
○さやかなる　733
さやかになりぬ　704
さやかにみする　549
さやのなかやま　592
さゆるよごろの　463
さよごろも　572
さよふけて　566
○さらぬだに　758
○さればこそ　448
さわぐいりえの　564
さをしかのこゑ　545

し

○しかのねは　445
しがのやまぢに　559
しきなみの　712
しぎのはねがき　595
しぐれして　454
○しぐれゆく　749
しげきあやめの　525
しげみがそこの　527
しげりあひて　730
しげるよもぎふ　734
したにのみ　738
したのなげきも　536
したばそむらん　436
○したむせぶ　547
しづかにて　600
しづくをもみし　746
しづのふせやの　777
しとどおりゐて　759
○しののめに　539
しののめのそら　772
○しのばじよ　451
しのびにすぐる　457
しのびねぞなく　521
しのびもあへず　472
しのびわび　479
しのぶとて　596
○しのぶやま　440　751
　こさち　751
　すその　440
しのぶらん　726
しばしなりとも　767
しばしひとなす　535

○しばのとよ 728
しひのしたばを 745
しほひのかたに 561
しぼらぬそでも 492
しぼるそでかな 555
しぼるたもとの 446
しみいりて 406
しみづもはるの 409
しめずとも 728
しもがれはつる 758
しもさえて 466
しもさゆる 595
しものうちに 741
○しもふかく 762
しもふかく 464
○しもむすぶ 735
しらざらん 720
しらざりき 594
しらせても 450
しられにき 476
しりてだに 488
しりぬべきよを 493
しるきかな 408
しるひとぞなき 712
しるべせよ 532
○しるべなき 719
しをりして 520
しをるらん 764

す

すがるみのむし 779
○すぎてゆく 519
すぎにけり 426
すぎゆくやまに 520
すぐるうらかぜ 530
すそののすすき 440
すだくかはづの 771
○すべらぎの 703
すまのうらかぜ 589
すまのたびぶし 718
すみかとぞなる 780
○すみがまの 468
○すみまさる 796
すみよしのまつ 789
○すみれつむ 516
すむつきの 800
すむてふやまの 767
すむはちの 778
すりごろも 527 567
すれるころもの 732
すゑぞはるけき 770
すゑぞひさしき 784
すゑのしらつゆ 736
すゑのはらのに 752
すゑもとほらぬ 490

せ

せきかへし 419
せきすゑて 589
○せきぢこえ 417
せきのいはかど 449
せきやのかげの 718
せきをいづとて 791
せたのながはし 590
せみのはごろも 521

そ

そこならん 578
そこのおもひを 564
そでにうつると 542
そでぬらすらん 427
そでぬれて 521
そでのうへに 421
そでのしのぶも 527
そではぬるとも 416
そでほしわぶる 729
そでもいほりも 745
そののはな 774
そのはばかりや 751
そむるこころよ 768
そめやすつらん 518
そよあきぞかし 543
そよいまさらの 748
そよぎしかぜの 426
○そよやまた 454
そらごとに 470
そらさへとづる 528
そらにみて 703
そらのうきぐも 478
そらはきるとも 567
そらはゆきげに 459
そらをだにみず 447
そらをひとよに 702
それともわかぬ 571
それもうきよと 586
それをこのよの 576

た

たえずおつるは 482
たえだえみゆる 590

たえてほどふる　428
○たかやまの　770
たぐひだにみず　797
たけさへいろの　458
ただめのまへの　496
○たちかくす　403
○たちかへる　466
○たちつづく　449
たちなんのべの　531
たちぬれて　546
たちのぼる　468
たちやまさると　489
たちやわかれん　593
たちよれば　434
たちわかるとて　726
たつきぎす　754
たつたがは　587
たつたのやまに　427
たつたひめ　436
○たつたやま　554
たづぬとも　494
○たづぬれば　441
○たづねきて　503
たづねきて　534
たづねてぞみる　743
たてそふるかな　777
○たなばたの　437
たなびきわたる　707
たにのうぐひす　504
たにのさわらび　409
たにみづに　463
たにみづも　501
○たねまきし　526
たのみしもせず　553
たのみにて　591
たのむひよしの　790
たのめぬくれを　475
○たのもしな　786
たのものかぜに　756
○たびねする　577
○たびまくら　727 745
いく　727
しひ　745
たまがしは　713
たましくよもの　792
たまぞのこれる　773
たまたまみれば　713
たまつばき　747
たまぬくのべの　541
○たまぼこの　428
ためしかな　760
○たらちねの　485
たれかみぎりの　517
たれすみがまの　568
たれながむらん　730
たれふかきよに　551
○たれゆゑと　477

ち

ちぎらぬあきの　555
ちぎりありてや　732
ちぎりおきて　581
ちぎりかな　474
ちぎりこそ　580
ちぎりそめけん　402
ちぎりなるらん　471
ちぎるわかれを　493
ちぐさのはなも　541
ちさとのあきを　550
ちとせもあかぬ　500
ちどりとわたる　462
ちへまさるらん　574
ちよはくもゐに　600
○ちらすなよ　419
○ちらばちれ　538
ちりうせぬよの　461

つ

○つかふるき　768
つきかげの　786
○つききよみ　550
つきくさのいろ　516
つきになれたる　722
つきにもにたり　422
つきのかげかな　702
つきのかげのみ　514
つきのかたえだ　744
つきのかつらの　764
つきのかつらも　507
○つきのさす　718
○つきはさえ　457
つきはてて　569
つきひとともに　578
つきひのかげも　600
つきひへて　780
つきまつそらの　717
○つきもいさ　746
つくしても　702
つたふるきたの　723
つたふるをちの　445

○つばくらめ 760
つひのあはれは 493
つぼすみれ 416
つみてをゆかん 416
つもるおもひの 578
つもるゆきかな 560
つもるらん 763
つゆけかるべき 728
○つゆしげき 592
○つゆじもの 729
つゆそひて 446
つゆとわくらん 492
つゆのいろを 539
つゆもかわかず 546
つゆもさながら 448
つゆやおくらん 527
つゆわけゆかむ 538
つゆをおもみ 516
つゆをばそでに 443
○つゆをまつ 764
○つらからず 476
つるのひとこゑ 585
つれなくて 482
つれなしとだに 573

て

てふのこころよ 774
てらしみよ 790
○てらすらん 781

と

とかへるたかを 752
ときはかきはの 742
ときはなる 782
○ときわかぬ 583
○とけてねぬ 551
○とけぬうへに 463
○としくれし 401
○としくれぬ 470
としぞかさなる 572
としにあふひと 523
○としのうちに 731
としのくれかな 570
としのわたりの 704
としもさつきの 425
としをなかばと 435
○としをへて 423
とどまらず 556 791
とばかりに 471
とばかりみゆる 431
とはじとおもひし 448
○とはでこし 528
とほぢをわたす 797
○とまびさし 589
とまりけり 420
とまりゐて 598
○とまるなよ 567
ともしすと 427
○ともしする 527
ともちどりかな 562
ともとはいつか 582
とやまのみねを 544
とよのあかりの 733
とらのこの 770
○とるなへの 426

な

ながきうきよの 791
ながきひぐらし 412
ながきよのやみ 788
○ながきよを 562
なかなかに 592
ながめして 429
ながめしものを 477
ながめても 544
ながめもあへず 710
ながめやせまし 524
ながめわぶらん 547
○ながらふる 570
なかりけり 500
○ながれても 740
なきみなりけり 586
なきみなりとも 499
なきものを 456
なくさるの 766
なくねをそふる 562
なげきくははる 545
なげきせんとは 476
なげきをぞする 484
なこそかすみに 413
なごりかは 506
なちのやまかげ 788
○なつごろも 427
なつにしられぬ 534
なつのせかるる 433
なつのゆふぐれ 524
なつのよのやみ 704
○なつむしの 530
などちぎりけん 523

○なとりがは 473
ななのみやしろ 790
なにかほどなく 548
○なにとこの 574
○なにとなく 588
なにはがた 512 530
なにゆゑに 402
なにをたびねの 492
なのみして 551
○なはしろに 771
なはしろの 415
なびききて 799
なびきつつ 756
なびくけしきや 439
なべてつゆおく 581
なほいそぐかな 475
なほうとまれぬ 418
なほおどろかぬ 495
なほこめて 593
なほすてはてぬ 498
なほながめつる 560
なほなげくかな 487
なほまさるらん 754
なみあらくとも 491
なみぞよせける 796
なみだなりけり 482
なみだにや 437
なみだはとめぬ 589
なみだもさらに 791
なみにこころは 789
なみのうへかな 591
なみのおとに 577
なみまにみゆる 522
なみよるあしの 561
なみよるくれの 756
なみをゐぜきに 563
ならのはがしは 750
ならはせて 457
ならはぬを 492
ならひなるよに 760
ならべども 483
なりにけり 407 744 775
なりはてぬ 459
○なるこひく 756
なるとをみえよ 579
○なれこしは 584
なれしむかしの 706
なれてもなれぬ 476
なれなれて 410
なれぬなげきに 572
なれぬれば 472
なれのみはるの 517

に

にたるかな 776
にはたたきかな 758
にはにやはるの 510
にはのおもに 585
にはのおもの 560
にはのかるかや 441
にはのむらぎく 453
にほふらん 507

ぬ

○ぬぎかふる 521
○ぬるたまの 497
ぬれてののちの 538

ね

ねぞなかれける 595
ねにあらはれて 740
○ねのびする 502
ねをぞなく 769

の

のきのしたくさ 736
のきのにほひを 525
のきばのそらに 710
のこらまし 510
のこりすくなく 469
のざはのわかな 405
のちのこころを 573
○のちのよを 571
のどかなれとは 781
のどけきに 723
のなかのいほの 588
のべのあきかぜ 442
のべのけぶりを 488
のべのこまつの 502
のべのわかなは 505
のべわけそむる 438
のぼらんみちの 770
のりのくもぢに 800
のわきののちの 773

は

はかなかるべき 488
○はかなしと 705

はかなのはるの 597
○はがへせぬ 458
はかへぬまつの 741
○はかりなき 799
はぎはらや 538
はしなれば 797
はじのたちえに 749
はじめもはても 712
はちすのつゆに 432
はちすばのつゆ 532
はつかりのこゑ 544
はつかりのなく 444
はつねのけふの 402
はてはかなしき 429
はてはこずゑに 552
○はなざかり 766
はなぞめごろも 516
はなぞちりしく 794
はなたちばなに 429
はなたちばなを 529
はなにいばえて 412
はなににほひて 795
はなのうはぎは 546
はなのかたみに 538
はなのしたかぜ 510
はなのみやこの 724
はなのもろびと 799
はなのわかれを 421
はなもかばかり 548
はなよりのちの 453
はなをみんとは 553
○はねかはす 464
はのはやしかな 483
はひのしたなる 469
はやくつきひは 426
はやくもあきの 753
○はやせがは 487
はやぶさの 753
はらふたもとの 467
はらふらし 750
はるがすみかな 503
はるかにいづる 591
はるかになびく 508
はるくるかたの 408
はるさめに 553
○はるさめの 416 779
　ふり 779
　ふるの 416
○はるしらぬ 420
○はるたちし 425
はるにあふかな 502
はるのあけぼの 401
はるのいろかな 716
はるのかすみを 593
はるのけしきに 761
○はるのけふ 520
はるのそらかな 747
はるのつきかげ 766
はるのなごりを 521
はるのにほひに 407
はるのまとゐを 402
はるのみやすむ 509
はるのゆきかな 406 506
はるのよのゆめ 474
○はるのよは 507
○はるのよを 411
はるはきにけり 701
はるはたつなり 501
○はるふかみ 413
○はるもまた 511
○はるやとき 504
はれそめて 755
はをしげみ 736

ひ

ひかげぐさ 733
ひかりさへ 772
ひかりさやかに 790
ひかりぞそよぐ 530
ひかりにうめの 507
ひかりにさむる 705
ひかりませとや 733
ひかりもはひに 569
ひかりをぞみる 800
ひきかへし 495
○ひきかへつ 512
ひきかへて 761
ひきかへてけり 415
ひきすゑて 752
ひきひきに 502
ひぐらしのこゑ 775
○ひさかたの 701
ひさしうらめし 424
ひさしきよより 785
ひさしくとはぬ 522
ひさへあれゆく 460
ひつじのあゆみ 769
ひとえだをらん 542

ひとかげもせぬ　734
ひとかたならぬ　494
ひとさそふなり　414
○ひとすぢに　553
ひとつにおつる　741
ひとつゆふつゆ　745
○ひととはで　585
○ひととはぬ　759
○ひとならば　774
ひとにしらるる　751
ひとのあとも　584
ひとのおもかげ　577
ひとのかよへる　765
ひとのこころの　548
ひとはこのごろ　534
○ひとはすむ　431
ひとへにかはる　421
ひともあはれを　478
ひともときのま　576
○ひともとへ　540
ひとやくむらん　434
ひとやふりにし　441
ひとよはあけぬ　718
ひとりよそなる　483
ひとわびさする　452
ひとをもとはん　481
ひとをもまたじ　459
ひばらすぎはら　782
ひばらのしげみ　743
ひまひまに　590
○ひむろやま　433
ひむろやま　533
ひめこまつ　784
ひよりをみちの　591

ふ

ふかきけぶりの　578
ふかきまどひに　768
ふかきやまべに　414
○ふかくさの　757
ふかくみゆらん　583
ふきかふかぜに　794
ふきたつかぜの　543
ふきとぢつ　795
ふきとめて　563
ふくかぜに　430
ふくかぜの　529 783
ふしみのさとは　551
ふしみのをのに　757
ふしわびて　411
ふすゐのかるも　763
ふたたびみゆる　596
ふぢなみのかげ　723
ふぢのはな　418 518
○ふぢばかま　442
ふぢばかま　542
ふでのすさびは　598
ふなでして　491
○ふみしだく　406
○ふゆがれの　794
ふゆこそいけの　715
ふゆのきつらん　456
ふゆのしもかな　558
ふゆのやまかぜ　750
ふゆのやまざと　459 556
ふゆのやまぢの　759
ふゆのゆふぐれ　709
○ふりそめし　459
○ふりにけり　517
ふるにけり　725
ふりにしさとを　779
ふりぬとも　742
○ふるさとの　429
ふるさとのつき　730
ふるさとを　448
ふるすいづなり　504
ふるのかみすぎ　742
ふるののみちの　416
ふるやののきに　778

へ

へだつるをちに　593

ほ

ほかだにふゆの　787
ほしのやどりの　703
ほずゑかな　561
ほたるなりけり　430
○ほととぎす　524
ほととぎす　424
ほどなきに　718
ほどなきよをも　487
○ほどもなく　769
ほどもなくなく　475
ほのかにて　514

ま

まがきのたけの　583
まかせしみづの　433
まがふかげろふ　776

まがふほたるの 772
まきのはふかき 746
まきのやの 460
○まきもくや 743
まくらかはらで 497
まさりけり 497
まさるかざりの 799
まじるかやふの 739
まそでににほふ 519
またいまさらの 719
またかばかりも 594
まだしもくらき 721
まだしらず 473
○まだしらぬ 486
またずとも 405
またなきひとの 598
まだふしなれぬ 404
○またもあらじ 453
○まちえたる 591
まちわびぬ 511
まづうちはらふ 758
まづかすむらん 468
まつかぜに 545
○まつかぜの 482
まつかぜのこゑ 582
まづしれば 573
まつほどすぎぬ 544
まづみだるるは 430
○まつむしの 552
まつよひすぐる 424
まどうつあめに 411
まどはれて 475
まとゐする 724
まなくときなき 713
まのうらなみ 717
まぼろしに 574
まもるすがたの 798
まもるすみかに 725

み

みえぬかな 432
みえぬまで 458
みがきそへたる 747
みがくこころし 792
みぎりあれにし 585
みしゆめの 575
○みずしらぬ 707
みせがほに 508
みせばやひとに 564
○みそぎして 435
○みそぎすと 535
みぞれはげしき 788
みだれてぞふる 739
○みちしばや 739
みちたどるなり 584
みちのささはら 730
みちのしるべか 414
みちまどひけり 490
○みちもせに 734
みちやまどはん 494
みちゆきびとの 428
みづがきの 785
みづにやまぢは 415
みてもかへらん 405
みとはいのらず 423
みどりのいとに 408
みなしもがれの 556
みならずは 599
みなりけり 498
○みなれぬる 726
みにしみはつる 566
みにそひて 798
みぬゆくすゑぞ 429
みねにふきまく 559
みねのまつばら 783
みねふみならす 770
○みのうきは 490
○みのはてを 488
○みむろやま 436
みやぎののべの 720
みやここひしき 417
○みやことて 492
みやこともがな 592
みやこのかたは 477
みやまのさとの 594
○みやまふく 775
みよしののたけ 786
みよしののやま 711
みるぞかなしき 464
みるだにさびし 568
みるともわかぬ 574
みるほどもなし 705
みるもはかなき 565
みるよりものの 588
みをかへつとも 580
みをこそすてめ 479
○みをしれば 480
みををしむかな 471

む

むかしがたりを 599
むかししのぶの 736
むかしとしのぶ 496
むかしなきよよ 596
むかしのあとを 743
むかしをひとに 508
むしあけのせとは 491
むしのねみする 438
むしのねも 540
むすぶなりけり 563
むせぶおもひや 754
むなしきものを 587
むなしきやまに 766
むま→うま
むめ→うめ
むらさめのこゑ 424
むらしぐれかな 457
○むらすすき 725
むらすずめかな 756
むろのはやわせ 526

め、も

もえつきて 794
もちづきのこま 549
もとつはのこる 750
ものおもふころの 481
ものおもふそでに 489
ものぞかなしき 435 462 472
もののあはれの 589
ものやおもはん 719
ものゆゑに 523
もみぢながるる 587
もみぢになりぬ 714
もみぢをわくる 554
○ももしきや 721
もるしらたまの 721
○もろともに 505

や

やつはしに 417
○やどごとに 724
やどしおきて 443
やどしめそむる 404
やどしめて 486
やどのけしきは 445
やどのましみづ 534
やどもるいぬの 765
やどるつきかげ 432
○やはらぐる 790
やまあゐのそでに 466
やまあゐも 732
やまおろしかな 460
○やまかげの 434
○やまざとは 765
やまざとも 522
○やまざとを 494
やまのあなたに 486
やまのかげ 746
やまのかげかな 728
やまのかよひぢ 554
やまのこなたを 755
やまのしづくに 546
やまのはごとに 454
やまぶきに 519
やまぶきのはな 419
やよひきさらぎ 724

ゆ

ゆきかともみゆ 422
ゆきこほり 715
ゆきずりに 509
ゆきにぞこもる 403
ゆきのしらやま 787
ゆきのみだれに 567
ゆきはふりきぬ 467
ゆきまよひ 719
ゆきもこほりも 793
ゆくかたしらぬ 514
ゆくこまの 412
○ゆくはるを 518
ゆくへとふとも 706
ゆふぐれのいろ 720
ゆふぐれのくも 707
ゆふぐれのそら 588
ゆふだすき 571
○ゆふだちの 755
ゆふつゆしめる 442
ゆふべかは 717
ゆふべのそらに 776
ゆふべののちの 533
○ゆふまぐれ 748
ゆみきるほどに 744
ゆめにだに 579
ゆめにもいたく 472
ゆめのちぎりに 776
ゆめのまくらに 525
ゆめのまくらや 597
ゆめはうつつに 497

ゆめよりほかに 575

よ

よごとにしもを 458
○よしさらば 479
よしなきむしの 452
よしなくみする 539
よしののはるを 513
よしののやまも 586
○よしのやま 501
よすときく 789
よせてはかへる 712
よそのなげきの 574
○よそへても 564
よそめははるの 403
よそめより 438
よとせをいかに 726
よとともに 484
よなよなのそで 738
よなよなを 552
よになきものと 524
よのなかぞ 455
よのなかを 480
よはふけにけり 446
よはふけぬとも 455
○よひよひは 579
よぶかきつるの 485
よぶこどり 414
よぶこどりかな 514
よもぎのかどの 528
○よもすがら 529 546 772
　はな 529
　まがふ 772
　やま 546
よものおほぞら 550
よものこずゑは 454
よよりもつらき 580
よるなみも 489
○よるひると 534
よるよるは 465
よろづよのこゑ 783
○よをこめて 590
○よをへては 565

わ

わがおもふかたの 532
わがこころにも 476
わかぜりの 740
わがともはみな 483
○わかなつむ 716
わかねなくなり 404
○わかのうらの 789
わかのうらや 485
わがやどからの 545
わかれがほなる 529
わかれしそでの 539
○わかれつる 475
わかれのみちに 581
わかれはをしき 772
わかれゆゑ 555
○わきかぬる 776
○わきかへる 714
わきてみにしむ 439
わくるみちかな 519
わけつるのべに 446
わけてくちぬる 738
わすれてすぐる 592
わすれてぬらん 579
○わたつうみに 712
わたらねど 490
わたるしらさぎ 755
○わびびとの 545
○わらびをる 509
われのみとりの 411
われのみやみん 445
○われもおもふ 737
われをばしるや 789

■**著者紹介**

小田　剛（おだ　たけし）

一九四八・昭和二三年京都市に生まれる。
神戸大学大学院文学研究科修士課程（国文学専攻）修了

専　攻：中世和歌文学

著　書：『式子内親王全歌注釈』（和泉書院）、『守覚法親王全歌注釈』（同）、『小侍従全歌注釈』（同）、『二条院讃岐全歌注釈』（同）、『定家　正治百首、御室五十首、院五十首注釈』（同）、『実国・師光全歌注釈』（思文閣出版）。

現　在：龍谷大学仏教文化研究所客員研究員

現住所：〒六六六—〇一一二　川西市大和西二—一四—五
TEL　〇七二—七九四—六一七〇

研究叢書408

定家早率、重早率、十題百首　注釈

二〇一〇年八月二五日初版第一刷発行©
（検印省略）

著者　小田　剛
発行者　廣橋研三
印刷所　亜細亜印刷
製本所　渋谷文泉閣
発行所　有限会社和泉書院
大阪市天王寺区上之宮町七-六
〒五四三—〇〇三七
電話　〇六-六七七一-一四六七
振替　〇〇九七〇-八-一五〇四三

ISBN978-4-7576-0563-3　C3395

——研究叢書——

371	軍記物語の窓　第三集	関西軍記物語研究会編	一三六五〇円
372	音声言語研究のパラダイム	今石元久編	一二六〇〇円
373	明治から昭和における『源氏物語』の受容　近代日本の文化創造と古典	川勝麻里著	一〇五〇〇円
374	和漢・新撰朗詠集の素材研究	田中幹子著	八四〇〇円
375	古今的表現の成立と展開	岩井宏子著	一三六五〇円
376	天草版『平家物語』の原拠本、および語彙・語法の研究	近藤政美著	一三六五〇円
377	西鶴文学の地名に関する研究　第七巻　セ―タコ	堀章男著	二一〇〇〇円
378	平安文学の環境　後宮・俗信・地理	加納重文著	一二六〇〇円
379	近世前期文学の主題と方法	鈴木亨著	一五七五〇円
380	伝存太平記写本総覧	長坂成行著	八四〇〇円

（価格は５％税込）

――研究叢書――

381	紫式部集の新解釈	徳原茂実 著	八四〇〇円
382	鴨長明とその周辺	今村みゑ子 著	一八九〇〇円
383	中世前期の歌書と歌人	田仲洋己 著	二三一〇〇円
384	意味の原野 日常世界構成の語彙論	野林正路 著	八四〇〇円
385	「小町集」の研究	角田宏子 著	二六二五〇円
386	源氏物語の構想と漢詩文	新間一美 著	一〇五〇〇円
387	平安文学研究・衣笠編	立命館大学中古文学研究会 編	七八七五円
388	伊勢物語 創造と変容	山本登朗 ジョシュア・モストウ 編	一三一二五円
389	金鰲新話 訳注と研究	早川智美 著	一三六五〇円
390	方言数量副詞語彙の個人性と社会性	岩城裕之 著	八九二五円

（価格は５％税込）